繁花似锦

时代出版传媒股份有限公司
安徽文艺出版社

张艳荣 ◎ 著

张艳荣，一级作家，中国作家协会会员，辽宁省作家协会理事、签约作家，毕业于鲁迅文学院第十七届中青年作家高研班。已发表和出版作品有：中短篇小说《对峙》《父亲的山高　母亲的水长》《父亲情深　母亲意浓》等，长篇小说《命令无情》《特务》《你用战剑翻耕土地》《跟着团长上战场》《关东第一枪》等。多部作品荣获辽宁文学奖和《解放军文艺》优秀作品奖等奖项。有小说被改编、拍摄为影视剧。

2018年中国作协定点深入生活扶持项目
2020年主题出版重点出版物

繁花似锦

张艳荣 ◎ 著

时代出版传媒股份有限公司
安徽文艺出版社

图书在版编目（CIP）数据

繁花似锦/张艳荣著. —合肥：安徽文艺出版社，2020.5
ISBN 978-7-5396-6947-2

Ⅰ. ①繁… Ⅱ. ①张… Ⅲ. ①长篇小说－中国－当代 Ⅳ. ①I247.5

中国版本图书馆CIP数据核字(2020)第070521号

出 版 人：段晓静
策　　划：朱寒冬　　段晓静　　责任编辑：张妍妍　　宋晓津
责任校对：段　婧　　　　　　　装帧设计：张诚鑫

出版发行：时代出版传媒股份有限公司　　www.press-mart.com
　　　　　安徽文艺出版社　　www.awpub.com
地　　址：合肥市翡翠路1118号　　邮政编码：230071
营 销 部：(0551)63533889
印　　制：安徽新华印刷股份有限公司　(0551)65859551

开本：700×1000　1/16　印张：19.75　字数：300千字
版次：2020年5月第1版　2020年5月第1次印刷
定价：46.00元

(如发现印装质量问题，影响阅读，请与出版社联系调换)
版权所有，侵权必究

目　　录

楔　子 / 001

第一章　春意闹人间 / 004

第二章　风流年华 / 016

第三章　表彰会上 / 034

第四章　月上柳梢头 / 044

第五章　野地心思 / 064

第六章　青春昂扬 / 075

第七章　我们的故事 / 111

第八章　城里的月光 / 124

第九章　阡陌之上 / 137

第十章　惊蛰闻声 / 165

第十一章　归来仍少年 / 198

第十二章　稻蟹飞花 / 213

第十三章　静待,大地追梦 / 237

第十四章　人间辛苦是三农 / 251

第十五章　要得一梨水足,望年丰 / 279

楔　　子

驾驶着我的爱车,从沈阳出发。我没走高速,而是走的国道,主要想领略家乡沿途的风景。十一小长假,伙伴们约我去南方旅行,我说要回老家得胜村。他们说:"你从小在那儿长大的,还没看够啊?"我说:"你没听过这首歌吗?'亲不够的家乡土,恋不够的家乡水。'"我趁机给家乡打广告,"你可以去我老家乡村游啊,你会领略不一样的地域风光,盘锦大米、丹顶鹤、芦苇荡,这些辽河口文化现象,会带着生命的温度和内涵,带着生活和历史的记忆向你走来。"

这次回得胜村是为了完成我的纪录片,寻找乡愁,我记录、跟进了十多个村庄,得胜村是其中之一。纪录片的立意是重新找回有灵魂的村庄和挽回逐渐消失的村庄。首先说一下,我在省电视台工作,父老乡亲说我是得胜村飞出的金凤凰,可我自己知道,离金凤凰还差得远呢。最主要的是,他们认为我小时候就会用大眼睛看啊看,就是不说话,像个小哑巴似的,如今居然成了省城的记者。大记者啊!不但口才好,还要说得给劲、切题和准确,上哪儿说理去?我还笑他们呢,没听说吗?眼睛是心灵的窗户。

路两旁的稻田已经金黄,铺天盖地,望不到边际。我把车停在路边,拎着照相机,扛着录像机,站在稻田的田埂上,金色的稻浪尽收眼底。

一进得胜村,映入眼帘的是错落有致的青砖红瓦的民房,还有村路两旁各种茂盛的果树。正是金秋十月,千亩苹果园一望无际、硕果累累,郁金香葡萄爬满藤架。秋高气爽,太阳照耀在绕阳河上……丰收的喜悦洋溢在人们的脸上,如花儿一样在金秋里绽放。我的车也随着一辆辆私家车和旅游大巴开进得胜村。

我没有回家,来之前我在网上已经给自己在得胜村预订了民风民俗农家小院。明天,沈阳的秋叮叮和周铁铁他们一帮人才到;今天,我想拥有独处时光。所以,我偷摸地入住,谁也没告诉。如果这事让我母亲大春子知道了,她准说我:"只有你臭三能做出这等傻事,放着家不住,花钱住啥民风民俗农家小院,小时候还没住够啊?"

嗨,要的就是这种意境和感觉。这次回得胜村寻找曾经的孤单,想心事,忆往昔,最好是独处,寻找灵感。如果和大春子这样说啥孤独、啥寻找,她又该说:"你呀臭三,从小你就矫情,到现在也没改。"

推开农家小院的木门,咯吱,曾经熟悉的推门声离我已经是那么久远了,今天耳闻却那样触动心弦,唤醒了儿时的记忆。城市钢筋水泥的高楼大厦桎梏了我们的视线和思绪,阻碍了我们贴近泥土的呼吸,使我们忘记了乡愁。如果想逃离喧嚣,如果想重温陌上花开蝴蝶飞,得胜村民风民俗农家小院,可作为短暂休憩的驿站。夜晚,在小院的月亮下,数着星星,可小酌几杯,权作陶冶情操,那是多么惬意的事啊!

月亮门,小庭院,墙上爬满了倭瓜秧。院子里长着小葱、辣椒和小白菜,夹竹桃花红了半院子。两棵茂密的桃树遮住了西屋的窗户,毛桃已经压弯了枝头,风吹过,熟过头的毛桃掉落一地。小时候的味道油然而生。

而今,我已经是四十大几的人了,早已过了悸动、煽情的年龄,此刻,我却有种热烈拥抱的冲动。细品,把生活过成诗和远方,是那么奢侈又那么简单。放眼得胜村的稻田、苹果园和袅袅的炊烟,是逃离繁华喧嚣的精神回归,使禁锢的眼泪肆意地流淌。得胜村在保留古朴民风的基础上焕然一新,走在新农村的幸福大道上,任重而道远。可以说,得胜村的发展是一部农村奋斗史,是传统农民和新时代农民相对比、相转换的思想启示录。

推门的瞬间,仿佛看见小时候的我,六七岁的样子,用一双好奇的大眼睛询问我:"你是谁?"我的眼泪骤然涌出眼眶,打湿了旧时光。我真看见了小时候的我自己。她斜挎着一个花布书包,那是姥姥给缝的,里面装着线装的磨损的《唐诗宋词》,还有姥姥给的四颗嘎拉哈、一个缝制的四方口袋。她的两个小辫子,不是一个高一个低,就是一个编着麻花辫一个散着。我是那样心疼她,那样喜欢她,又是那样羡慕她,真想把她的麻花辫梳整齐了,再系上红绸子的头花。我想给她买柔软漂亮的毛茸兔子、毛茸狗熊和芭比娃娃。我想给她买好吃的奥利奥饼干、德芙巧克力和沈阳不老林糖果,这些她小时候都没吃过。我真想抱抱她,把一生的爱都给她。我太爱小时候的我了,我居然看见了小时候的我,开门的刹那,我俩差点撞个满怀。

只是我的童年被日夜流淌的绕阳河带走了,一去不复返,绕阳河也在我注视的目光里变得沧桑、悠长。我再也不会坐在河边,做听风过河的傻事了。可我是多么留恋童年的景色和人物啊!这人物与乡间风景交相辉映,蓦然回首,哪一道才是最亮丽的美景?虽然有些景色和人物,微不足道得像田野上的一茬水稻苗,像万顷苇荡里的一棵芦苇,像浩瀚江河里的一朵浪花,却温暖和丰满了我的整个童年,并给我的童年插上了想象的翅膀,让我在自由的天空飞一会儿,再飞一会儿。

我是不擅言谈的人,我只想对绕阳河倾诉,我想把童年的故事、得胜村的故事讲给绕阳河听,讲给岁月听。有位作家说:"人的一生注定会遇到两个人,一个惊艳了时光,一个温柔了岁月。"

那么谁惊艳了我的时光,谁又温柔了我的岁月呢?

好吧,我默默地讲,你静静地听。

我的小名叫臭三,学名叫郝宇萌。

第一章　春意闹人间

春天的风刮得格外厉害，并凛冽，刮得人睁不开眼睛。这是得胜村的春风，有别于其他地方的春风，这春风要持之以恒地刮上十天半拉月，以至于你觉得它会把春天刮跑了，把花蕾刮落了。其实不然，刮着刮着，河两边柳树冒芽了，娇嫩的、芽黄的，不几日，柳树芽变得翠绿欲滴。那柳树是皮实的，不怕风吹。这春风接着刮，刮得天昏地暗，你会觉得，这回那些小嫩芽该凋零了，其实不会的。不久，村头的几棵桃树便开出了粉嫩的花，桃花开了。

那是野桃树，零散地长在村头的水塘边、小路边、河堤上。结出的桃是毛桃，甜倒是甜，就是太小，比乒乓球大不了多少，就连孩子都懒得吃，所以那毛桃只好在树上自生自灭。还有高大又枝繁叶茂的野枣树，在这刮过来刮过去的春风里，也开出白色素净的小碎花。这时候，村头就飘着淡淡的花香，那香味是湿漉漉的，润泽着被风刮得有些干燥的空气。这样飘香着，滋润着，一场春雨就降临得胜村了。肆虐的风稍作停歇，仿佛要积攒更大的力气再次冲锋。

果然，一场春雨后，那桃花开得就漫天灿烂了，远远望着，雾蒙蒙、粉嘟嘟，映红了一池春水。是的呢，那一汪一汪的水塘，那一块一块的水泡子，不知不觉中蓄满了水。应该说是长满了水，不是涨，而是长，因为那水是从开化的泥土里长出来的，是从春风里长出来的。芦苇顶着水珠，拱出了地皮儿，拱出了水皮儿，翠绿欲滴。

绕阳河的水也见长，洋溢了，流水声也格外响，畅畅悠悠的，绕过半个村子,向绕阳湾流去。

春风再起的时候就到了五月份,我都没注意,等我看见的时候,绕阳河的水已经灌进了稻田。不几日,满稻田里都是插秧的人了,热火朝天的。这个时节,我那个当赤脚医生的父亲郝东凯,也是要去插秧的。他去插秧也是要背着药箱,他在药箱上整了两个背带,能背在双肩上,这样,药箱背在后背上,不耽误插秧。有一次,他把药箱放在地头,也不知道谁家手欠的小孩把药箱打翻了,药洒了一地。从那,只要下地插秧,他就把药箱背在后背上。春天插秧,秋天收割,郝东凯都要跟着下地干活,平常郝东凯是不用下地的,只当他的赤脚医生。

转眼间,水田里就绿莹莹的,稻秧扎根,秧苗苗壮了。得胜村还有很多旱田,种棒米和高粱。棒米皮实,在哪儿都能长。比如,在院墙边上也可种上一溜,棒米蹿得可快了,你一不留意,等再看时,绿莹莹的棒米叶和粉莹莹的棒米穗已经搭上了墙头。还有那野枣树,没人管它们,却像比赛似的,枝繁叶茂。我从小就喜欢痴痴地看,什么都爱看。就说这墙头的棒米叶子和野枣树吧,我也能看上一阵子,默默地。

这年的春天我六岁,这个春天没什么特别的,就是稻田地里插秧的人多了,多出了很多陌生人。不知道什么时候来了一群知青,听说是从省城沈阳来的,也有从北京来的,还有更远的浙江知青。这一下子,得胜村就热闹了,从知青点总能飘出二胡和手风琴的声音,还有唱歌声。

知青点设在得胜村的东面,靠着绕阳河,晚上在屋里睡觉,也能听到潺潺的流水声。知青点是坐北朝南的十间泥房,东西各五间厢房,南面是用柳条子架的篱笆墙,中间是用破木头钉的大门。一辆红色东风拖拉机停在院子里。东厢房住女知青,西厢房是厨房和洗漱的地方。

开春后,那些女知青很少在屋里洗漱,她们端着脸盆到绕阳河去洗,水是凉了点,但洗得透。特别是早晨,她们的洗脸盆里可真是琳琅满目,有友谊牌雪花膏,有紫罗兰香粉,有牡丹牌香皂,还有圆镜子。

有个女孩,也是知青,看样子比我姐姐大不了多少,她叫秋叮叮。她的洗脸盆里多了玩具,而且每天不重样,有时候是布娃娃,穿着花裙子,有时候是毛茸兔子。我倒是不喜欢那个布娃娃,我喜欢那个毛茸茸的兔子,跟真兔子那么大。秋叮叮说,这个毛茸兔子是用天鹅绒做的,又柔又软。我就想,如果是我的该有多好,我每天抱着它,或者背着它,走遍得胜村的每个角落。是的,我喜欢走,天一亮我就起床,穿上衣服,走出家门。

在我家,我和母亲大春子起得最早。不但外面人说,我家人也说,这孩子不正常。自从知青来到得胜村,我早起后的第一站就是知青点。我也学她们,在绕阳河里洗脸,但我没有洗脸盆,也没有雪花膏,就是站在河边的石头上,用小手捧着水洗脸,然后目不转睛地盯着她们看。

我是有目的的,我在盼望着那个最小的女知青秋叮叮来,她的脸盆里有毛茸玩具。但她总是最后一个来,还哈欠连天,揉着眼睛,嘟囔:"啥时候让人睡个囫囵觉啊?"大家都叫她小懒猫。她怕把毛茸玩具弄湿了,便把玩具从盆里拿出来,放在岸边。那天她拿的正好是毛茸兔子。河边的青草刚冒出芽,嫩绿得要溢出水来,她就把毛茸兔子放在青草上,那毛茸兔子像要跳起来吃青草。我情不自禁地走过去,抱起毛茸兔子,对着秋叮叮说:"姐姐,我给你抱着,省得埋汰了。"

我自己也惊讶,我居然说话了,嘴还那么甜。因为我以往是不爱说话的,是能用眼睛,就不用嘴的那种人,说那么多废话有什么用啊?大家都以为我是个小哑巴。我母亲曾经看着我,愁眉不展地对我姥姥说:"妈,臭三不会是个哑巴吧?"我姥叼着她的大烟袋,吧嗒了两口说:"净扯,她那叫金口难开。"我姥露出无限憧憬的笑意,"将来呀,我这跳大神的营生有接班人了,我要传给臭三。"

我母亲就急眼了:"妈,您可别的,这孩子够隔路[①]的了,您可别让她一天天再神神道道的。"

就这样,我姥要教我的跳大神,被我母亲的这句话搁浅。

---

① 隔路:东北方言,意为"奇怪、特别"。

我抱着那只毛茸兔子,如同抱着我自己,亲热得不行。我竟把脸贴上毛茸兔子的脸,想,如果我有一只这样的兔子该有多好。

每天清晨,我准时出现在知青点,要不站在绕阳河边看女知青洗脸,要不就站在知青点的大门口,看院子里那台拖拉机。有个长发男知青,最早占领拖拉机制高点,那制高点无非就是拖拉机上唯一的驾驶座。我也不知道什么叫制高点,是他每次跑上拖拉机都喊:"战友们,同学们,我占领制高点了,冲啊!"

每当这时,我都哧哧地笑,多半是笑他的傻样子。他站在拖拉机上,迎着初升的太阳,高声朗读毛主席诗词。这个人叫赵松,是浙江知青,看见我对他傻笑,就轰我:"去去,谁家小破孩,每天早晨来。你又不上地干活,起那么早干啥?"

赵松跳下拖拉机,走到我面前,问我叫什么名字,问我在这儿干什么,问了半天,我才冒出俩字:"卖呆。"赵松是浙江人,他不知道看热闹叫卖呆,一脸蒙。我更加笑他,笑他露着脚指头的拖鞋,那是我第一次看见塑料拖鞋。

远处传来大春子的喊声:"臭三,回家吃饭了。"

这回赵松笑了:"哈哈,臭三,一个小姑娘,叫臭三,哦,哦,多么难听的名字啊!"他的表情很是夸张,嘲笑中带着痛苦。

我对着他露在拖鞋外面的脚指头,狠狠地踩了一脚,转身跑了,回家吃早饭去喽。

赵松跌坐在地上,捧着脚哎哟了半天。活该!

回家时,大家已经坐在桌子边上吃饭了,只有我坐的那个位置是空的。我家吃饭时的位置是固定的,没有人规定谁坐在什么地方,时间长了,习惯成自然,谁坐在哪儿也就固定下来了。吃饭的时候,放一张圆桌子,吃完饭可以收起来,放在墙边,我家叫靠边站。我在家就属于靠边站那伙的,没人特意搭理我,可有可无。只有我姥还关心我,因为她总是试图教我跳大神,我也好奇地期待着。

靠边站饭桌放在炕沿边,炕沿上能坐三个人,我姥、我姥爷,中间坐着我,我不占地儿,有点小空就行。东西边分别坐着我大姐郝思晴和二姐,我爸郝东凯和我妈大春子挨着坐在桌子的南边。

我一进门就往炕上爬,绕过我姥,坐在我姥和我姥爷中间。大春子嘴里含着饭呵斥我:"臭三,你去哪儿疯了?一早起来就不着家,你再瞎跑就不让你吃饭了。"她后面又跟了句狠话,"再跑,敲折你腿。"

我眼睛看着大春子,胳膊肘碰了下我姥,意思让她管管她闺女。我姥果然心领神会:"干啥不让吃饭啊?她是活物,还不让跑了?我看谁打我臭三试试。"

对大春子的这些废话我是从来不予理睬的,当然也不予回答。我说她说的是废话一点不假,她每次都问我去哪里疯了,我从没告诉她。她还多次说不让我吃饭,说得次数多了,已经变成耳旁风了,我姥会让我吃饭的。就这种情况,你说她说的不是废话吗?我不爱说话,很大程度上是因为大春子的废话。我认为,人说多了话,是废话。

郝东凯相比大春子要好得多,对家里每一个成员都宽厚,他从不大声说话,长得也斯文,他坐在这个家里,斯文得都不像这个家里的人。特别对我姥爷和我姥,毕恭毕敬,关怀备至,叫爸喊妈比大春子叫得还亲呢,不知道的,以为我姥爷、我姥就是他亲爹亲妈。为此,我姥爷特自豪和欣慰,这是他为我母亲选的丈夫。他也为自己的好眼光而沾沾自喜,为这个家他没什么不满意的,就是亲儿子,有几个婚后还和老人住一起的?即使住一起,哪有舌头不碰牙的?而他的家却一片祥和,其乐融融。如果说不满意,那就是,家里三个外孙女,没生个外孙。这也不能怨人家郝东凯。再说了,说是外孙,跟自己的孙子又有什么区别呢?只不过是个称呼罢了。我父亲郝东凯是从山东闯关东来的,跑腿子,具体是投奔谁来的,也说不清了。他只身一人落到得胜村,跟我姥爷的亲儿子无二啊。姥爷就这么一个闺女,姥爷不但给女儿找了个好夫婿,也给自己的老年生活找了个好靠山,岂有不乐的道理?

斯文而俊朗的父亲融进这个家,是经过一番波折和心思的。姥爷家的大门是永远对他敞开的,父亲竭力抗拒着。没关系,我姥爷有的是耐心和热情,他对郝东凯是绝不放弃,直到好梦成真。

吃完早饭,我跳下炕,向村西面的公路跑去。得胜村和得胜镇是连着的,中间就隔着一条公路。小学和中学都设在得胜镇。我跑到村西面的公路边,是看孩子们上学,还能看见林芬芳老师,我爱看她,真漂亮。林芬芳和我们村里的任何一个女人都不一样,她比那些女知青还好看。一年四季,她总是穿得那样干净整齐。最耀眼的是她翻在外衣外的衬衫领子,有白色的,有粉色的,有蓝色的。那些女知青也好看,但时间长了,风里来雨里去的,她们也就懒得打扮自己了。而林芬芳却不同,无论人们怎么议论她,或者领导怎么批评她,说她穿衣打扮腐化,她都不理,她说爱美之心人人有之,穿戴整齐,爱美,是热爱生活的表现,也是对别人的一份尊重。她的这套爱美理论,得胜村没有几个能理解的。林芬芳是从盘山县来的老师,人家属于县城来的城市人,比我们这些土生土长的村里人自然要洋气得多。

今天风景却不同,我站在路边看林芬芳,赵松也站在路边,手里卷着一本书。看书皮,不是早晨那本书了。赵松脚上穿的也不是塑料拖鞋了,换成了崭新的解放鞋。他早晨还乱蓬蓬的长头发,现在梳得根根顺溜。他一个大男人站在路边,觉得很尴尬。他招呼我:"臭三,来,上哥哥这儿来。"

我才不搭理他,不用问,他也是来看林芬芳的。我讨厌他,仿佛他侵占了我的地盘。这个地方,只允许我一个人看林芬芳。他看我不动,就主动走到我的身边来,拿出一块水果糖,剥开放进我的嘴里。他也说:"这孩子咋那么不爱说话呢?你是小哑巴呀?"他把手里的书打开,说,"哥哥教你念诗。"他跟我说着话,眼睛却瞟着公路那边。有我在他跟前,他就自在多了。他假意教我念诗,实则等待着林芬芳的出现。

我的心思也不在那本书上,诗是什么?对一个六岁的孩子来说,念诗那就是对牛弹琴。赵松还是打开了书,他告诉我,这是雪莱的诗集,雪莱是外国人,是世界著名诗人。他介绍了一堆,我只记住了雪莱,是硬性地、机械地记住,至于雪莱是谁,我还是不知道。赵松也不需要我记住和知道,他此刻就是一个戏精,这只眼睛表演教我认识雪莱,那只眼睛时刻瞄着林芬芳。

总算出现了,林芬芳来了。"天上掉下个林妹妹。"这话是从赵松嘴里溜达出来的,我听得一清二楚。当然我依然不知道林妹妹是谁。他说这话的时候,已经把雪莱的诗集卷在手里,双手握着,规规矩矩地站立着,不再理会我。但他的嘴小声地咕哝着,只有站在他身边的我能听见,声音颤抖:"芳来了,芳来了,美丽动人的林芬芳她来了呀。"

这会儿我知道林妹妹是谁了,我心里狠狠地说,啥人啊,不地道,瞎给人起外号。赵松无限向往地望向林芬芳,而我站在他的身边,也一动不动地看着林芬芳,我又闻到了一阵清香,像似从稻田刮来的,也像似从林芬芳那方向刮来的。这时候的稻田已经绿成了片,绿成了海洋,无边无际。

我们俩一大一小,站在路边,行注目礼。林芬芳手里捧着一摞子作业本,款款地、婷婷地从路的那头,走向学校方向。我断定她都没向我们这边斜一眼。林芬芳都走出去老远了,赵松还遥望呢。我拉了一下他的手,仰头看着他,我撇嘴。赵松一本正经又带着气说:"撇啥嘴?你个小孩,还知道撇嘴。我教你的记住了吗?雪莱,诗人。"

我刚才看见那诗集封皮上是个卷头发的外国人,赵松也说是外国人。我冒出一句:"特务。"

"什么特务,诗人!"赵松急赤白脸,"什么熊孩子,这是!"

"你也是,"我用手指指着他,"特务。"

赵松吓得一激灵,直摆手说:"可不能这么瞎说啊,熊孩子!"

别看我说话少,显然赵松说不过我。他撒腿就跑,我不知道他是怕我,还是怕我胡乱冒出的"特务"俩字。连我自己也不知道怎么会说出这两个字,是挺吓人的。

我和赵松站在路边的时候,还看见了我父亲郝东凯,他背着药箱,健步如飞,很快超过了林芬芳。他从林芬芳身边飞快走过,没有打招呼,可能是急着给人看病去。郝东凯同样没搭理我俩,可能也是没理会。

那年我只有六岁,但我就是从那年记事的。那是因为一场格斗就发生在我们得胜村西边靠公路边上。公路边有个大坑,多半时间干涸着,夏天里面长满了水稗草,我们都叫赖草。可奇怪了,得胜村周边坑坑洼洼边边角角都长芦苇,只有这个坑里长水稗草。这种草根连着根,薅也薅不净。有时候,你把薅下来的草搁到边上,那草根只要够着土,立马复活,更别说连阴天,或者是下雨了。最好是暴晒的天,薅下来,晒在太阳底下,方可让它蔫巴枯萎。那年我养了只灰色的小兔子,是我妈大春子从黑山套来的野兔子,没套死,就拿来给我玩儿了。因为我总哼唧:"我要玩具,我要秋叮叮的毛茸兔子。妈,你给我买一个吧。"

大春子回答得很干脆:"我看你像毛茸兔子,没钱。"

别看大春子嘴上说没钱,说我像毛茸兔子,其实她真往心里去了,再上黑山套兔子,就留个心眼,逮个活的,留着给我玩耍。

小兔子还小,跑不那么快,我总是把它抱到这个大坑里吃草。我把它往大坑边上轻轻一放,它就顺着斜坡滚到坑底,在坑底吃草,不用担心它会跑了,它还没长本事,爬不上那么陡的坡。这时我就坐在坑边上,看小人书,或者玩石头子。我捡的石头子都是五颜六色的,而且光滑。玩够了,石头子我是不舍得扔的,装在衣兜里,走到哪儿带到哪儿。呵呵,往往是,衣服没坏,我的衣服兜漏了好几回。我姥说这石头子也太费衣服了,我姥从被窝垛底下摸出一副嘎拉哈和一个布口袋。一副嘎拉哈是四个,一个布口袋能有拳头那么大,是正方体的,里面装玉米撑起来。加上布口袋,这才算是一副完整的嘎拉哈。

嘎拉哈是用猪或者羊后腿关节部位的骨头做的,最理想的是羊的那块骨头,小而精致。过年杀猪宰羊的时候,大人就把猪或者羊后腿关节部位的那块骨头留下来,剔干净,洗干净,留给女孩子玩。玩的时候,先把布口袋抛到空中,然后迅速把炕上的嘎拉哈改变方向,如果时间来不及,就先改变一只。高手能趁着布口袋在空中的时候改变两三只,然后手脚利落地接住掉下来的口袋。循环往复,炕上所有的嘎拉哈四面都改变过四个方向算一把。如果抛在空中的口袋你没有接住,落到了炕上,算输。我姥给我的四个嘎拉哈也不知道是什么时候的,是羊嘎拉哈,已经被摸得光滑锃亮。我姥说,是她当姑娘的时候玩儿的,不舍得给我玩儿,怕整丢了。我说保证丢不了。这倒是不费衣服兜了,四个嘎拉哈,外加一个布口袋,衣服兜里根本装不下了。我姥就用碎布头给我拼了个小书包,我斜挎着,里面装着我心爱的嘎拉哈。现在,我在大坑边玩嘎拉哈。

等小兔子吃饱了,我收起嘎拉哈,再慢慢地出溜进坑里。有时脚踩不住,也像小兔子似的,连滚带爬地滚到坑底。就是滚,我也是相当小心地滚,生怕压死了小兔子。

那是个初夏,我记得很清楚,我妈大春子已经喊过我回家吃饭了,我贪玩,耽搁了一会儿。还有,小兔子还没吃饱,我得让它先吃饱。说来也怪,它好像听懂人话了,从我妈喊我回家吃饭它就不安分了,上蹿下跳,两只大耳朵也不那么支棱了,有只耳朵居然耷拉了。我想,坏了,它一定是碰到蜇麻子,蜇到嘴了。蜇麻子是种野生植物,秆是淡紫色的,叶子是绿色的,秆和叶都长着密密麻麻的刺,碰着,就像让蜜蜂蜇了似的,麻酥酥、刺挠挠的,疼得钻心。要疼上一两个小时,才能慢慢好。

我刚想下坑去抱它——都怪我瞅了眼天空。只见天空瓦蓝,飘着雪白的云朵,每朵云都不挨着,隔那么远撒一朵。云朵的白盖过了天的蓝,我就想,咋就那么白呢?搁啥洗的呢?各种形状的云朵,像棉花,我真想尝上一口。听我爸郝东凯说,在他老家山东有棉花糖,街头现做,雪白的、稀甜的,一大团。但我没吃过,棉花糖就是这天上的云吧?于是我馋得咽口水。太阳还晃我的眼睛,我眯缝着眼睛看"棉花糖",想吃上一口。后来我嘴里就有了甜味,仿佛真尝到了棉花糖。突然,一阵嘈杂声,还有凌乱的脚步声,让我嘴里的糖味荡然无存。我喊着:"我的棉花糖!"只听有个女人喊:"那小孩,快躲开!"我把眼光从天上收回来,先看见了林芬芳。

看见林芬芳我更呆了,傻愣愣地着看她,心里说,真好看。林芬芳长得好看在得胜村是出了名的,总是听我妈絮叨:"长得好看有啥用? 就像林芬芳似的,招风。不缺胳膊不缺腿,就行了。"我妈说这话的时候,一并把我爸否定了,因为我爸长得英俊。所以我从我妈那儿最早知道林芬芳长得俊,招风。

总能看见林芬芳往学校走,她在得胜镇小学当老师,手里总是拿着一本或者两本书,有时是一摞作业。穿着件双排扣的米色列宁服,腰收得窄窄的,里面白衬衫的领子翻在外面。反正,她是与众不同的。今天的林芬芳与以往还是不一样,以前她也是披肩发,但今天,她的刘海儿是弯的,带卷,有搭在眉毛上面的,有刚过了眉毛的,嘛嘛嚓嚓刚盖过额头。我从没看过这么好看的刘海儿。谁说好看有啥用? 我妈说的话都是糊弄人的,招风真好啊。

我完全没听到有人喊让我躲开,或者听到了,仍然茫然。我是坐在地上的,当我把眼睛从林芬芳刘海儿上挪走时,我看见了一帮腿,还有腿下的脚,各种鞋,有农田鞋、解放鞋、皮鞋,还有拖鞋。这些鞋狠狠地踩在地上,又迅速拔起。各种腿,搅拌缠绕在一起,又狠命地挣脱,蹬起尘土。我顺着腿往上看,一群男人,有拿木棍的,有拿铁棒的,有用拳头的,扭打在一起。

血,顺着那个叫赵松的知青的额头流淌。

林芬芳站在坑的旁边,也就是站在我的跟前。她还是穿着翻领列宁服,白色的衬衫领翻在外面,真干净。那么多男人呼呼啦啦的,只有她一个女的,婷婷地站着,喊:"别打了,别打了。这儿有个孩子,别碰着孩子。"她说话的声音像是在念课文,斯斯文文、字正腔圆的,一点都不刺耳。她的声音很快淹没在打斗声中,谁都不听。她的喊话倒像火上浇油,那些小伙子像是比赛,看谁武艺高强。

赵松的脸上流着血,向我这边跑来,紧接着,一群人紧随其后,向我压来。

林芬芳弯下她亭亭玉立的腰,抱起我,向前跑。她刚迈开两步,那些人就拥了过来。林芬芳一只脚踩空,抱着我,跌下了大坑……

我一点也没害怕,因为我闻到了林芬芳身上的雪花膏香味,我就想起了染指甲花的香味。染指甲花在我家院里的樟子边上,开得一溜一溜的,水嫩鲜亮。还有大烟花,也贴着樟子边开。樟子边其他所有的花都没有大烟花鲜艳好看,长得又壮实,蹿得能有一人高。但不能碰,用手指甲划一下,或者掰下一片叶子,瞬间冒出白浆,碰到手上黏糊糊的,干了就变成黑褐色。等大烟花凋谢了,生命才刚刚开始,长出大烟骨朵。等长饱满结实了,我姥就用刀片割开骨朵,收集白浆。樟子边上的几棵大烟花,也就能收集一小碗底,后来变成黑褐色的黏疙瘩。等到了冬天,谁要是肚子、头、牙疼,吃上大米粒那么大一粒,就管用。吃多少,量都在我姥那儿掌握着。说了半天,我是说,林芬芳香得像指甲花,美得像大烟花。嗨,突然再也见不到大烟花了,说是不让种了。其实也就樟子边上星进着那么几棵。

我俩跌入坑里的时候,避开了小兔子。我看见小兔子的两只耳朵都耷拉着,没精打采的,也不蹿腾了,它是吓的。我刚想伸手抱小兔子,那堵人墙就以迅雷不及掩耳之势,拍在了小兔子身上。林芬芳抱着我,躲到了坑的另一边。她的腿还是压在了人墙下。赵松从人墙里钻出来,奋力拔出林芬芳的腿,背起林芬芳就往坑上爬。林芬芳没忘拎着我,她哭着喊:"我的腿断了。"我也哭:"我的小兔子被压死了。"赵松全然不顾这些,他爬上大坑,拉着林芬芳,向着街里跑去。

就这样,我还在林芬芳怀里,她一只胳膊紧紧地环抱着我,勒得我喘不上气来。似乎走投无路了,跑进我父亲的卫生所。

我父亲先是惊愕,然后二话不说冲出门,挡在门外。那群人已经拥到门口,他们衣衫不整,叫喊着让那小子出来决斗。我父亲说:"你们再这样闹腾,要出人命的。我是医生,我告诉你们,他们伤得很重。"

人群里有个人反驳:"郝东凯,你是狗屁医生啊,就是一赤脚医生。"

我父亲说:"不还是医生吗?"我父亲又说,"你们还伤了我家孩子,还不快走,我要赶紧给他们治疗。出了人命,你们吃不了兜着走。"

想必他们是害怕了,悻悻而又愤愤地离去了。

后来母亲骂我欠蹬,我当然不服,最欠蹬的是小兔子,我可怜的小兔子。

我母亲说她的三个女儿当中,我最矫情。那只小兔子本来是要下锅炖汤的,兔子红色的眼睛脉脉含情地看着我,突然从母亲的手里蹿到我的怀里,我就抱住了它,它就这样成了我的玩伴。自从看见知青秋叮叮的毛茸兔子,我就梦想着,啥时候自己也有一只这样的毛茸兔子。那天我还抱了秋叮叮的毛茸兔子,柔软而又温暖。回家我又跟大春子说:"妈,我想要个毛茸兔子。"我比画着,"这么大的,能抱着,可暖和了。"

大春子大惊小怪的样子:"玩具啊,咱买不起。"她用手指头点我脑门一下,我像个不倒翁似的,脑袋向后仰去,又弹回来,"你又去知青点了吧?咱跟人家比不起,人家都是大城市来的。再别去了。"

我嘟噜个脸,很想用手指头点她脑门,给她点回去,谁叫她总用手指头点我脑门。大春子寻思寻思,良心发现似的说:"行吧,等我去黑山给你套一只。"大春子不是吹牛,她总能套到兔子,都炖着吃了。得胜村的北面有座山,叫黑山,但离得胜村很远,很少有人去。大春子不怕远,她会骑马。她有时借用村里的马,一溜烟就到了。等大春子真的套到兔子,她早忘了给她的小女儿臭三玩,就想着炖了给全家人改善生活。也奇怪,每次套的兔子都套死了,只有这只灰兔子,等大春子看见它时,它还在四腿徒劳地踢蹬,挣扎着试图逃跑。大春子把兔子从套上解下来,想顺手摔死它,还是放弃了,让它多活会儿吧。

等我出生的时候,我上面已经有两个姐姐了,到我这儿,还是个丫头,已经不受待见了,名都懒得起,就叫臭三。没人搭理我,于是小兔子成了我最好的伙伴。我母亲这个后悔呀,就该在山上把兔子整死,再拎回家。

第二章 风流年华

等我爸为我们处理好伤口,带我回家的时候,已经是吃晚饭的时候了。我中午吃没吃饭,大春子早就忘了,反正喊我回家吃饭了,吃不吃那是我的事,她自己狼吞虎咽地吃完就干活去了。家里家外,有的是活等着她干。郝东凯除了看病,啥都不干,已习惯了。当我和郝东凯路过那个大坑时,我呼啦想起我的小灰兔子,它死了,被压死了,它还躺在大坑里,我就往大坑里跑。郝东凯拉着我,我还是挣脱了他的手,跑进坑底,拎起那只被压扁的兔子。这可是和秋叮叮那只毛茸兔子相媲美的兔子啊,被压死了。我咧开嘴大声地哭。

我拎着兔子腿,迷迷糊糊跟着郝东凯回家了,没精打采的,眼皮可沉了,抬不起来。我就这样耷拉着眼皮,呢喃着说:"谁都别吃我的小兔子,它好可怜啊。"大春子看见我这个样子,着实怕了:"这孩子魔怔了。"大春子接过死兔子,连忙说,"不吃,不吃啊,我把它埋在园子里的樟子边上。"

我不吃不喝,一头栽倒在炕上。

原来下午干仗的那伙小青年,是分两派的:一伙是当地的小青年,一伙是浙江、北京和沈阳来的下乡知青。本来两伙青年就不和,点火就着,又因为林芬芳长得漂亮,都想和林芬芳搞对象,暗地里较劲。但就一个林芬芳,怎么办?后来,两伙人打开天窗说亮话,达成一致协议:两伙人,从今往后,就这么静静地看着林芬芳,她谁都不属于,但她又属于他们两伙人,都属于他们心里,属于美在心里。这些属于已经够奢侈的了吧。

当然,这些林芬芳都不知道,她还是一如既往地美丽着,像只高傲的白天鹅,从这两伙小青年中高傲地、亭亭玉立地走过。她能感觉到身后传来闪电般的眼光,相互交织着,电花四射,电得啪啪响。

这么一走一过,在两伙小青年中,最能引起她注意的是那个长发青年赵松,他手里总拿着一本书,具体什么书不知道,但不管啥书,开卷有益。就像林芬芳自己,书卷不离手。其实赵松就是看她书卷不离手,也学她的样子,随便拿本书,投其所好罢了。有时他看见林芬芳来了,手里实在没有书,现回宿舍拿已然不赶趟儿了,他就顺手拿个记工分的本儿,卷起来,也看不出是啥玩意儿,害得大队会计好一顿找。

只能说,在追漂亮姑娘上,赵松比他们这帮傻狍子略胜一筹,知道糖打哪儿甜,醋打哪儿酸。林芬芳就认准了赵松比他们有书卷气,那一定是个有文化的人,文艺小青年最受青睐。林芬芳已经考虑过自己的终身大事,再漂亮的女人也是要嫁人的,趁着自己年轻,选个意中人。这两伙青年中,她是断然不会选当地青年的,再怎么意气风发,也是大队的农民。她要从知青里选,人家从大城市来,最低也是初中毕业。说来说去,有文化的人,还是喜欢有文化的人。

那次赵松无意当中和我站在路边等林芬芳,但我不是等林芬芳,我就是站着看,看什么呢?什么都看。大春子不让我去知青点,怕我和秋叮叮一样的女知青在一起,学奢侈了,学娇贵了,知道要毛茸兔子之类的玩具。那我就站在路边看,有时看早晨的太阳,看春天的小草,还有飞过的小鸟。我看吴二嫂蓬头垢面地追着孩子打,没打着孩子,还让孩子晃个屁股蹲儿,她就坐地上骂。我看李奶奶站在大道上,每天清晨六七点钟,风雨不误。那个时间点,是她疯癫的时候,她站在大道中间,像登上了舞台,这世界就是她的了,她站在了天地之间,摆好了架势。她疯癫的这个时候,打扮得最为光鲜,她梳朵朵鬃,用黑色的网子网上,头发像抹了头油一般光洁,苍蝇登上去都打滑。她左腿在后,右腿在前,左手掐腰,右手掌伸出,手臂伸直,前后挥舞着,挥舞的频率,随着她说话速度的快慢变化。她的嗓音,比大队的大喇叭还洪亮。但她说的什么,没人能翻译出来。

我姥说，老李太太说的是天上的话和阴间的话，凡人是听不懂的。

的确，整个得胜村，包括得胜镇，只有老李太太能过阴，也就是把逝去的人的愿望和想法带到阳间，说给阳间的亲人听。

我姥爷说，这都是迷信，有些事是赶巧，要破除迷信，解放思想。

老李太太每天早晨在大道上那一通喊，除了我这个忠实的观众，没人听，也没人看，大家已经熟视无睹了，经过她老人家身边的人，都不会停留片刻。我只记住了她开头的一句，因为她每天都用这句开头："揍起你老贾家的外甥，无棱起无棱山妖仙转起后山……"我没事就从嘴里溜达出这句话，觉得好玩儿，背得滚瓜烂熟。大春子听了，免不了给我一巴掌。郝东凯看见了，轻描淡写地说一句："别打了，本来这孩子就魔怔，别再打傻了。"

早晨站在路边，我还能看见大队长老拐。为啥大队长叫老拐？他两条腿不一般长，走路一拐一拐的，不是差很多，也就是大伙儿说的跛脚。我也学他拐拉着走路，我走路就不知不觉中一瘸一拐的了。有时大春子在我身后踹我一脚，我冷不丁腿一软，趴地上了，我才知道，哦，我又学老拐了。

大道这边，早晨的光景有看头。老拐可能刚吃过早饭，他用小拇指剔牙——他的小拇指指甲又弯又长——拐着穿过大道，走进大队部。大喇叭是他的喉舌，往往老李太太早晨的天语和大队长的大喇叭同时响起，且互不干扰。我同时能听清也分清老李太太的天语和大队长的宣言。

大队长的大喇叭也有特色，带着乡村的泥土味。大喇叭一响，我就站在电线杆子底下，仰头看着大喇叭，琢磨着，声音是从大喇叭哪个方位发出来的呢？大喇叭先传出大队长试音的"喂喂"声，"喂喂"声是有节奏的，先两个"喂喂"，稍作停顿，接着另两个"喂喂"，然后进入正题："啊，社员同志们注意了注意了，注意了，啊——后街的老娘们儿，啊，去旱田，给棒米薅草。后街的老娘们儿老娘们儿，老娘们儿注意了，啊——有知青小青年跟你们干活,别咧大彪①啊……"

大队长的语速掌握得恰到好处,前面两个"注意了"是连在一起的,后面的"注意了,啊",是拉长声音的;前面两个"老娘们儿"也是连着说的,后面的"老娘们儿,啊",是拉长声音的。为的是引起重视,重视啥呢?有知青小青年在,老娘们儿别荤的素的啥都往外咧咧。有一次吴二嫂去我家给我妈送鞋样,吴二嫂就那样,到哪儿都黏糊,一屁股坐炕沿上就不走了。在我家,特别是看见我爸郝东凯,她那眼珠子就不转了,盯着我爸看,嘴里啧啧称赞:"哎妈呀,你看看,哎,大春子,你看看你家郝东凯,没挑,双眼爆皮,鼻直口方,哎妈呀,咋就好像看电影明星似的呢?你说咱得胜村要是那北京、上海的,郝东凯准去当电影《侦察兵》里的郭锐了。"

这是多大的赞誉啊,连我这个小毛孩子都知道郭锐,总看电影《侦察兵》,百看不厌,我都记住郭锐有句经典台词,家喻户晓——郭锐戴着白手套,摸了下火炮口,白手套就染上了黑灰,郭锐边走边抖着白手套说:"你们的炮是怎么保养的?……太麻痹,太麻痹啦!"

给我爸夸的,见到吴二嫂就跑。吴二嫂二虎吧唧②的,她看我爸臊得跑,她像打了大胜仗,笑得咯咯的。她也不管守着谁,守着我妈也这么夸。我妈不吱声,任凭她夸去。吴二嫂看我爸跑,也不冷场,跟我妈东家长李家短地唠开了,唠着唠着,就唠到生孩子这事上了,她把脑袋凑到我妈的脑袋边上,两颗脑袋就抵在了一起。吴二嫂还用眼睛余光扫了一眼周围,像是没看见我,或是根本没把我当成人。她们无论咋唠,我都不说话,相当于不存在。吴二嫂压低嗓子,神秘地说:"刘柱家的,又猫下了。"

大春子愣了下说:"这么快,早上我还看见她在大道上溜达呢。这孩子够密的,一年一个。"

吴二嫂嘻嘻笑:"那刘柱要得老勤了,一黑天就拉灯,一拉灯生一个,

---

① 咧大彪:东北方言,意为"说脏话"。
② 二虎吧唧:东北方言,意为"缺心眼"。

一拉灯生一个,跟生猪羔子似的。嘻嘻。"

大春子就抿嘴笑着,轻轻地推她一把。

她俩压低声音说的话,怕人听见,其实我听得一清二楚。我突然说话了,拉着脸,很无辜地问:"妈妈,我也是一拉灯生的吗?"

吴二嫂拍着手笑。大春子揉达我:"不是告诉你了吗?你是雪堆里刨的,是腿肚子里掉下的。"大春子用手点我脑门,"你傻不傻,啥话都往外说!"

吴二嫂已经笑得直不起腰了。都说她虎,关键时刻她倒说了句公道话,给大春子说乐了。吴二嫂说:"你们大人做都做了,还不让人家孩子说。"

所以啊,大队长在大喇叭里喊,别咧大彪啊,是有必要的。

赵松和林芬芳是如何你有情我有意,又是从何时起对上眼光的?还得从头说。大春子不让我去知青点,我也没地方去玩儿,天一放亮我就爬起来了,脸来不及洗就跑到南面知青点。我也学知青们,蹲在绕阳河边洗脸。秋叮叮看见我,就用水撩我,有时把我的头发撩湿了,我就生气了,站在那儿不动,噘着嘴。秋叮叮就跑到我身边,拉着我的手,摇晃着说:"还真生气了,叮叮姐不是和你闹着玩儿吗?"

我就指自己的头发,意思是,你把我头发撩湿了,我生气了。

秋叮叮笑着说:"就这点事啊,一会儿就吹干了。来,叮叮姐给你梳小辫,扎大红花。"秋叮叮把她辫子上的红绸子给我扎上了。我不再羡慕秋叮叮的毛茸兔子,那时大春子已经给我套了只活兔子,比她的毛茸兔子好多了。秋叮叮为此失落了很多,她也觉得活兔子好玩儿。

自从我早上到知青点来,秋叮叮也起得早了,她是来会我的。等我俩洗完脸,知青们才起床。我和秋叮叮在绕阳河岸边奔跑,她追我,有时我追她。绕阳河岸边开满了金黄色的婆婆丁花,我采了婆婆丁花,举给秋叮叮看,早上的太阳正平行照在我举着的花上,太阳光刺得我眼睛眯缝着。

我俩激烈地争论,是早晨的太阳离我们近,还是中午的太阳离我们近。我说:"太阳中午离我们最近,你看多烤得慌啊。"秋叮叮说:"太阳早晨离我们最近,你看又圆又大,看得多清楚啊。"我们俩谁也说不过谁。最后,还是秋叮叮拿我手里的婆婆丁花解围。她唱着说:"婆婆丁开什么花?开黄花,你老婆婆死了我给你当家。"

等我和秋叮叮拿着脸盆回知青点院子的时候,又看见赵松拿着本诗集在拖拉机上轻声朗诵,他不看诗集,就在手里拿着。我看见了,卷着的书皮上,还是那个卷头发的外国人。我记住了,他告诉过我,这是雪莱的诗集。我指着他手里的诗集说:"我认识这个卷头发的外国人,他叫雪莱。"

赵松不搭理我,他继续轻声诵咏着:

> 雨季的太阳啊,淋湿了我的梦,
> 我从梦中醒来,多想回去再栽下一棵相思树,
> 用梦的雨浇灌,蹚过你的河,
> 坐上用水做的船,
> 用梦里的眼泪编织成帆,
> 迎着吹不动的风,
> 追求太阳,下着雨的阳光。

秋叮叮听入迷了,仰着脸,陶醉的样子。我指着赵松的脸说:"你骗人,天上才下雨呢,阳光没下雨,你看阳光。"我指着太阳让他看。

秋叮叮仰着脸看站在拖拉机上的赵松,问:"这也是雪莱的诗吗?"

"不是。"赵松抬头看天,"这是赵松的诗。"

秋叮叮说:"那你教我写诗呗。"

"行倒是行,那你得替我办件事。"赵松依然站在拖拉机上。

我蹦着高说:"叮叮姐,别跟他学写诗,他写得不对。你看,'迎着吹不动的风',到底是人吹风啊,还是风吹人啊?风怎么会不动呢?不动那

叫凤吗?"

赵松已经无语了,他憋了会儿说:"这叫自由抒发诗。说了你也不懂,赶紧走啊,小破孩,我都让你绕迷糊了。"

从知青屋里传出一个人的喊声:"我告诉你啊赵松,别嘚瑟,不让看这种诗,小心把你那破诗集没收了啊。"

赵松从拖拉机上跳下来,凑到秋叮叮跟前,他看了我一眼:"让这个小破孩离远点。"

秋叮叮说:"臭三,你去大门口等着我。"

我看了眼赵松,蔫蔫地向大门口走去。我站在大门口,看见赵松跟秋叮叮小声说话,并从裤兜里拿出一个小薄本子。秋叮叮接过来,放进裤兜。我隐约听见秋叮叮说,指定完成任务。

有人喊:"开饭了。"听到开饭了我才想起,我该回家吃早饭了。秋叮叮跑到大门口,抓住我的手说:"臭三,在知青点吃饭。"我任她拉着我的手,用眼睛询问:"行吗?"秋叮叮用双手拉着我:"怎么不行啊?"她又贴在我的耳朵上说,"吃完饭,有任务。"

我不知道啥叫任务,但我想在知青点吃饭。每天早上我到知青点,他们开早饭的时候,我就回家。我无数次想,他们吃的是什么呢?我特别羡慕他们的集体生活,一铺大炕上,褥子挨着褥子,枕头挨着枕头。早晨的时候,秋叮叮会给我梳辫子,不像大春子,给我梳辫子,揪得我头皮生疼。秋叮叮说在知青点吃饭,我欣然同意了,我拍手,欢喜。

木头钉的长条桌子,我坐在桌角,占不了多大点地方。主食是油炸大饼子,主菜是大酱炸小河鱼。大米稀粥。每个人碗里只有几粒米,汪汪的满碗米汤。我吃得蜜口香甜。有几个男知青吓唬我:"真能吃,再吃,把你当小猪卖了。"

吃饭的时候人多,像在开会,只是这个会杂乱无章,人人畅所欲言,谁想说什么就说什么,东拉西扯的。有人说今天要干的活,有人问你们猜老李太太在大道上喊的是啥意思。

赵松呼啦呼啦吃完,放下碗筷,拿腔作调地说:"魔镜魔镜你说,在这个世界上,谁最漂亮?"

秋叮叮说,白雪公主。

好几个男知青异口同声,林芬芳。

我说,秋叮叮最美。

最后还是说林芬芳美的人多。

周铁铁是知青的排长,他说:"我告诉你们,林芬芳是咱们得胜村最美的女人。"

知青们一听炸窝了,乱哄哄地说:"什么得胜村啊,范围说小了,那是整个得胜镇的大美人。不对不对,是盘山县大美人。"

周铁铁烦叽叽地摆摆手:"都别瞎嚷嚷。我宣布一件正事:我已经和当地小青年达成协议了,谁都不能和林芬芳搞对象……"

又是乱糟糟地问:"为什么呀?……"

他们再说什么我听不着了,秋叮叮拉着我走出了饭堂。我看见赵松给秋叮叮使眼色,还把手指放在嘴上,嘘的意思,不让秋叮叮吱声。秋叮叮拉着我就向西面的大道走去。哎呀,太好了,我最爱去大道上了。

今天来得晚了,老李太太已经喊完回家了,老拐大队长已经在大喇叭里喊"注意了"。秋叮叮和我并排站在路边,秋叮叮说:"臭三,你听我指挥啊。"我不眨眼睛地盯着她看,心里合计,听指挥,是要我跑步走吗?那我俩要往哪儿跑啊?有时我站在学校操场边看学生们上体育课,老师站在一排学生面前,就是这样说的:"听我指挥,跑步走。"我看着秋叮叮,傻愣着说:"那我现在跑了?"

"跑什么跑啊?"秋叮叮拽住我,"咱俩盯住林芬芳,看她来了,你就走过去,拉着她的手,跟她说:'芬芳老师,你好漂亮啊。'然后,你就拉着她往我这儿走,听见了吗?"

我点头,又摇头:"叮叮姐,我不会说啊。"

"就一句话不会说呀?"秋叮叮生气了,"来,你给我背。"

我背了好几遍:"芬芳老师,你好漂亮啊。"

正背着呢,林芬芳亭亭玉立地来了。她走路时腰板拔得溜直,穿着军绿色双排扣大翻领列宁服,白色的衬衫领子翻在外面,标准,时尚。

秋叮叮冲着林芬芳的方向仰一下下巴,意思是让我快去。

我一步三回头地向林芬芳走去,眼看着林芬芳要过大道,我跑着奔向她,脚下轻巧,要飘起的感觉。林芬芳向我伸出手:"哟,孩子,你别卡了。"

我背诵着:"芬芳老师,你好漂亮啊。"然后拉着林芬芳的手,向路边的秋叮叮走去,她也就顺着我走。

秋叮叮激动,又像胆怯,机不可失,时不再来的迫切样子。她从裤兜里掏出那个薄本子,是个红色封皮的笔记本,伸手递给林芬芳,没等林芬芳问,她硬是塞进林芬芳手里。秋叮叮说:"这是赵松让我交给你的。"林芬芳随便打开一页,马上扔进秋叮叮手里,轻声但严厉地说:"告诉赵松,请不要搞这种牛鬼蛇神的事。"

秋叮叮抹搭①一眼林芬芳:"不就几首诗嘛,跟牛鬼蛇神扯得上吗?"

林芬芳愤怒地疾步走远了,她也许没听见秋叮叮的话。

我用眼睛询问秋叮叮:"我做错了吗?"

秋叮叮爱怜地抚摸了下我的脸:"你做得很好。是这个林芬芳,太傲慢自大。"

我模仿着秋叮叮说:"那咱的任务完成了?"

"算是完成了,但赵松不会满意。"秋叮叮看着笔记本里面的诗说,"多有深意的诗啊。"

诗跟我没有关系,我只想着今天有人跟我玩儿了。我说:"叮叮姐,现在咱们去哪儿玩儿?"秋叮叮说:"你快回家吧,我可没工夫和你玩儿,我要上地干活去了。"我轻描淡写地说:"那就歇一天呗。"秋叮叮认真地说:

---

① 抹搭:东北方言,即眼皮向下而不合拢。

"那可不行,一天都不能歇,我要当劳动模范,将来我要上大学。"我有点糊涂了,上学就没有空干活,那干活当劳动模范和上大学有啥关系呢?唉,大人的世界,真是难懂。

秋叮叮看着瘦弱,知青点里却数她最能干。连大春子都说:"人啊,真不可貌相,这个秋叮叮啊,看着娇滴滴的,无论是下田插秧,还是上玉米地拔草,她都拿着个毛茸小兔子,哪儿像个干活的?哎,就数她最能吃苦。开始是不会干活,但她认学认干,别人休息,她不休息,一定要把进度赶上来。有时候,她那一条垄铲到头了,再回来接别人,帮着其他人干活。真是个好女子!"刘家的大嫂说给她当闺女吧,李家的大娘说给她当儿媳妇吧。有人撇嘴,就说了:"人家秋叮叮是大城市来的,能看上咱这村里?你们都消停吧。"王家大姐接话了:"我舅家儿子老帅了,在盘山县上班,那可是吃公家饭的。"

秋叮叮就抿嘴笑,她不闪任何一个人的面子,也不回答任何一个人的问话,她忙着手里的活,得空的时候就拿出带着的毛茸小兔子,或者小狗啊什么的,摆弄会儿。休息时间她就看包里带着的书,也不知道啥书,她的书是藏起来的,看的时候也不让别人看,别人问起,她就敷衍着说,啊,看着玩儿的。秋叮叮看书和赵松不一样,赵松是时刻拿在手里,就怕别人看不见,而秋叮叮是随身带着,藏着掖着,得空偷摸看。

秋叮叮和我在大道分手后,来不及回知青点,也来不及找赵松,所以,她就拿着赵松的笔记本去跟那帮老娘们儿上地干活了。那天中午休息的时候,她看了赵松的笔记本,里面有十多首诗,都是赵松的诗。她看得似懂非懂,但她渴望看,一口气看完,意犹未尽。从那时起,她就喜欢上了诗。

还是缘于诗,林芬芳和赵松走近的。第一次林芬芳拒绝了赵松,她不是拒绝诗,而是拒绝他这个人。虽然总看见赵松书卷不离手,但也不能完全说明他就是个知识渊博的人。林芬芳看见赵松了,也想着他的诗了,但她矜持着,还是不想搭理他。

赵松这个人在群众眼里不太老实，偷奸耍滑，拈轻怕重，能不上地干活就不去。他梳着一头文艺范儿的长头发，手里卷着一本书，不是坐在树下，就是爬上树，坐在树杈上，有时望着远方冥思苦想，有时假模假式地低头看书。他为什么比别的知青起得早？一是他偷懒，有充足的睡眠时间；二是最重要的，他起来要做的第一件事是看天，看天上的云彩。他坐在院子中间的拖拉机上，望着东面的天空，心里默念着，今天会不会下雨？看云彩多了起来，哦，又多了一片，哈哈，云的颜色也在变化，由白变乌。

如果下起雨来，赵松就在院子里欢呼跳跃："亲爱的兄弟姐妹们，下雨了！下雨了！今天不用出工了！"如果雨下着下着停了，他就沮丧地坐在拖拉机上看诗集。往往是，看见秋叮叮从女知青屋走出来，他就喊："秋叮叮，快来看，来嘛。"秋叮叮揉着睡意蒙眬的眼睛说："有什么好看的？我都知道你要说什么：'秋叮叮，你看东面的云彩，多厚啊，今天指定下雨。'"赵松也不恼，指着秋叮叮说："你呀，哪儿都好，就是太聪明了。一个女孩子，那么聪明干什么吗？"秋叮叮一歪脖子，一甩小辫，说："我乐意。"再说，对秋叮叮来说，雨天晴天对她是一样的，她每天都出工，无论下雨下雪。赵松的懒惰和秋叮叮的勤快形成鲜明的对比，而他俩还总在一起研究事情。

第一次赵松的诗集没送出去，赵松是晚上才知道这个"噩耗"的，他觉得那晚的星星都失去了光芒。他惴惴不安地等了一天，因为秋叮叮只要上地干活就是一天，晚上才回来。他还埋怨秋叮叮咋不早告诉他。秋叮叮说，早告诉晚告诉都是一个结果——拒收。他俩晚上就坐在拖拉机上，连夜讨论原因。那晚的月亮很圆，春寒料峭，秋叮叮就穿个夹袄，冻得瑟瑟发抖，嘴上说不冷。赵松感激不尽，他从裤兜里掏出一瓶友谊牌雪花膏，说这个是从宁波带来的，自己没舍得用，本来是想送给她的。赵松是说"她"，没提名字，但这个"她"指定不是秋叮叮。赵松用袖子擦了两下雪花膏瓶子，郑重地递给秋叮叮。

这时候，月亮刚钻出云层，又圆又亮，正好照在秋叮叮的眼睛上，闪闪发光。秋叮叮爱惜地接在手里。她的脸风吹日晒的，已经起皮了，她正想买瓶雪花膏，不舍得。好不容易攒点钱，去盘山县城，本来是想买雪花膏的，看见了毛茸猪猪，得，买毛茸猪猪了。她对这些小毛茸动物玩具实在无法抗拒。看着手里的雪花膏，她心里想，怎么着也得给赵松哥们儿出点主意，否则对不起这瓶雪花膏。秋叮叮怕给别人抢去似的，麻利地放进衣服兜里。

谁也不会怀疑赵松和秋叮叮在一起会有什么猫儿腻，大家都把他俩看成是天外来客，因为他俩都跟正常人不一样。就说赵松吧，一个大男人，文弱，凡是老爷们儿干的活他都干不了。老拐大队长安排他干活是最头疼的，给他放到男人堆里，谁也不愿意跟他一伙——他啥也不干啊，杵在那里，不干活还碍事，手里拿着一本书，反正这手里是不能空着。有一次，大队会计找不到计工分的本儿了，翻箱倒柜地找，最后晌午下工的时候，在大道上，看见赵松手里握着一卷纸，仔细一看，正是记工分的本儿。会计上去从他手里抢过记工分的本儿，说："你拿我记工分的本儿干啥呀？害得我找了一上午。"赵松不以为然地说："我早上忘了带书，看见大队部桌子上有本儿，我也没看是啥，就卷起来，拿在手里了。这有啥呀？你那本子闲着也是闲着。"会计不解地嘲笑："我说你那爪子里没个抓挠就活不了呗？"赵松不生气，他神秘地说："其中的奥秘我是不会告诉你的。"说完扬长而去。会计长长地舒口气，总算是找到了，如果没了，那谁出多少工挣多少工分，不成了一笔糊涂账吗？那他这个会计也干到头了。

谁都不把赵松当正常人看，他爱写诗，爱背诗，还爱当众朗诵诗。那不叫才华，那能当饭吃吗？大队长看他是个废材，还赶不上个好老娘们儿，就把他安排到老娘们儿堆里干活。到了地里，他坐在地头看诗集，发呆，老娘们儿也就把他当空气，不当人了，说些荤素的话也就不背着他了。

你说一天累得贼死，唠点拉灯后炕上那点事，也算解解乏。别看赵松不吱声，他又不聋，老娘们儿唠的黄嗑都让他听去了，他回到知青点，就向那些男知青传播。幸好知青点的周铁铁及时制止，这才把恶劣的影响消灭在萌芽状态。

再说秋叮叮吧,知青点她最小,看上去懵懵懂懂,四六不懂,整天抱个毛茸玩具,就像个长不大的孩子,但她贼能干,不知疲倦,就是男知青也没有她的劲头。就这两个不正常的人在一起,能掀起啥大风大浪?谁能料到,这俩人真就掀起大风大浪了。秋叮叮把赵松当哥们儿处,必须指点迷津,她说:"赵松,你诗写得是好,我今天在地里都看了,但是很难理解,太抽象了。"

赵松听挑他诗的毛病,连忙解释:"我偷摸读了多少外国诗,也学了多少外国诗,就像雪莱的诗,那也算是世界顶级的了。那么,我的诗也带着洋味啊。"秋叮叮说:"那外国的诗到咱这儿不灵,水土不服,到咱得胜村更不灵。你得写有你自己风格的诗。反正我也说不明白,不知道你听明白了吗?"赵松点头,大彻大悟的样子,说他听明白了。看见了吧,这俩人就这么怪,一个没说明白,另一个却听明白了。当然了,讨论到最后,这个爱情的使者还得由秋叮叮担任,外加半拉人——臭三我。

春夜实在太冷了,各种夜晚行动的生灵抽冷子叫唤几声,秋叮叮提出回屋休息。赵松说:"那咱俩得拉钩,你要为我保守秘密,跟谁都不能说。"秋叮叮伸出小手指,俩人拉钩,拉钩上吊,一百年不泄露秘密。拉完钩,赵松这才放心地去睡觉。

第二天一早,我又准点站在了知青点大门口,大院里一个人都没有,太早了,没看见秋叮叮。我就去绕阳河边找,果然,秋叮叮在河边洗脸呢。她见到我,顾不上擦脸,说:"小臭三,可把你等来了。你快去,把赵松叫来,有事商量。"

我说:"我从你们知青大院来,没见到赵松啊。"

秋叮叮摆手轰我说:"去,你现在去他就在了。"

我颠儿颠儿地跑到知青大院,果然看见赵松站在拖拉机上,遥望着东面的天空:"看见了吧?今天要下雨了,要下雨了……"他念抒情诗一样地朗诵着:

要下雨了,你走过那棵桃花树,

不偏不倚,一片桃花瓣落在你的秀发上,

芳香染红了村庄。

要下雨了,我为你撑起一把桃花伞,

纷纷飘落我那粉色的忧伤,无边无际,

砸疼了你思念的心房。

要下雨了,你从桃花树下走过,

桃花雨打湿我的眼睛,

我的泪水肆意成河荡漾。

我耐心地听赵松朗诵完"要下雨了",站在大院门口,向他摆手,意思是让他上我这儿来。

赵松不耐烦地跳下拖拉机。这是一台报废拖拉机,除了赵松,没人到顶上去,那儿成了他抒情的领地,久而久之,其他人谁也不上去,好像谁站到那个破拖拉机上,谁就是二百五。谁放着好名声不要,去惹麻烦?

走到我身边的赵松,斜睐着眼睛说:"小哑巴,小傻子,找我干啥?"我指了下河边,比画完了,我才说:"你是二百五。"

"哎,这会儿你说话了。"赵松很奇怪地看着我,"以后说话,别老比画,让人以为你是个小哑巴。"

我又不吱声了,带头向河边走去。

见到秋叮叮,赵松一副厌倦的样子,指着我:"秋叮叮,你带这个小尾巴,碍事。"

"差矣。"秋叮叮诡秘地笑着,"一个饭店饭菜做得再好,没有跑堂的,美味佳肴怎么上桌?飞吗?"她把我拉到身边,介绍,"臭三,资深跑堂的。"

赵松一副痛不欲生的样子,坐在草地上,烦叽叽地说:"秋大明白,快指示吧,咋办? 不然,煮熟的鸭子就飞了,让人家抢去了。"

秋叮叮托着两腮,苦思冥想的样子:"你把你最好的诗教给臭三,让她来奉上。"

"她? 话还说不全。"赵松摇头。

"我会背。"我说。

"来,你背背,我听听。"赵松从草地上站起来。

我背了段跳大神的唱词:

> 日落西山黑了天。
> 家家户户把门闩。
> 行路君子奔客栈,
> 鸟奔山林虎归山。
> 鸟奔山林有了安身处,虎要归山得安然。
> 头顶七星琉璃瓦,脚踏八棱紫金砖。
> 脚踩地,头顶天,
> 迈开大步走连环,双足站稳靠营盘,
> 摆上香案请神仙。

赵松嘿嘿笑了两声,说道:"真是各走一精啊。好吧,好吧,我服了。我教你一首诗啊,我先朗诵一遍。

> 告诉我,星星,你用明光的羽翼,
> 奔赶你火焰似的航程,匆匆飞行,
> 在夜的什么样的洞穴里,
> 你将收敛你的羽翎?"

"停!"秋叮叮止住了赵松,"你这诗啥玩意儿? 不懂。"

赵松不屑,嘲笑秋叮叮,这是雪莱的《宇宙流浪者》。

秋叮叮说:"我不都说了吗?这外国的诗在得胜村不灵。整个像唐诗宋词啥的,也比这强。"

赵松这回愉快地答应了:"好吧,教你个易懂的。来,臭三,跟我念。

春有百花秋有月,夏有凉风冬有雪。
莫将闲事挂心头,便是人间好时节。"

两遍我就背熟了。秋叮叮盯着我,又有了想法:"不能都背诵对了,得给别人留有纠错的余地,特别是老师。这样啊,臭三,最后一句啊,改成'便是人间好生活'。"

显然,赵松已经不愿意管我和秋叮叮的事了,随便吧。他从裤兜里拿出一张叠得四四方方的纸,递给秋叮叮,说把这首"要下雨了"粘进笔记本里。秋叮叮嫌弃地不接,说:"又是那个外国人的诗吧?"赵松说:"不是,是我自己写的。"秋叮叮说:"哦,那行。等吃早饭的时候,我用玉米粥粘上。"

散落在得胜村各个角落的桃树,到了春天才映入人们眼帘,不觉间花开了。那些桃树,有长在路边的,有长在洼地的,还有长在院子角上的,这会儿都暗自飘香了。正值三月,我和秋叮叮站在一棵长歪了的桃树下,早晨的风凉,掠过桃树,花瓣纷落,落了秋叮叮的头发上。我瞅着她笑,就是不告诉她,她的头发上有花瓣。是秋叮叮说的,今天站在桃树下,看见林芬芳来就大声背诵"春有百花"。我点头,背诵比让我说容易。又有几瓣粉色的桃花落在了秋叮叮的头发上,真好看,我就看着她笑。

笑着笑着,我不笑了。我看见了林芬芳手里拿着一本书走来,高挑个儿,迈着轻快的步伐。我隐约还听见她唱歌了,细细的、绵绵的,像桃花一样甜,她的歌声是有甜味的。

我兴奋地高声背诵着:

春有百花秋有月,夏有凉风冬有雪。

莫将闲事挂心头,便是人间……

到了"便是人间好时节"这儿,我卡壳了,我想念"好时节",又怕秋叮叮说我,她告诉我,是"好生活"。我看着秋叮叮,看她的口型。然后,我又大声背诵着:"便是人间好生活。"一开始,林芬芳一边走着,一边赞许地看着我,还冲我点点头。她今天离我很近,近得我都闻到了她身上的雪花膏味。但听到我背诵"便是人间好生活"时,她站住,并折返身,走到我跟前,抚摸着我的头说:"臭三,谁教你的?"

我摇摇头。

林芬芳也不再追究谁教的事:"来,跟老师念,'便是人间好时节'。"

我大声地跟着念。林芬芳又说:"这回记住了?"我点头。

林芬芳向我挥挥手,她向大道对面走去,刚走了两步,就听秋叮叮大声朗诵赵松的诗。我看秋叮叮正翻开赵松的那个笔记本,朗诵着:

要下雨了,你走过那棵桃花树,
不偏不倚,一片桃花瓣落在你的秀发上,
芳香染红了村庄。
要下雨了,我为你撑起一把桃花伞,
纷纷飘落我那粉色的忧伤,无边无际,
砸疼了你思念的心房。
……

我说过了,早晨的风凉,也硬,穿透了桃花树,花瓣飘落,又落在了秋叮叮的头发上,也落在了我的头发上,但我是看不见自己的头上的。是这样的情景:一棵桃树,花团锦簇,风吹过,有三三两两的桃花瓣飘落,粉嫩粉嫩的,似要滴出水来。好像让桃花闹的,空气也湿润了起来。桃树下站着两个女孩,一高一矮,个儿矮的女孩梳着两把精细的黄毛小"刷子",个儿高的女孩梳着刚搭到肩头的麻花辫,她们的头上落着几瓣桃花。个儿高的女孩捧着笔记本高声而专注地朗诵着诗句,而个儿矮的女孩仰头看着,笑眯眯的。

林芬芳回来了,我拉了下秋叮叮的衣服,秋叮叮不看我,继续朗诵。

"这是谁写的诗?"林芬芳开门见山地问秋叮叮。她还抬头看了眼那一树桃花。

秋叮叮把笔记本递给她说:"林老师,您自己看吧。"说着把笔记本塞进了林芬芳手里,林芬芳轻轻念出赵松的名字。

这时候,一只鸟落在了桃树上,婉转的鸣啾响在空中,片刻,飞走了。秋叮叮拉着我跑了,跑得飞快,我都跟不上了。秋叮叮使劲拉着我跑,跑到一棵柳树边,她拉着我躲在柳树后。秋叮叮露出半张脸,窥视着林芬芳,她屏住呼吸,我是大口喘气。我问:"叮叮姐,你偷看啥?"

秋叮叮看着远处,说:"我看林芬芳,她要是把笔记本撇了,我好去捡,那可是赵松的诗啊。"

我也把半张脸伸到柳树外,帮着秋叮叮偷窥。林芬芳站在桃树下,她把笔记本和手里的书合到一块,拿着,转身离开了桃树,渐渐地远去。

秋叮叮看了眼手腕上的手表,赶紧撒开我的手,惊呼:"哎呀,不赶趟儿了,我今天要去水电站了。"

叮叮姐手腕上的表是上海牌的,她跟我说过,是下乡时她爸爸送她的,是她爸爸的手表。那表盘比叮叮姐的手腕还粗。"上海"两个字我认识,叮叮姐指着表盘玻璃里的"上海"教我怎么念了。"上海"的"上"字我都会写,太简单了,我用柳树枝在地上就能写,这个"上"字简单得不像字了,像树杈。

水电站的事我知道,从去年就开始建设了。说是建成了,可以节约国家的电,这是用水发电。绕阳河那边正在建水磨,快建好了,以后磨米磨面去水磨就行了。听我妈说,来的知青里面,人才可多了,有懂水利的,所以,建水电站,建水磨。

第三章　表彰会上

秋叮叮去了建水电站的工地,又剩下我一个人了。我回到家,我姥说我:"还知道回家啊,怪不得你妈说你,像个野孩子。"我姥歪在炕角抽着大烟袋,金黄的烟叶,在那个铜烟袋锅里,慢慢化为灰烬。然后,我姥翻过烟袋锅,在炕沿上磕打了两下,把大烟袋收在炕里,跟我说:"臭三,又去知青点了?"

我点头,亢奋地为我姥朗诵早晨学会的"春有百花"。

我姥说:"那些知青都是大城市来的,都有文化。唉,话又说回来了,念那些诗啊歌啊的没啥用,还是跟姥学跳大神吧。来,姥教你唱词,记住了啊。哎,俺家臭三脑瓜灵,一教就背下来了。"

我说:"姥啊,这'春有百花'啊,知青教错了,林芬芳老师教对了。"我姥好像对林芬芳这个名字很漠然,她没有搭话。说到这儿的时候,我父亲和林芬芳还半点边没搭上呢。

家里面很清静,两个姐姐上学去了,我爸去卫生所了,我妈、我姥爷去地里干活了。院子里也安静得很,大黄狗在院子里大门后面趴着呢,压着狗爪子,不时地抬头看一眼,看没啥动静,又死眉耷眼地压爪眯着了。狸花猫蹲在窗台上,有一下没一下地用前爪洗脸。公鸡、母鸡,都溜墙边,或者樟树边,刨食吃。

我姥教我背跳大神的唱词。我站在炕上,立立正正地站着,我姥用大烟袋在炕沿上轻轻敲打着鼓点,我一字一板地背着。我看见狸花猫跳下窗台,我也跳下炕,追猫去了。为啥我要追猫?那时候我养的小灰兔子还没死,养在院子西面的仓房里,仓房门不严实,狸花猫总能挤进仓房,它总拿爪子够小兔子。我怕狸花猫把兔子挠伤了。我姥就在炕上喊:"这孩子咋没长性呢?念得好好的,噌家伙没影了。"

不是林芬芳拿到赵松的笔记本,念了他的几首歪诗就接受他了,他想得美,没那么容易。

"好雨知时节,当春乃发生。"这好雨昨晚就淅淅沥沥地下了,我爸郝东凯昨晚回来的时候已经 11 点了,我都睡觉了。郝东凯背着药箱进屋说:"大伙儿干劲真大,水电站马上要建成了。我上工地了,有手磨破的,那砖头、石头上都带着血。有的知青可真能干。就说那个叫秋叮叮的女娃娃,看着像个孩子,别人休息,她还搬砖呢,腿磕破了,还说没事,我给她上的药。有操蛋的,最操蛋的就是那个长头发的神经,叫赵啥玩意儿了?哦,赵松。就拿个图纸比画。可也是,这家伙会看图纸,也算是有点小本事。"

大春子招呼:"看你,衣服都湿了,快脱了,别着凉了。"大春子可能关心郝东凯胜过关心她的三个女儿。每天我是和两个姐姐在东屋跟我姥住,今天我愣是赖着,在西屋炕上睡。大春子说在哪儿睡不能换地方,这叫生活有规律。

我今晚就想在西屋住,我说:"凭啥你俩占这么大炕啊?"

大春子用手指点我脑门:"就你为啥为啥多。"

郝东凯边脱外衣边兴致勃勃地说:"这雨啊,'随风潜入夜,润物细无声'。"

大春子问:"你说的啥呀?一套一套的。"

郝东凯打个哈欠说:"我说外面的雨。"

"你就说晚上下雨得了呗。"大春子把我往边上挪挪,"快躺下吧,炕上热乎。这晚上下雨好啊,浇灌了庄稼,还不耽误明天上地干活。"

我记住了我爸说的"随风潜入夜",在梦里我还念叨这句诗呢。

河水还冰手,秋叮叮捧着河水洗脸,又把手放在嘴上哈着。她的手指被河水冻红了,打弯都费劲。早上的时候还下着蒙蒙细雨,雨细得像雾。我就踏着这雨雾来到了绕阳河,河边更是雨雾蒙蒙。我拉过秋叮叮的手,抓在我的小手里,给她焐焐。

雨雾中听到拖拉机的声音,渐渐近了,是赵松,他开着手扶拖拉机。这台破手扶拖拉机我看见过,在大队部的院子里,扔那儿老长时间了。赵松说是他把手扶拖拉机修好的,零件是他到公社供销社买的,花的是自己的钱。秋叮叮甩着两手的水说:"你咋这么先进了呢?"赵松跳下拖拉机说:"我要做给林芬芳看。"秋叮叮不屑地撇着嘴说:"人家稀不稀看啊?"赵松望着远方,憧憬得眼泪汪汪,说:"那不一定,她收下我的笔记本,就说明她看了里面的诗,呵呵。"秋叮叮说:"可能半道撇了呢。"赵松声音有点大了:"你竟说丧气的话,你看见她撇了吗?"赵松从兜里掏出笔记本,"这不在我这儿呢吗?"秋叮叮惊讶:"这可不能怨我,我可是完成任务了,我亲手把笔记本塞进她手里的。"赵松嘲笑秋叮叮:"你呀,就是个小孩。我还能是在哪儿捡的?是林芬芳亲自还给我的。"秋叮叮撇下嘴:"那又能说明啥?"赵松拿出笔记本翻开让秋叮叮看:"秋叮叮,我问你一个事,你看这页,那首诗'要下雨了'是你撕掉了吗?"

秋叮叮拿在手里仔细看着说:"不对呀,明明是我亲手粘上的,咋没了?"秋叮叮看着赵松,"我在桃树下还看着朗读了呢,然后我才塞进林芬芳手里的。要说撕掉了,也不是我,那指定是林芬芳撕的。"

秋叮叮这样解释,她是怕赵松赖上她撕掉了他的宝贝诗。

哈哈,赵松捧着笔记本转圈,高兴。

都说赵松神经病,还真是的,自己转圈笑。别的病我不懂,但这神经病我可知道,也就是疯子,就像李奶奶,就是早晨疯那么一阵子。赵松激动地看着秋叮叮,喜不自禁地说:"秋叮叮你知道谁把那页撕去了吗?是林芬芳。这说明什么问题呢?说明她喜欢。"赵松用摇把摇着了拖拉机,突突突……拖拉机声震天响,这会儿,说话要喊着说了。赵松轻快地跳上拖拉机驾驶座,他说要去水电站工地。

秋叮叮站在拖拉机的旁边,喊着说:"太阳打西面出了,你不是天天盼望着下雨吗?下雨了,你咋还积极了呢?"

"受刺激了,我的小心脏承受不了啊!"赵松带着哭腔说,"我也不瞒你了,也不怕你笑话了。"他歪头看了眼我,秋叮叮站在拖拉机头跟前,我站在秋叮叮身后,歪头看拖拉机上的他,也许他没把我当人,接着说,"林芬芳把笔记本递给我时说:'以后别整这种把戏,离我远点,二流子。你呀,赶不上这里的诗。'"赵松捂着眼睛,假装悲伤,"二流子?多伤人心啊!所以,从今往后,我不在老娘们儿堆里混了。我会看图纸,我会修理机械,我为什么要当二流子?从今天开始,加油!"

秋叮叮给赵松鼓掌,我也跟着鼓掌:"这是爱情的力量。"

赵松启动拖拉机:"你知道啥,小破孩。"

"我知道,'随风潜入夜,润物细无声'。"我瞪着两只眼睛,没头没脑地喊。

赵松又停下拖拉机,惊喜地张着嘴:"哎,臭三行啊!前面两句怎么念?"我摇头,他提示,"你看天,下雨了,你看草绿了,春天。"我还是摇头。"嗨,怎么又像个小傻子了?来跟我念:'好雨知时节,当春乃发生。随风潜入夜,润物细无声。'"

赵松也不管我是否听见,开着拖拉机突突突远去了。秋叮叮望着远去的拖拉机说:"赵松的春天到了。"我也看着远方,就不解了,春天怎么就是赵松的呢?我怯怯地说:"春天是我们大家的。"秋叮叮说她也要去水电站工地了,让我回家玩儿吧。我说:"你不是腿受伤了吗?就歇一天吧,我爸说今天还要给你换药呢。"

"不,一天也不能休息,我要出满勤。你还小,你不懂。"秋叮叮说完,拿上脸盆去知青点大院了,留下我一个人孤零零地站在河边。

雨雾笼罩着河面,河显得又宽又远,深不可测。我坐在河边看河,草地上湿漉漉的,鞋子湿了,裤子也湿了,但我不觉得冷,雨雾罩湿了我的头发。我能听到各种声音。先是听到了风悄悄过河的声音,咝咝地响。一会儿又听到风不分方向横冲直撞的声音,愣将雾蒙蒙的河面,撞开了无数条明亮的线,这些明亮的线四处飘散,雨雾不翼而飞,河面清亮亮地耀眼。我听见鱼在水里游泳的声音,单个的、成群的,好像厮打着,有打急眼的,跳出了水面。我还听见草丛里虫子的叫声,还听见鸟叫。我四处撒摸①,我的身后有一棵小树,我以为是小树上有鸟,结果没有,但那棵树能发出鸟叫的声音。也许这棵树太孤单了,就学鸟叫。

我又听见风过河了,急一阵,缓一阵,又呼呼啦啦的。一群野鸭从河面飞起,它们的羽毛是闪光的绿,在太阳的照耀下闪着光,那光是变化的。我听到了野鸭下蛋的声音,不是来自草丛,而是来自天空。难道野鸭在天空中下蛋吗?我不相信,可是我确实听到了,那是一种什么样的声音,我说不清楚。

不可能的事情总在发生着,赵松和林芬芳真就恋爱了。水电站建成了,开表彰大会,赵松被选为劳模了,戴着大红花,满面红光地接过大队长颁发的奖状。这个表彰大会开得隆重,林芬芳老师带领学生们也参加了,学生们先唱的《劳动最光荣》,孩子们个头矮,林芬芳领着他们坐在前排。戴大红花的还有秋叮叮,她的两条麻花辫上扎着粉绸子。还有好几个人,有知青,也有当地的小伙子。戴大红花的人里面,我就认识赵松和秋叮叮。我姥也去了,她牵着我的手,与其说她牵着我的手,不如说我是她的小拐棍。

站在木板舞台上的赵松,眼睛一直看着林芬芳,把发给他的奖状拿反了还浑然不觉。林芬芳看见他拿反奖状,捂着嘴笑了。林芬芳笑,赵松看得清清楚楚,林芬芳坐前面第一排,赵松站在台上,大队干部坐在主席台上,赵松等劳模都站在大队干部前面,那他离林芬芳最近了。他看林芬芳笑,心里美滋滋的,以为林芬芳看他当劳模了高兴的,完全没想到是他自作多情。林芬芳就指赵松手里拿的奖状,赵松就笑了,笑得自豪,以为夸

---

① 撒摸:东北方言,意为"偷偷摸摸地侦查"。

他,夸他的奖状。林芬芳索性站起来,猫着腰,快步走到他跟前,把他的奖状拿正,又快速坐回座位上。

  劳模上台亮完相了,回到前排的座位上。赵松和林芬芳中间隔着好几个学生,赵松不自觉地歪头看林芬芳,又假装低头系鞋带。会快要结束了,有几个当地青年和知青喊,让劳模来个节目。有起头的,大家就呜嗷地喊。当地小青年范潇典喊得嘹亮,指名道姓:"秋叮叮来一个!秋叮叮来一个!"

  知青里有个随身携带乐器的,他叫周铁铁,无论田间地头都能听到他的手风琴声。在田间地头他演奏的是谁都能听懂的《社会主义好》,当他的琴声响起的时候,连得胜村的农民都跟着唱,这首歌深入民心、家喻户晓啊。等他回到知青点,吃过晚饭,月亮升起来的时候,他会坐在院子里的稻草垛上,抱着他心爱的手风琴,拉响苏联歌曲《小路》《红莓花儿开》《莫斯科郊外的晚上》,有的女知青随着琴声唱歌,也有随着琴声跳舞的。要说跳舞,谁也没有秋叮叮跳得优美而标致。她会下叉,还会弯腰,这些高难度的舞姿,整个知青点,只有秋叮叮能做到。秋叮叮也是文艺骨干。

  别看周铁铁拉着手风琴,风度翩翩,文艺范儿十足,他还是知青点的头儿,大家都叫他铁排长,具体这个排长搁哪儿论的就无从考究了。

  那个谁也不许和林芬芳搞对象的倡议书就是他起草的,和当地的小青年达成协议也是由他谈判签署的。

  当地小青年的头儿叫范潇典,初中文化,二十二三岁。要说怎么也轮不到他当头儿,还是仰仗着他爹是老拐大队长。其实老拐这人也挺好,就是爱占点小便宜,范潇典死看不上他这点,爷俩别到一块,到一块准掐。老拐祖上传下来的有个绝活,会皮影表演,虽然老拐没把皮影艺术精髓学到家,但也能比画那么几出戏。耳濡目染,范潇典比老拐比画得还好,他是偷学的。老拐是不想传给范潇典的,他认为男儿应该志在四方,搬弄皮影没啥出息。皮影算是个手艺吧,正式场合还称之为艺术。这个祖传的手艺,他不想在自己手里失传,他想传给自己女儿小珍,可小珍连看都不看,她不爱好。可以说范潇典是偷艺。别看老拐把个祖传的艺术学得稀松平常,也从没把皮影当盘菜,那他也不想把这门艺术教给范潇典,他更不舍得祖传的那两箱子宝贝——清代的小牛皮皮影,落到范潇典手里,他怕给鼓捣坏了。老拐其实也不指望皮影戏出多大彩,他保留这两箱子皮影,是希望有朝一日能当文物卖点钱花,这是他冒着生命危险保留下来的,破"四旧"的时候险些毁于一旦。按理说,儿子范潇典有能力传承,他理应高兴,但他怎么也高兴不起来,有时他也骂自己鼠目寸光、小肚鸡肠。

周铁铁和范潇典是一对欢喜冤家,既对立又融洽。在农闲的时候,或者夏天夜里闲得睡不着的时候,还有放露天电影的时候,他俩总是要合作,演上一场皮影戏。范潇典十指灵活地操纵着皮影,还负责说唱。周铁铁拉手风琴,给范潇典伴奏,虽然按理说用二胡伴奏最地道,因为得胜村的皮影戏唱腔接近二人转的唱腔,有的皮影戏完全是二人转的唱法。他们就是在这种既斗争又合作的岁月中建立了特殊的友谊,其中一项友谊就是,知青和当地小青年都不能追求林芬芳,就那么远远地看着,静静地欣赏着,保持一定的距离,这是多么幸福的事情啊!共识达成,口说无凭,立字为据。周铁铁起草的倡议书,男知青和当地男青年聚集在一起,共同通过,由周铁铁和范潇典代表双方签字。

到这儿大家妥妥地放心了,林芬芳是我们大家的林芬芳,同时又不属于我们大家。这就更有魅力了。包括赵松,他当时也是举双手赞成的,后来却对大家背信弃义。他不怨自己,他总结出一条"真理":什么也没有心的变化快,什么我心永恒,那都是心如止水的人说的,保持一颗激情澎湃的心的人,万万说不出这种话的。别看他表面波澜不惊,但他内心时刻悸动,要不他咋能写出诗呢?他把对大家的失信,又赖到了诗上,也许每个诗人都保持着一颗少年而又浪漫的心。

哦,还是回到表彰大会会场吧。第一个上台表演的是秋叮叮,是她最拿手的藏族舞蹈《北京的金山上》。周铁铁斜坐在舞台的一角,拉手风琴伴奏。马上就有人送上一条长围脖,秋叮叮把长围脖从脖子上搭过去,两只手拿着两边,当藏族服装的长袖子。秋叮叮这支舞蹈跳了无数次了,但是大伙儿百看不厌。秋叮叮不但跳舞,还自己歌唱。秋叮叮跳得优美,唱得婉转。大伙儿都期待着她在最后一句的经典动作:"我们迈步走在社会主义幸福的大道上,哎,巴扎嘿。"

"哎,巴扎嘿"的时候,秋叮叮两只手呈扇子形向前伸开,右脚也向前迈出一步,但脚跟着地,脚尖冲上,身子微微前倾。然后大家爆发出雷鸣般的掌声。演完了,秋叮叮站在台上鞠躬,伸了下舌头,跑下台。

第二个上场的是赵松,他不是别人千呼万唤推上台的。大家都在喊:"周铁铁,来个手风琴独奏,《骏马奔驰保边疆》。"赵松却自告奋勇,说:"我来一个。"

范潇典起哄:"你会啥呀?下去吧。"

大伙儿都觉得赵松神经兮兮的,不会唱,不会跳。他说他来个诗朗诵,普希金的爱情诗,《我曾经爱过你》,还让周铁铁给他手风琴伴奏,说这叫配乐诗朗诵。

手风琴音乐起,舒缓、清丽的乐曲从周铁铁的手风琴里飘出,那音乐清丽得像绕阳河的流水,舒缓得像午后的云彩。赵松在这抒情的乐曲声中,朗诵着普希金的爱情诗。他戴着大红花,他怎么舍得这么快就摘掉呢?这可是他日日夜夜奋斗出来的,那个手扶拖拉机,他修了五天,还自己出钱买了零件。他以前看图纸,从来不干活,指挥大家干活。而为了博得林芬芳的芳心,为了在林芬芳心里、眼里删除二流子的印象,他也是拼了。他搬砖、搬石头,手磨出泡,磨出血,再磨出茧,到最后,他总结出一个道理:只要心中有爱,就没有累死人的工作。赵松总是把上地干活、上工地干活说成工作,开手扶拖拉机也是工作,他幻想着,有一天他真的坐在窗明几净的办公室里工作。现在他站在台上,面对着仰慕他的人们,他自己认为是这样,这才是他真正的样子。他那么近距离地凝视着林芬芳的眼睛,心潮澎湃。他稍稍平复心情,听着手风琴乐曲,仿佛一条缓缓悠长

的河流从胸膛流过,滋润着他。他抑扬顿挫地朗诵着:

> 我曾经爱过你:爱情,也许
> 在我的心灵里还没有完全消亡,
> 但愿它不会再打扰你,
> 我也不想再使你难过悲伤。
> 我曾经默默无语、毫无指望地爱过你,
> 我既忍受着羞怯,又忍受着嫉妒的折磨,
> 我曾经那样真诚、那样温柔地爱过你,
> ……

赵松每一个眼神、每一个动作,都是送给林芬芳的,他那样深情款款地看着林芬芳。大家都看见了,都没在意,林芬芳、赵松,根本不可能。而赵松这样的表情和表演,不足为奇啊。人家是在表演节目,当然要全身心地投入,在台上表演节目就得有表情,那表情不夸张,要是照平常说话的样子,那还有什么意思啊?那我们就看平常说话的样子好了,还要看舞台上的演员干啥呢?再说,赵松在得胜村人的眼里,本来就神经兮兮的。

整个会场,只有林芬芳知道赵松那颗火热的心,原因是她读了赵松笔记本里的诗。她还把"要下雨了"那首诗撕下保存了,原本那是写在信纸上的诗,是用棒米粥粘上的。林芬芳误以为,这是赵松变相送给她的情书。林芬芳的心思只有她自己最懂,她想要什么,心里也明镜似的。

俗话说:"男大当婚女大当嫁,不婚不嫁惹出笑话。"到什么时候做什么事,到什么山唱什么歌。别看她高傲得像个公主,女人总是要找到自己的如意郎君。她心中的白马王子,不是当地的小青年,他们最多也就是初中生,像范潇典,也属于文艺小青年,但他文艺得过于接地气了,冒着土腥子味。她喜欢有文艺范儿的青年,喜欢有文化的人,她的大方向是在知青里寻觅意中人,比如周铁铁呀,那手风琴挂在胸前,立马就魅力无穷。

最近赵松的变化,令她刮目相看。她也纳闷了,虽然自己心里有个界限,当地的小青年先不考虑,可是凭她的容貌,咋还没人追求了呢?"窈窕淑女,君子好逑"嘛,"窈窕淑女,寤寐求之"嘛,到我这儿咋不灵了呢? 她不知道那个所谓的协议,她做梦也不会想到啊,这万恶的协议就是周铁铁和范潇典亲手签署的。谁也不能追求林芬芳,她既是我们大家的林芬芳,又不是我们大家的林芬芳,就那么放在心里,远远地看着。可怜林芬芳还把他俩在心里掂量来掂量去的。

第四章　月上柳梢头

　　经过几个回合，林芬芳已经知道赵松对她的心意，特别是那个笔记本里的诗，仔细读罢，她怦然心动。眼前，赵松的一首《我曾经爱过你》，让她的心像荡漾在大海中的小船，失去了方向，随波逐流。这是普希金的爱情诗，尽管林芬芳不是诗人，也不是诗歌爱好者，但那个年代苏联歌曲、苏联诗还是风靡的，每个读过书的文艺青年，都会一两首苏联歌曲和苏联诗。林芬芳也看见了赵松热情如火的眼神，燃烧是为她，深情是为她。赵松的眼神在自豪的同时，也伴着一份无缘由的忧伤。

　　什么事都赶巧，这个时候，林芬芳看下手表，她要领着孩子们赶着回学校上课。赵松朗诵完诗，下一个节目就是周铁铁的手风琴独奏，《骏马奔驰保边疆》。如果林芬芳观看完周铁铁的这个节目，定会被周铁铁的男儿气魄所感染，哪还能有赵松的份儿？她听说过周铁铁《骏马奔驰保边疆》的风采，但她总在学校上课，自然也就没有机会亲眼看见。再说，周铁铁从没给过她丁点的爱慕信息，总板个脸，目不斜视，像个老干部似的。

　　林芬芳带领着孩子们走出大队部的时候，她的身后传来人们的喊声："周铁铁来一个！铁排长来一个！"又有人直接喊："《骏马奔驰保边疆》。"林芬芳刚跨出大队部的门槛，她还向后仰身，看了眼门里。她看见周铁铁站在了台中间，他拉这个曲目是不坐凳子的，他是站着的，边走，边动作，边拉手风琴。周铁铁穿了件蓝白条的海军衫，这是他的标准穿戴，他的海军衫格外干净，总像新买的，有时外面穿件四个兜的绿色军上衣。林芬芳向台上看这一眼，蓝白条的海军衫最先映入她的眼帘，她心里冒出俩字：

干净。

林芬芳再看前面,孩子们已经排成队,走出老远了,她紧忙走几步,赶上孩子们。至于身后的《骏马奔驰保边疆》,她虽心向往之,但已经无暇顾及了。

大队部的舞台是用木板子钉成的,刷上了红漆,天长日久,台上走的人多了,有的地方红漆脱落了。木头板子钉的,里面是空的,人在上面跳舞,就发出嗵嗵响的声音。演员和看演出的人,都特别享受这有节奏而嗵嗵响的声音,显得那样铿锵有力。

舞台上,周铁铁拉着手风琴,刚拉出"骏马奔驰在辽阔的草原",台下就掌声如雷;拉到"钢枪"的时候,秋叮叮就跑上台,随着手风琴声翩翩起舞。拉第一遍的时候,大伙儿还静静地欣赏;拉第二遍的时候,大家就跟着唱了,这歌男女老少都会唱。周铁铁的手风琴独奏,把这次表彰大会推向了高潮。大队开会往往就是这样,开到最后就跑题了。有几个爱唱二人转的老娘们儿,开会的时候交头接耳,东家长西家短,仿佛就得抓紧在开会的时候说开了,否则就失去了应有的效力。末了,看会开到结尾了,就喊:"宝财呢?缩头乌龟了,那天你不是还吵吵要和我唱二人转?你敢来不?"吴二嫂就爱在这个时候显摆,你别说,她唱的二人转,还真就没人能比。她喊宝财,那就是借口,实质是她想唱,她不唱刺挠了。宝财被她骂的,不管会唱不会唱,也得勇敢地站出来,不然那就是缩头乌龟了。你再不站出来给她圆这个场,她又该骂"王八犊子,完犊子"了,最后是"滚犊子,往下别搭理我,也别让我看见你,看见一次,扒一次你裤子"。

谁愿意挨她这骂呀?谁不会来两句二人转啊?那都是信手拈来的事。就看谁脸大,不知砢碜。

今天的表彰大会,老拐大队长是满意的,最起码,最后的《骏马奔驰保边疆》是鼓舞人心的、积极向上的。他最怕吴二嫂喊宝财、宝库的,要是真唱个规而规齐的二人转小帽《小拜年》啊,也行,就怕啥王寡妇、刘寡妇思春之类的,荤的,油耳朵。

今天的表彰大会,圆满、成功而胜利。

这次大会对于赵松来说,更是成功和胜利的。如果没有传纸条这种形式的鸿雁传书,我和秋叮叮在赵松面前也就失去意义了,对他来说已经失去了利用价值。赵松对爱情采取的策略,由传笔记本改为传纸条了。

大道边上的桃树,桃花已经飘落了,一树繁茂的桃树叶在晨风中伸展。那棵歪脖桃树成了我的根据地,早晨我不去知青点,就到这棵歪脖桃树下玩儿。今天我又站在了桃树下。我和老李太太来得一样早,老李太太郑重其事地站在大道中间,拿好姿态,开始喊:"揍起你老贾家的外甥……"听那口气,看那神态,是在骂,骂谁?不知道,没人听懂。她喊的时候是魔怔的。

一会儿,秋叮叮气喘吁吁地跑来了,埋怨我没去知青点。那谁知道她找我有事啊?现在我不爱去知青点了,赵松见到我就撵我,像轰狗似的:"去去,滚一边去,整天杵这儿干啥?"我噘着嘴说:"这儿又不是你家。"赵松梗着脖子说:"犟嘴,不是我家是你家啊?"我指着绕阳河说:"是绕阳河家。"赵松继续跟我逗咳嗽①:"小屁孩,你还挺会狡辩。我教你的唐诗都就着饭吃了,忘了吧?"

我把腰挺直了说:"没有,我会背诵。"我开始背,"便是人间好时节……随风潜入夜……老仙要把高山下,帮兵我先为你叫开三道狼牙三道关……套仙锁,捆仙绳,马后捎带拘魂瓶……"我背着背着,就背到跳大神的神曲上了。我看见赵松那嘲笑的神态,就知道自己背得不咋的,背乱套了。我像做错事似的,呆呆地站在那里,一动也不敢动。半天,赵松说:"你呀,臭三,早晚让你姥把你带沟里,那个老神太太。"

现在秋叮叮又来找我,指定又是赵松的任务,我可不帮他完成任务了。果然,秋叮叮递给我一个叠得整整齐齐的纸条,说:"臭三,把这个纸条送给林芬芳。"

---

① 逗咳嗽:流行于我国北方的方言,意为"耍贫嘴,没话找话"。

我摇头。秋叮叮说:"看你,咋那么犟呢?乖啊,听话。"

我说:"赵松可烦人了。"

秋叮叮从裤兜里掏出一本蓝皮的线装书,挺薄的。秋叮叮放到我的手里,说:"拿好了,这是《唐诗宋词》,我都不舍得给你。"

我把《唐诗宋词》拿在手里,同时也接过纸条。

老李太太喊完了,像是轻松了许多,脚步轻快了,脸色也是平静的,平易近人。她特意走到我身边,看着我,怜惜地说:"这孩子,挺好的,就是有点神经,唉。"我看着老李太太,心里说,也不知道谁神经。

秋叮叮拽我衣襟,小声说:"快点,臭三,林芬芳来了。"

我像只训练有素的小狗,摇着尾巴,讨好地跑向林芬芳,离老远我就闻到了雪花膏香味。我把纸条塞进她的列宁服兜里。有前几回的经历,林芬芳也不感到惊讶了。她没把纸条扔在地上,也没问是谁给的,就像啥也没发生。我举着手里蓝皮的线装《唐诗宋词》给她看,她对我说:"好好念啊。"

后来秋叮叮才跟我说,那纸条上写的是赵松要和林芬芳约会的时间、地点,不见不散,当然都是晚上了。我和秋叮叮传了几次纸条,林芬芳都照单全收,也没发出疑问,或者表现出反感,还笑容可掬地向我俩示好。

赵松按着自己写的时间、地点,南边绕阳河边,或者北面的小树林,各种幽静的地方,如约前去。吃过晚饭,他开始惴惴不安,跟做贼似的。有人看见问他干啥去,他说上厕所,或看星星、看月亮,然后就溜到约会的地方,到那儿一遍一遍打腹稿,准备向林芬芳表白。

直等得透心凉,也没见到林芬芳出现。他就纳闷了,你林芬芳既然不想来,为啥还收我的纸条?没人回答他,只有绕阳河的流水,孜孜不倦,源远流长。他真想跳进绕阳河,兜头盖脸让自己清醒、冷静。可是,无论咋样,他心里那团爱情的火,星星之火,已经点燃了原野,并熊熊燃烧。他一次次约会,一次次落空,就像自己给自己挖坑,一跳一个准。

赵松把所有的怨气都发在秋叮叮身上了,他严重怀疑,秋叮叮没有把纸条传到林芬芳手里。前几天,他送给秋叮叮一条蓝色的纱巾,还送给她一本《唐诗宋词》。他想惩罚秋叮叮,纱巾就算了,往回要那还是男人吗?把《唐诗宋词》要回来,看她还敢撒谎不。最近一次他去约会,还下雨了,他怕林芬芳来了找不到他,就顶着雨,站了一个小时。当然林芬芳不可能去的。

　　这次赵松真急眼了,他回到知青点,真想冲进女知青宿舍把秋叮叮揪出来,可是太晚了,他还是忍住了。第二天清早,他在绕阳河边堵住了秋叮叮,问秋叮叮,那些纸条是否真送到林芬芳手里了。秋叮叮说:"我保证,有几次是臭三传的。"赵松说:"小毛孩子可靠吗?"秋叮叮说:"我在边上眼瞅着的。"赵松说:"反正我一次也没约到林芬芳,有你三分之一的错。"秋叮叮一脸的无辜。赵松说:"把我送你的《唐诗宋词》还给我吧,因为你没完成任务。"秋叮叮说这不可能了。秋叮叮不是不给他,关键是,她送给我了。她不可能像赵松似的,厚颜无耻地往回要。赵松说:"那不行,你必须还给我。"秋叮叮说:"书不在我这儿,我送给臭三了。"赵松质问秋叮叮:"你为啥送给臭三?"秋叮叮攥着小拳头,要打赵松的架势。秋叮叮说:"你拉倒吧,你这事我不管了,还得给你保密。每次我给林芬芳传纸条,她都用鄙视的眼光瞅我,一个嘴角上翘,不屑一顾。所以,我让臭三传,她对臭三和颜悦色。"

　　听到秋叮叮要撂挑子,赵松赶紧哄:"别呀秋叮叮,帮我啊,这是成人之美的事,好事啊。你那么善良美丽的。"

　　我就站在岸边的那棵柳树边,他俩说的话我都听到了。我对着赵松说:"那本书在我姥老神太太手里。"

　　赵松听到声音,吓到了:"妈呀,这孩子那么吓人呢,啥前来的?也不吱声呢。"

　　我重复刚才的话:"那本书……"还没等我说完话,赵松摆手打断我,知趣地说:"好了,我知道了,在老神太太那儿。我不要了,我不敢要了。"

　　赵松把手伸出来,手背向上,"同志们,还是替我保密啊。"我们三个人的手摞在一起。我的小手在最上面,心里莫名地自豪,我是"同志们"里的人了,叫我同志。具体同志是什么概念和使命,我一概模糊。赵松嘿嘿笑着说:"保密的事,不用嘱咐这傻孩子,她准能保密。能用眼睛看的,她不会用嘴说。"

赵松开着手扶拖拉机上工地的时候,还放下一句牢骚话:"指着谁也不行,要创造人类的幸福,全靠我自己。"

具体赵松是如何全靠自己的,我也是知道得囫囵半片的。

林芬芳是个非常敬业的老师,她教小学三年级和四年级的语文和数学,还是三年级的班主任。两个班级的作业也要她批改,如果赶上考试,就得加班。哎,也无所谓加班,她单身,镇上给她个单人宿舍,下午放学后,她先到镇上食堂吃完饭,再回学校批改作业和试卷,每天晚上八九点才回镇上的宿舍。林芬芳从学校到镇上的宿舍不算远,步行也就十五分钟的路程,但中间要经过一个苇塘,还紧连着一小溜柳树林子,过了大道,就到镇上的宿舍了。这已经成了林芬芳生活、工作的习惯。赵松暗中观察了几天,已经做到了心中有数。

当时签署那个协议,谁都不能和林芬芳搞对象,其实就是周铁铁叫唤得厉害。赵松已经唖摸周铁铁几次了,没签署协议时,他也话里话外夸奖林芬芳长得漂亮,说加上女知青,也没有林芬芳漂亮,别看人家是盘山县城来的,比这些从省城来的漂亮百倍。自从签署了那个协议,他再也没议论过林芬芳漂亮,其实他是在心里较着劲,等到时机成熟,他会像饿虎般出击。现在他放心着呢,因为谁都不敢轻举妄动,协议在那儿撂着呢,谁敢逾越?有那个贼心,也没那个贼胆。

论实力,谁也赶不上周铁铁,要文化有文化,要长相有长相,要文艺有文艺。论能干,谁也没有他积极。如果把赵松和周铁铁放在天平上称,他赵松就缺斤少两啊。把他俩搁那儿摆着,让林芬芳挑,林芬芳铁板钉钉地挑周铁铁啊。再说那天开表彰大会,赵松观察来着,他那样深情地看着林芬芳,但林芬芳的眼神,是透过他赵松的身子,看拉手风琴的周铁铁。所以啊,等周铁铁下手,哪儿还有赵松的份儿?

　　在一个月牙挂树梢的夜晚,赵松看见知青点院子里的晾衣服绳子上晾着周铁铁的海军衫,周铁铁穿着海军衫在台上拉手风琴的样子,那就是风度翩翩啊。他把海军衫摘下来,揣进怀里,跑出了知青点大院。赵松跑到一个僻静的地方,把自己身上那个暗红色的球衣脱掉,放到柳树根下。他把周铁铁的海军衫套在身上,还有股子好闻的香皂味。他现在要去实施的计划,把他自己都吓得心突突跳,他不能想,一想他都不敢向前挪动半步。他告诫自己,不想,直接做,只要结果,不要过程。

　　守株待兔,不行不行,用词不当,赵松严厉地批评自己。蹲守,赵松在林芬芳必经的路上蹲守。现在是晚上七点半,林芬芳八九点钟就会从学校回镇上的宿舍。他刚开始在苇塘边蹲着,觉得不妥,这儿太显眼,遮不住人。他又挪到柳树林里,这儿好,隐蔽。他站在一棵大点的柳树后面,树影刚好遮住他。月牙高高地挂在天上,繁星点点。风带着丝丝凉意,从柳树缝隙间穿行,偶尔传来几声夜莺的鸣叫。这春风吹拂的幽静夜晚,真是令人心旷神怡。这会儿,赵松那突突跳的心倒平复了,他真是盼望着林芬芳早点到来。此刻他倒不觉得是在蹲守林芬芳,而是赴一场盛大的约会,仿佛手里握着林芬芳的请帖,在此等候。

　　八点十分,赵松听到了脚步声,是林芬芳的脚步声,轻快而又急促。他侧头张望,是的,有个黑影向这边走来,走近了,赵松看见了白色的衬衣领子。这是林芬芳无疑,她总是把白色的衬衣领子翻在列宁服的外面,在这黑夜里,白色格外显眼。

　　她走得更近了,赵松看见林芬芳手里拿着一摞子作业本。林芬芳走近他了,就要路过他藏身的柳树,快了,快了。赵松已经闻到了香味,那是风吹来的,也算是风给他报信。他屏住呼吸,身子还藏在树后面,两只手已经从树后伸出,他一把拉住了林芬芳,把她拉到了树后。林芬芳低声惊吼了一声,还没来得及大声吼,赵松的嘴唇已经贴在了林芬芳的嘴上。这个动作是临时决定的,也是情不自禁,或是慌不择路,或是急中生智,他就这样吻住了林芬芳,双手紧紧地抱住她的腰。他主要是怕林芬芳看见他的面容——赵松戴了顶军帽,帽子压得很低,压到了眉毛上,夜色朦胧,林芬芳是看不清他的脸的。

出于本能,被吻的人多数是闭眼睛的。这就好说了,看不清对方的面容。说实在的,赵松吻上了林芬芳的芳唇,自己先蒙了,既不战栗,也不激动,更无晕眩,而是麻木的胆寒。

林芬芳被这突如其来的袭击震惊了,她死死地抱住作业本,像抓住了救命稻草。月牙太小,星星不亮,模糊中她看见了海军衫,那白条在黑夜中太抢眼了。蓦地,她眼前浮现出周铁铁穿着蓝白条的海军衫,胸前挂着手风琴,风度翩翩的样子。嗯,身材也刚好,一米七八那溜,他们曾经擦肩而过,或相对交谈,她留意过周铁铁的身材。她想问,你是周铁铁吗?可是,连她自己也不知道什么原因,始终没问出口。

阵阵春风吹来,赵松头脑清醒了许多,他把准备好的礼物放进了林芬芳的上衣兜里,心里告诫自己,此地不宜久留。赵松准备的礼物,是他的宝贝,英雄牌钢笔。赵松早就咂摸透了林芬芳喜欢什么,老师能不稀罕钢笔吗?还是英雄牌钢笔。赵松把钢笔放进林芬芳兜里,还着重拍了拍,意思是这里有东西。他自始至终都没说话,说话不就露馅儿了吗?他又迅速在林芬芳的额头上吻了下,放开林芬芳,转身融进了夜色中。其实他没走远,他怎么能放心呢?黑灯瞎火的,又把她惊吓了。他躲在不远的暗处,观察着林芬芳,听着来自林芬芳方向的动静。他真怕林芬芳喊抓坏人。

这会儿没动静,估计林芬芳是不会喊了。于是赵松就放心地观察林芬芳,他不是为别的,看着她回宿舍,也就放心了。

林芬芳先把掉在地上的作业本捡起来,捋顺了头发,舒口气,向小路的前方走去。赵松跟在后面,很远地跟着,只见一个黑影在动,这就足够了。再跟得近了,就被林芬芳发现了,那会更糟糕。

赵松远远地目送着林芬芳进了宿舍,他转身,以百米冲刺的速度往知青点跑,先跑到那棵树下,把海军衫脱掉,再把自己的红色球衣穿上。他闻了下海军衫,有点味,啥味,说不清,风味,夜味。他悄悄地走进院子,把海军衫又挂在晾衣绳上。他怕风刮跑了它,又把两个袖子系上。

　　回到宿舍的林芬芳,惊魂未定,靠在门上喘了好一会儿气,等她喘够了,大脑才给氧,逐渐恢复了意识。她从头捋,从树后面伸出一双手,抱住了她。是抱住了,是个身材挺拔的男人,他穿着海军衫,这个她看清了。但脸她真没看清,戴着帽子呢,压得很低,成心不让看清。哦,她想起来了,那个人还往她兜里放了东西。她从兜里掏出一支钢笔,漆黑的,闪光。她早就想买支英雄牌钢笔了,一直没舍得,再说,还得去沈阳买。

　　林芬芳拿着钢笔,坐在床上,静下心来,在心里掂量着两个人。第一个人选就是周铁铁,有证据——海军衫。第二个人选是赵松,虽然赵松没当面亲口向她表白,但笔记本里的诗已经向她表明了爱情。还传纸条,约她在哪儿哪儿见面,她是心动,可转念一想,赵松吊儿郎当的,给人的感觉,总像没根的浮萍,不踏实。可也怪了,他竟转变了,转变得太快,当上了劳动模范。这些都不是依据,最大的依据是,虽然今晚这个男人强势地吻了她,但那份细腻和羞怯她还是能感觉出来的,那吻像从花朵中沁出的露珠,耐人寻味,斯斯文文。赵松是位诗人。但林芬芳还是希望是周铁铁,有男人的气魄和胸襟。不管是谁,能把这么珍贵的钢笔送给她,表明了诚信和诚意,她不是贪图便宜的女子,但一个男人为你这么舍得,爱还用说出口吗?

　　这一夜,林芬芳辗转反侧,她失眠了。

　　赵松也没好到哪儿去,他躺在知青点的大炕上,脑袋是冲着炕沿睡的,对面是窗户。他索性掉头睡,窗户那边都是臭脚丫子,那他也想在窗户这边睡——能看见窗外的月牙。他趴在窗户上,看着天上的月牙,想着那柳树林里的月牙,那月牙多美呀,他都怀疑,此月牙,是彼月牙吗?怎么对比,还是柳树林里的月牙美。这个时候,他才下定决心,明天晚上还去。他也想到了,林芬芳会不会正带着人在那儿守株待兔呢,对,这个词应该用在这里,应该是守株待"狼",把他这个臭流氓抓个正着。不,他又否定了自己的想法,他不是臭流氓,他是勇敢的青年,为爱勇往直前。明晚,上刀山下火海,他都要去柳树林等林芬芳。他幻想着,林芬芳也去赴约,万一找不到他怎么办?那不就永远地失去她了吗?这点考验都经受不起,不配追求林芬芳。

赵松就那么看着窗外的月牙,想入非非,趴在窗台上睡着了。

第二天早晨,也就五点吧,我连脸都没洗,就跑着去知青点。秋叮叮和赵松这几天都没搭理我,好像他们都在修水磨,在绕阳河水流湍急的地段修水磨。那个水流湍急的地段已经出得胜村了,在得胜村的西南面,快到绕阳湾了。我到了知青点大院门口,正看见周铁铁一边从晾衣绳上往下摘他的海军衫,一边嚷嚷:"谁呀,好像谁穿我的海军衫了!我昨天不是这样晾的。看,胳膊这儿有穿过的褶。"

秋叮叮端着脸盆从女知青的屋里出来,揉着眼睛:"嗯,我好像看见赵松动你的衣服了,昨天晚上?对,是昨天晚上。"

从那个破拖拉机上传来了赵松的话,他正在一张纸上划拉呢,垫在波棱盖①上:"秋叮叮,你别睁眼说瞎话。铁排长的衣服谁敢动啊?"

我在大门口向秋叮叮招手,秋叮叮向我走来,我俩又到河边洗脸。刚洗完,赵松来了,他就像没看见我似的。为了引起他的注意,我就问赵松:"你为啥不写纸条了?我都看见林芬芳了。"意思是我看见了林芬芳,但没有纸条传给她,多可惜呀。

赵松四下瞅瞅,压低嗓音,严厉地说:"别瞎说,听见没?"他转向秋叮叮,"叮叮,跟你商量个事呗,我给你的那瓶友谊牌雪花膏你用了吗?"

秋叮叮迟疑地说:"没舍得用呢。干啥呀?"

赵松笑了:"你看,我就知道你没舍得用,这就对了。这样啊,叮叮,你把它给我……"

---

① 波棱盖:东北方言,意为"膝盖"。

"我不！"秋叮叮翻赵松一眼，"啥玩意啊，你还是男人吗？给完东西往回要。"

"你听我说完，我给你双倍的钱，你有机会去盘山县城再买呗。"赵松认真地给秋叮叮盘算着，"我给你双倍的钱吧，你买一瓶，还剩一瓶的钱。"

秋叮叮疑惑："骗人。"

"我现在就把钱给你。"赵松从兜里掏出钱，拍在秋叮叮手里。

秋叮叮看着手里的钱："真的呀？"

"你快去拿雪花膏。"赵松迫不及待啊。

秋叮叮握着钱，撒腿往知青点跑，去拿雪花膏。赵松听着秋叮叮跑远的声音，嘴角上挑，嘲讽地笑了下，嘟囔："可爱的傻狍子。"

我还惦记着传纸条。我却不知道，赵松的进度，已经甩传纸条几条街了。

从拿到雪花膏，赵松就盼望着黑天。他知道雪花膏对女人的威力，秋叮叮那么不爱美的女孩，看在雪花膏的面上，都帮他传笔记本，传纸条。当然，那也是革命的友谊嘛，都是一条战壕里的知青，相互帮助。他心里也忐忑，今晚林芬芳还会从那条小路上走吗？她会不会绕道走？或者，她会带着几个人在那儿等着他，抓他？都不好说。一整天他都这么胡思乱想着，在绕阳河边修水磨，拿的图纸都掉河里了，他又跳进河里捞上来。他守着，放在太阳底下晒了半天才晒干。一整天，他都魂不守舍的。还有个大难题，周铁铁的海军衫，咋整？

夜幕降临了，赵松更犯难了，到底去不去？咋去？当他的手碰到兜里的雪花膏时，他又有了无穷的勇气和信心。他开始琢磨周铁铁的海军衫，没有海军衫不成啊。白天大伙儿干活都累得够呛了，有的人沾枕头就着了。唉，今晚周铁铁老精神了，在灯底下看书，还哼唱着革命歌曲，谁知道他到底看没看书。现在海军衫正穿在周铁铁的身上，赵松想，只要周铁铁睡觉，他偷也把海军衫偷走。他假装在拖拉机上闲着，看星星，看月亮，他睡不着觉的时候经常这么干,所以不会引起大家的怀疑。赵松一会儿趴窗户上看屋里的周铁铁,还在看书,唱歌。再看,有变化,身上的海军衫不见了,光穿个背心,海军衫呢?赵松假装漫不经心地走进屋里,海军衫赫然在脸盆里躺着呢。咋办?干脆,他大方地走到脸盆跟前,端起来就走。别的知青看见了,说:"咋的,给铁排长洗衣服啊?"赵松含含糊糊地答:"咋的,不行啊?"

周铁铁心没在赵松身上,估计是听到赵松说话了,说的啥,没往心里去。他聚精会神地看书,聚精会神地唱歌。

赵松端着洗脸盆,海军衫在盆里还随着他的脚步,上下忽闪了几下。赵松一把按住,怕海军衫从盆里跑了。他把脸盆往破拖拉机上一放,把海军衫塞进衣服里,向大门外跑。好在没人注意他,像他这样的人,举止如何离奇大家都见怪不怪。赵松跑到那棵柳树下,把自己的衣服脱下,塞到树根下,穿上海军衫,飞也似的向那条小路跑去。哦,我心中的小路啊,是林芬芳从学校到宿舍的小路!哦,我的林芬芳啊,我美丽的姑娘,怎不令我魂牵梦绕?赵松在心里赞叹着,他心里的这条小路不是空穴来风,而是由来已久,当踏上这条小路时,他就想起心中的小路,那是一首苏联歌曲。于是,赵松旁若无人地轻声哼唱,边跑边唱:

> 一条小路曲曲弯弯细又长,
> 一直通往迷雾的远方。
> 我要沿着这条细长的小路,
> 跟着我的爱人上战场。

跑到那条小路,赵松不像昨天那样紧张惶惑,是这首歌给他的力量吗?想必是,那歌词和他的心境是那样契合。他喘息,是因为跑得急,而不是心虚或者紧张。他今晚还闻到了泥土的微香,和来自水塘的清凉味道。他还听到了夜莺的呢喃、树枝的伸展声。他微笑着,等着林芬芳。他都想好了,哪怕林芬芳带人来,把他扔进水塘,他也要微笑,要享受林芬芳给他带来的痛苦。

他听到了,是林芬芳的脚步声,只有她一个人,没有其他人。他躲在柳树后面,还是昨天那棵柳树,林芬芳走近了,他没看,是用耳朵听的。

等他转过脸来时,出乎他的意料,林芬芳站在了这棵柳树下,她停留在了这里。

赵松伸出手,牵着她的手,躲到了柳树后面。他迫不及待地拥抱着她,久久地拥抱,他没有吻她。他用手抚摸着她的秀发,润滑、柔软。从秀发里飘出的桃花般淡淡的香气,让赵松沉醉其中。他深情地、忘情地、义无反顾地拥抱着林芬芳,喉咙里发出痛楚而沉醉的梦呓似的啊啊声。他吻了林芬芳的额头,把雪花膏放进林芬芳的上衣兜里,还是上次的那个兜。林芬芳问他:"你是谁?"

赵松是不会说的,那样就暴露自己了。

林芬芳急切而激动地说:"我知道你是谁,你是周铁铁。"赵松的心跌入谷底,果然林芬芳心里想的是周铁铁。林芬芳看他还是不吭声,说道:"你不用隐瞒了,你的海军衫我认识。"赵松听她说认识海军衫,心里得到些许安慰,她是看见了海军衫,误以为是周铁铁。赵松情不自禁地流下了眼泪,他不知是因为忧伤,还是幸福,不管忧伤还是幸福,这眼泪缘于林芬芳。林芬芳绷紧的身体瞬间在赵松的怀抱里柔软、羸弱,像藤蔓一样依附在赵松的胸前,她虚弱地呢喃般地说:"你是谁?不说,我下次不来了。"这次是林芬芳先挣脱了他的怀抱,转身跑了,那影子,轻盈得像梦幻。

当然了,这件海军衫绝不能再扔进盆里还回去,怎么办?赵松没有为难,他连夜在院子里把海军衫洗了。他洗得干净,绝不敷衍了事,海军衫立下了汗马功劳。他洗干净海军衫,晾在了晾衣绳上,确定风吹不下来,方才进屋睡觉。有人看见了,只是嘟囔一句:"这赵松又发啥神经?"在大家的眼里,赵松就是这样可有可无的人,看见他了,哦,他在这里,看不见也想不起来。如果说引人注目的话,就是建水电站的时候,他表现异常,又是看图纸,又是修手扶拖拉机,又当劳动模范。现在又过于平静了,早晨坐在院子里的拖拉机上,看书,写诗,念诗。周铁铁看见洗干净的海军衫,还说谢谢赵松呢,赵松不置可否地笑笑。

这回林芬芳可拿不准小树林里的人是周铁铁,还是赵松了。依然是周铁铁的海军衫,牵引着人的臆想,她以为是周铁铁。而那深情、细腻的拥抱,那击溃灵魂的眼泪,忧伤得像诗一样,只会是赵松啊。林芬芳看着手里的友谊牌雪花膏,放在鼻子下闻闻,香。英雄牌钢笔、友谊牌雪花膏,这得花他多少钱啊。林芬芳在心里问自己,你不就是想找个知青吗?他们见识广,有文化,有上进心,多才多艺,像水电站、水磨,都是知青来了才建的,他们中有人才啊。哪个芳龄的姑娘不爱有才华的男青年?

第三天晚上,赵松简直有翻身农奴把歌唱的感觉,他是看着晚霞升起,又看着晚霞落下的。他以前怎么就没发现,晚霞也那么绚丽多彩。

吃过晚饭,赵松没了前天晚上和昨天晚上的焦虑,不再为那个海军衫徘徊。今晚,啊,我不用你的海军衫了,赵松在心里高声呐喊着。他在院子里,看见什么都想踢上一脚。嗯,周铁铁的脸盆在门口呢,咋的,还想别人给你洗海军衫啊?去你的吧。赵松上去一脚,把脸盆踢出两米远。脸盆是瓷盆,颠簸了几下,掉了几块瓷。只听有人喊:"搞什么破坏?"看是赵松,也就懒得多嘴。

河水还冰凉刺骨,赵松扑通跳下河,什么仰泳、蛙泳、游个够。河水从他的身边流过,湍急或舒缓,还有鱼儿从他的指尖游过,他自然而惬意地仰躺在水面上,望着繁星点点,放飞想象。他像鲤鱼打挺,跳出水面,快速游到岸边,他觉得浑身有使不完的力气,神清气爽。今晚要大大方方约会林芬芳。干了一天农活,满身尘土,绕阳河就是广阔天地,不但洗净身上的尘土,还能荡涤生锈的灵魂。

赵松上岸后,就往男知青宿舍跑,大模大样地从里到外换一遍。蓝色涤卡裤子,白色衬衫,外穿绿色军装,脚穿解放胶鞋,头上戴的还是那顶军帽。他把换下来的脏衣服扔进脸盆。有人看他这个打扮,问:"哎,赵松,大晚上的打扮得跟个新郎官似的,干啥去?"赵松眼睛都不瞅,端起盆说:"洗衣服去。"他到了院子里,把脸盆放在拖拉机上,健步如飞地跑出了院子。

夜已浓,难掩赵松愉悦的心情;星再亮,亮不过他的眼眸。他奔跑着,在心里欢呼着,他想让全世界的人都感知到他的幸福和快乐。今晚他是他自己,不用再把自己的衣服脱下,趁着夜色伪装,无论如何伪装,都掩不住他内心的纯真。赵松,一个被荒废的名字,今晚将从新起点出发。他终于来到了那棵柳树下,怀着一颗激动不已的心,等待着心上人的到来。

月亮来了,星星来了,夜莺来了,还有飘着土地芳香的微风,从树尖上吹来,俯冲到赵松的脸上,轻柔而湿润。赵松幻想着,那风仿佛是林芬芳柔软的双手,抚摸着他的头发和脸颊。他把手伸进上衣兜里,那里有一条素花的纱巾。他没的选,只有这一条,这是他在镇上供销社买的,他已经没有钱了,从秋叮叮那儿借的,答应了一个月内还她。为了林芬芳,他什么都舍得。

这次赵松没有躲在柳树后,而是站在柳树下,靠路的这边。水塘里的水日益高涨,水里发出噼里啪啦声,在寂静的夜晚听起来格外响。赵松想,水里有鱼,或水鸟?他就想,明天来捞鱼,给知青点改善生活。他想起大道边上的大坑,那里就从来不存水,好像个漏斗,无论下多少雨都能漏掉。这样胡思乱想的时候,他听到了脚步声,声音越来越近,他的心跳也随着脚步声狂跳不已。赵松迎着脚步声走去,迎向他心爱的姑娘。

今晚的月亮又圆又亮,明晃晃地挂在天上,繁星像珍珠,撒满黑天鹅绒似的苍穹。整个夜空,美得令人窒息。如水的月光洒在林芬芳的身上,赵松脱口而出:"月光美人。"今晚林芬芳手里什么书啊作业本的都没拿,她空着手走路的样子,姿态优美,脚步轻快。赵松的帽子露出了眉毛,他不想有一点掩饰,他要让自己的青春形象清清楚楚地展现在林芬芳面前。他张开双臂,拥抱了林芬芳,并在她的耳边轻诵着普希金的爱情诗。

听到诗歌朗诵,林芬芳轻声柔情地说:"你是赵松。"

无边的黑暗包围了赵松和林芬芳,月亮躲进了云里。赵松更紧地拥抱着林芬芳,语无伦次地说:"林芬芳,你认识我,你认识我,我真高兴。我是赵松,你的赵松。"

赵松把那条纱巾塞进林芬芳的兜里,他是要抓紧时间,不能耽搁太久,他怕别人发现。林芬芳说:"看你,别再偷着给我塞礼物了。"赵松意识到了什么,对呀,他把纱巾拿在手里,展开,戴在林芬芳的脖子上。这个时候,赵松却说:"我们的关系,目前先保密,等时机成熟再公开。"林芬芳同样响应,看她的态度,这也是她所希望的。这次他们约了下一次见面的时间和地点,当然绝不能是这条小路了,这算他们走运,没遇到人。

打这儿以后,林芬芳和赵松每次约会都非常隐秘。赵松每次和林芬芳约会,那份甜蜜和幸福令他陶醉得晕眩,但每次约会结束,往回走的时候,心里落寞得没着没落的。因为他心里装着那份协议,双方都签了名的。这份协议横亘在他的心里,像根针,时不时扎下他的心,时刻提醒他。

说话就到了插秧的时候,这是一年当中最繁忙的时候。一年之计在于春嘛,无论是得胜村的人,还是知青,都投入春季插秧的大会战中,早上天不亮就出发,中午饭在地头吃,晚上顶着星星回。

"早上三点半,中午嘴含饭,晚上看不见。"这是插秧会战的顺口溜,由此可看出当时插秧的轰轰烈烈。这样的劳动强度,使每个人累得沾枕头就着,除了吃饭,累得都懒得说话。这期间,得胜村晚上九点后,一切归于寂静,连夜莺都懒得鸣啾。整个村子归于平静以后,只有两颗心在寂静的夜里萌萌而动,如春天里顶出土皮的小草,无可阻挡。这些个劳累过度而疲惫的夜晚,对赵松来说是绝好的机会。那赵松不累吗?累啊,他插秧干活时竭尽全力,像个机器人,不知疲倦。他想起林芬芳,想起夜晚的约会,浑身就充满了力量,仿佛只要他使劲干活,天就会黑得快一些。

赵松每天晚上跟着知青们回到知青点,洗漱完毕,也上床睡觉。他是躺在了床上,但睁着眼睛,看着房顶,看着窗外,心飞去了天空。当他听到此起彼伏的鼾声后,他就悄悄地爬下床,穿上鞋,跑出大门,向着林芬芳跑去。不用担心会遇到人,都休息了,因为明天凌晨三点就上地。

于是,整个得胜村夜晚的荒野上就两个人了——林芬芳和赵松。他们在绕阳河边约会,他们在去黑山的路上约会,他们在村边的柳树林里约会,他们在桃树下约会,他们还在那山楂树下约会……这是个属于爱情的春天。

插秧会战总是要过去的,人们疲惫的身躯得到了恢复,精力渐渐充沛。而赵松却忘记插秧会战结束了,他完全被爱情冲昏了头脑,还是与林芬芳一如既往地约会。

"月上柳梢头,人约黄昏后。"林芬芳和赵松恋爱到了什么程度呢?到了卿卿我我、搂搂抱抱的程度了,一夜不约会如隔三秋。纸终是包不住火的,若想人不知,除非己莫为。他俩躲在小树林里谈情说爱的时候,被范潇典抓了个现行。那时候就到五月底了,天也暖和了,范潇典的皮影戏宣传队又开始演出了。这个宣传队由当地小青年组成,也就三四个人,范潇典是主演。他们晚上到别的村去演皮影戏,回来的时候就九十点了。当范潇典和他的伙伴们哼着小曲,走到回村会路过的小树林时,月亮大得就像挂在树梢上,伸手就能够着似的。范潇典正看那树梢上的月亮时,余光好像看见了什么,若有若无的,是什么呢?是真的看见了吗?他顺着树梢往下看,看见两个人影。是两个人影,从轮廓看,是一个男人和一个女人。

范潇典的伙伴们也看见了,嚷着:"还得了,什么行为?纯粹耍流氓啊。"所谓的现行,无非是身子靠得亲密无缝,说耍流氓,言过其实。林芬芳不承认:"啥耍流氓?我们是要结婚的。"林芬芳这样为自己申辩,这申辩为她日后闪电般地结婚埋下了祸根。范潇典也不废话,扭着赵松向知青点走。范潇典看了会儿林芬芳,说:"你也跟我们一起去吧。"林芬芳说:"我想去哪儿去哪儿,你们没有权利限制。"林芬芳一个大姑娘当然是不会和他们一起去的,无论他们去哪儿。

知青点大院在夜空下显得那样孤独而寂寥,绕阳河哗哗的流水声在夜空下传得很远,一直传到知青点大院。这已经是夜间十一点了,知青点大院早已经熄灯就寝。范潇典和他的伙伴们扭押着赵松来到知青点,像往知青点扔了颗重型炸弹,爆炸过后,燃亮了每个房间的灯。知青们像接到紧急命令般冲出房门,男知青、女知青集聚在院子里。秋叮叮一看这架势,就知道怎么回事了。赵松已经不用她鸿雁传书了,这说明他和林芬芳已经接上线了,但她做到了守口如瓶,而赵松显然是得意忘形了。

周铁铁穿着背心,披着衣服,叉着腿,站在范潇典面前,怒视着范潇典这个入侵者。看见有人拧着赵松的胳膊,赵松挣脱不得,周铁铁上去推开那俩小青年,赵松站到了周铁铁这边。

范潇典刚才一进大院就喊:"都起来啊,重大新闻!出事了,出大事了!"

周铁铁真不知道发生了什么,他看见赵松被人家扭押着,心里想着估计这小子嘴馋了,偷老百姓的鸡呀啥的了,这事以前发生过,大不了赔钱。不然咋整?反正已经吃了。他知道赵松某种程度上缺根弦,半夜上人家鸡架里硬掏鸡,那不赊等着挨抓吗?想到这儿,周铁铁心里有底气了,他范潇典半夜私闯知青点,也太狂妄了,我周铁铁要给他个下马威。周铁铁高声呵斥范潇典:"闹事是吧?半夜三更的,你这叫破坏生产,我们休息不好,明天怎么干活?"

秋叮叮和赵松有个短暂的对视,赵松对她耸了下肩,无可奈何花落去的神态。赵松已经站在了周铁铁的身边,有了些许安全感。

范潇典高声说道:"铁排长,你要清理你的队伍了,你的队伍里有流氓。"

周铁铁心里立马打鼓了,这和刚才想的偷鸡可是南辕北辙啊,流氓?扯淡!是规定知青不准谈恋爱,可是有着炙热青春的知青们不可能完全杜绝恋爱,规定是规定,搁那儿摆着,约束着你别太过分而已。有一两对恋爱的,他是掌握着的,不显山露水的,碍着谁了?他这个铁排长也就睁一只眼闭一只眼。范潇典今天抓的人是赵松,但没见到赵松有什么恋爱

第四章　月上柳梢头　｜　061

的苗头啊,跟谁? 啥时候? 不可能啊,他就是和秋叮叮走得近了些,可他俩是永远不可能的。再说,刚才周铁铁眼睁睁看着,秋叮叮是从女知青宿舍走出来的,没时间"作案"啊。刚才他亲眼看见秋叮叮跟头把式地揉着眼睛跑出宿舍门的。还流氓,造谣生事,往我们知青头上泼脏水,谁敢?

"我告诉你范潇典,说话要负责任,满嘴跑火车,小心我让你有来无回。"周铁铁完全不听他吓唬。

范潇典上前一步,指着赵松说:"他就是流氓。"

周铁铁看范潇典的神情,不像说瞎话。他问赵松怎么回事,赵松支支吾吾。

范潇典说:"我替你说吧,我们在小树林,看见赵松和林芬芳在耍流氓。"

听到"林芬芳",周铁铁脑袋嗡地一响。好你个赵松,蔫儿坏,不声不响把事办了,色胆包天啊。但周铁铁心里还是存有一线希望,没关系,无非是在一起说会儿话,那不算啥。

赵松终于说话了:"你别说得那么难听,我们那叫正常交往,相互学习,相互进步。"

"我呸!"范潇典愤怒地说,"他俩都搂抱在一起了,我亲眼所见。互相学习,相互进步,别说得那么好听。林芬芳说了,他们是要结婚的。"

周铁铁喘着粗气看着赵松,能听见他握拳头的声音,咯咯响。他低声问,但声音沉闷,像暴风雨来临时候的沉闷:"是真的吗?"

林芬芳确实说了,他们是要结婚的。赵松不敢高声言语,说是或者不是,但不住地点头承认。

周铁铁小小地挥了下手,赵松当场就挨了知青伙伴们一顿胖揍。因为他违背了协议,林芬芳是大伙儿的,不是某一个人的,说好的协议呢? 他背地里挖兄弟们的墙脚。打完了,周铁铁走到范潇典跟前,一副怒其不争的样子,遗憾而诚恳地说:"你们先回去吧,为了明天更好地建设社会主义。天不早了,这事我们还要继续处理。"

是啊,范潇典想,已经在处理了,对赵松根本没客气,打得狠,打得好。范潇典真就没什么可说的了。范潇典领着几个伙伴愤愤地走出了知青点大院。

本以为这事就过去了,赵松照常驾驶着他的手扶拖拉机去建水磨的工地,林芬芳每天还是拿着书本去得胜镇的学校上课。只是,再也见不到他俩约会了。但范潇典咋寻思咋不对劲,范潇典不干了,周铁铁你这不是糊弄二傻子吗?整个协议在那儿摆着,威慑我们,你们选个代表,把事就给办了,通知谁了?你们外来的知青挺操蛋啊。常言道,强龙压不过地头蛇,我们地头蛇不是摆设,让你们这帮王八犊子得逞,那我们也太掉链子了。一定要夺回林芬芳。于是,范潇典聚集当地小青年抄家伙和知青们打起来了。挨打最重的就是赵松,开始他还还手,和知青伙伴们战斗在一起,后来实在扛不住了就跑。跑是徒劳的,他跑到哪儿,两伙青年就呼呼啦啦打到哪儿。

按理说,林芬芳应该在学校上课,那天也不知咋的那么寸,林芬芳回宿舍拿书。具体啥书,不那么重要了,也说不清,反正她是回来拿了,正看见赵松挨打。咋的,还没完了,不是已经打过了?林芬芳那天晚上是先回去了,可她也是坐立不安。第二天她问秋叮叮了,了解了情况,打了不罚,罚了不打。她看见这伙人干群架,挨打最多的是赵松,她岂能袖手旁观?于是也加入混战中。由于林芬芳的加入,那真是愈演愈烈呀,女神来了,能不表现雄性的强大吗?

这也怨赵松,你往哪儿跑不好,非得往大坑这儿跑,把我带进了大坑不说,还压死了我的小兔子。那么一群人,都不知道是谁压死的。想到这儿,我的心就碎成了饺子馅。

怀念一只兔子,从那时候开始。

第五章　野地心思

　　从大坑拎着死兔子回到家后,我总是哼哼唧唧地哭。我躺在炕上,无声无息,说胡话。这场群架总在我眼前浮现,特别是那群腿,搅起尘土,压死了小兔子。我爸摸摸我的额头,说:"不发烧啊,没事。"我妈这回急眼了:"孩子都这样了,你还说没事。你是医生,能治别人,自己孩子咋就没事了呢?"我爸说:"你让我咋治? 不发烧,不感冒,又没受伤。人家林芬芳冒着生命危险救了她,不然,压死的就不仅仅是兔子了。"我妈说:"叫你这么说我还得谢谢她林芬芳了? 我呸! 她就是个祸害精,你看把这些小青年搅和、勾引得神魂颠倒的,不是她能打群架啊?"

　　我虽然迷糊,不睁眼睛,也就是不省人事,但我的大脑高速旋转,像过电影似的:瓦蓝的天上跑着雪白的云朵,美丽的林芬芳抱起我,身上有好闻的雪花膏味。忽然,电闪雷鸣,无数条腿,棍棒上下飞舞,血从脸上流下,被压扁的兔子一只耳朵耷拉着,红色的眼睛给压出了血……兔子咕咕叫,好像在说,冤啊,冤啊。它是死得冤啊。

　　炕头上歪靠着我姥,我就躺在她脚边,她不时用脚碰碰我,看我是否还喘气。我姥从来不打针不吃药,她不相信什么医生,她只相信跳大神。以前的得胜村,谁家有人病了,都请她跳大神。她和邻居老李太太各占半壁江山,老李太太会"收魂",谁家的孩子蔫儿巴了,不睁眼睛了,叫叫收收,然后用一根锃亮的缝衣服针,前胸后背挑挑,出出血,也就出火了,病就好了大半。就是那个每天早晨到大道上喊的老李太太,喊的天书,谁也听不懂,但我听懂了一句话:"揍起你老贾家的外甥。"我管她叫李奶奶,早晨的大道上,我们俩一老一小,像比赛,看谁来得早。只要我不先去知青点,我就到大道边上那棵桃树下。李奶奶每次经过我身边的时候,都对我惋惜地凝望,嘴里还念念有词:"你说好好的孩子,咋有些魔怔呢?随你姥。"

嗯,我就纳闷了,到底谁魔怔啊?刚才你还"老贾家的外甥"呢。李奶奶说完急急忙忙往前走,我就跟在她身后。她看见我,说:"臭三,你可别跟着我,我去办正事,那个地方可不是小孩去的。"我从小就有逆反心理:越说小孩不能去的地方,我越去;越说小孩不能听的话,我耳朵可灵了,准能听得一清二楚。与其说我有逆反心理,不如说我好奇心极强。我知道得多,听到得多,看到得多,但我说得少,所以也就没人在乎我是否看见了,听见了,大家觉着这孩子就是个小哑巴。李奶奶不让我去,我就像个小尾巴,跟在她身后,走走停停,看她走远了,我就紧跑两步。李奶奶来到了村北面的大野地,她跪在了野地上,跪在了得胜碑前。我早就知道李奶奶要到得胜碑这儿来,每次我要跟她来,她都说:"你可别去呀,那可不是小孩去的地方。"而我每次都去了,每次她都不厌其烦地讲得胜碑、西大庙,像是给我讲,又像是自言自语。

我是不会老老实实蹲在她面前听讲的,得胜碑那块大野地才是广阔天地呢。李奶奶或跪在得胜碑前,或坐在得胜碑前,絮絮叨叨。我呢,听了会儿,一只蝴蝶也能把我引走,我就追蝴蝶去了,跑进草棵子里去了。我的鞋穿得格外费,大脚指头总是顶出鞋面,我妈也懒得给我补,我姥心疼我,给我补上。一棵婆婆丁也能把我引走,我能采回一捧婆婆丁,给李奶奶回家蘸酱吃。夏天,这里遍地都是野花,偶尔还站着几棵向日葵,我们都叫葵花,婆婆娑娑的,叶子有蒲扇那么大。看着葵花开花,盼望着结葵花子,等到了秋天,一大盘的葵花子,我还没尝上一颗,一夜之间,被鸟吃得精光,草丛里遗落着葵花子皮。我抱着空空的葵花盘子,大哭不已。李奶奶无关痛痒地说:"谁吃不是吃呀?循环往复。"

得胜碑我认识,和李奶奶来看过它无数次,想必它也认识我了。它歪斜着立在旷野中,我总想把它扶正。得胜碑上刻着字,我不认识。我问李奶奶认识吗,李奶奶说:"那上面不是写着'唐'吗?就是唐王啊。"我刨根问底:"哪个字是'唐'啊?"李奶奶不耐烦了:"自己找,反正是'唐'。"我也是在得胜碑上认识了龙,李奶奶指给我看,那是龙头、龙眼睛、龙爪、龙尾巴。我哇哇赞叹,龙确实威武凶猛,还挺吓人。得胜碑碑身上刻有云、龙、花,花是荷花。这些云啊,花啊,龙啊,交织在一起,又清晰可见。得胜碑有房子那么高,比门还宽,比磨盘还厚。是石头的,到底是什么石头,谁也说不清。我试图扶正歪斜的得胜碑,李奶奶哈哈大笑,她说:"你那是干啥来着?蚂蚁想摇动大树,能行吗?"蚂蚁,是啊,那么小,它们忙碌地跑来跑去,我倒杯水,对它们来说就是发大水了。

我愿意看蚂蚁搬家,得胜碑这儿的大野地里蚂蚁老多了,有黄色的小蚂蚁,有黑色锃亮的大蚂蚁,这些黄色的蚂蚁和黑色的蚂蚁往得胜碑下面的土里钻。李奶奶抓黑蚂蚁做药引子,只用得胜碑这儿的。李奶奶说得胜碑歪斜那是开天辟地的事了,谁知道什么时候开始的呢?无论刮风下雨,得胜碑就是不倒。它站立得比岁月都长,地久天长了。唐王竖碑的时候碑是直溜的。传说啊,古时候有一帮匪徒,听说得胜碑下面埋着宝藏,是啥宝藏呢?是两个金马驹,是镇碑之宝。这金马驹啊有老爷们儿的手那么大,已经不得了了,谁要是得到金马驹,那得置多少垧地啊,那不一下就变成地主了吗?就在这帮匪徒挖得胜碑正挖得起劲的时候,说快找到金马驹了,突然啊,瓦蓝的天空,乌云密布,就好像那些白云变戏法般地变成了乌云,翻滚着,向得胜碑上空赶来。那伙人还说快点挖呀,要下雨了。话音刚落,狂风大作,电闪雷鸣。一道炸雷,紧跟着一道闪电,向得胜碑劈来。得胜碑瞬间就歪斜了,把那些挖碑的人震倒在地。挖碑的人看天雷滚滚,吓得落荒而逃啊。金马驹啊,得胜碑啊,西大庙啊,这些李奶奶说得多了,我也就记住了。李奶奶每对我说一次,她都认为,这是她第一次说,说得从不走板,一个情节不落,就像她每次都认为我是第一次跟她来得胜碑大野地,看见我跟在她身后,不无惊讶:"哎哟,臭三,你怎么跟来了?像个小尾巴。"

有一次,我在李奶奶身后悄悄地站了会儿,学她跪下,跪在她的身后。李奶奶嘟嘟囔囔说了些话,我听不懂。她从怀里掏出豁牙子的小瓷碗,端着,晃荡,像要接什么东西。风大,刮进碗里一些泥土。她又从地上抓了些土放进碗里。

我可不想跪时间长了,实在不好玩儿,跪得腿疼。我站起来,在草丛里蹦蹦跳跳。我又好奇地看着李奶奶把小瓷碗里的泥土,宝贝似的装进一个小布口袋里,又揣进兜里。李奶奶自己嘟囔着:"这可是我淘换的药引子。"我问:"能治病?"李奶奶说能啊。李奶奶为了证实这儿的土灵,又开始给我讲得胜碑的来龙去脉。平时没人听她讲,她也不敢跟其他人讲,但不讲她还难受,她就跟我讲。她每次都是这样,先问我:"咱们村叫什么村啊?"我说:"叫得胜村。"由此拉开她讲得胜碑的序幕。

得胜村四通八达,古时候是兵家必争之地。大唐贞观年间得胜村是个战场。得胜碑就立于大唐贞观年间,距今已有一千多年历史,村名就依这古碑而起。

只要李奶奶一问我:"臭三,你知道咱村叫啥村吗?"我就拍手欢快地说:"李奶奶,快讲唐二祖征东的故事。"

李奶奶就笑着说:"我还讲啥呀,我讲的,你都知道了。"她话是这么说,你以为她真不讲了,我已经知道了,再讲哪儿还有什么新鲜感?但她还是会从头讲的。我可给李奶奶捧场了,她只要讲,我就不厌其烦地听。

话说大唐贞观五年,公元631年,唐二祖——太宗李世民,扫平内乱后,决心再荡外患,靖边肃敌。当时辽东郡为高句丽所占,唐二祖御驾亲征,率大军自幽州东进,在高平,今高升镇西,就是咱得胜村北,受阻。镇守高平的乃高句丽大将盖苏文,此人善使二十四把飞刀,骁勇异常。唐军数员战将与其交锋均不能胜,太宗恼羞成怒,亲率大军四面围剿,将盖苏文层层围住。那盖苏文毫无惧色,在阵中左冲右突,砍杀唐军无数,最后竟然突围而去。唐二祖直气得大病一场,却又无可奈何。

第五章 野地心思 | 067

我问李奶奶:"那后来呢?"李奶奶每次讲到这儿,都要停顿一些时候,我也每每在这个时候问"那后来呢"。

有个叫薛仁贵的大将,着白袍,骑白马,手持方天画戟出阵,与盖苏文大战三百回合。最后薛仁贵把盖苏文挑下马,贼酋即毙,收复高平。唐二祖转忧为喜,在高平关外犒劳三军,大摆筵席。

李奶奶又把她那豁牙子的细瓷碗,就是她每次在得胜碑前淘换药的那个碗,举给我看。我要接在手里看,她又放进兜里,说:"这你可碰不得。"她接着说,"这瓷碗就是唐王犒劳三军遗留下的碗,我就是在那边土里捡的。唐王的军队就驻扎那北边,就在那儿大摆筵席的,细瓷碗呀,碟子呀,都是唐王的军队扔下的。"

李奶奶说得活灵活现的,好像她看见了一样。

我问:"李奶奶,你看见了?"

李奶奶没说是否看见了,她总是说:"那还有假?唐王为纪念这次来之不易的胜利,立了得胜碑。这立碑的巨石是从江南采选的石头,咱这儿没有这么坚固的石头。"我就纳闷了,从江南运来的,那么大的石头,是咋运来的呢?

李奶奶领我去过唐王军队驻扎的北边,离得胜碑不远,大野地的深处,也就是李奶奶说的大摆筵席的地方。我没捡到碗,捡了些碗碴子,有的埋在土里,我用棍抠出来的。捡来一摞子碗碴子,放在我家院子的角上,跟我两个姐姐玩过家家。

还有个地方李奶奶不让我去——西大庙,紧挨着得胜碑。到我认识西大庙的时候,那儿已经破落不堪了。庙的大门不知道被谁拆卸去了,院墙的大青砖被扒得所剩无几。谁家垒猪圈、垒鸡架,缺砖就来扒大青砖。李奶奶总是要到庙里祭拜,有时赶上谁来扒大青砖,她就阻止,没人听她的。人们赶着小驴车,把扒下的大青砖搬到驴车上,甩着鞭子,扬长而去,空留下李奶奶在那儿怅然。她只能跟我回忆西大庙的辉煌,她说:"那是我小时候,每年正月十五西大庙都办庙会,大家伙儿从四面八方拥来,这儿都是平坦的大广场,多少人来都能搁下。那庙会人山人海,川流不息,人挨着人。商家小贩的吆喝叫卖声,真是你声唱罢我声喝。十里八村的人都聚集到这儿来赶庙会,这里的货物比县城的还全,应有尽有。来自黑山的货物最全,水果有苹果、水蜜桃、葡萄,还有花生、土豆、地瓜。有二界沟的大对虾、虾爬子、蛤蜊,还有辽河里的各种鱼。那江南的绫罗绸缎,也都摆在了庙会上,大多是商家贩运来的。胭脂镜子、针头线脑、鞋呀袜子,琳琅满目。还有牛庄馅饼、沟帮子熏鸡、海城烧鸡、京城烤鸭、各种点心。粮食有盘锦大米、山东白面、沙岭大高粱、朝阳小米。赶庙会的人们挑着担、赶着车、拎着筐。买货物的人,对比着,挑选着,货比三家,人声鼎沸。大姑娘小媳妇,在庙会上挑选衣料、丝线和手使手用的物品。不要以为黑天了,庙会就结束了,跌宕起伏、热闹非凡的时候是晚上。人们点着灯笼,到处异彩纷呈,比白天还要热闹,耍龙灯的、舞狮子的、踩高跷的、扭秧歌的,锣鼓喧天,唢呐声醉。你来我往,人们穿着节日的盛装,兴高采烈。"

等我也懒得听的时候,李奶奶就自言自语那段顺口溜:

得胜碑,两头翘,
中间一座西大庙。
打铜鼓,吹洋号,
一听拜会全来到。
求风雨,禳灾告,
平安顺利多依靠。

真有李奶奶说的那么好、那么热闹吗?李奶奶也是糊了八涂的,没准儿大白天说梦话呢。我从来也没进去过西大庙,李奶奶到庙里祭拜,我就倚在大门框上望天等着。李奶奶拍打着身上的土,看着我的小模样说:"真怪,不用告诉,自然而然就这么做了,守行规呀。臭三啊,我和你姥不是一行,各得其主,信的也不一样,你早晚是你姥的徒弟,你不进这庙也对。"

李奶奶把我说糊涂了。说糊涂了是正常的,李奶奶很多话都听不明白。无论咋样,李奶奶和我姥,都是要破除迷信的重点对象。但谁拿她俩也没辙,都那么大岁数了,无论谁说的科学道理,还有先进思想,她们回答得南辕北辙,离题万里,也不知道是真糊涂,还是假糊涂,反正说不明白。所以,一来二去,对她俩的科学教育,原则上继续教育,实际上,弃管。

现在跳大神只能关起门窗在自家跳了,我姥跳大神的行头也都锁进炕柜里,轻易不敢示人。炕柜也叫炕琴,长方形,带门,半米多高,正好有炕那么宽,摆放在炕梢,炕琴上面放叠好的被褥。我姥的跳大神现在派上用场了,你不是无药可医了吗?那我就大显身手了。我姥拿出那条五颜六色的裙子穿上,只要穿上这裙子就不是她了,她就变成大神了,浑身抖,还打战,嘴里嘀嘀咕咕的,不知道说的啥。大春子连忙给我姥点上烟,我姥平常抽大烟袋,只有跳大神的时候抽烟卷。跳大神,这是件神圣的事,即使郝东凯一百个不相信,他也不敢吭声。他在山东别说看见了,连听恐怕都没听说过。他怕外人听见,只好默默地把门窗关严实了——现在不准跳大神。大春子打下手,也就是充当二神。大春子没特意学,耳濡目染,多少也懂。二神一般都是由男人来充当的,这时候了,上哪儿找那么现成的男二神去呀?大春子不愿意充当这个二神,但为了给自家的孩子治病,硬着头皮充当二神。那只圆鼓被大春子拿在右手上,她左手拿着敲鼓的鼓槌,鼓点打得欢快流畅,点点都击在人心上。大春子边打鼓边唱,那调是二人转的调,但平缓苍凉,句句戳心:

混沌初开太极演,
仙佛他把大道传。
鸿钧老祖收徒弟,
个个弟子法无边。

我姥开始是盘腿坐在炕上的,来神了,她说是骑着宝马来的,就浑身颤抖,她又说是腾云驾雾来的,她就大幅度地摇摆。随着密集的鼓点,她从炕上走到地上,像跳舞似的摇摆。她能说出各种大仙的名字,说话含混,根本听不清楚。

这时候,汗水从我姥的脸上流到脖子上,她用尽了全身的力气,在呵斥不肯离去的鬼魂。好像只有大春子能听懂我姥说的什么,有段时间,我姥传授给大春子跳大神,但大春子从来没跳过。跳到这儿,大春子拎着菜刀急忙出去,宰了一只红公鸡,斟了一碗白酒。平常过年过节宰鸡也都是大春子动手,郝东凯不敢杀鸡。

这时大春子唱着送神归山,又是什么青龙白虎的,说了一大堆。我姥说是一个女吊死鬼缠住了我,是个孤魂野鬼,无处安放灵魂。我姥已经跟女鬼过话了,在山上给她建个坟,用纸给她糊套衣服,烧了,埋了,这样,孤魂野鬼就能重新托生了。这活说到底,都得大春子去干,郝东凯是破除迷信的先锋,可偏偏让他落到祖传跳大神的人家。大春子虽然不跳,但她都懂,到哪个节骨眼上该干啥,看我姥的神态,她就心知肚明,非常默契。

大神要归山的时候,又说了一大套:

> 青龙白虎齐护驾,
> 腾云驾雾走天涯。

这是显示大神的威武和不畏艰险。大神归山后,我姥又是平时的她了,她整个人瘫在炕上,脸色煞白,累的。

我早已经醒了,睁着眼睛说饿了。

再强调一遍,我是不被待见那伙的,我出生的时候,我上面已经有两个姐姐了,到我这儿又是个丫头片子,你说,我爸妈得多上火。按理说,我应该有自知之明,压爪眯着,乖。可是我偏不,坚决不穿姐姐的旧衣服。往往我是一个季节只穿一件衣服,家里没钱给我做新衣服,做一件衣服按着使劲穿,穿破了还不能拉倒,缝缝补补接着穿。为了省钱,我的新衣服是几块布拼凑起来的,那是做大人衣服剩下的边角料。没人搭理我,我就把大春子套回来要炖着吃的灰兔子抢来,当玩伴。衣服埋汰一点都不穿,整天穿戴整洁得跟个城里孩子似的。穿鞋费,每当穿双新鞋,头几天还行,仔细走路,恨不能搬着脚走,生怕把鞋穿埋汰了。但我爱走啊,西面大道、知青点、得胜碑、西大庙,凡是能去的地方我都走遍了。头两三天吧,还行,大春子夸我:"哎哟,我老闺女这鞋穿得仔细,没露脚指头。对喽,就这样,别去大野地啊!"我犟嘴:"李奶奶还去呢,李奶奶去我也去。"大春子对着我扬起巴掌又撂下:"你呀,这孩子,四六不懂啊。"

我不爱说话,但也从来不吃亏,整天望天望地发呆,想着心事的样子,那架势,就像有大志向无处展示,委屈又无辜。自从有了那只灰兔子,有心里话我就跟兔子说,人在我面前都多余了。大春子就笑话我,穷人家的孩子,却活出了富贵命。大春子说我矫情,我是挺矫情的,就拿这次生病来说吧,不就打个群架吗?就把我吓病了。但确实挺吓人,血糊淋拉的。但我就觉得,病的根源在于郝东凯冷落了我一下午,对我不管不问,只对林芬芳呵护有加。

无论咋样,我能吃饭了,按说也该好了,但第二天早晨,我又不睁眼睛了,浑身软得像面条,要不是呼嗒那口气,大家都以为这孩子没了。我姥爷看了,唉声叹气:"这小犊子,多矫情啊,昨晚差点给她姥累死,眼瞅着好了,今天她又给个眼罩子戴,又不睁眼睛了。"

郝东凯一早就背着药箱出门了,他要给林芬芳和赵松等那帮受伤的青年换药。至于我,不在他治疗的范围。我毕竟是大春子身上掉下来的肉,今天她没下地,没去挂鱼,也没上黑山打猎,也没去采野菜。她在等我姥的一句话,要不她不敢行动。我姥和老李太太套路不同,不到万不得已,我姥是不会发话的。但今天是为了我,她的亲外孙女。我姥歪在东屋的炕头上,她说:"臭三不见好,大春子,你去请老李太太吧,剩下的是老李太太的事了。"

对我的名字臭三,我一直耿耿于怀,一个女孩,叫臭三。我总想改个好听的名字,但我还不想叫啥花呀朵呀的,冥思苦想,终究没想出个好名字。

大春子屁颠屁颠地去请老李太太。人家不愿意来,问:"你家不是有跳大神的吗?"老李太太也是试探,别是你们小辈自作主张,请我去了,再惹大神不乐意,那不是自找没脸吗?现在得胜村请老李太太的人多,因为老李太太这一套吧,不显山,不露水,不用唱,不用跳,不用敲鼓,可以在黑暗中秘密行动,隐蔽性强。

老李太太来了,我像有意配合她,气若游丝地嘟囔了句:"我的小兔子,我的小兔子死了。"老李太太扒我的眼睛看看,说这孩子魂丢了。老李太太盘腿上炕,用针挑我的心口窝、后脖颈,能听到挑肉皮的啪啪声,那声音干脆、利索、有准儿,只挑破表皮,出血,再用俩手指往外尽可能多地挤血。老李太太说:"你看这血都发黑了,这孩子火得多大,这是受了多大的委屈啊,小小孩儿的。"大春子说:"她一个小犊子,有啥火,有啥委屈啊?她懂个屁呀!这孩子,就是矫情。"老李太太说:"话可别这么说,小孩也是人,再说,这孩子心思重。"

等到老李太太再下针的时候,我终于知道喊疼了。老李太太说:"好了,无大碍了。"这时候,用针挑的程序已经完成。大春子拿来六十多度的北大荒白酒,倒进小白碗里,用火柴点着。白瓷碗里冒着蓝色的小火苗,老李太太用手蘸那冒着火苗的白酒,在我的前胸后背搓,直到火苗熄了,白酒干了,大事完毕。她穿鞋下地,这还不算完,她吩咐大春子:"那个灰兔子不能埋你家樟子边了,樟子戳着它能好受吗?还给它埋到那个大坑里,那里有它爱吃的水稗草。"埋到大坑里也好,那是小灰兔最爱去的地方,也是我最爱去的地方,我可以去陪它。

后来我才知道,大春子痛恨这只小兔子,根本没把小兔子埋大坑里,而是把它埋到遥远的黑山,省得招惹我。

可神奇了,老李太太折腾完,我喝了一碗玉米粥,能下地走路了。这还不算完,李奶奶牵着我的手,绕着大坑走了三圈,边走边说:"摸摸毛,吓不着;摸摸腿,吓一会儿。摸摸毛,吓不着;摸摸腿,吓一会儿。"她的手在我的头上抚摸着,我觉得是那样安心和温暖。看似简单,但只有李奶奶重复这简单而朴实的话语才灵验。回来的时候,李奶奶牵着我的手,我又能蹦蹦跳跳了。看到这情景,大春子笑了,她给李奶奶拿了包白糖,略表心意。李奶奶说:"孩子是吓着了。"

第六章　青春昂扬

　　赵松被孤立起来了。知青和当地小青年剑拔弩张的气氛远没有结束,范潇典不恨赵松,他恨周铁铁。他认为赵松是周铁铁放出的棋子,先占领这块爱情阵地。范潇典也听说了,这种所谓的秘密东西,是不胫而走的,你以为做得天衣无缝,其实早有第三只眼睛看着呢。范潇典也听说赵松第一次和林芬芳约会时穿的是周铁铁的海军衫,他就不信,周铁铁的海军衫穿在身上,赵松能给他扒下来?就凭赵松那熊样的,他能想出这招?可惜呀可惜,他周铁铁偷鸡不成蚀把米,螳螂捕蝉黄雀在后,前人栽树后人乘凉……范潇典把他能想到的词都用上了。范潇典不是非林芬芳不娶,更谈不上一往情深地爱着她,他甚至没有爱她的打算,就是觉得她好看、洋气,与众不同。像随大流,你们喜欢她,我也喜欢,如果不喜欢,说明我审美水平差。为了证明他范潇典也是有文化有知识的青年,他一样热情奔放。

　　其实范潇典喜欢那种接地气、实实在在的美,美得含蓄,美得温暖,美得纯洁,就像那婆婆丁花,朴实无华,但它是报春花,婆婆丁开花了,春天就来了。得胜村具有这种美的姑娘,要属秋叮叮了。可对秋叮叮他不敢奢望,一是她美得纯真,她是顶着露珠开放的花朵,可望而不可即;二是她是知青,早晚是要像仙鹤一样高飞的。既然这样想,为什么还要和周铁铁较劲?不吃馒头争(蒸)这口气,不吃麻花要这个劲。既然已经签署了协议,为何你们背信弃义?再说,林芬芳是我们这片土地上的好姑娘,你们凭什么来抢?我们不站出来说道说道,那我们岂不是狗熊敲门——熊到家了？还说啥结婚，你说结就结呀？真有意思。范潇典气不忿儿啊，不行，我不能让他们自在了。范潇典咽不下这口气，准备再次出击，打他个满地找牙。

上次打群架，范潇典没占到啥便宜，脸也挂彩了，腿也冒血了。范潇典的母亲看儿子挨打了，就要去找知青。老拐大队长说："你找谁呀？知青比你儿子伤得还重呢。那赵松顺脸流血，那林芬芳趴卫生所都半天了，亏了郝东凯治疗得及时，要不就得上盘山县医院，那你不得拿医疗费呀？行了，别找了，是你儿子找碴儿，也是你儿子领一伙人先动的手。你儿子，不是啥省油的灯。"老拐当大队长习惯了，对儿子也指手画脚、吆五喝六的。再就是，他认为对男孩子就要严厉，所谓严厉，就是规整，棍棒底下出孝子。老拐对儿子寄予太高的希望，他希望儿子读完高中，哪怕在高中里混，也要混到毕业。范潇典上到初中就不想念了，想回村，他总幻想，在村里能有大作为。实在不行他还能去当兵，村里每年都有当兵去的，他羡慕那些当兵的，到了部队，立功提干，多光荣啊。老拐得知范潇典不想念高中的动机，立刻行动，连训带打，范潇典考进了高中。

别看老拐对儿子狠，对老婆却好得没法儿，怕老婆那是出了名的。他并不是打心眼里看得上范潇典，而是恨铁不成钢，他要让范潇典淬火成钢。而范潇典是打心眼儿里腻烦他这个爹，到现在更是横竖看不上。范潇典小时候没少挨他的打，到了十五六岁，老拐可就打不得了。范潇典也是叛逆吧，你不是不待见我吗？行，那我让你彻底失望。范潇典这高中上得，三天打鱼两天晒网，反正学校也不管。他心想，反正老拐烦透我了，那我就破罐子破摔，摔给你老拐看，看你能把我咋的。

范潇典在县城上高中，老拐明知道不可能，但还是幻想着，这小子如果努力，没准能留在县城，吃上商品粮。可这小子高中毕业又回到得胜村了，自以为肚子里有墨水的范潇典，瞅老拐哪儿都不顺眼，当个破大队长，整天在大喇叭里"注意了，注意了"的。说来也怪，老拐不让范潇典学皮影戏，可范潇典对皮影戏特感兴趣，一看就会。他也没特意学皮影戏，是捎带学的,目前,皮影戏技艺已经超过了老拐。范潇典五六岁的时候就跟老拐东村串西村地演皮影戏,他给提灯,搬凳子,翻唱本。那时候根本不挣钱,过年过节了,农闲或庆祝丰收,演出皮影戏,算是文艺演出吧。

后来老拐当了大队长,就把皮影戏撂下了,他也不愿意别人,包括范潇典,用他的皮影,怕他们笨手笨脚,把皮影弄坏了。老拐有两箱子皮影,两箱子宝贝。这两箱子皮影,那可是用真正的驴皮做的,是老一辈传下来的,传到老拐这辈已经六七代了,要是传到范潇典这辈就七八代了。可老拐死活不想传给范潇典,现如今,皮影更不挣钱,别到时候玩物丧志啊,男孩子要有大志向啊。可话又说回来了,皮影戏也不能失传了,好赖是门艺术吧。要是女儿小珍能学就好了,唉,指望不上啊,看都懒得看的主儿。老拐豁出去了,我宁可让皮影戏荒废了,也不让范潇典接手。可你起头了,小火苗燃烧起来,再想灭可没那么容易。范潇典从小耳濡目染,从骨子里喜欢,想把这喜欢从中间掐折,已经不可能了。即使掐折了,也能自行接上痊愈。老拐这个后悔呀,那时候他就是想使唤这孩子,不能让这孩子白吃饭,出去演出皮影戏,就领着范潇典打杂。有一天中午,大伙儿都吃饭了,等吃完饭,下午接着演。皮影闲在那儿放着,突然范潇典在幕后面,两只手拿五根棍,连唱带演。老拐傻眼了,这也遗传?都说好嗓子家族,每一辈都出一个嗓子好的。老拐压根就没教范潇典,可他就这么随上了,有模有样地唱上了,唱的是范家祖传的皮影调和皮影戏唱词。

老拐当上大队长后更不想摸皮影了,他认为大队长耍皮影,丢不起那人。他就把皮影打包封箱,准备刀枪入库马放南山,息影。范潇典乐开怀了,反正你也不要了,那我要皮影还不行啊?开始范潇典跟老拐商量,他轻易不叫"爸",被逼无奈了,才从嗓子眼里叫一声"爸"。只要范潇典从嗓子眼挤出一个"爸",老拐就知道,范潇典指定有事求他,那他就把架子端正了,等着这小瘪犊子开口。他有一百句嗑把这小瘪犊子的要求撑回去。范潇典哼唧了会儿,说:"爸,那啥,你那两箱子皮影,归我吧,我演皮影戏,把皮影戏发扬光大。"

老拐背着手,拐着他那条瘸腿,在范潇典的面前踱了几步,慢条斯理又恶狠狠地说:"小瘪犊子,你就死了这条心吧。整那玩意儿不顶饭吃。"

范潇典直起眼睛,但压住火气说:"那驴皮影,时间长了不用容易发霉,我还能保管。我就是个业余爱好。"

老拐一听更来气了:"放坏了也不让你碰!"

"为啥?"范潇典压着火气,毕竟老拐是他的爹。

"不为啥。你能不能长点出息,给你爹脸上争点光?"老拐大声呵斥,他是爹,不能在这小子面前软了。

范潇典大声吼叫:"我就这样了,我给谁争光也不给你争光!"

范母听见范潇典的喊声,知道这爷俩又杠上了,赶紧进屋。

范潇典对着老拐喊:"好,你不给是吧,我现在就去村里的大喇叭上唱皮影戏去,宣布我范潇典,大队长的儿子,从今往后,就摆弄皮影了。"范潇典说着抓起衣服往外走。

那大喇叭要是这么一广播,全村就都知道了,这小子啥都敢说,到时他这个大队长咋当?自己的儿子都教育不了。老拐给范母使眼色,意思是让她拦住。

范母拦住说:"潇典,你要是敢去,你就不是我儿子了。"她知道,这个儿子为了和他爹置气,气头上,啥都可能干出来。

范潇典这会儿还不生气了,他缓慢地说:"爸,给你最后一次机会,拿出来吧。"

"啥呀?"老拐装傻充愣。

范母说:"你到底是要你的皮影,还是要这个家?整天跟儿子较真。"

老拐耷下眼皮,坐在了椅子上,不看范潇典,明显泄气了。

范潇典从老拐裤腰上拽下钥匙,进到里屋,打开了两箱皮影,从此这皮影就交到了他手里。范潇典无论做什么都有股子钻研劲。老拐在心里发狠,小子,你光会耍皮影那不成,看你锣鼓家伙咋用。范潇典先演给老拐看,毕竟老拐是他的师父,瘦死的骆驼比马大,咋也比他懂得多,会得多。范潇典先给老拐表演锣鼓镲。范潇典坐在椅子上,面前放着那个矮桌子,上面放着喇叭,边上挂着铜锣,脚下是一堆镲。范潇典是这样的架势:手里拉着胡琴,右脚踩着两个镲,脚有节奏地动,镲跟着打出点,手里拉着的胡琴照样拉出乐音,到节骨眼上再敲一下锣,桌上放着喇叭,需要吹喇叭的时候,他放下胡琴吹喇叭。

老拐惊呆了,是他的真传不假,但比他演得好,比他拉得好,比他衔接得利索,比他唱得地道。范潇典继承了范家的皮影技艺,老拐在心里振奋地喊,老范家皮影后继有人了。

后来知青来了,范潇典的皮影就和知青的文艺节目比个高低。发展到后来,知青的艺术细胞糅入皮影里,再表演皮影戏的时候,那简直是交响乐会了。

知青里有自带小提琴、笛子、口琴的,还有周铁铁的手风琴。艺术是相通的,有会拉胡琴的,更别说锣鼓镲了。秋叮叮说锣鼓镲简单,她能打。开始她还打不到点上,时间长了,锣鼓镲打得那叫一个准点。农村嘛,没啥娱乐活动,只要农活不忙,吃过晚饭,支上幕布,点上灯,就演皮影戏。

大家最爱听的戏是《薛礼征西》,每次演这折戏,少不了秋叮叮。范潇典可不像老拐,封建思想,传这个不传那个,又不传外人的。这都属于文艺演出,谁都可以学。范潇典教秋叮叮耍皮影,还教她唱皮影戏,《薛礼征西》有樊梨花和姜须的对唱。

这段对唱,范潇典和秋叮叮唱得珠联璧合。他俩相识也是缘于皮影。虽然都在得胜村,但一个是来自大城市的知青,一个是小农村的青年,无论是世界观,还是人生观,都有一定的隔阂,最主要的是青年男女那特有的羞涩,阻隔了他俩自然的交往。有时在得胜村街上碰面了,俩人也只是相望一眼,匆匆而过。别看范潇典平常挺浑的,在女孩面前,他还是未语脸先红的主儿。用范母的话说:"在男女那事上,俺儿还没开窍呢。"老拐哼了声说:"可别开窍,等开窍了八头驴也拉不回来。他认准的事,麻烦了。"

有一次在场院耍皮影,那次什么也不因为,范潇典就是手痒了,时间长了不摸皮影,他心里想得慌。他召集几个小伙伴,到场院耍皮影。演的是老戏《薛礼征西》,范潇典一人唱两角,既唱姜须又唱樊梨花。秋叮叮好奇,跑到幕后,看范潇典是怎么耍皮影的。戏唱完的时候,秋叮叮站在范潇典的身边鼓掌,甜丝丝地说:"这么好玩啊,太有意思了!"秋叮叮没看过皮影戏,那个年月皮影戏被列入"四旧"里面了,很少演,而得胜村天高皇帝远的,没人管。偶尔有人提一下,老拐也就轻描淡写地说,小孩子们玩儿呢。老拐说话的语气和表情,总像轻描淡写。

范潇典把耍皮影的杆交给秋叮叮,说:"你来,拿着,你也能会,一教就会。"

秋叮叮缩着手,怕碰坏的样子。范潇典顺势塞进她手里:"对,这样拿着,把右手抬起来,再抬左手。来,你唱樊梨花的角儿,先说也行,熟悉了再唱。"范潇典鼓励地看着秋叮叮,"我说一句,你跟一句。"

秋叮叮笑着点头。

樊梨花:(白)走,哪里来的愣头青,到我帐里来做什么?叫我嫂嫂。谁是你嫂嫂?达儿们,(有!)将愣头青给我掌嘴。

姜须:(白)好嫂子,你消消气,别动手,我是姜须,你不认识我吗?

樊梨花:(白)你是姜须吗?

姜须:(白)正是我姜须呀。

樊梨花:(白)只因你哥哥闹的,我眼睛都花了,连你都不敢认了。我却问你,到我寒江所为何事?

姜须:(白)嫂嫂你听了。(唱)问我到此为何事。

樊梨花:(唱)正是问你为何来。

下面是对唱:

姜须：(唱)不过是为军情事。樊梨花：(唱)国家全靠你将良才。

姜须：(唱)我等无谋少韬略。樊梨花：(唱)治国何用女裙钗？

姜须：(唱)嫂嫂身如孙武子。樊梨花：(唱)不必奉承你说明白。

姜须：(唱)如此这般来请你。樊梨花：(唱)你又奉了何人差？

姜须：(唱)就是元帅老伯父。樊梨花：(唱)请问为何你说明白。

姜须：(唱)妖人摆下凶恶阵。樊梨花：(唱)今日你算是白来。

姜须：(唱)你不看他全看我。樊梨花：(唱)要不看你早把锁阳城门开。

姜须：(唱)请你今日一同走。樊梨花：(唱)休想我去你快走开。(白)姜须呀姜须，真真的可恼哇！

嗨，从这儿啊，秋叮叮还喜欢上皮影戏了。是，当时没学会，但从那儿她忘不了了，具体忘不了什么呢，她也说不清。她把这段唱词抄下来，背熟，再学就顺畅多了，久而久之，唱得有模有样，耍得也利索。她一开嗓啊，得胜村的人听出来了，这不是范潇典唱的樊梨花，也不是老拐唱的，是个女子。那是谁家的女子呢，有这样清亮的嗓音？到后台一看，原来是知青秋叮叮。嗯，这姑娘好啊，像咱农村娃一样，没有大城市孩子的娇气。

在场院演出皮影戏那晚，秋叮叮学了，厉铁铁也学了，知青们谁想学，都拿着皮影比画了。有人不小心或者不会用那股子劲，有的皮影就损坏了。范潇典不小气也不心疼，心想回家修修就好了。等范潇典在灯下修皮影的时候，老拐围着他和皮影转了两圈，发出冷嘲热讽的笑。没等老拐开口，范潇典头也不抬地说："有话说啊，别憋着。你转悠得我脑袋都迷糊了。"他继续修手里的皮影。

老拐指着范潇典对范母说："你看看你儿子，说的是人话吗？小瘪犊子。"

范潇典的母亲每当这时候是不说话的，说也是白说，谁都不听。不如

第六章　青春昂扬　｜　081

让他们自己分胜负,以后也好有个怕相,免得总干架。她装着听不见,在外屋忙活做饭。老拐看没人理他,看着坏了的皮影,怒从胆边生:"这祖传的家底早晚毁你手里,你就作吧,啥人都教。连你我都不想教,你不知道啊?"

范潇典忽地站起来,高出老拐一头。他把手里的皮影往地上一摔:"我把这些都烧了,你信不信?"

老拐的两个膀子耷拉下来,见妻子在外屋忙做饭,不言声,他还是自己找台阶下吧。他拿出大队长的口气:"这样也挺好,团结同志嘛,艺多不压身。"

范潇典冷笑着,看着老拐问:"爸,你说的是真心话?"

"不是真心话又能咋整?你又不听我的,再犟下去,你快不认我这个爹了。"他话锋转向更加亲民,"我给你讲讲皮影戏的前世今生啊。在盘山的皮影巅峰时期,无论是逢年过节、喜庆丰收、祈福拜神,还是婚丧嫁娶、添丁祝寿、修庙开光,都少不了搭台唱皮影戏。就连两家吵架了,理亏的一方都要请一台皮影戏来和解。"老拐说这话,是想让这个愣头青珍惜皮影戏,保存好皮影,这也算老祖宗留下的吃饭的家伙什。老拐承认自己学得稀松吧唧,但范潇典学得精湛啊。但这小子谁都教,唉,时代进步了,年轻人的思想也进步了。

范潇典也为昔日辉煌的皮影戏自豪,但他表面上不屑地说:"就这扯脖子唱的碱巴拉①的唱腔,喊!"

老拐受宠若惊啊,这小子平和地跟他对话了:"那咋的!别看碱巴拉的唱腔,那也得预约,才能听到。"

自从皮影戏这档子事归了范潇典,老拐的日子过得相对消停了些。范潇典没啥不满意的了,他彻底制服了他爹老拐,这皮影戏他想啥时候演就啥时候演,想教谁就教谁。可是,这个不省心的,又打群架。不是和知

---

① 碱巴拉:东北方言,意为"碱性很重,不长植物"。此处喻指唱腔不动听。

青们团结得挺好吗?他们在一起研究啥水稻播种机、水稻脱粒机,这啥都没研究出来,就研究出了打群架,还为了个女子,林芬芳。他在家里从没提到过林芬芳啊,倒是提过秋叮叮,说她心灵手巧,歌唱得好,舞跳得好。他还说:"要是秋叮叮扭大秧歌,十里八村没有哪个姑娘能赶上她的,你看她《北京的金山上》跳得多美啊!"他说这话的时候,正是全家人吃晚饭的时候。老拐和范母相互看了一眼,不说话,但里面的意思全有了:这小子八成……

小珍说话了:"哥,你背后议论姑娘们,行为不好。"

"你看,哥这不是表扬姑娘们吗?又没说人家坏话。"

老拐又偷看了范母一眼,一个笑被大饼子堵上了。范潇典把筷子放在桌上,义正词严地说:"某些人别把事想歪了啊。人家秋叮叮有文化有知识,是天上飞的天鹅,我就是那蛤蟆,还是井底的。明白啥意思了吧?我们是纯洁的革命友谊。"

"我哥是堂堂正正的人。"小珍拍手看着哥哥。

"我儿子也是高中生啊,也有文化啊。"范母小声说,讨好儿子。

老拐显摆自己:"还有个当大队长的爹呢。"那意思是,你有啥成绩?是我给你撑的腰,小子,别忘本。

范潇典拉长着脸,瞟了老拐一眼,那意思是,你算老几?

老拐发火了:"我还是你师父呢,那在老社会还得了?一日为师,终身为父。那师父咳嗽一声你就得吓跪下。小犊子,没跪我一次,艺都让你学去了。现在说你一句,你像个狗似的跟我龇牙。"

提到学艺,范潇典承认老拐是他师父,他心服口服。尽管师父学得半吊子,但他总归是跟师父学的皮影戏,那时候,他自己连半吊子都不是。

先不说那些废话了,说眼跟前吧。这样好吗?咋又整出了林芬芳?那林芬芳跟你范潇典有哪门子关系呢?好好的,不是教秋叮叮学皮影戏吗?如果说跟秋叮叮有啥关系也行,或者你为秋叮叮大打出手也算你小子尿性。你为一个八竿子拨拉不着的林芬芳打群架,这是为哪般呢?林芬芳是漂亮、美丽,那漂亮、美丽跟你没有半毛钱关联啊。这不,脸上的伤还没好,他又要打,咋劝也不好使,非得争口气。

如果林芬芳不说要结婚,范潇典还没那么着急,人家都要结婚了,我们还能无动于衷?这相当于向我们宣战。这次打群架,相当于范潇典他们以失败告终,两边都挂彩了。但这仗后,知青越挫越勇。看那架势,周铁铁放任自流了,无形中纵容赵松胡作非为。范潇典早就看赵松不顺眼了,留个长头发,装文艺小青年。原本吊儿郎当,突然又修拖拉机,又看图纸,又参加研制插秧机,又当劳模,合着在这儿等着大伙儿呢,他的目的就是引诱林芬芳。签那个协议的时候他在场啊,他这是背信弃义啊。还有,赵松是蓄谋已久啊,张口闭口来几句小诗,显示他有文化。谁不会几首古诗吗?只不过我们不爱背出来显摆。他一开始就是冲林芬芳来的,终于让他追到手了。休想!现在还来得及,决不能让赵松的阴谋得逞。

这个赵松欠收拾,范潇典一马当先,瞅准了机会单挑赵松。那天范潇典看见我从知青点回来,他问我:"臭三,你为啥总去知青点呀?"

"洗脸。"我说。

"你家没有洗脸盆啊?你家没有水呀?"范潇典问我几个问题,我都没说,"在哪儿洗啊?谁给你洗啊?哎,你这孩子咋不说话呢?真急人啊。"

我嘻嘻地笑了,看范潇典着急的样子。他脸上有两块伤,额头一块,嘴巴子一块。额头那儿贴着纱布。我指着他的额头:"我爸给你包的。"

范潇典狠呆呆地说:"是,你爸包的,你爸还会干点啥?"

他不问我了,我倒想说了:"秋叮叮姐给我洗脸,在绕阳河。"我指着绕阳河的方向,"还念诗。"

"谁念诗啊?"范潇典低头问我。

我摇头,不是不想告诉他,而是我不想说了。

范潇典抬头看天,又对我说:"我也会念诗。"

"赵松念得比你好。"我说。

"秋叮叮和赵松在河边念诗？"范潇典问。

我纠正范潇典："还有我。"

第二天，我起大早了，可是下雨了。大春子不让我出门，我说："秋叮叮在河边等我呢。"大春子说："没人像你那么死心眼。"我姥也说："闺女啊，跟姥学唱词，天下雨了，咱不出去跑了。"

我惦记着秋叮叮在河边等我。秋叮叮说了，水磨建成后，她要去看水磨，因为那儿是个艰苦的地方，村里的人随时去磨米磨面，她得全天在水磨值班，包括过年过节。在我心里，她去水磨值班，也许没时间和我在一起了，或者，她不想和我在一起了。水磨那儿离村子远，我去不了。

外面的雨淅淅沥沥的，淋在窗户上。院子里的鸡躲在屋檐下避雨。外面狸花猫在窗台上转悠，急着想进屋，但窗户关着。大黄狗钻进了仓房，吓得老鼠四处乱窜。老鼠也怕狗，狗爱多管闲事。而我却想往外跑。我戴上姥爷的草帽，穿上凉鞋，趁大春子在外屋做饭，我蹑手蹑脚地溜出了房门。

知青点院子里空无一人，只有那个破拖拉机孤零零地在院子里淋着雨。绕阳河边有两个人，但不是秋叮叮和赵松，换人了，是赵松和范潇典。他俩弓着腰面对面站着，都攥着拳头，中间有段距离。好像有人给他们发号施令，然后，他俩放开脚，冒着雨，向对方奔跑。我好奇地看着，不知道他们在玩什么游戏。他俩抱在一起，像扭麻花，范潇典粗壮，赵松单薄，麻花拧断了，范潇典站立着，赵松趴在草地上。

旁边的绕阳河流水声非常响，我姥说，河水响，那是涨水了。趴在草地上的赵松开始滚、爬……但他爬不起来。范潇典的拳头砸在赵松的身上，范潇典的脚也在赵松的身上飞舞。我听到赵松大声地号叫，能听到雨水灌进他嘴里的呵啦声。赵松号叫的是他写的诗，我曾纠正过他，阳光怎么能下雨啊？

  雨季的太阳啊，淋湿了我的梦，

我从梦中醒来,多想回去再栽下一棵相思树,
用梦的雨浇灌,蹚过你的河,
坐上用水做的船,
用梦里的眼泪编织成帆,
迎着吹不动的风,
追求太阳,下着雨的阳光。

可能范潇典不爱听赵松号叫的诗,他飞起一脚,把赵松踢进了河里。我的第一个想法是,赵松淹死了。我向河边跑,风吹掉了草帽,我把草帽捡起来,戴在头上,用手抓住草帽,脚下还滑,卡了满身泥。等我跑到河边,范潇典纵身跳进河里,抓起在河里上下漂浮挣扎的赵松,把他托上岸,扔在草地上。赵松趴在草地上,嘴里吐着水。范潇典上岸后,也趴在草地上,他很快站起来。

我用手狠狠地指着范潇典,是我昨天告诉他赵松在河边的。

范潇典用手抓起我,像老鹰抓小鸡。他拎着我,一直把我拎到家,把我放到我家里屋的地上,说:"下雨天还让孩子出去,绕阳河涨水了。"说完转身走了。

全家人都以为我掉河里了,被范潇典救上来的。大春子跟在范潇典的身后,送到大门外,说些感谢的话。

很快得胜村都知道了,赵松为了林芬芳,又挨范潇典的打了。当然这事也传到林芬芳的耳朵里。郝东凯在知青点给赵松打了退烧针,前脚刚走,林芬芳后脚到了知青点。这是林芬芳第一次到知青点,她是来看赵松的,给他端来一碗面条,上面卧着两个荷包蛋。面条端到知青点就凉了,可赵松吃到嘴里是热的,还有热的泪。

林芬芳的到来感动了知青们,大家被他们的爱情所感动。周铁铁再怎样威严,但他的心也不是铁打的。原则上是不准谈恋爱,可是,只要有年轻的男人和年轻的女人,无论这个地方多么艰苦,依然会有爱情产生。

赵松拿出了他的撒手锏,吃完最后一个荷包蛋,他眼泪汪汪地、深情地看着林芬芳。赵松就有这本事,他能把古人的诗词变成自己的诗,由他吟咏出来,原创倒逊色了。他柔情万种地吟咏着:"问世间,情为何物,直教生死相许!"

这时候,大家只看到了赵松的痴情、深情和知识渊博,哪儿还有人关心元好问是何许人也?即使现在赵松给大家解释,这是出自金元之际著名文学家元好问的《摸鱼儿·雁丘词》一词,有人听吗?大家还得怪他多此一举。这"情为何物",已经不是谁的了,是大家共同的心声。这爱情,加上凄美,就博得了爱戴和拥护加祝福。

那你说赵松和林芬芳的爱情不够凄美吗?足够了。这是得胜村有史以来最凄美、最轰轰烈烈,又花花绿绿的爱情。派人蹲守,传诗,传纸条,偷海军衫,隐藏身份;英雄牌钢笔、友谊牌雪花膏、素花纱巾等物质轰炸,这可都是响当当的名牌啊,倾其所有,不惜借债。这还不够,这层爱情的窗户纸当然不能由自己捅破了,那样便失去了原有的神秘韵味。只有借助他人的手,推开这扇窗,一样的风景方显魅力无穷。比如说,夜黑风高,赵松和林芬芳正在小树林约会,那就平淡无奇了。嗳,正好,不偏不倚,被范潇典抓个正着,你看,这壮丽、壮美的意思油然而生。著名作家柳青说过:人生的道路虽然漫长,但紧要处常常只有几步,特别是当人年轻的时候。

这话对赵松来说再贴切不过了。

周铁铁听了赵松的"情为何物",当着大家的面,把那份协议撕得粉碎。

论起较真,谁也赶不上范潇典。就说赵松和林芬芳要结婚这事吧,基本上都默认了,尽管有诸多不符合规定之处,但大家都被他们可歌可泣的爱情所感动。赵松挨打,被范潇典踢进河里,又被范潇典救上岸,这些都不追究谁是谁非了。赵松宰相肚子里能撑船,他不说范潇典的不是,一个劲地说他自己也有责任。赵松妥妥地赚了一大把人气,到这儿,仿佛他才在知青点站稳脚跟,大家才对他刮目相看,原来有个叫赵松的知青。

周铁铁把协议撕了,有用吗?范潇典不惯之,他还有一份。范潇典找到周铁铁,誓要和周铁铁决一死战。周铁铁也认为应该有个了断了。"这样吧,"周铁铁说,"胜利的一方说了算。"

范潇典回答得干脆:"一言为定。"

知青和当地小青年约好了,想干,别在村里,免得有人来拉架,分不出胜负。在村北玉米地旁边的小野道上。

那天傍晚,残阳如血。西面的天空红彤彤的,比往日壮观十倍。太阳落到地平线的过程很辉煌,每落下一寸洒下一片彩霞,燃烧成火,仿佛点着了半片大地。

这两伙青年,以路中间的那棵树为界,两边的人向中间奔跑,跑到树这儿会集,开打。瞬间,无数双脚把路边的草踏平,踩碎。他们又滚进玉米地,玉米有半人高了,两伙人像坦克,瞬间碾平了玉米地。头破血流,衣衫不整。汗水和着血水,像河里飞起的水珠,在夕阳和晚霞中,都被映衬成了红色,连人都映红了。赵松不敢不来,都是因为他打的群架,他不来,那就是尿包。出于仗义,赵松参与了,还是激情高昂地参与。等两伙人碰撞在中间的那棵树上时,他猫着腰逃跑了。

双方都打红眼了,谁留意他呀?十万火急,他跑到了大队部,找老拐。老拐不在大队部,也不在家。赵松又跑到大队部,那儿有大喇叭。他从大队会计腰上拽下钥匙,打开大队部的门,扭开大喇叭,对着缠着红绸子的麦克风"喂喂"了两声:"老拐大队长,注意了注意了。"他真不知道大队长的大号,都叫他老拐,"大队长,大队长,注意了注意了,跑步到村北的玉米地,那里打群架,破坏了大片玉米。"赵松必须说破坏玉米,农民都心疼庄稼。

果然,赵松跑回玉米地的时候,老拐已经在那儿了。半人高的玉米已被夷平。

老拐还是威严的,他大吼一声:"都给我住手!注意了——注意了——我已经报告公社了,把你们都抓起来,你们这是搞破坏。"

周铁铁站住,举手,阻止了知青们。范潇典站住,举手,阻止了当地小青年。老拐的"注意了",还是有一定威力的。这帮小青年,攥着拳头,喘着粗气,齐刷刷站在老拐的面前。他们站在被踏平的玉米地里,身后是绿莹莹倒伏的玉米棵。太阳已经落进远处的玉米地,放射出最后的光芒,熊熊燃烧,映红了小青年们稚气的脸庞。老拐觉得自己像个将军,站在沙场上,点兵。老拐此刻觉得自己年轻了,腿直溜了,好像给他一匹马,他就能率领着这批小青年征战沙场了。特别是他看见范潇典,顶天立地、大无畏的样子,高大、帅气,一不小心,他啥时候长这么老高了呢?——这么俊朗的儿子。哈哈,说到底,这小子的臭脾气还是随我的。谁的儿像谁,这是颠扑不破的真理。此刻他已经原谅了儿子的暴脾气。但打群架这件事必须严肃处理,最起码做到表面严肃。

老拐吆喝一嗓子,说把他们这帮人打群架的事报告公社了,"你们就等着最严重的后果吧"。范潇典和周铁铁相互看了眼,没了刚才的火气和恨,他们交换眼神的意思是,这咋办呢?他们瞬间又成了统一战线的战友了。老拐说报告公社了,其实那是吓唬他们,怎么可能送公社呢?自己村也不是解决不了。有一次老拐到公社办事,碰到办公室主任在批评其他大队的大队长:"你还有啥水平?管不了就往公社去。都往公社去,要你们这些大队长干啥?看你也没啥管理水平,组织上决定换下你这个大队长。"从那儿,老拐悟到了些许道理,只要是得胜村不光彩的事,那就肉烂在锅里。就不信我摆弄不了这帮小犊子。老拐算是看透了,林芬芳一天不结婚,这得胜村是一天不消停。老拐心想,范潇典这个生帮子,他当我儿子这么多年,跟我比他还是嫩了点,我知道他的软肋在哪儿了。

回到村子,周铁铁先到大队部找老拐求情,他说他是代表知青向大队长承认错误,毁掉了那么一大片玉米,他们筹钱赔偿,只是求大队长网开一面,不要把他们送到公社。

老拐大队长耷拉着眼皮说:"那我可没办法,公社来人,我只能把人交出去。"

周铁铁诚恳地说："我们的路还很长，不想背个处分。"

老拐拍着周铁铁的肩膀说："铁排长啊，属实你们知青有错，你也知道，还没做出啥成绩，先谈恋爱了。反正也到这种程度了，顺其自然吧。你当知青排长的，有些事你也要做些工作。范潇典这头犟驴，不能老是以武力解决，两国交战还先派个信使呢，你们这两伙青年也应该派个信使。"

周铁铁抱着双臂思考："派谁呢？"

"你看谁跟范潇典能谈得来？"老拐提醒周铁铁。其实他心里已经有人选了，但他不能直说。

"哎呀，有了，秋叮叮嘛，范潇典还教她学皮影戏来着。"周铁铁恍然大悟。

老拐迫不及待："对呀。有啥嘛，年轻人一说就开了。晚上到我家，让你婶给你们炒几个菜，你们喝点，高兴高兴。"

"大队长，您说'你们'……那我也能去啊？"周铁铁不敢相信啊。

"行啊。"老拐愉快中带着严肃。

"只是我想蹭我婶做的饭。"周铁铁说，"哎，对了，大队长，我们要赔多少钱啊？你少合点，我们都是穷知青。"

老拐说："赔啥？我就是给你们个下马威，要不你们不知天高地厚。那块地瞎不了，到时候种秋白菜，留着冬天吃。"

周铁铁感激地握住老拐的手："谢谢大队长。"

在农村，下雨天对农民来说，就像城里人过礼拜天，坐在热炕头上嘛，打扑克，打麻将，唠嗑，喝小酒。外面下着小雨，屋里喝着小酒。老拐家今天就是这样的情景。大炕上放着方桌子，周铁铁和秋叮叮坐在炕里，范潇典坐在秋叮叮对面。外屋灶台热气腾腾，范母在外屋忙活做饭。秋叮叮几次想去帮忙，都被范潇典拦住了。范潇典说："你整天上地里干活，一天都不落，已经累够呛了。今天到我家，就当你们城里人过星期天，啥也不用你做，就在这儿陪我唠嗑。"

秋叮叮笑呵呵的:"嗯,行,老享福了。"

范潇典说:"秋叮叮,你馋了就到我家来,让你享福。"

周铁铁看着他俩唠得热乎:"你俩可不能把我撇下,我也来。"

范潇典说:"你来也是借秋叮叮的光,可以来,首先你要谢谢秋叮叮。"

菜上桌了,硬菜有小鸡炖蘑菇、猪肉炖粉条,毛菜①有鸡蛋炒韭菜、小葱蘸小鱼炸酱、小白菜炖文蛤,还炖了条大鲤鱼,一共六个菜。为什么把小白菜炖文蛤和炖大鲤鱼算到毛菜里呢?因为这些在当地那是稀烂贱的菜。鲤鱼、胖头鱼、鲫鱼,绕阳河里有的是;顺着绕阳河往下走,到绕阳湾,到大片有芦苇的地方,特别是接近渤海的地方,各种贝类应有尽有。炖鱼不稀奇,而且挺费油的,家庭主妇们不心疼鱼,心疼那油,炖鱼放油少了不香。这鱼和文蛤是周铁铁他们知青抓的,拣着大的、新鲜的,拎到范潇典家里。中国人嘛,讲究的是个礼仪,到人家家里串门咋能空手呢?礼轻情意重嘛。挑了两条大鲤鱼,拎了一网兜文蛤,周铁铁和秋叮叮走进了大队长家。鱼呀,文蛤啊,是知青们一起抓的,但不能都去呀,又不是去打群架,这是去文明友好的啊,算是谈判吧,不是为了到那儿吃吃喝喝的,是有正事。不过,周铁铁可有日子没吃到猪肉了,都忘了猪肉啥味道了。

最应该说"谢谢"的是赵松,都是他不安分,惹这么大的祸。赵松也讲个理,谁叫你周铁铁嘚瑟的,非得提啥建议,签啥协议。林芬芳漂亮,那是老天赏赐的,谁嫉妒都是瞎子点灯——白费蜡。再说,林芬芳漂亮碍着你周铁铁哪儿疼了?人家漂亮就不兴有人追求了吗?这是违背社会伦理,违背自然规律,埋没美和一切美好的事物,相当于阻碍社会进步和发展。

赵松的这些高谈阔论,周铁铁听着怎么都觉得他道貌岸然,但还是有一定道理的。他表面批评赵松:"再这样强词夺理,不知悔改,这件事就让

---

① 毛菜:东北方言,指不费工夫准备和烹调的平常、普通的菜式。

你自己处理。"

说这话的时候,赵松正坐在知青点大院里的破拖拉机上,他现在的日子又有点抬头了。周铁铁还说了对待同志不能一棒子打死,也算给赵松撑腰,这不,赵松又敢坐在拖拉机上写诗念诗了。赵松听了周铁铁的话,这可不是吓唬他,不管咋说,为了他的事,铁排长也是够仗义的了。他跳下拖拉机,跑到供销社买了两瓶烧刀子酒,让周铁铁拎到老拐大队长家去。到人家家里做客,哪能没酒呢?咱得懂礼数,人之常情,礼尚往来嘛。赵松说到这份儿上了,周铁铁当然要拿着了,要不就伤赵松那颗热情的心了。他居高临下地拍拍赵松的肩:"放心,我懂。"赵松释然地笑了。

有这两瓶烧刀子,可老长脸了。大队长一个劲地夸知青真懂事,知情达理的。

酒菜都上桌了,老拐坐在正位上,捏着小酒杯,又开始说"注意了"。有老拐在桌上,范潇典一句也不说,周铁铁和秋叮叮也是奉承着,多半是敷衍着他。说着说着,老拐看见秋叮叮手腕上的表,说:"秋叮叮你这手表可挺好,啥牌子的?"秋叮叮笑着说:"叔,这是上海牌的,我爸送我的,是我爸的手表。"老拐感慨:"是啊,父母都是这么心疼子女,就像我,也是啊,可人家还不领情啊。"范潇典的脸拉得更长了,他把筷子放到桌上,声音挺重。范母看出门道了,也是,都是年轻人,你个半大老头子掺和啥呀?吃饭提人家的表干啥呀?提也行,别感慨得没边没沿啊。可拉倒吧,有你在这儿掺和,白瞎这桌菜了。范母是打心眼里愿意儿子能有像周铁铁和秋叮叮这样的朋友,长见识,有文化。她就拉着老拐说:"走吧,你吃得差不多了,你在这儿,孩子们都受拘束。"

哈哈,老拐大笑,他是喝高兴了,除了范潇典对他爱搭不理,周铁铁和秋叮叮对他可是毕恭毕敬啊,那话说得有水平,上升到了一定高度,不愧为知识青年。至于家里这个倔驴,老拐已经习惯了,不跟他一般见识。老拐下地穿上鞋,说:"好,把广阔天地留给年轻人。"

北窗户挨着炕,雨水打在窗户上,顺着窗玻璃流淌。透过窗玻璃,能看到后园子,一棵桃树长在后园子的樟子边上,黄瓜秧子已经爬上了黄瓜架。雨点打在黄瓜叶子上,噼里啪啦响,像不知名的乐器发出的声响,很悦耳。范潇典知道周铁铁和秋叮叮今天的来意,他心领了,但不说。他不想提赵松和林芬芳的事,就想和周铁铁、秋叮叮开怀畅谈。大队长下桌后,周铁铁也感到轻松,听着外面的雨声,心情格外愉悦。范潇典给秋叮叮也倒了白酒,说:"喝点,没事,这酒烈,但不上头。"

秋叮叮没推让,轻轻地抿了口,是辣,但甘洌,醇香。秋叮叮主动举杯,敬范潇典酒,还挺有嗑唠:"范潇典你是我师父哈,教我皮影戏,我敬你酒,你说咋喝?"

周铁铁喝得两眼发红,但放光,他说:"咋喝?感情深,一口闷。"

范潇典端起酒杯:"那我要问一句,你个城里姑娘,咋就跟我学皮影戏呢?这是乡下人爱演的戏,土。"

"说真心话吗?"秋叮叮道,"我到后台是想看热闹,但看见你了,眼前这个亮堂。范潇典,那天就不像你,多才多艺的文艺小青年啊,又是那样英俊、帅气。嘻嘻,我是看你才学的皮影戏,不是真心想学。"秋叮叮伸下舌头,脸更红了。

范潇典端起酒杯,看不满,又给自己满上,一饮而尽。

"快吃点菜,谁让你干一杯了?就喝刚才那半杯就行了。"秋叮叮夹了块肉,放进范潇典的嘴里。

范潇典竟然激动得哭了,眼泪流出了眼眶。他眨巴着眼睛,谁都不看,望着窗外的雨说:"这是我有生以来最高兴,不,是最幸福的一天。"

周铁铁醉眼蒙眬地说:"你俩这样,我可嫉妒了。"

秋叮叮把他俩的手抓在自己手里:"我们仨,谁都不能嫉妒谁。我是女孩,你俩要照顾我,让着我。"

"一言为定。"周铁铁和范潇典异口同声。

范潇典又怅然了:"你们总是要走的,到那时候,我去找你们,去你们的城市,可别不认我啊。我是得胜村来的。"

"嗳,怎么会走呢?我们扎根农村,建设农村,把这儿建设得跟城市一样,让城里的人想到得胜村来,那还要看看咱们愿不愿意收呢。"周铁铁拍着胸脯说。

秋叮叮又举着酒杯说干杯。她喝了一大口,嘻嘻笑着说:"我不说假话,我要上学,我要回城,我想妈妈,我想毛茸兔子。"

是啊,秋叮叮多年轻啊,她应该上学啊,上大学。范潇典听了秋叮叮的醉话,真是醉话,在一起劳动的时候,这个丫头最能出力气,从没听她发过牢骚,说过想家。水磨要建成了,她还说,没人看水磨,她看。范潇典有点迷茫了,真不了解这个世界了。其实他也不想在农村永远待下去,他也想出去闯荡,但是去哪儿呢?他也想改变自己的命运,哪个年轻人没有远大的志向?可他的方向在哪儿?他想过去当兵,到了部队好好表现,能提干。这些他没说过,窝在心里,怕说出来实现不了。那秋叮叮也是吧,她打心眼里不想在得胜村,她想上学,她还有更美好的理想。范潇典不像他爸想的那样,就知道耍皮影,不求上进,没有志向。他只是不想说出来,说出来也没用,又不能实现。他心里也会怅然,也有迷茫。哪个少年不烦恼呢?

窗外的雨下大了,屋里的三个年轻人也喝高了。秋叮叮从来没这样放肆过。他们喝着喝着,喝到了饭桌一撇上。秋叮叮坐在中间,她把两只胳膊分别搭在两个男人的肩膀上,跟他俩称兄道弟。他们一会儿哭,一会儿笑,一会儿唱,唱得南腔北调:"我们走在大路上,意气风发斗志昂扬……"

这近似呐喊的歌唱,被雨声淹没。

雨小点的时候,我跑出了家门。我看见他们三个人的时候,天空下着雨,但太阳已经出来了,亮堂堂的,光芒万丈。我惊呆了——秋叮叮把两只胳膊搭在周铁铁和范潇典的肩上,她的个子没有他俩高,走走就吊起来了,两条腿离地了。他们冒着雨,迎着太阳,在大道上奔走。我还是戴着我姥爷的草帽,站在桃树下。我以为秋叮叮能看见我,向她招手,她没看见我。他们三个唱着歌,大步流星地往前走。我喊:"叮叮姐,你上哪儿去?"

谁都没搭理我,他们继续向前走,雨浇在他们身上,太阳光照耀着。我在他们的背影里哭了,委屈、无助,人怎么变得这么快呀?秋叮叮咋一下子变成大人了?我看着身边的桃树,花开的时候,秋叮叮还和我等林芬芳呢,赵松还上赶着教我念诗呢,现在他说:"去去去,没心情哄你。"

大人的世界千变万化。

这个下着太阳雨的得胜村美得像幅油画,一条大道从村里伸向远方,远处的水稻郁郁葱葱,近处的这个大坑里已经长满了水稗草,油绿得能滴出水来。路两边零星地长着几棵桃树、枣树和山楂树,树下只有我。路的那边有三个青年,他们无拘无束高歌猛进,秋叮叮穿着背带裤……雨水把天空和太阳洗得透亮。这是被世界遗忘的最美丽的地方,单薄轻盈又浑厚无比。

老拐能当全大队人的大队长,但当不了范潇典的大队长。可他有招,姜还是老的辣。

果然,在林芬芳的婚礼现场,范潇典不但没闹事,还送去了祝福的掌声。

很快,林芬芳和赵松结婚了。恋爱时间长短不重要,最重要的是他们的爱情也算经得起考验了。在月光下的小树林中被抓,两伙青年打群架,都没动摇他们的爱情。闪电般结婚,是对这场爱情的最好诠释。镇上有个电影院,里面有舞台,放电影啊,宣传队演节目啊,都在电影院进行。林芬芳的婚礼就是在电影院举行的。那时候,革命式的爱情,无须家长参加,老拐一人全顶了,他是大队长,是证婚人,又是主持人。赵松和林芬芳并排站在台上。赵松里面穿件新的海军衫,外面是绿色军装,下穿蓝色涤卡裤子,穿了双黑色皮鞋,胸前戴朵大红花。林芬芳里面穿白色衬衫,外面是红色格子的小翻领衣服,下穿蓝色长裙子,脚上是黑色半高跟皮鞋,胸前戴朵大红花。花那个红啊,把她的脸都照红了,愈加美丽。她把长发扎成了两条辫子,辫梢上扎着红绸子,头帘像烫了似的勾勾着,特别迷人。那时候,女人结婚,都把头发盘起来,平常梳两条辫子的,就把辫子盘上,表示是结婚的人了。

台下坐着镇上和得胜村的人,乌泱乌泱坐满了。我们小孩都拥到台前,拔脖瞅着台上,至于说啥,不管,眼巴巴等着分糖。一会儿,秋叮叮端着红色的大茶盘子来了,里面盛着冒尖的糖块。她先撒向台下的孩子堆里,孩子们一窝蜂地抢。她又把糖撒向更远的地方,反正她各个方向都撒遍。到这儿这婚礼就算结束了。我就抢到一块水果糖,拿在手里不舍得吃,搁鼻子下闻闻味。

刚走出电影院,林芬芳就送给我一把糖,她胸前还戴着大红花呢。我手小拿不过来,就挣着衣服兜,她把糖塞进我兜里,里面有好几块大白兔奶糖。赵松的长头发梳得溜光,他看我往兜里塞糖,说我:"这熊孩子,别看她不吱声,啥都懂。还挺贪财,拿那么多,能吃得了吗?"

"是你让我传纸条的。"我为自己辩理,辩解得没头没脑。

赵松无奈地看着我,摇头:"这孩子是有点缺心眼啊,不该说话的时候她说,没治了。"

那是我第一次吃奶糖。我拿回家给我姥吃,说这是林芬芳的喜糖,我姥说:"那我可得吃一块,真甜。"我姥又说,她结了婚可消停了。我问为啥消停。我姥叼着大烟袋:"我说你听着就行了,知道多了累得慌。"我说:"妈,你吃糖。"我妈说不爱吃糖。凡是我家的好东西,她都说不爱吃。我姥说:"你妈没结婚时,啥好东西她都爱吃;有了你们,她就不爱吃了。唉,都这样,当娘的都这样啊。"

范潇典也要加入村里的科研小组,经过周铁铁的同意,可以加入,但是,要带经费进组。周铁铁说:"我们不是让你自掏腰包,你也没钱。你可以代表科研小组,向大队申请经费呀。目前科研小组受挫了,大队的破铜烂铁都让我们用上了,关键零件那得去盘山县农机店买,要不秋天这脱粒机怕是用不上了。"范潇典有些迟疑,他看着周铁铁询问,征求着说:"这合适吗？不会有啥嫌疑吧？"

周铁铁辩白："大队长是你爹，但是，你是得胜村的青年，想大有作为，不能因为大队长是你爹，你就畏手畏脚的，停滞不前啊。"范潇典已经动摇，他想按着周铁铁说的去办。可他又一想，凭什么呀，我范潇典要听你的安排？去你的吧，我还不参加了呢。范潇典无所谓地说："那好吧，你们自己搞科研吧，嗯，我不合格，告退。"

秋叮叮蹦到范潇典的面前，蛮横而调皮地挡住了范潇典的去路。他往左走，她就挡住左面；他往右走，她就往右挡。她的眼睛对着范潇典夸张地眨着。

范潇典摊着两手，表示妥协："好吧，我向大队长申请，为了我们的理想，为了我们的科研。"看见秋叮叮，范潇典心里升起怅然、朦胧的忧伤。他不知道忧伤什么，总觉得，他在绝望的深谷，秋叮叮的出现虽然无法拯救他的肉身升出深谷，但是能拯救他的灵魂，他的心就软得拿不成个儿，汪洋成水，先淹没了自己。

不负众望，范潇典真申请来了经费。老拐真不是看范潇典的面子给的经费。你看啊，水电站建成了，水磨建成了，这些有利于得胜村的事情在眼前摆着呢，如果他们那个小组，啊，叫科研小组，能研制出插秧机、脱粒机，那得省多少事啊。

当范潇典申请来经费的时候，秋叮叮出乎意料地拉住了范潇典的手，令范潇典为之震颤，不，不准确，是为之振奋。秋叮叮又踮着脚，在范潇典的脸上吻了下，瞬间，一闪而过。但范潇典真真切切地感觉到了，他先是闻到了香味，是下雨天，雨打在牵牛花上的丝丝缕缕的香味。还有，秋叮叮确实吻他了，他的脸热得燃烧了。明明他感觉到秋叮叮的吻是湿润的，怎么就燃烧了呢？他自己还纳闷呢。

最先叫喊起来的是赵松，他没喊秋叮叮吻范潇典了，而是喊："范潇典的脸红了，红得像女人那样妩媚。"他还别有解释，"秋叮叮这是革命友谊的吻，但你要镇静啊范潇典同志，你脸红，就说明你心里有鬼。"他不替范潇典解释还好点,越描越黑。

周铁铁最不想看见这幅画面,但他是掌控大局的铁排长:"还有神呢!赵松,你这毛病得改啊,总上纲上线好吗?"

秋叮叮就这样,半孩子半女人的,不谙世事,跟没事人似的,仿佛刚才那个吻,跟她没有半点瓜葛,她又去忙自己的事了。她是闲不住的,实在没什么做了,她打扫卫生,还没眼力见儿,专门往别人脚下扫。

研制插秧机和脱粒机的地方是大队的马棚,四面透风。其实这也不叫研制,他们只是仿造插秧机和脱粒机,因为大队买不起。

水磨也建成了,建在绕阳河水流湍急的地方,这个地方在得胜村外。老拐大队长问:"谁愿意看水磨去?"

沉闷了一会儿,周铁铁说:"赵松你去吧,正好你喜欢写诗,没人磨面的时候,你可以写诗啊。"

"我不是不想去啊,我不会开那机器。再说,林芬芳这段时间身体不好。"

周铁铁让赵松去,是为了锻炼他,也是给大队长一个交代。如果没有大队长的支持,他这个婚是结不成的。可他结婚后,又恢复了原来的面目,拖拉,懒惰。他说就这么劳动,看不见曙光,看不见目标啊。这农村的活,简直是没完没了,反正是要劳动一辈子的,慢点来吧,何必着急呢?

秋叮叮举手说:"大队长,我去看水磨,我愿意为乡亲们磨面磨米。"

掌声响起,赵松带头鼓掌,带头表扬,带头说:"秋叮叮一个小姑娘,没家没业的,看水磨正好。"

听赵松这样说,多少有些道理,别人也就不好说啥了,但也是实在没人愿意去。男的去怕寂寞,女的去害怕。

就这样,秋叮叮到水磨坊磨米磨面去了。有的社员白天把粮食放在水磨坊,那秋叮叮白天就磨完了。粮食多的时候,要磨到黑天。还有下午从地里回来,才往水磨坊送粮食磨的,那秋叮叮加班也要把粮食磨出来。有时候,太晚了,秋叮叮就住在水磨坊旁边的马架子里。因为水磨坊太小,只能放些粮食,不能住人,大队就在水磨边上盖了个马架子,她就住在里面。门是用木头板子钉的,晚上睡觉时,秋叮叮就用八号铁丝把门和柱子从里面拴住。

马架子里又潮又闷,还有蚊子,秋叮叮就把草、树枝和蒿子堆起来,点着,冒烟,熏蚊子。这样,秋叮叮才算睡着。可是,她睡到半夜,像出现了幻听,听到马蹄声,似乎有人骑着马,围绕着她住的马架子转圈。那马蹄声,或急或缓,或远或近。秋叮叮吓得用被子捂着头,一夜都没敢睡。

天刚放亮,秋叮叮就穿上衣服,战战兢兢地推开房门,想看看,到底是啥玩意儿围着她住的马架子跑了一宿。刚走出房门,她抬头,猛然间看见一个人站在河边遥望,像个思想者。秋叮叮心里猛然间醒悟,哦,原来是这个人骑着马围着我住的马架子跑啊,是不是吃饱了撑的?秋叮叮大喊:"喂,你干啥呢?"秋叮叮顺手抄起个大棒子,抡圆了就要削。

那人听到喊声转头:"啊,秋叮叮,干啥这么大火气,还拎着棒子?"原来是范潇典,他伸手抓住了秋叮叮削过来的棒子,"这家伙,没吃饭就这么大劲。"

"你少来这套,合着你在这儿待了一夜啊,没安好心啊。你是不是有病?"秋叮叮说着,打个哈欠。没睡好啊。

看范潇典一脸蒙,秋叮叮以为他是装的。然后秋叮叮就像机关枪扫射似的,把昨天晚上听到马蹄声的事说了,说吓得她一宿没睡觉。秋叮叮围着马架子找马蹄印,寻思,跑了一宿啊,咋也把马架子周围的草踏平了。但是,草还是那些草,顶着露珠,风摇晃着草叶,露珠在草叶上游荡,可怎么也掉不下来。草叶上的露珠证明,没有马蹄子围着马架子跑。

范潇典从石墩子上拿过布袋包着的碗,有馒头,有两个咸鸭蛋,还都热乎呢,让秋叮叮吃。秋叮叮见到好吃的,把什么都忘了。而范潇典听明白了,秋叮叮是出现幻听了。人在太寂静的地方,远离人群,因为太寂寞,因为太害怕,不知不觉出现幻听。他问秋叮叮:"你是不是害怕了?"秋叮叮说:"革命战士,那有啥怕的呀?看这门没?我用八号铁丝一拧,啥也进不来。"

煮熟的鸭子,光剩嘴硬了。秋叮叮就这样,表面嘻嘻哈哈,啥都不在乎,其实她心里是有想法和向往的,那次喝多了,说真心话了,要上学,要回城。

二话不说,范潇典回家,用地排子车拉放在房山头的木头和板子。老拐看见了阻止他:"你拉这干啥呀?"

范潇典头也不抬地说:"归拢下,太乱。"

老拐一个嘴角往下扯了扯:"我咋不信呢?"

范潇典依然搬木头:"你不信就对了,我去水磨那儿盖马架子。"

"哼哼,小子哎,让我猜着了。"老拐点着范潇典,"你是到水磨那儿盖马架子,保护秋叮叮。"

"是,咋的吧?"范潇典不抬头,继续搬木头。

"即使我是大队长,私人财产和公家财产也得分开吧。这是我盖仓房的,你放那儿?"老拐拉住范潇典手里的木头。

"你不放手,我把这地排子车砸碎,你信不信?"范潇典瞪着眼珠子。

老拐赶紧把手放开:"我信。你白搭,人家秋叮叮能在得胜村待一辈子吗?不可能!"

范潇典当天就在水磨边上又建了个马架子。周铁铁叫几个知青来帮忙,稀里糊涂,三下五除二,几个小伙子齐上阵,马架子建成了。又往地上钉了几个木头桩子,搭了两张单人床。到此,知道范潇典啥意思了吧?晚上,他也要在水磨这儿住,但他要拉上周铁铁,不然,荒郊野外的,一男一女,即便不是住一个马架子,传瞎话的也多,他一个大男人没啥,可秋叮叮一个姑娘家,影响不佳。周铁铁开始有些为难,知青点还有一大摊子事,一群人呢。范潇典说:"晚上到这儿住,睡个觉,影响你哪儿一摊子人了?"秋叮叮穿个背带裤子,蹦蹦跶跶过来了。"没事,"她指着范潇典,"你一个人陪我就行了,有情况我就喊你。铁排长有事让他忙去。"

周铁铁慌忙说:"那不行,万一再出现赵松和林芬芳的事,咋整?"

"那你就来，废话少说。"范潇典正在安铃铛。他从大队的马厩里顺了个马铃铛，说顺比偷好听哈。铃铛放在范潇典这边的马架子里，绳子拴在秋叮叮住的马架子里，有啥危情，拉绳，铃铛响。哎呀，妥妥的。范潇典真是为自己的创意欢欣鼓舞。

我去了几次知青点，早晨的清风吹拂着我的头发，愈加蓬乱。我想起秋叮叮，她看见我，会用梳子给我梳小辫子。可是，她去看水磨了，在村外，太远。知青点大院里的破拖拉机上再也看不见赵松了，他结婚了，不用住在知青点了。绕阳河边空荡荡的，我还是在岸边的草地上找，找秋叮叮的毛茸小兔子啊，小猪猪啊。每次她都会把毛茸兔子放在草地上，然后再蹲在河边洗脸、刷牙，抽空给我洗把脸。

大坑里的水稗草长疯了，郁郁葱葱的，向着坑外长。别的水泡子都涨满水，唯独这个大坑，没水，就长草。而每根草的旁边都长出了小朵的花，黄色的、紫色的、红色的，花和绿草争奇斗艳。坑里没水，可能是怕淹着我的小灰兔子吧。我站在桃树下，清晨的风从大坑那边刮来，带来了花香，带来青草的清香。大道上，最准时的依然是老李太太，她风雨不误，每天清晨站在大道固定的位置，喊上一通天书，气哼哼的。老拐大队长的喇叭清晨响起，安排一天的劳动。林芬芳婚后没看出有什么变化，还是梳着长发，都没盘起来，不像个结婚的媳妇，比大姑娘还俊，都这么说。

赵松开着手扶拖拉机突突地跑在大道上，我跑向他，拖拉机停住。我说："赵松哥哥，你带我去找秋叮叮吧。"他像抓小鸡似的，一只手把我抓上拖拉机，向水磨的方向开去。

水磨声音很大，秋叮叮正在磨玉米面。周铁铁和范潇典都在帮忙，秋叮叮哼着范潇典教她的皮影戏，唱樊梨花呢。

我到了水磨可撒欢了，两个马架子串个遍，草地上有蝴蝶，有蜻蜓。那个铃铛让我摇得绳子都快断了。

看到这种情景，周铁铁端簸箕，范潇典扎面口袋，水磨坊一派忙碌的景象。赵松站在他们身后，没人看见他，没人搭理他。赵松咳嗽了两声说:"唉,你们好啊,秋叮叮这个小姑娘不简单啊,高举着到艰苦的环境劳动的旗帜,合着这么多人帮你呀。"他指着两个马架子,"这简直是世外桃源嘛。"他向我这边的草地瞥了眼,"要知道这样,我就来了。"

我跑到赵松身边,拉着赵松的手,只有他是闲人,在这儿站着说话。我仰脸看着他,脱口而出:"便是人间好时节。"赵松爱念诗,古诗、现代诗,他自己的诗,我见到他,条件反射,背诗。

"不是了。"赵松纠正我,"天长地久有时尽,此恨绵绵无绝期。"

我困惑了,问:"这也是'人间好时节'里的吗?"

"不是,是《长恨歌》里的。"赵松嫌弃地看着我,狠呆呆地说。说完他跳上拖拉机,突突开走了。

我想,赵松发这么大火,到底恨谁呀?还背《长恨歌》?

自从周铁铁和范潇典住在另一个马架子里,秋叮叮半夜再也没听到马蹄子声了。那个铃铛的摇响,不是因为秋叮叮有危情,而是秋叮叮睡不着,邀请他俩出来看星星。

往往是夜幕降临,他们在两个马架子中间拢起柴草,点着,炕烟,驱赶蚊子。他们在夏日美好的夜晚,钓到鲤鱼、鲫鱼,架起火,烧烤。如蝴蝶大的飞蛾,义无反顾地扑到火上。秋叮叮看见飞蛾来了,就用树枝轰。范潇典从家里偷酒,偷老拐大队长的散白酒。这三个人,真叫赵松说着了,入了世外桃源。秋叮叮能喝点酒,吃着烤鱼,看着星星,身边的绕阳河哗啦哗啦地流淌着,水磨轰隆轰隆地转着,夜莺歌唱着,偶尔从他们中间飞过,冷不丁地,秋叮叮吓得猛地抱住范潇典。周铁铁看见她抱住范潇典,心里掠过一片阴影,但很快消失。秋叮叮就这样,大大咧咧的,心软善良到不分好坏,比方说,曾经给赵松传纸条啥的。她有时候还抱我周铁铁呢,都是无心的,别认真,如果跟她认真,就是死路一条,光猜为什么,就得累死你。

有周铁铁和范潇典帮忙,水磨磨米磨面的任务就能够按时完成。得胜村的父老乡亲,都对秋叮叮竖大拇指。

有时候,他们三个在草地上,无缘无故地疯打疯闹,围着马架子跑。有一次,周铁铁失足掉河里了,范潇典站在河边笑。秋叮叮疾呼:"他不会游泳!"范潇典扑通跳进河里,救上周铁铁,顺便捞上几条大鱼。

一坛子酒,能有十斤吧,等老拐发现的时候,已经所剩无几了。秋叮叮喜欢吃烤鱼,喝白酒,这丫头就有这酒量。所以,范潇典就偷了老拐的散白酒。老拐已经不爱跟范潇典生气了,生不起啊,反正酒也没了,他只想知道,他的酒上哪儿去了。范潇典说:"笑话,上哪儿去,上肚子里去了。"老拐说:"行,你就说跟谁喝了吧。你自己指定喝不了这么多,你没那酒量。就你,我不是小瞧你,小子,你不喝正好,一喝就高。我不知你那水平?"范潇典说:"我和秋叮叮、周铁铁喝了。晚上,在水磨,那儿又冷又潮的,喝点酒咋了?"

听到秋叮叮,老拐心里明白了,这小子,又搭木料又搭酒的,这是活动心思了。范母说:"我儿子对那个铁排长动心思了?行,搞好关系没啥不好的。"

老拐说:"你呀,还总说是你儿子,动的啥心思都不知道?你这当妈的,他是对秋叮叮动心思了。"

范母说:"哦,秋叮叮是个好姑娘。我以为你说的那个动心思,是给那个铁排长打溜须①呢。"

老拐说:"你儿子给谁打过溜须?"

总是不知不觉中刮风,不知不觉中下雨,不知不觉中春去夏来。不知不觉中一个爆炸性的新闻在得胜村传开——得胜村有个保送上大学的名额,包括知青。范潇典当然也是有资格的,而且他是高中毕业。但他不想争,就一个名额,他想将来他可以当兵。凭他爹是大队干部之一,凭他是高中生,这个参军名额给他也未尝不可。

最先得到消息的是赵松,他找到老拐大队长,说他有文化,有理想,请

---

① 打溜须:东北方言,意为"恭维说好话"。

求大队保送他去上大学。老拐也是坚持原则的大队长,他说:"我们大队是要具体研究的,不是谁想去就去,这么一个宝贵的名额,是要全面衡量的。"

保送上大学,秋叮叮也是梦寐以求。她不能像赵松似的,自己去找大队长请求,那像什么话呢?

终于把最后一袋米磨完了,月亮也升起在空中了。秋叮叮在河边洗把脸,清清爽爽地准备吃范潇典的烤鱼。范潇典从家里偷不出来酒了,老拐看得紧。周铁铁到供销社买了一瓶盘山白,这酒扛喝,六十度呢。

今晚烤的是鲤鱼和白鱼。自从范母知道儿子对秋叮叮动心思了,不管是真是假,当妈的也是高兴,儿子长大了,她就对范潇典说:"你把抓来的鱼拿回家来,我给你收拾,用花椒、大料、葱、姜、蒜、酱油、醋、盐喂上,你再拿到水磨去烤,那味道可就老地道了。"

范潇典对母亲腼腆地笑了下,算是对母亲的感谢。

这次烤的鱼,就是腌制的鱼,味道跟以往不一样。美味对人的诱惑,像鲜花诱惑蝴蝶。秋叮叮抱着范潇典的胳膊,一个劲地说:"太好吃了,这个美味我一辈子都忘不了。一天的劳累,烟消云散了。"

周铁铁说:"秋叮叮你太没良心了吧,我买的白酒啊。"

就因为周铁铁买的白酒度数高,本来秋叮叮每次喝一杯正好,这次一杯可就晕乎了。秋叮叮调皮地说:"不,我就感谢范潇典一个人,将来我要在农村扎根一辈子,范潇典是我的靠山。你早晚是要走的,你是排长,什么招工啊,当兵啊,总之,你有的是机会走。"

真就说出了周铁铁心里的想法,他是想通过当兵走出得胜村。但他从没向外人透露半点风声。

秋叮叮拉着范潇典的手,像久别的亲人重逢那样。秋叮叮又对范潇典说:"我就不行了,没什么本事,就是每天出满勤,一天没请过假。像什么保送上大学呀,那得多大的雨点才能落到我头上啊?想想都是错误的。"

周铁铁想了会儿说:"劳动表现应该算一条保送条件,政治表现也不错了,积极靠近党组织,积极参加科研活动,积极参加有意义的活动,比如为老乡们演皮影戏啊,跳舞啊。"周铁铁毕竟是排长,每个人的表现都在他心里装着,他张口就来,习惯了。周铁铁还是有这个觉悟的,一个保送名额,作为排长,他不会去抢的。

秋叮叮站起来,怅然地说:"我总不能自己找大队长说去吧。"她仰望着夜空,抒情,"我热爱得胜村,为乡亲们磨好米磨好面,是我最大的幸福。"她向天空伸着两手,舞蹈,"啊,好美的星星啊,我要那颗最亮的星星,范潇典——"

秋叮叮边唱边跳上了,周铁铁进马架子拿出手风琴伴奏,范潇典大声唱。后来他们三个都唱,三重唱。那凝视的眼神啊,执着得,风吹来,也无法折断。那悠长的歌声,拂过每颗星星,星星光芒闪亮。

 哎——是谁帮咱们翻了身哎——
 是谁帮咱们得解放哎——
 是亲人解放军
 是救星共产党
 呷拉羊卓若　呷拉羊卓若桑哎
 军民本是一家人
 帮咱亲人洗呀洗衣裳哎

大队从众多的人选中选出秋叮叮和赵松,再从这两个人中选出一名。在推选大会上,让大家发言推选,看你选谁,并说出理由。大家沉默了两分钟,谁也不想得罪人,如果有两个名额,都去才好呢。但目前,必须选出一个。范潇典打破僵局,他先发言。老拐摆手阻止:"论年龄,论资格,没有你先发言的份儿。"

范潇典一本正经地说:"我是得胜村的一员,我有发言的权利。"他按

第六章　青春昂扬　|　105

着周铁铁表扬秋叮叮的说法,秋叮叮出满勤,这积极那积极的,最主要的是,哪里艰苦到哪里去,水磨磨米磨面,一个女同志,克服重重困难,保质保量完成任务。

范潇典的一通发言,简直有先声夺人的气势。

大家伙儿听了,是啊,这是事实啊,都看在眼里了。

这还不够,范潇典最掷地有声的话是,赵松不符合推荐条件,他结婚了。会场嗡地一下,对呀,结婚不应该参加了。大伙儿议论纷纷。赵松说范潇典公报私仇,就因为他和林芬芳结婚了,结婚不能保送上大学,哪条规定的?大队长想,这还真不好说,具体哪儿规定了,还没看见文件。哎,你别说,让范潇典这么一提,还真感觉赵松不符合条件。具体哪儿不符合,说不清,心里感觉不符合。

范潇典还说,赵松的劳动积极是间歇性的,是假积极,没有做到持之以恒。

老拐咂摸这话,对呀,赵松是当过劳模,只是建水电站那会儿。他一贯吊儿郎当的,建水电站时却爆发式地积极。推荐上大学这件事,悬而未决,先民主,再集中。

会后,老拐大队长跟范潇典说:"你小子嫩得很,我是你爹,看不透你?你对秋叮叮动心了,你选她去上大学,那是肉包子打狗——有去无回。你不争取上大学这个名额,也是为了她。"

范潇典沉着脸说:"秋叮叮最符合条件,吃苦在前,从不为自己抢啊争的。"他郑重其事地说,"大队长,如果你心底无私天地宽的话,就让秋叮叮去上大学。"连爸都没叫,叫的是大队长,这是表明,不是父子之间的私事,他是以得胜村社员的身份,向大队长提出建议。

老拐愣了会儿,心想,真是傻狍子。他说:"这事不是我一人说了算。"

水磨坊的夜晚,似乎失去了往日的飞扬。晚饭没有烤鱼,也没有酒,这保送上大学的事搅和得人心不安。范潇典在家吃过饭,给秋叮叮简单地带了饭。周铁铁晚饭在知青点吃的,估计他得到睡觉的时候才来。

范潇典把饭递给秋叮叮,说将就吃点吧。秋叮叮抬腕,看了眼手表,匆忙的样子,说:"你先放我屋,我去趟知青点,等我回来啊。"说着,急慌慌地向大队走去。范潇典在后面喊:"用我跟你去不?"秋叮叮头也不回地摆手:"不用。"

夜已经深了,周铁铁来了,范潇典问他:"看见秋叮叮了吗?她说回知青点取点东西。"周铁铁说没看见秋叮叮回知青点。

总算把秋叮叮盼回来了,再不回来,他俩就要去找人了。回来后秋叮叮非常高兴,说饿了,把范潇典给她拿的饭都吃光了,还说没吃饱,埋怨范潇典小抠。

范潇典心说,真不知道愁得慌,上大学的事没着落,也能吃下饭?

周铁铁可会说高举红旗的话了,说在哪儿都是干革命工作,只要有本事,行行出状元。

这天晚上,他们没蹦没跳,促膝并肩谈着心里话。秋叮叮说得多,她还说,无论到哪儿,他们三个都是好朋友,相互都不要忘记,就好像明天她要离开得胜村似的。

第二天宣布,保送上大学的人是秋叮叮。

有个重大发现,在大队部,范潇典透过窗户看见,太阳光打在老拐的手腕上,闪闪发光,反光刺得他眼睛眯缝着。晚上回到家的时候,范潇典看见老拐洗手,这现象很反常,每次都是妈妈喊他几遍再洗手啊,还总是用十指蘸点水。今天,老拐还从手腕上摘下手表,放在脸盆边的窗台上,他洗得认真、细致,还打了香皂。洗完,用毛巾把手擦干净,再仔仔细细地戴上手表,怕手表从手腕上掉下去的样子,戴手表的左胳膊总是端着。他完全沉浸在自己的欣赏和喜悦中,完全没注意到,范潇典的一双眼睛在注视着他。

范潇典突然问:"爸,你的手表啥牌子的?"范潇典想起昨晚上,秋叮叮说去知青点,她还看了眼手腕上的手表。他记得非常清楚,等她再回来,就没看她看过手表。他们每天晚上,疯够了,吃够了,秋叮叮都会抬手腕,看下手表,说,行了,天不早了,各自进窝,睡觉。她率先大步流星地走进自己的马架子。昨晚她没看表,而是背着手,直接走进了自己的马架子。那她昨晚回大队去哪儿了?指定没去知青点,铁排长说没看见她在知青点。难道来了我家?

老拐唱着皮影戏说:"上海牌。"

范潇典冷冷地说:"你摘下来我看看。"

"不行,你给我整坏了呢。"老拐捂住了手表,看着范潇典,惊诧地说,"我的手表。"

"是你的跑不了。"范潇典冷冷地说,"是秋叮叮的。"

老拐故作轻松地说:"嗨,这丫头,说要去上大学了,给我留个纪念。你看这孩子多懂事,这是人家秋叮叮的一片心意。不是给我的,是给咱们得胜村的,只不过我戴着。"看范潇典一脸冷漠地看着他,又说,"秋叮叮就这么说的,多懂事,啊。"

"摘下来。"范潇典用命令的口气。

老拐迟疑。

范潇典攥住老拐的手腕,愣是从他的手腕上把手表摘下来,转身离去,不再说一句话。

上海牌手表,物归原主,完璧归赵。秋叮叮拥抱了范潇典,说谢谢,等她大学毕业了,把手表还给自己的父亲,这也是父亲心爱的物件。她还说,大队长是个好人。秋叮叮还说,她会想范潇典的。

范潇典也拥抱了秋叮叮,这就足够了,他什么都不求。但他哭了,哭得像个孩子,他说是高兴,是幸福的泪。

欢送秋叮叮上大学,范潇典演皮影戏,算是个小型的晚会吧。无论谁,自己报名,演出节目不限。有报二人转的,有唱歌的,有朗诵的,有三句半。别看是为秋叮叮开的欢送会,但秋叮叮今晚跳了两支舞,是大家耳熟能详的《北京的金山上》和《洗衣歌》,她经常跳嘛。她今晚还特意打扮了一番,穿了条蓝色的长连衣裙,像绕阳河那种湖蓝色的,跳起舞来,像是水波荡漾。范潇典的眼光是柔和的,但他心里是极不平静的,波涛汹涌。原来,得胜村最美的姑娘是秋叮叮啊,整天在一起,怎么就没发现呢?他甚至看得眼泪汪汪,激动的心情无法平复。

范潇典的皮影戏比较麻烦,放在最后。演皮影戏的时候,大队长也上阵了,他拉弦,范潇典耍皮影,演的是秋叮叮爱听爱唱的樊梨花和姜须的那场对唱。秋叮叮跑到幕后面,接过范潇典手里樊梨花的皮影,樊梨花由她唱,影由她耍。对白和对唱都挺好,老拐大队长拉着胡琴,满意地点头。老拐能看见幕后面两个人的耍影。问题出在耍影上,唱到最后,皮影上樊梨花和姜须抱在一起哭上了。老拐放下胡琴,甩手走了,这是啥玩意儿,不伦不类,有这么改的吗?胡闹!

四季轮回,秋天到了,科研小组研制的插秧机和脱粒机成功完成,插秧机等着明年春天用,脱粒机今年秋天就能使用了。

瞬息万变,这话说林芬芳的婚姻一点不为过。轰轰烈烈的知青返城高潮一浪高过一浪。赵松暗自后悔结婚,他四处托关系找人,甚至说服林芬芳回县城找她父母托人。他答应林芬芳,等他回城后,一定想办法把她调到身边。但他等不及,一切手续都不要了,偷着跑回了宁波,连林芬芳也没告诉。其实他偷着跑,最想隐瞒的人就是林芬芳。他可以算是第一批回城的知青,真是先知先觉啊。赵松长记性了,从保送上大学那事上彻底长记性了。对于他这个已经结婚的知青,就算能回城,可能也是最后一个,按常规,甚至一辈子都回不去。所以,他一不做二不休,干脆,跑吧,跑回去再说,车到山前必有路,船到桥头自然直,大不了撞个头破血流,也比坐吃等死强。

林芬芳追到盘山县,追到沈阳,没追上。再往前,她都不知道往哪儿追了。宁波是多么遥远啊,对得胜村来说。前路漫漫,心灰意冷,她不想追了。追上又能咋样?一个宁可什么都不要也要回城的人,决心之大,还能指望他回心转意吗?既然瞒着你偷跑,铁定要抛弃你。林芬芳站在沈阳火车站，追悔莫及。在众多追求者中，她选择了他，这个手不释卷的文艺小青年，穿着干净的海军衫和她约会的小青年。林芬芳从沈阳回来后，像霜打的茄子，蔫了，一病不起。赵松走的时候，给她留了个纸条。又是纸条，她痛恨纸条，更痛恨纸条上写的诗词。"剪不断，理还乱，是离愁，别是一般滋味在心头。"这一番滋味啊，让林芬芳肝肠寸断。

  有人说，林芬芳从那段失败的婚姻中走出来，还多亏了我父亲郝东凯。她卧床不起，作为赤脚医生的郝东凯当仁不让冲向前，治病救人，是郝东凯的职责。郝东凯一贯这样，谁有病了，他都背个药箱跑前跑后，随叫随到。关键是郝东凯打心眼里同情、怜悯加心疼林芬芳。林芬芳在药物和精神的双重治疗下，从灰暗中又开出了鲜艳的生命之花。

第七章　我们的故事

　　时代的车轮滚滚向前，人们在时代中，有时随波逐流，有时逆流而上。二十世纪八十年代的春风，吹到得胜村显得那样迟缓。社会发展的信息，外面世界的精彩，都是秋叮叮写信告诉范潇典的。范潇典把参军的名额让给了周铁铁，自己参加了高考，但没考上，为此也苦恼。他不抱怨社会，只怪自己的学习成绩差。他也不后悔把当兵的名额让给周铁铁。老拐大队长想起来还说："你当了兵，那前途会比在得胜村宽广。我就为咱家谋了这么一回私利，你还让给别人。也不能说谋私利，你也符合当兵的条件，响应国家号召，保家卫国。"周铁铁给范潇典写信，说些部队上的事情，说他已经当上班长了，争取在部队提干，不辜负人民对他的期望。他说人民，有点太宽泛和广大了。范潇典想也对，他范潇典也是人民中的一员嘛。秋叮叮来信说，她和周铁铁恋爱了。最开始知道秋叮叮和周铁铁的事，范潇典心里有近乎生无可恋的忧愁，但他打心眼里祝福他们俩。即使没有周铁铁，秋叮叮也不会看上我的，我怎么能配得上秋叮叮？如今她又是大学生了。

　　秋叮叮写信鼓励范潇典，可以考电大，跟上大学没太大区别，但比大学好考，可以选择自己想学的专业。秋叮叮还建议，可以学经济管理，因为一个跨时代的中国正向我们走来，无论乡村还是城市，都将有质的飞跃。

　　为了秋叮叮的这封信，范潇典思想上泛起了涟漪。上电大？他不知道如何报名，如何参加，如何学习。

老拐至今还埋怨范潇典,就是不把他当亲爹看待,白养一个白眼狼:"你把当兵的名额让给别人,分明不把我的苦心当回事。那不是单单去当兵,你走出这个得胜村,看看外面的世界,长长见识,咱们家也算是干部家庭。"

范潇典听了这话,心里轻蔑地乐了。范潇典低垂的眼皮向上翻看了他一眼,嘴角勉强地抽搐了一下,不屑呀。老拐怒斥:"咋的,你小子还不服,有能耐你小子给我当个大队长试试!年轻人,你要有抱负,你整天摆弄你那个皮影,有啥出息?"范潇典嘴上说"我可不稀罕",但他这回还真把老拐的话放心里了,跟村里没啥关系,他是想看看外面的世界,长长见识。范潇典想到了秋叮叮,那美丽、古老而遥远的沈阳,他为什么不可以去看看?秋叮叮还说让他读电大呢,他就去沈阳读。范潇典没有写信把要去沈阳的事告诉秋叮叮,他怕秋叮叮提出不同意见,那样他即使去了沈阳也不好意思找她。自从秋叮叮上了大学,范潇典在心里暗暗佩服秋叮叮的学识。到这会儿他才领略到,秋叮叮是个有理想有抱负的好姑娘,他也很怀念他们在得胜村的美好日子,关键是他想秋叮叮了。就当是看望她吧,这样就没什么心理负担了。范潇典管母亲要盘缠,说要进城,母亲不放心,劝他不要去。老拐听到了母子俩的对话,他支持范潇典进城。他狠狠心,从兜里掏出二十元钱,递到范潇典手里,说:"你小子就是出去玩,也得给我玩出个名堂,最好别回这农村。"

这是范潇典第一次出远门,他像军人似的,打了个被窝卷,背在背上,网兜里有脸盆和一些洗漱用品。这都是现成的,他从高中带回来的,现在又派上用场了。

范潇典那天进城也赶得巧,西面的大道上正停着一辆绿色破解放车。这台大解放我可认得,是镇上的,有重要运输任务大解放才跑出来。知青们就是用这台大解放接来的,车头戴着大红花,老有面儿了,喜气洋洋。这台大解放破到啥程度呢?轻易发动不着,发动着了,轻易不熄火,哪怕费点油,也比再发动省事。发动着了,那声音响得,怎么说呢?震天动地,不亚于拖拉机。发动它的时候,得是壮小伙子,拿着摇把,在车前头摇,摇得满头大汗呼哧带喘,才能把它发动着。

这辆大解放车,正停在村西的大道上。我先站在那棵桃树下看,看它还不开走,我又跑到车跟前看。车斗里装的都是学生,这是去盘山县高中上学的学生,镇上没有高中。他们一个挨着一个,背着、抱着行李,席地坐在车斗里,头顶就是蓝蓝的天空。我就想,他们咋不站起来,摘下一朵云彩啊?范潇典背着铺盖,拎着网兜,往大解放车这儿跑,边跑边喊:"等等我。"跑近了,他把铺盖和网兜扔进车厢里,纵身跃上车帮,双手把着车帮,跳进车厢。他刚站稳就喊:"走啊,咋还不走呢?"有个学生说:"等郝思晴呢。"

范潇典看我在车下站着,问我:"臭三,你大姐呢?去,回家喊去,不上学了?"

我想,嗯,你猜对了。"我妈说不让她上了,说没钱,明年我二姐也要去县里念。"我照大春子的原话说的。

咚,范潇典跳下车,喊我:"臭三,走。"说着大步流星地往我家走。我颠儿颠儿地跟在他身后跑,他还是嫌我跑得慢,又拎着我肩上的衣服,这么拎着我走。我已经习惯了,不再惧怕他。我问:"你也要去上学吗?"

他说:"不上。"他问我,"臭三,你都九岁了吧,咋还不上学?"

我没说怕学习不好,老师批评,也没说我不爱上学,愿意在家玩儿,而是说,累。

范潇典哈哈大笑:"都说你这孩子隔路,这回我可领教了。臭三,你是个与众不同的孩子,语出惊人。"

到了我家,范潇典把我放在院子里,嘴里说着:"哎呀,太沉了,拎不动了。"他大步走进屋里。我大姐郝思晴正在屋里抹眼泪,我妈在外屋锅台边忙活呢。范潇典直接跟我妈说:"婶儿,你咋不让你家大姑娘去读高中啊?大解放车在大道上等着呢。"

大春子头不抬手不停地说:"范潇典啊,你告诉大解放车吧,别等了,俺家郝思晴不去了,供不起,明年二丫头还要去念书,不去了。"

"那能行吗？听说你家郝思晴学习挺好的,学习不好能考上县高中吗？"范潇典跟我妈争辩。

大春子抬起头,擦把脸上的汗说:"她大了,能帮我干活了,不念了。"

范潇典从兜里拿出一沓钱,塞进郝思晴手里:"郝思晴,你想上学吗？"

"我想上学。"郝思晴哭着说。

范潇典说:"那好,上学去。"他拽过炕里的被单,拉过一床被子、枕头,包上,将四个角系起,拎上,背在肩上。"走,上学。谁等得起你呀？整个车的人,就因为你一个人,在那路上耗油。"

我姐背上书包,跟在范潇典的身后,一眼都没看我妈。身后传来我妈的絮叨:"你看这怎么是好了？怎么能拿你的钱呢？"

范潇典在前面背着行李大步流星地走,郝思晴背着书包在后面跑步追。我也跟在后面,那大解放的声音可够大的,离老远就能听见。我心说,真够意思,还等着呢。司机把头伸出车玻璃喊:"快点的,没人等你们！"

车斗里的同学们喊:"郝思晴,快点的！"范潇典把被窝扔进车斗里,他先跳上车,伸手把郝思晴拉进车斗。大解放启动,我正跑到车下,仰着头看,挥手。范潇典还冲我喊:"臭三,你该上学了,没出息。"

我撇嘴:"跟你有关系吗？"说到上学,我想起了秋叮叮。这时车开动了,嘎啦嘎啦响得厉害,我追着车跑着问:"潇典哥哥,你能看见秋叮叮吗？你是去找她吗？"

范潇典还真听见了,他扯着脖子喊:"不知道。我要是看见秋叮叮了,告诉她,你想她了。"

嗯,范潇典算是说出了我的心里话。

这辆除了喇叭不响哪儿都响的大解放,号叫着向前开去,卷起的尘土有车那么高。

知青们返程的返程,上学的上学,当兵的当兵,随着范潇典的进城,得胜村似乎寂静了。我反而有些不适应,站在桃树下的我,也显得落寞。只有老李太太还每天早晨到大道上喊天书,每次喊完,她都看着我,满脸惋惜地说:"这孩子哪儿都好,可惜,有点魔怔。"我是不服气的,她自己刚魔怔完,还说别人。我跟着李奶奶去西大庙、得胜碑的次数更多了,村里没人跟我玩儿了。李奶奶求神拜佛,我在一边捡碗碴子。

我终于上学了,九岁上一年级。可是我从来不听讲,喜欢一个人瞎捣鼓。老师总拿粉笔头打我脑门,我方如梦初醒。老师说:"郝宇萌,我讲哪儿了?"

我当然不知道讲哪儿了,我就背段唐诗。那可能是老师也不曾背诵过的唐诗。赵松送我的那本《唐诗宋词》,总装在我的书包里。

后来,我就逃学,早晨背着书包去上学了,走到半道上我就溜了。先偷偷溜回家,看看大春子在家吗,如果在家,我就接着溜;如果只有我姥在家,我就拿点吃的,然后跑出去玩儿。我时不时地去知青点看看,那台破拖拉机还停在知青点大院子里,我爬上拖拉机,坐在以前赵松坐的那个驾驶座上,从书包里拿出《唐诗宋词》,翻开,朗读。不远处的绕阳河流水声传进了院子,我在这哗哗的流水声中读着,"春有百花秋有月"……蜻蜓落在大门口的芦苇叶上,水塘里的鱼吹着气泡,水鸟在苇塘里穿梭着。整个村庄寂静得能听到阳光洒在大地上的声音,还有我朗朗的读诗声。

突然村里热闹非凡了,先是喜鹊从桃树上惊得乱飞,在空中叫得叽叽喳喳响。在大队部,郝东凯和老拐吵架了。郝东凯一直以文明著称得胜村,他有文化,他文质彬彬。郝东凯这次为啥发飙?他和我一样,觉得得胜村太寂静了,应该发生点什么,却迟迟按兵不动。

郝东凯喜欢看书看报,但他的卫生所不够级别,不配报纸。村里的报纸都在大队部会计那儿,郝东凯没事不诊病的时候,就到会计那儿看报纸。会计那人抠得要命,哪怕一张纸条到他那儿你也拿不出来。郝东凯在得胜村爱读书读报是出了名的,农村也没啥书啊,郝东凯把"老三篇"、毛主席诗词背诵得滚瓜烂熟，家里四本像砖头厚的《毛泽东选集》，你说哪篇吧，到那儿就能翻到。他总想把报纸顺回来，放到书架上，书架空空荡荡的，他想用报纸填满。

郝东凯每次拿着报纸走到门口，都会被会计喊住，会计尖着声说，那报纸啊，看完别拿走。郝东凯在报纸上获得了信息，别的地方，特别是南方，农村已经实行家庭联产承包责任制。可得胜村还是原地踏步，没一点动静。郝东凯知道老拐大队长那点小心思，他是怕包产到户了，他这个大队长就没用了。

这些年，郝东凯从不和老拐打交道，他只当好他的赤脚医生就行了。村里有什么事，还有老丈人呢，他老人家从不让郝东凯操这份心。但是，包产到户的事，郝东凯非得说说。山东老家来信也说，他要是在老家，能多分一份地。他的信息来源于老家山东，来源于阅读报纸。郝东凯是想多挣点钱，他要供孩子念书，明显力不从心。虽说这些年老丈人帮衬着过日子，可两位老人年纪越来越大了，那点积蓄这些年也为他们都添巴到日子里了。他想，真要包产到户，他承包卫生所，大春子能干，地里的活她都能拿得起来。

老拐也有私心，他在等，等政策四平八稳了；他在等，等对他这个大队长有个说法，他对大队长这个官还情有独钟。他不急，他在等。老拐万没想到，郝东凯还起刺了。老拐不惧他，根本没把他放眼里。再说现在有两种声音：家里劳力多的愿意包产到户；家里有老弱病残的坚决不愿意包产到户，他们坚信，社会主义饿不死人，就这么大锅饭呼隆着，不紧不慢，不冷不饥，挺好。所以，老拐心里有数，他半眼都没瞥郝东凯，拉着长声说："这儿没你说话的份儿，当好你的郎中就得了。"

郝东凯手里拿着报纸，展开，指给老拐看："你看，国家号召包产到户了。"

"都包产到户了吗？"老拐斜眯着眼睛问。

"那倒没有。"郝东凯严肃地说。

老拐把身子坐直了说:"有啥事,让你老丈人跟我说,我们得胜村现在过得挺好。"

历史的洪流势不可当,从不为个人的利益而改变方向。得胜村在分与不分两种声音中,也包产到户了。土地是丈量平分,少的东西就抓阄。比如耕地的牛,不能平均每家都能分到一头,抓阄,是否能抓到牛,那是你自己的运气了,谁也怨不着。抓阄的时候,我姥爷让大春子抓。在我姥爷眼里,他的女儿大春子命最好,她能遇到郝东凯,这是她一辈子的福气。既然大春子命好,就让大春子来抓阄吧。果然,大春子不负众望,抓到了一头小母牛,可给我姥爷乐坏了。大队的这些牛啊马呀,他太了解它们的习性了,大春子抓的这头小母牛,是我姥爷最喜欢的牛,还没长足个头呢。大春子心里是想抓那匹高头大马,她总是骑那匹马去黑山打猎。

那天大队院里热闹得像赶集,有哭的,有笑的,有闹的,有生气的……老拐坐在桌子后面,很淡定,也很严肃。哭也好,闹也好,总算把这件事进行下去了。剩下的,就看自己过日子了,再也不用大锅饭挣工分了。

范潇典到了沈阳农业大学,想看看秋叮叮就离开,也是想向她咨询上夜大或电大的事,她是大学生,知识面广,信息量大。

进了大学校园里,无形中范潇典受到很大的震撼,外面的世界真精彩,天外有天楼外有楼啊。他这时才羡慕秋叮叮,更羡慕周铁铁。他不是后悔把当兵的名额让给了周铁铁,而是羡慕他们有机会到外面的世界闯荡,为自己的理想而奋斗,从而实现自己的理想。他也要追求自己的理想,可是,他从得胜村出来,踏入沈阳,渺茫得仿佛离理想越来越远了,迷失了方向,他连个栖身之地都没有。但他决不能回去,回去就成了懦夫,既然踏出了第一步,就要勇敢地向前。特别是见到秋叮叮的那一刻,他愈加自惭形秽。秋叮叮还是像在得胜村似的,穿着背带裤、白色衬衫,只是把两把小刷子梳成了马尾辫,青春靓丽。他没关心秋叮叮的学习情况,也没急着说自己来的目的,而是关心秋叮叮的恋爱情况。他调皮地说:"你是不是把周铁铁甩了?早就该甩了他,开启你的新生活。"不等秋叮叮回答,他自顾自地接着说,"找一个和你一样的大学生恋爱,把周铁铁甩到太平洋去。"

秋叮叮莫名其妙地看了范潇典一会儿。"你能关心点有意义的事吗?"秋叮叮请范潇典在学生食堂吃饭,"跟我说一下你此次来的真正目的。"

范潇典还不好意思说,一个大男人,像是求人家女孩子,给秋叮叮添麻烦。在秋叮叮的再三追问下,范潇典才故作轻松地说:"我也想走出得胜村了,闯荡。你们都出走了,哦,用词不当,不应该说出走,更不能说走了啊,像永别了。"秋叮叮说:"你呀,还有心思贫嘴。"范潇典接着说:"好吧,反正你们都离开得胜村了,老拐总嘟囔我,说我没出息,说我傻。所以,我上不了大学,我想上个电大什么的,堵住老拐大队长的嘴。"秋叮叮说:"大队长人不错,没有他的大力推荐,我上不了大学,周铁铁也当不了兵。其实,我也知道,这都是你让着我们,不和我们争。谢谢啊,范潇典。"

范潇典腼腆地笑笑:"你看你,见外。好了,我说正事啊。在那小村子,具体怎么上电大我也不清楚,到哪儿上也不知道,所以,我就先来找你商量下。"他放下筷子,谦逊地说,"说出来不是怕麻烦你嘛。"

秋叮叮真是受不了范潇典那大男孩的羞涩,男人羞涩起来,真的是比女人还有魅力。"看你,跟我还客气。快,多吃点,在得胜村的时候,你净给我好吃的。"

"你还记得,那是我最幸福快乐的时光。"范潇典又腼腆地看了眼秋叮叮,笑着说,"如果能把时光储存就好了,我愿意把那段时光,你和我,还有周铁铁储存在心里、记忆里。"

"哦,你这个没上大学的人,比我这个大学生还文艺啊。"秋叮叮眼睛发光地看着范潇典。

末了,秋叮叮问范潇典:"臭三上学了吗?还是每天到处走?这个孩子。"范潇典说:"你不问我还忘了,臭三看我上了大解放车,她抻个脖子问我:'你是去找秋叮叮吗?'你看这小孩,认为我进城就是找你,说明我们关系好啊。"秋叮叮说:"臭三很聪明,但有个性,不爱上学。唉,我现在没有能力,有能力的话我真想接她来沈阳读书。"

正像范潇典说的,说了来沈阳的真正目的,就相当于给秋叮叮添麻烦了。目前,范潇典急需找住的地方,急需找工作,然后才是读电大或夜大,而这些都需要秋叮叮帮他搞定。住是目前最大的问题,范潇典说他先去住宾馆。他就这样,无论遇到怎样的困境,都要生活像样,不走板。他先生活,然后再想钱的事。来的时候,如果不给臭三大姐郝思晴钱,他住宾馆的钱是够的。这他也不怕,他先住下,再写信管老拐要钱,是老拐让自己出来的。他认为,老拐就是躲他,想法把他支出来流浪。

秋叮叮说老拐大队长是个好人,办事稳当,稳当得有些墨守成规了。其实范潇典就是折腾老拐,他从小就和老拐对着干,长大好多了,但他也不待见老拐。男孩子叛逆,老拐说这小子叛逆期长了点。秋叮叮说先让他到她家去住,和她父母挤一挤,没关系,再慢慢找住的地方。范潇典说啥也不去,那样太麻烦人家了。

第一晚,范潇典住进了大学边上的招待所,住下后他做的第一件事就是写信给父母,要生活费。晚饭是在招待所里吃的,秋叮叮说空间放大利用,这么大个单间,花钱了,不能空着。秋叮叮充分利用,狠狠心买了一只沟帮子熏鸡,买了一瓶老龙口白酒。在得胜村的时候,范潇典偷他爸的白酒给他们喝,在绕阳河边的水磨坊,晚上他们三个围着篝火,烤着鱼,喝着范潇典偷来的白酒。那是老拐都不舍得喝的白酒。秋叮叮从那儿才知道,自己还能喝酒。别看范潇典偷酒,就他最不能喝,一喝脸就红。

范潇典看见沟帮子熏鸡,惊呼:"太奢侈了吧,秋叮叮,你不过了?"秋叮叮淡定地说:"你都豁出去住高级宾馆了,怎么着饭菜也得跟上步伐吧。"范潇典摆摆手:"嗨,不就一个招待所吗?别说得那么高级。"

老龙口是平均倒的,范潇典是喝不过秋叮叮的。两只鸡大腿,一人一只。范潇典就这样,吃得斯文。他把活肉等好吃的地方都给秋叮叮了。秋叮叮喝上酒,那就不管了,哪儿好吃吃哪儿。最后,还是秋叮叮喝得多,范潇典二两就醉眼迷离了。秋叮叮嘲笑范潇典连眼睛都红了,说话舌头也大了。秋叮叮本来就是个缺根弦的姑娘,认准一件事,往前走。一个房间,一个男人,一个女人,秋叮叮压根没感到别扭和惊恐,仿佛是绕阳河水磨坊夜晚的延续,自然、流畅。两个人甜嘴巴舌地吃着沟帮子熏鸡,回忆着在得胜村的生活。范潇典又提到臭三,说:"只有这孩子,每天还去知青点,像个小狗似的,到那儿闻闻味。"秋叮叮听到这儿流泪了,说:"这是个重情重义的孩子。可是,她得上学啊。"

范潇典说到了未来,他说得胜村要发展,得先"打倒"老拐。秋叮叮批评他,说老拐叔是个好人,稳当,从不为难知青。范潇典说:"说白了就是墨守成规、不思进取。如果让他继续在得胜村当大队长,村里只会原地踏步。"范潇典还说,"等你们知青将来有出息了,要伸出手帮得胜村发展。"

秋叮叮仰着脸,斜着眼睛说:"那你是干啥的?你最应该担当。"

"我担当不起呀,一没文凭,二没能力。现在还要你给我买吃喝呀!"范潇典坏笑着说。

已经午夜了,秋叮叮挣扎着要回学校宿舍。她踉跄着走到门口说:"喂,你不送我吗?晚上遇到流氓咋办啊?"范潇典站起来,歪斜着,又坐下,说:"秋叮叮,我没能力送你啊,谁叫你让我喝那么多酒呢?你是知道我这点酒量的,非得让我陪你喝,看,喝多了吧。要不你别走了,在这儿将就一夜吧。就像在水磨坊边的马架子里一样,看着天上的星星,然后,各自进入梦乡。"

"可是,我已经走不到窗边了。"秋叮叮倚着门,向前伸着手,像是在招呼范潇典。范潇典笑着,歪斜着走到门口,秋叮叮牵着范潇典的手,走到招待所的窗前。月亮正圆,月光照进窗户,洒在他们身上。

第二天醒来时,秋叮叮趴在靠门的床上,范潇典偎在靠窗户的墙脚,伸着一双长腿,抱着胳膊。秋叮叮看着他这个样子,像个大男孩,哈哈大笑,说:"看你那傻样。我去上学了。"

接到信的老拐气愤不已："我这哪儿是养个儿子，我这是养个祖宗！刚进城，啥也没干呢，就知道要钱，不给！"老拐说不给的时候，偷眼看着老婆，老婆的脸很平静，不恼不怒。他最怕老婆这样不温不火，她可以这样几天不和人说话，脸上风平浪静，看不出表情。老拐发完牢骚，看老婆的表情，心里着实没底，他又把话拉回来："反正也是，他能冒蒙①进城，也还算是好样的。"范母轻柔地说："是你让他去的，儿子这是听你话啊。"老拐面露自豪："那倒是，上学还交学费呢。"老拐又面露难色，可是，钱呢？

范母说："咱家养的猪该出栏了，正是插秧的季节，宰了，卖肉。"

老拐摇头："不行，正赶上插秧，青黄不接，谁有钱买肉？卖给屠宰场吧。"

范母说："我寻思，自己宰了，能给你留点下酒的下水嘛。"

"不用了，我等着享这个犊子的福吧，那时候，有的是肉吃。"老拐重重地把茶缸子蹾在桌子上。

这个插秧的季节，几家欢喜几家忧啊。五月中旬就开始插秧了，在农村，这时候是最累，也是一年中最困难的时候，别说存款了，连存粮也所剩无几。抓阄抓到牛的人家能把地种上，没有牛、劳力多的人家，也能勉强把地种上。像吴二嫂，家里除了个病秧子老爷们儿，就是三个流鼻涕的孩子，在村里人缘又不好，没有帮手，她家地种了一少半，剩下的地荒着。她大闹老拐家，说大队要帮她孤儿寡母。老拐说："胡说！你老爷们儿那不喘气吗？啥孤儿寡母啊？我管不上了，都分家了，我这个大队长说的不算了。"吴二嫂坐地撒泼也不好使了，连看热闹的都没了，各忙各的了。

我家的水稻和旱田都早早地播种完了，我爸多年不下地了，今年也破天荒地下地劳动。他高兴，这是给自己家干活，希望秋天多收些，卖了钱，给孩子们买肉吃。我姥爷对我爸说："用不着你下地干活，我和大春子就行。再说，咱还有牛呢，这小牛认生，就听我使唤。"这头小牛我姥爷一人

---

① 冒蒙：东北方言，意为"没有把握，靠碰运气和猜测做事"。

伺候,喂草喂料,除栏添草,都是我姥爷的。农忙的时候,给牛多吃点豆饼。自从包产到户,我姥爷每天几乎一刻也不停歇,他把主要精力放在了小牛身上,他说:"只要有了牛,咱家就有了一切盼头。"每天晚上,从地里回来,我姥爷把豆饼在灶火边烤软和,用刀切成一片片的,拌和在草料里,喂给牛吃。

得胜村现在的生活,是八仙过海,各显其能。

日子按部就班地往前赶。赵松离开后不久,林芬芳也走了。有人看见她在盘山县卖冰棍,这么说,她放弃了镇上体面的工作。

后来听说,林芬芳在盘山县城办了学后班。这个学后班开在小学附近,主要是休息日补习功课,平时小学生放学后看护孩子写作业。改革开放了,人们忙碌了起来,有做生意的,有上班的,小学生放学又早,家长没时间及时接孩子,基本上把孩子放到学校附近的学后班写作业,这样家长既省心,孩子又有了去处,还能及时完成作业。最主要是林芬芳曾当过小学老师,到她的学后班的学生比较多,她能辅导孩子们写作业,休息日还能预习新课程。

郝东凯经常去盘山县城进药。现在一个头痛脑热,不像以前,吃片安乃近,打个退烧针就好了,是要挂吊瓶的。郝东凯进县城的次数也相对多了,他要自己进药。卫生所还没承包给郝东凯,也没有几个人去看病,半死不活地在那儿挺着。大春子几次劝郝东凯别干这赤脚医生了,挣不了两个钱,耽误工夫,还担责任。郝东凯说他舍不得,他喜欢当医生,尽管是赤脚医生,但这些年他在行医的道路上积累了丰富的经验,自认医术不比正式医生差。

我莫名地生病了,低烧,打蔫儿,厌食。我爸狠狠心,给我打最好的消炎药青霉素。做皮试给我疼得嗷嗷叫,我姥爷和我妈按住我。好了,过几天吧,又低烧。大春子说我,人不咋的,还挺娇气,还得打青霉素,又要做皮试。我长记性,见到那针,像宰猪一样地乱蹦乱跳。我爸说,没啥事,才打的,不做皮试了,直接打针吧。这下可好了,这次我过敏了,打完针,我就晕了。我爸抱着我,平放在卫生所的床上。我爸责怪自己,作为行医多年的大夫,犯低级错误,幸亏是自己家孩子。等我缓过劲来,我爸才放心。我爸正好去盘山县城进药,他带着我去的,到县医院给我好好看看到底是啥病。我听说带我去县城,蹦老高。我问:"能看见秋叮叮吗?"我爸说:"你有能耐考大学吧,去沈阳,就能看见秋叮叮了,人家在沈阳上大学。"

太奇怪了,我到了县城,立马就好了,根本没去医院。我爸给我买了桃罐头,我捧着罐头瓶子,吃光了桃,喝光了最后一滴罐头汁。

我可能是吃饱了撑的,我说:"爸,我想上学,咱去找林芬芳老师吧,我想管林老师要课本。"

郝东凯默默地看了我片刻,他牵着我的手,在一所小学边上的平房里找到林芬芳。正是中午放学的时候,小学生陆续走进林芬芳租的平房。郝东凯拉着我的手说:"闺女,咱先走吧,来得不是时候,你林老师正在忙。"

我闻到了饭香,撒开郝东凯的手向屋里跑去,随着放学的孩子们。果然,孩子们坐在桌子边上,林芬芳在给他们盛饭。我进屋林芬芳没抬头,她继续盛饭,还说:"快坐下吃饭,然后午睡。"我喊了声:"林老师,是我,臭三。"

林芬芳惊回头,她把饭碗递给边上的一个女人。林芬芳拉着我的手向门外走去。郝东凯就站在路边上,看见林芬芳向他走来,他向前走了两步说:"我来上点药,村里没药了。"

我仰着头说:"爸,我饿了。"

"快去,跟小朋友坐在一起,让阿姨给你盛饭。"林芬芳指着屋里对我说,"多吃点。"

我就跑进屋吃饭了。

等我吃饱饭,走出屋,看见他俩还在路边说话。只是林芬芳手里多了个书包,里面有课本,有花花绿绿的练习册,这是送给我的。临走的时候,林芬芳往我手里塞了十元钱,她冲我挤挤眼睛,意思是不要跟我爸说。

第八章　城里的月光

　　范潇典的省城求学之路也是一波三折。多亏家里给他寄来了生活费,他才有幸读夜大,要不他为了生计,就会放弃上学。这是秋叮叮深思熟虑,为他选择的读书方式。读夜大有什么好处呢?可以白天工作,晚上学习、上课。

　　偌大个沈阳城,找个工作还真挺难。其实范潇典是个拈轻怕重的人,他最不爱干那些脏活累活,他也不信奉出大力流大汗才能有收获。但没办法,他总不能一直伸手管家里要钱。中街那儿正在盖摩天大厦,需要大量民工。这不需要门槛,范潇典顺利进入工地,当上了小工,每天搬砖,拉水泥,搬水泥。他和工地说好了,他白天多干活,晚上六点后他去读夜大,晚上十点后,他再回工地继续干活。他还负责挨着工地的马路卫生,他上完夜大,晚上十点回到工地,第一件事就是扫马路。

　　这几天十分干燥,扫马路的时候,尘土飞扬。所以,他尽量避开行人,只要有人通过,他就停下扫帚,等行人过去他再扫。有一天晚上,他正在扫大街,看见一个人站在路边,他走近才看清,那个人正站在路边的一棵小树下撒尿。他心里想,这个人太缺乏公共道德了,但他还是不想扫人一身土。他就站在不远处,等着那人完事再扫。但那个人竟骂他,说他变态,没看过撒尿的啊。范潇典寻思,不搭理他,快点扫完大街,好复习今天学的知识。那人看这么骂他都不敢回嘴,觉得这个人是个熊包,就提上裤子,上去给范潇典一个"电炮",打在了范潇典的脸上。范潇典趔趄了下,他想还是算了吧,别惹这样的无赖,也别给工地找麻烦。他只是愤怒地直视着这个疯子。这个人更来劲了,说:"你看啥看?找削啊!"范潇典不想跟他解释,和这种人不值得解释,他想三十六计走为上计,退一步海阔天空。不料,这个人吹声口哨,也不知道从哪儿冒出几个人,骑着自行车、摩托车奔驰而来。那个人喊:"给我打这个熊包,给他赶回老家去!"范潇典看着这架势,心想,老虎不发威,把我当病猫了。

范潇典在村里净打架了,那时候小,就想在村里立威,拉帮结伙,惹是生非,练就了一身打架的本事。范潇典家正好有一本讲擒拿格斗的书,图画带文字说明,他每天早晨照着这本书练,果然出成绩,每次打架战无不胜。老拐警告过范潇典无数次,范潇典根本就把他的话当空气,气得老拐把这本书撕了,范潇典又粘上。

现在,范潇典把扫帚一扔,顺手从马路牙子上拿起两块板砖,砸在扑向他的男人身上。他没使劲,也没照要害部位砸,只是想给个下马威。但这几个人不吃他这套,那个撒尿的人像是个头儿,号叫着:"上,给我打废他!"三个人一起向范潇典扑来,有的手里拎着铁棒子。范潇典不惧他们,拎着两块板砖,拍在两个人的脑袋上。剩下一个人从后面抱住了范潇典的腰,那不是蚍蜉撼树吗?别忘了,范潇典会功夫,从后背就把那人背到前面,摔在地上,脚踏在他的脸上。

可能是行人报警了,警察骑着带斗的摩托车来了。范潇典借着路灯,看见那人满脸流血。当听到突突的摩托车声时,范潇典意识到警察来了,开始他是受害者,可现在,他打破了人家的脑袋,那就另当别论了,他有理也说不清,没人给他做证,太麻烦。他主要怕罚款,看病也要花钱吧。范潇典磨身就跑,那几个人有跑的,有跑不动的。那个满面流血的没跑,他捂着脑袋喊"救命"。

范潇典飞快地跑进夜幕中,四面漆黑,何处是家?他茫然了,也悲伤了。工地是不能去了,警察准到工地去找他,只能继续奔跑。他想得胜村的稻田和玉米地,他想绕阳河和知青点,想家里的热炕头。这时候,他怕的事很多:怕罚款,因为他没钱;怕工地开除他,工作来之不易,生活会失去保障;他怕秋叮叮知道,她会伤心。他在心里默默祈祷,伤者无恙。

他跑着跑着,无意间跑到了农业大学。他蒙住了,不是怕秋叮叮知道吗?咋还跑到这儿来了?他实在没地方去了,索性跑进校园,躲进小花园。他打定主意,就在长椅上过夜。这晚,他是看着天上的星星度过的。

天刚放亮,范潇典从长椅上坐起来,看着天边初升的朝阳,昨夜的烦恼一扫而空,心里又充满了希望。但是现在,希望是不能当饭吃的,他饿了,还有,他所有的生活用品都在工地上。目前,去哪儿洗漱呢?对了,去饭堂,那地方谁都能去,他在那儿吃过饭,秋叮叮带他去的。他到饭堂边的洗漱间洗了把脸,精神多了。他不想在饭堂待时间长了,看见饭菜,他更饿了。他匆忙往外走,校园里的学生多了起来,他们背着书包,或者手里拿着书,匆忙地走着,有的去吃早餐,有的去教室。范潇典着实羡慕不已,这么想着,眼泪不禁在眼眶里转悠。他低头的瞬间,迎面走来秋叮叮,范潇典刚想往岔路走,秋叮叮喊住他,快步走到他面前。范潇典又低下头,秋叮叮好奇地看他的眼睛,他愈加低头不语。

秋叮叮问:"哦,你哭了?"

"谁哭了?"范潇典小声分辩。

"那眼睛咋红了?"秋叮叮疑惑地问。

"熬夜熬的。"范潇典用手抹把脸,这样,泪水倒更多了。

秋叮叮抓住范潇典的手,急切地问他:"出啥事了?"

范潇典看也瞒不住了,再说,只有秋叮叮是他说知心话的人,他便一五一十地把经过都说了。他试探地问秋叮叮:"我应该去自首吗?"秋叮叮哼了声:"你咋那么傻呢?他们那么多人打你一个,你属于正当防卫。"范潇典这回来精神了:"对呀,我属于正当防卫。"秋叮叮说:"你现在别去工地,等过几天再去工地把东西拿来。""那工地我是不能回了,就是警察不找我,那几个社会人也得找我。其他东西我都可以不要,但那个箱子里有皮影,我把家里的皮影拿来一部分,寻思有机会就演演,看来这偌大的沈阳城,是没有我耍皮影的地方了。一个连温饱都没着落的人,谈啥艺术啊。"

秋叮叮调侃他："哎哟,我们得胜村的文艺骨干,啥时候变得这样悲观了？这可不是范潇典的性格哦。"

范潇典苦笑了下说："行了,你别拿苦恼人取笑了,我想回家。"

"你真有志气,就这样灰溜溜地回村了？你回村能为乡亲们做什么贡献？夜大不上了？我可是费好大心给你办的,你本来是不符合上夜大条件的,你咋不珍惜呢？"

范潇典望着秋叮叮,无助地说："那我现在咋办？"

"咋办？先吃饭,吃饱了就知道咋办了。"秋叮叮拉着他去饭堂吃饭。

老拐好像突然闲下来了,他家的地倒是早早地种完了,现在他也懒得管别人家的事,各人自扫门前雪吧。他逢人便吹呼着说："我儿子在沈阳念大学呢,小子真出息了。"

得胜村不能说比过去更繁荣了,而是比过去精致了。有的人家劳力少,地便宜租给别人,自己到外地打工了。吴二嫂家的地没种完,就那么荒着,今年她往外包晚了,种什么都不赶趟儿了。吴二嫂也出去打工了,但她拉家带口的,走不远,就是给别人打零工,挣不了几个钱。

我爸的卫生所快开黄了,已经没法开下去了,被赊账赊得难以维系。无论拿什么药都赊账,等秋后有钱再一块给。看乡亲们有病痛,能不给治疗吗？治疗了,就赊账。周围几个村都没有卫生所,不光是得胜村的人赊账看病,还有旁的村的。我妈说："干脆关门吧。"这个卫生所根本没承包给我爸,如果卫生所有收入,村里就要提成,村里不出一分钱,进药还要我爸自己掏钱,反正,一切自理。卫生所在包与不包中间半死不活地吊着。可我爸就爱当医生,他对这个卫生所也是有深厚感情的。我姥爷也说："卫生所不能关。人吃五谷杂粮,哪有不得病的？没有看病的人能行吗？再说,东凯是国家培养出的医生,理应为百姓服务。"

我赞扬姥爷的高风亮节。我爸表扬我,用词恰当。连大春子都惊讶,说："啥时候臭三会这么多词了？"我姥抽着大烟袋说："那是跟我背跳大神唱词背的。"我反驳说："才不是呢,是因为林芬芳给我那么多课本,我就开始学。"

我姥爷说："知道学就好,将来咱也考大学。"

"考啥大学?谁供她?"大春子说。

我爸起身,说去卫生所。

惦记着那箱子皮影,范潇典第二天午后潜回了工地。刚进工地,他就看见一辆吉普车停在工地上,他觉得不对劲,工地没看见来过吉普车,不会是警察吧?他的心怦怦跳。算了,撤。到了第三天晚上,他心里还是惦记着皮影,无论如何都要把皮影拿到手,其他的都可以不要。工地的每个角落他都熟悉,他从工棚后窗户爬进屋里,带走了装皮影的箱子。

大学的学生有休息日发广告传单的,范潇典觉得这个活好啊,他也觉得挺稀奇的,长这么大还没看见过,卖东西先发传单。这活也轻快,挣得少,够吃饭就行。他也加入了这个发传单的队伍。学生们能休息日发,他可以每天发。秋叮叮又从图书馆给他借来政治经济学方面的书,他认真看,认真学,每天晚上坚持上夜大。那个年代,考不上大学,只能读电大、夜大来弥补文化的缺失,也是弥补不能上大学的遗憾。

范潇典离开工地后,秋叮叮让他到自己家里去住,范潇典不愿意给秋叮叮父母添麻烦。学校有家小卖店在地下室,范潇典打着晚上给小卖店看店的旗号,晚上住在小卖店外间的小房里。他跟店主商量,他看店,不要工钱,店主供一顿饭就行。这样吃住都解决了。秋叮叮知道范潇典是最不能吃苦的人,他能这样艰苦,确实是为了不给她添麻烦。

由于吃不上,喝不上,范潇典日益消瘦。秋叮叮看在眼里,急在心上。她记着在得胜村范潇典对她的关心,他真是什么都不为,一心一意保护她,没有范潇典,也许她秋叮叮再怎么出满勤也是枉然。为了答谢老拐大队长,她是心甘情愿把手表送给老拐大队长的,还让范潇典给要了回来。范潇典的脸瘦得像芦苇叶了。

星期天,秋叮叮带着范潇典回沈阳的家了,因为每次回家,家里都做红烧肉,她想让范潇典增加点营养。

刚进家门,就闻到红烧肉的香味了,范潇典吸下鼻子说:"真香啊!"秋叮叮父母事先不知道范潇典来,但他们知道范潇典是得胜村的村民。女儿只往家里带过周铁铁,他们认定周铁铁是女儿的男朋友。现如今,女儿不声不响带来个村里人,又是在沈阳打工的,他们心里自然不悦。一般人女儿是不往家里带的,那么这个范潇典和女儿是什么关系呢?他们一边吃饭,一边猜测,当然也就没有好脸色。如果让这个农村娃给他们做女婿,那他们可一百个不愿意。女儿是大学生,他是进城打工的农民工,不成。范潇典看见了秋叮叮父母的脸色,但既来之,则安之,他胃里正缺肉,秋叮叮又一个劲地往他碗里夹肉,那就吃吧,红烧肉啊,吃完了再说。一盘子红烧肉能让他吃一半,秋叮叮父母愈加不待见他了。刚放下碗筷,他就帮着秋叮叮把碗筷捡进厨房,洗刷碗筷。秋叮叮说不用他洗,范潇典说:"让我表现下吧,要不叔婶更不待见我了。"俩人在厨房里偷着笑。

每次秋叮叮回家,都要在家里住一晚上,这次要和范潇典一同回学校,因为范潇典着急回去,他下午还要发传单。秋叮叮说要跟他上街一起发,范潇典坚决反对:"你是大学生,这不是你干的活。"

回去的路上,范潇典笑着对秋叮叮说:"看叔婶不太高兴,可能是误会了,因为什么呢?"

"因为什么呀?"秋叮叮追问他,是故意让他说出原因。

范潇典顺口说:"以为咱俩谈恋爱呗,其实我就是为了吃红烧肉。回头你跟叔婶好好解释下,让他们别生气。"

"那就谈呗,为啥不可以啊?"秋叮叮同样笑着说,半真半假。

"唉,我也想谈啊,但没办法啊,距离拉得太长啊。"范潇典调侃着说。

秋叮叮瞪他一眼:"那还不快努力!"

范潇典扮个鬼脸说:"累。"

"好啊,你故意气我。"秋叮叮笑着,轻轻地打他一下。

下午发的传单,是铁西面粉厂的招工广告。范潇典在农村长大,对米厂、面粉厂有天生的亲切感,感兴趣。虽然在农村长大,但他在镇上读初中,在县里读高中,也算见识了外面的世界,那他就有想法。他忽然想,我总不能一辈子发传单吧。这传单算是发到我自己手里了,发得值。他按照传单上的地址,找到了面粉厂。他费了一番周折才见到办公室主任,说明了来意,说自己正在读夜大,读的是政治经济学。办公室主任打断他的话说,他们是招人,但不缺干部,招的是进车间的磨面工,而且是临时工。范潇典说:"不耽误晚上上课就行,我上夜大呢。"办公室主任说:"那不耽误,按时上下班。"

  磨面粉是最脏最累的活,没那么多防护措施,好在是面粉。装卸车也很累。这些活,基本都是临时工干。每天下班后,范潇典都洗得干干净净,穿戴整齐地跑到大学读夜大。他对秋叮叮撒谎说在面粉厂办公室做统计。秋叮叮还夸他:"看,知识改变命运吧,学的东西算是用上了。"范潇典故作轻松地说:"你不是说让我和你拉近距离吗?已经被你甩几条街了,不跑怎么能追上啊?好了,现在你不用担心我了,我呢,努力工作,完成学业。你也安心上学吧。以后联系你会少些。"秋叮叮是不会多想的,她本来就天真。她说:"好啊,我也要考试了。"范潇典心里是希望秋叮叮刨根问底的,可她却说好啊。秋叮叮父母对他不屑和鄙视的眼神,让范潇典深受打击。是的,他和秋叮叮真差着十万八千里呢。目前这处境,他真是羞于言表。到面粉厂,他也是为了潜心工作和学习。

  真要工作起来,他还有些吃不消,但他咬牙坚持。即便戴着口罩,面粉也呛得他喘不上气。有一天,父母突然到面粉厂来找他。他事先也不知道,正在车间磨面,就这样穿着工作服,戴着工作帽和口罩跑出了车间。老拐是先到农业大学打听着找到秋叮叮,然后才找到范潇典的。他们看到范潇典灰头土脸的,眉毛上挂着白霜一样的面粉,惊诧不已。老拐说:"我在家啥时候舍得这么使唤你了?你到这儿来当牛做马了!你写信说在沈阳过得浪漫,啥,潇洒?!"

  范潇典摘掉口罩、帽子说:"那啥,我说在这儿受苦,你还能给我寄钱啊？你那样抠门！"

范母抹眼泪："看你这孩子说的，就算你爸再不待见你，知道你受苦，也会给你寄钱的。"

老拐瞪眼睛："说的是啥话！"

范潇典不爱听他俩叨叨："快说吧，爸妈你们来有啥事吗？"

老拐说："到你屋说去。"

范潇典说："真新鲜，你以为沈阳城是你得胜村呢，都是你家。我没屋，六个人住一个屋，上下铺，没你待的地方。有话就在这儿说吧。"

老拐说："看到你这个熊样子，也没啥可说的了。"

范潇典转身要回车间："没啥说的，你们就回吧。我要干活去了。"

范母说："有话要说。咱们地里没啥活了，水稻在地里长着，我寻思跟你爸也没啥事了，想到城里找点活干。村里很多人不种地了，交这交那的，也不挣钱，也就是赚个吃。大家出来打零工的可多了。我和你爸以为你上那个啥大，长本事了，这不投奔你来了。"

范潇典两手一摊："你们看见了吧，我就这个样子。那个夜大在读呢，是晚上读，当然了，这个读夜大我是说的真话。"

真像范母说的，有的人家好赖把地种上了，也就不管了，出门打工去了，因为种地真不挣钱。得胜村老守田园种地的人要数我姥爷了，他是无论社会如何变迁，也不管刮风下雨，依然牵着他的黄牛侍弄地。土地已经变成他生命的一部分，他弓着腰，面朝黄土背朝天。秋天收割的时候，他的稻子也是数一数二的，稻浪滚滚，颗粒饱满。看见别人进城打工，连大春子都活心了，说："咱也进城打工吧。"没人回应她，我姥使劲在炕沿上磕打烟袋锅。大春子看着我姥爷说："爸，秋上丰收了，您给我买匹马呗，我骑马去黑山。"她看了眼郝东凯，"我去给东凯的卫生所采草药。"

我姥爷说行。大春子露出了笑脸，到院子里忙活去了。

我爸还忙卫生所里的事，已经被欠药费欠得快开不下去了，但大伙儿有个头疼脑热的，他还要给看。嘴上说，没整，看病不给钱。看病的人还有理了,说啥不给钱了,不是欠着吗?秋天卖了粮食,一起给。有出去打工的,把老爹老妈扔家里,还理直气壮地对郝东凯说:"郝大夫,我进城打工了,我老爹老妈就交给你了,有病有灾的,给照顾啊,等我回来给钱。"郝东凯不应声,但不等于不给看。几乎每个进城打工的人,都先到卫生所跟郝东凯打声招呼。有时我母亲还抱怨他几句:"一分钱不往家挣,还搭钱。地里活也不搭手,看你是打着看病的幌子逃避劳动。现在不是给生产队劳动了,是给自己家劳动。"但大春子这点好,说完拉倒,连她自己都忘了曾说过这话。我姥爷不反对,也不表扬。他叼着旱烟说:"郝东凯学赤脚医生就算对了,钻研、爱学,有仁厚之心。我看人不带差的。"

范潇典白天上班,晚上读夜大,休息日去图书馆查阅资料、复习。工友们嘲笑他:"你一个磨面的,还想上大学呀?这一天天的,学啥呀,瞎子点灯白费蜡。"有时他读完夜大,回到宿舍写作业,再消化一下当天的学习内容就到后半夜了。这算个啥?秋叮叮说了,人家国外的学生,上大学基本就不用家里供了,边打工边上大学,一天睡眠时间也就四五个小时,我这一天也能保证四五个小时的睡眠嘛。

秋叮叮已经知道范潇典不是坐办公室的了,他是给自己脸上贴金。老拐临回得胜村又去找秋叮叮了,范母咋拦都没拦住,他就是要找秋叮叮说道说道。他认为在得胜村对秋叮叮有恩,没有他的推荐,她秋叮叮也上不了大学。如今我儿子落魄到如此地步,你秋叮叮就没责任吗?再说,你家就在沈阳啊。他是这么想的,也是这么做的,见到秋叮叮连责备带埋怨。秋叮叮只有听的份儿,并表示,只要她秋叮叮有能力,定会全力帮助范潇典,请老队长放心。秋叮叮还给老队长买了两瓶老龙口酒,老拐假意推辞一番。秋叮叮开玩笑说:"您收下吧,在得胜村偷喝了您不少酒。"

也是赶上范潇典运气不好,那天他的那台机器出了点故障,机修工人正修理,他得空歇歇气坐在凳子上,靠着墙,想休息下,谁想,刚闭上眼睛就睡着了。机器修好了,也没人叫他。车间主任正好来了,看他机器停摆,人靠着墙睡觉,不但让他写检查,还扣了他半个月的工资。范潇典不服,和车间主任吵起来了。其结果,不但写检查、罚款,还被调离了磨面车间,到最累的搬运车间。车间主任说:"知道你整天学这学那的,你要想当大学生,有本事进大学啊,别占厂里的便宜。"范潇典握紧了拳头,真想一拳打爆他的头。但范潇典忍着,谁先打人谁理亏,但他也可以用言语回击这个可恶的人。他慢条斯理地说:"我昨晚做个梦,一条大黑狗咬我,我一拳击碎狗头。这狗老顽强了,脑浆飞溅,还咬住了我的裤角。你看,主任,梦多准啊,晚上梦到,白天就遇到了。"车间里有几个工友在旁边,听了都忍不住笑。车间主任猛地扑向范潇典,出拳,直奔范潇典的脸。范潇典就等着他这拳呢,早有防备。范潇典头略偏,躲过这拳,左手抓住主任的手,右手对着他的眼睛,狠狠地打一拳。主任号叫着仰头倒在地上。他刚想朝这张脸踏上一脚,但是临出脚时收住了。

　　主任半拉脸都肿胀成面包了,眼睛隐藏在红肿中,几乎看不到眼珠了。范潇典有理,他说是主任先打他的。保卫科科长问在场的人:"是这种情况吗?"谁也没敢吱声。范潇典理解,他们还要在这儿工作,谁也不想当这个证人。范潇典说:"好了,不要为难大家了,你们想怎么处理就怎么处理吧。人是我打的。"他又指着车间主任,"你要是个男人,你自己说到底是谁先动手的。"

　　车间主任捂着半拉脸说:"就是你先打的我,是你拐弯抹角骂我,我反正没打着你。"

　　当范潇典拎着大包站在秋叮叮面前时,他已经被面粉厂开除了。他还嬉皮笑脸,看不出忧伤。秋叮叮愁眉苦脸,老拐临回得胜村时说了:"秋叮叮,我对你有恩,我儿子在沈阳,你得照顾啊。"秋叮叮信誓旦旦答应老拐的,她寻思范潇典在面粉厂干得好好的,一时半会儿不至于沦落到大街上。现在可好,活生生站在她面前,那得意扬扬的神态,好像被开除是件非常光彩的事。范潇典昂着头说:"没事,挺好。我可以尽情地玩艺术了,上街卖艺,耍皮影。我爸回村的时候给我留钱了,够我活一阵子。就陪我当回艺术家吧。"

秋叮叮对他不屑地撇了下嘴。她傻愣了会儿,像惊吓着了似的,拍着范潇典的肩说:"哎呀,我想起来一件事,我们学校要会演,我正愁着出什么节目。哈哈,这不有了吗?咱俩演皮影戏。"

范潇典冷笑:"你不会躲避上街卖艺吧?帮你会演,能挣着钱吗?你们大学给钱吗?"

"你怎么就知道钱呢?你不是有生活费吗?队长叔走的时候,不是给你留钱了吗?你咋那么财迷呢?刚才还说当艺术家呢。"秋叮叮数落他。

范潇典惊诧、无奈地看着她:"哎呀我的天啊,你比我败家啊,吃凉不管热。谁要是跟你过日子,那准是今朝有酒今朝醉,明朝没酒再掂对。"

会演的时候,范潇典和秋叮叮演的皮影戏是压轴戏,因为道具多,搬上搬下的麻烦,影响后面的节目,干脆放在最后。大学生们第一次在校园里看皮影戏,都感到新奇。特别是范潇典,一人多用,有条不紊,拉、唱、耍样样精通。

演完第一出戏,在同学们的掌声中,又演了第二出戏。

真就是这场皮影戏,让范潇典暂时实现了当艺术家的梦。有位老师认识沈阳一家皮影戏团,介绍范潇典去皮影戏团演出,可是戏团有时去外地演出,范潇典晚上要上课,他请求戏团辞了他。但团长觉得他是个人才,演技精湛,外地的戏不让他参加。

正当范潇典在皮影戏团稳定下来的时候,老拐又来了,他不知道范潇典又换地方,不在面粉厂工作了。他又找到了秋叮叮,才知道范潇典去皮影戏团了。当时老拐就呸了一口,说:"没出息!咋又耍上这玩意儿了!"

这次老拐来找儿子是有正事的:得胜村要选举村干部。一是到届该选举了;二是从包产到户,村里的地种得良莠不齐,有的人家到了秋天水稻、玉米大丰收,有的人家刚保本,还有的人家不种地不赔钱,种了就赔钱。有的村民怨村干部不带领他们致富,村干部也喊冤啊,地都分了,每家都是独立的个体了,思想独立,处事独立,怎么领导?谁听?你说种水稻,到时候不丰收谁负责?总之,选举势在必行。老拐这次是自己来沈阳的,既不是打工,也不是游山玩水,而是让范潇典跟他回村,参加选举。老拐不是冒蒙来的,儿子读夜大跟读大学没啥区别,他坚信儿子这种说法,只不过大学要靠板地上学,自在专心,而夜大是边工作边上学,艰苦奋斗。儿子学的啥政治经济学,经济建设,说白了,挣钱,有钱才富裕,才能过好日子。

范潇典没感到惊讶,他从进城那天起就没打算一辈子在城里,他的根在得胜村,他不是故步自封的人,他长全了本事就要回得胜村。可是现在,他夜大还没毕业啊。他对老拐说:"爸,等我夜大毕业了再回去。你们去选吧。"

"等你毕业晚三春了。你学那玩意儿又不包分配,少学点多学点又能咋的?赶紧,跟我回村。等你回晚了,连个村主任都干不上。"范潇典说:"行,你先回去,我和秋叮叮打个招呼。"老拐有个执着劲:"那不行,秋叮叮这孩子缺根弦,她要留你几天,你指定改变主意。以后有的是时间打招呼。"老拐有自己的一套理论,他认为这些年自己大小也是村干部,他年龄大了,早晚是要退出的。他就想,儿子要能在村里当个一官半职,哎,也提气嘛。他不敢把这真实的想法跟儿子说,他也知道,他的思想狭隘,可回过头来想想,儿子的品质优异啊,比他老拐强,那么就应该给儿子个机会。推荐上大学、当兵,儿子都错过了,人生还有几次这样的人生转折?这个孩子就这样,从不往自己身上划拉便宜,也好也不好:好的是,心胸开阔,成全了别人;不好的是,让自己失去了进步和施展才华的机会。老拐心里的如意算盘打得精细,他还要在村里干几年,传帮带嘛,上阵父子兵。"稳"字当头,年轻人有干劲和冲劲,但毛愣,你得等政策四平八稳了再实施,保险。

老拐继续劝儿子:"范潇典啊,你就不想为父老乡亲做点事吗?村里的年轻人现在少了,剩下我们这些老气横秋的人,我们的头脑跟不上形势了,就像你说的,啥,故步自封。希望你的加入,能让得胜村朝气蓬勃。目标大不大?够你施展的。沈阳是大,可你找不到落脚点啊。"范潇典听了老拐的话,心里笑了,嗨,不愧是当过大队长的人,是有些大道理,还知道谈理想了。猛然间,范潇典仿佛萌生了伟大的理想信念,但这伟大具体指向何方,他觉得是宽泛的,同时也是具象的,具象到广阔的田野,具象到田野上的水稻和玉米,具象到面朝黄土背朝天的父老乡亲。

范潇典听了老拐的话后归心似箭了。他简单地收拾下行李,祖传的皮影、秋叮叮给的书、上夜大的课本笔记本等都拿着了,总之是一片纸也没落下。打成捆,拎在老拐的手里,很沉,但老拐心是轻松的,我儿真是读书的料。范潇典简单写了封信,放在女生宿舍楼门卫处。

第九章　阡陌之上

　　选举那天,得胜村有点小沸腾。谁都没想到,范潇典能回村参加选举。年轻人走出去了,谁还回来呀? 大伙儿揣度,范潇典在城里是不是有啥事混不下去了? 也有人反驳,要是年轻人都飞走了,村里岂不是后继无人了? 范潇典是咱得胜村的小伙子,学了本事回来,那是正常的,说明这孩子有志气,有良心,不忘父老乡亲。反正说啥的都有。范潇典到这会儿,不管那么多了,既然他放弃了学业——当然,他想好了,自学也要完成夜大的课程——既然他来参加这次选举,人总是要为自己的想法付出些代价的,哪怕听那些流言蜚语。他回来这两天,做了个小调查,人们没有真正走上富裕的道路,万元户也没有。如果说有起色的话,那就是郝东凯家,但不是他的功劳,是他老丈人和大春子任劳任怨、吃苦耐劳。像吴二嫂家,还不如过去呢。政策是好的,但缺少敢闯敢干的带头人。包产到户、联产承包责任制,以家庭为单位,必要的时候也要联合起来促生产。村里作为集体发包方,没有进行必要的协调管理和组织经营某些工业、副业,也没做到为农户提供生产服务。他答应父亲回来,但还没有那么大信心,他是想看看形势,不行再回沈阳打工、读夜大。现在,他看到得胜村的情景,坚定了信心,他不仅要做致富人,还要做改革开放的带头人。

　　在家的时候,范潇典已经和老拐摊牌了:"是你让我去参加选举的,我想竞选村主任,我想从最基础做起。"

　　听到这儿,把老拐高兴的,没等选举就憧憬美好的未来了。"行,你当这个村主任,要准保稳稳当当啊,小心驶得万年船。"他那兴奋劲,好像他儿子真当上村主任了。范潇典说:"你别高兴太早了,还不定啥结果呢。"

"只要你想参加,说明你长大了。"老拐依然高兴,信心百倍。

范潇典当时还跟他爸说:"这次选举你退出,我才参加选举。"

老拐说:"不是,儿子,我早晚是要退下来的,但不是现在,我得带你一程,我过的桥比你走的路多,知道不?"

到最后,爷俩谁也没说服谁,范潇典先不吱声了。老拐以为,儿子这是同意他的想法了,美滋滋地去参加选举了。

选举还是在村里的小会堂,有个用木板搭的舞台,用红油漆油得铮亮。触景生情,范潇典眼前浮现出知青们在舞台上且歌且舞的身影,特别是秋叮叮的舞姿,是那样优美。周铁铁的手风琴声仿佛响彻空中。

乡里程书记主持得胜村的选举,他端坐在主席台正中间,宣布了选举的规则和公平公正的政策方向,并要求每个参加选举的人都要说出自己打算怎样带领村民发家致富。范潇典等程书记讲完话,向程书记提出一个请求:在选举前他要有个五分钟的演讲,因为在所有参加竞选的人中间他最年轻,这两年也没在村里生活、工作,他要让大家对他有个最起码的了解,这样更能体现公平公正。

在程书记沉吟的时候,有村民喊:"这新鲜哈,让这小子演讲,我们听听他咋说。"有的人喊啥叫演讲,以为就像以前,知青们演出节目。是的,从知青们离开村那天,得胜村似乎寂静了许多,这个薄薄的舞台,再也没响起咚咚的舞步声,还有那嘹亮的革命歌声。村民们很想念,今天范潇典要演讲,那就是要出节目呗。大家喊,好,来一个。

程书记听到乱哄哄的喊声,挥下手说:"从现在开始,每个候选人说说自己的参选想法。"几个比范潇典年龄大的候选人,当然也包括老拐,先一一说了自己如果当上村主任怎么怎么干,最后才轮到范潇典站在主席台上演讲。只见他双脚并拢,立正站好,两眼炯炯有神,表情热情洋溢,话语抑扬顿挫。实则他也紧张,他是强装镇静。

他在众目睽睽之下开始了演讲:"敬爱的大爷大娘、叔叔婶婶们,还有我的发小,大家好!得胜村这片高天厚土和我的父老乡亲,养育了我,培育了我,就像有首诗里说的那样,'我对这片土地爱得深沉'。我可以说是得胜村最早出去求学、闯荡的青年,我始终怀揣着理想和追求。最早这个理想和追求是微小的,为了生存,为了学知识,为了长本事;现在,我的理想和追求是让得胜村的父老乡亲过上好日子。我在沈阳相当于上了大学,学的是政治经济学,经济基础决定上层建筑,懂得了经济发展的规律,明白了挣钱的路子,学会了带领乡亲们发家致富的本领。我范潇典要在改革大潮中勇当排头兵,恳请父老乡亲给我机会,让我为得胜村服务,我的方向是带领大家走上幸福富裕的道路。最关键的是,不落下一户,不落下一个人,让得胜村村民走共同富裕的道路。"

下面坐着的人喊好,鼓掌。程书记也鼓掌,微笑着,露出赞许的目光。

范潇典接着说:"尊敬的程书记,最后我还有个请求,我请求我的父亲,也就是现任村主任退出竞选得胜村任何村干部。"

还没等程书记表态,老拐跳起来了,指着范潇典:"你这个吃里爬外的小犊子,我没犯错误,你小子没权撸了我。"

范潇典说:"这几天我也调查了,你是没犯错误,但正因为你太小心谨慎了,相当于不思进取,阻碍了发家致富进程。"

"兔崽子,你少给我扣帽子,我还想为党和国家多做贡献呢。"

吴二嫂啧啧了两声:"老拐主任,你呀别说那么高远了,你能为咱得胜村做贡献就行。"吴二嫂看了眼大伙儿,得到了大伙儿鼓励的眼神,她又大声说,"你没犯啥错误,你也没进步。你说你管啥了,我那地种不上你都不管。"

老拐拿出村主任的腔调:"吴二嫂,我还没找你算账呢,不是大春子家,你那地就撂荒了。你自己好吃懒做,还让别人帮你,有这个道理吗?你落后,那、那是你活该,就不能助长你这种风气。"

吴二嫂说:"我不撂荒咋整?交了税,交了提留,我赔钱。"

老拐说:"那是你没精心种地。"

第九章　阡陌之上

"你看你还急眼了。"吴二嫂无辜的样子。

程书记没有阻止大伙儿的呛呛,正好可以听听老百姓的心声。程书记和坐在身边的几个干部低语,像是商量着什么。

从家来大队部选举的时候,我姥爷就嘱咐郝东凯:"到那儿少说话,别像上次似的,跟老拐吵吵起来。你当面跟他吵吵是不妥的,有啥事背后跟他说,不管咋的,当年不叫他说情,你这个赤脚医生是学不成的。这个人难能可贵的是重视文化,老拐家祖上也算是个文化人,皮影戏的唱词都是自己撰写的。那皮影戏的唱词,可不是有文化就能写的,需要押韵、流畅呢。"

可能郝东凯谨记我姥爷的话,他看着别人呛呛。后来郝东凯看我姥爷一眼,也算征求我姥爷的意见,那意思是,他也要说说话了。我姥爷看见了,他低头装上一袋烟,点着,抽着。

郝东凯说:"我听范潇典这小伙子讲得精彩,有道理,有魄力。后生可畏,我支持。"当然我爸说话也带着文采,在他那一代,他是个文化人。

范潇典对着郝东凯点下头说"谢谢"。

郝东凯继续说:"不管谁当村干部,咱村的卫生所也需要改革了,不然我是真开不下去。"这话就是说给老拐听的,是老拐的不作为,使卫生所走不进改革开放的行列。郝东凯向老拐反映卫生所的情况,不止一次了。

"那赔钱的玩意儿,告诉你别开了,你非得开。"在会场,大春子当啷来一句。我姥爷叼着烟斗,抬头看大春子一眼。她知趣地闭嘴。

范潇典的演讲还没结束,他在等待插嘴的机会。范潇典说:"我们的目光不能局限在农业上,农业的发展和农村市场化政策的逐步实行,使得农村非农就业机会增加,劳动力加速从种植业向非农产业转移。这句话是《人民日报》上说的。用我学的经济学理论可以这样解释:将来我们的农业稳步上升,实现机械化,把劳动力从农业中解放出来,农民可以像工人一样上班挣工资,农村可以办自己的工厂和副业。还有教育,到了沈阳我才悟到教育的重要性,让我们得胜村的孩子们,有学上,上得起学,上大学。而我们从事农业生产的,也要学习和生产相结合。知识改变命运,在农村一样灵验。父老乡亲们,相信我,也是给我一次为父老乡亲服务和带头的机会,我一定还得胜村一个翻天覆地的大变化,繁荣昌盛。"

掌声雷动。老拐看大家鼓掌,也不情愿地拍了两下。

我姥爷语重心长:"老拐啊,放下吧,说句大白话,没有爷俩在一个村里都当村干部的。"

"败家孩子!"老拐指着范潇典,跌坐在凳子上,"我的政治生涯算葬送在这小瘪犊子手里了。"

大伙儿哈哈笑,老拐很悲伤。

范母拉了下老拐的衣襟,她沉着脸说:"行了,见好就收吧。"

老拐像泄气的皮球,耷拉个眼皮,不再说话。

程书记好像有意等大家呛呛完再讲话:"我们也研究了一下,范潇典提出的问题有一定的道理,老拐就不要参加竞选了,但你有权投票。"

演讲,在得胜村还是头一回。而且,有些新词,大伙儿也是头回听。关键范潇典这小伙子有出息,说得头头是道。好听,爱听,想听。

这次村干部竞选,范潇典被村民们选为村主任。老拐别看嘴上骂,他也投了儿子一票。他很坦然,谁规定,他不可以投儿子票?主要是,儿子让整个得胜村人都认可。

突然有一天,赵松到沈阳找秋叮叮,向她打听林芬芳的下落和近况。在大学校园看见秋叮叮的时候,他被秋叮叮的变化震惊了。真是女大十八变,越变越好看。以前那个清汤寡水的小姑娘,变得美丽而时尚,知识让女人蜕变啊。赵松感叹着,欣赏着校园的景色,无限感慨,羡慕秋叮叮人傻命好,牢骚满腹,说自己怀才不遇。自从他抛弃了林芬芳,秋叮叮对他很有看法,甚至鄙视他。当初追求林芬芳追得那样轰轰烈烈,为了回城又来得那样决绝。其实,当年林芬芳是看上周铁铁了,林芬芳的心比天高,她就想找个知青恋人,她不图别的,就图他们有文化,来自大城市,有思想,有见识。林芬芳这个想法无可厚非啊,每个人都有自己的追求。可赵松半路出击,赢得了林芬芳的心。但他唯利是图,不珍惜啊。从此,秋叮叮对他就有了成见。今天得见,秋叮叮也是绷着脸。赵松倒是不以为然:"人嘛,短短几个春秋,做自己想做的事,实现自己的理想。"秋叮叮轻蔑地哼了声。赵松说:"告诉你秋叮叮,别对我嗤之以鼻,在得胜村知青点,我算得上最有文化的人吧。就说你吧,就知道干活,你懂几个问题,还不是我给你的《唐诗宋词》启发了你?别忘了我是诗人,不比你大学生差。"

秋叮叮这点好,一码归一码,也说明了秋叮叮心地善良,为人实在。她点头,想想,也是啊。

赵松看秋叮叮默认了,接着说:"是这样啊,别瞧不起你的启蒙老师,我成立了一个文化传媒公司。"

"啊?成立公司了?厉害呀赵松!"秋叮叮惊讶,"那你那公司有多少人啊?老挣钱了吧?"

"人,不多,就我自己。至于钱嘛,还在创业阶段。"

秋叮叮立刻知道怎么回事了,她说:"哦,光听人说皮包公司,还没见到,今天得见啊。"秋叮叮指着他,"你是骗子。"

"哎呀,秋叮叮你白当我的徒弟了,不了解我。还是林芬芳最了解我,善解人意。"赵松叹口气,"没办法呀,只能做生意了。没地方给我安排工作。"

"你还有脸提林芬芳,可怜的林老师,已经不在得胜村当老师了。她回到盘山县城,先是卖冰棍,现在开学后班。她是多么高傲的女人啊,弯下腰做这些事情。都是你害的!"

赵松拍手:"天啊,这个林芬芳比我思想还先进啊,现在办教育机构是大势所趋啊,有前途。"

秋叮叮纠正他:"是学后班,就是哄孩子。"

赵松看着远方,陷入沉思,自言自语:"她也不容易。"

范潇典上任村主任,这个官在村里也不大,就是个张罗事的差事。范潇典自己很重视这个职务,但他不是沾沾自喜的重视,而是能干实事的重视。秋天转眼到了,家家户户都在忙秋收。真像村民们说的,交出农业税和提留,所剩无几。如果说丰收,要数大春子家。地里的活,郝东凯插不上手,他每天上黑山采草药。他的诊所是中西医结合,他采草药是为了省钱,村民有个头疼脑热的,这过来过去的病,草药就能解决。他的诊所院子里,晒着各种各样的草药。

吴二嫂家今年是把地种上了,用她自己的话说,不种还省点心,少欠钱。要想把地里的稻子收割回家,就得雇人,刨除工钱、吃喝,她赔钱。她不雇人,只能她自己收割。老爷们儿走路都上不来气,她有时候累得也骂大街,骂自己家老爷们儿:"你说你占个窝,不干活,还不倒地方。就是有人看上我,想帮我,你还在那儿喘口气。"吴二嫂这骂是瞅范潇典在大道上时骂的,她就是想骂给范潇典听,告诉他,你不是说即使包产到户了,也要互相帮助吗?我倒要看你怎么互相帮助。反正我是跟别人互相不起来,只有别人帮我。今年她家地里的水稻一点也没割,像是有指望头,梦想着有啥天兵天将突然降临到她家地头,给她收割。范潇典把吴二嫂拉到一边……这时老拐牵着牛正路过,低声怒喝吴二嫂:"你这样好吃懒做的人,没人帮,得寸进尺。"

吴二嫂刚想撑回去,被范潇典一个眼神制止住了。他说:"你不能整天抱个膀子在大道上闲逛啊,去地里,能割多少算多少,就是做样子,让人家觉得你吴二嫂是勤劳的,不然,让别人怎么帮你?放心吧,我会组织人帮助你家收割稻子的。"吴二嫂抓住范潇典的手:"孩子啊!不,范主任,你比你爹可强百倍,选你就算对了。我拿镰刀去,这就下地割稻子。"她咯咯笑着,彪得喝地说,"年轻人火力旺啊。"

在我印象中,这个秋天是得胜村最热闹的秋天。天高云淡,秋高气爽,这样的词语一股脑地献给这个秋天都不为过。大伙儿都去秋收了,田野里都是人。金黄色的水稻,在人们的镰刀挥舞中,变成稻捆,被飞扔上拖拉机,运到场院。郝东凯也放下药箱,加入秋收的洪流中。我也拿着镰刀,到地里割稻子。范潇典看见我,说:"你又来凑热闹,快去学校上课。"我说放学了。他说:"放学写作业,温习功课啊。"我说我都会。他笑话我:"臭三,你最不爱学习,照比你大姐可差远了。"我撇嘴说:"我大姐笨,她才努力学习。"他问我:"你还去知青点吗?"我说:"去呀,每天早上都去。我去看着院子里的拖拉机,有人要拆零件,说卖破烂。"范潇典说:"臭三,如果再有人拆拖拉机,你还要制止,要是不听你的,你就告诉我,但不要跟人家打架,你小孩要学会保护自己。"

　　范潇典在村里组建了青年突击队,帮助村里的孤寡老人和病残弱。春种啊,秋收啊,家里有什么困难了,他都帮忙,起到了带领全村致富的作用。这不,每个突击队队员收完自家的水稻和玉米,都来帮吴二嫂家收割,清一色的小伙子,干起活来风卷残云,转眼吴二嫂家的稻子收割完毕,突击队又转战下一家。开始还是豪情万丈,信心百倍,可是时间长了,没一分钱收入,有人就不干了。有的爹妈不让干了,说有的人家去外村帮收割,按天给钱,这儿可好,连口饭都不管。老拐也说:"别看我是老革命了,但是,让后生白干活不挣钱可不行。在生产队的时候,干一天活,还记工分呢。"这次,范潇典没和老拐犟嘴,他认为爹说得对,但向谁要钱?向吴二嫂?向五保户?向村里?都不可能,要钱没有,要命一条。向市场,市场是广阔天地,广阔得无边无际。文件上说,劳动力加速从种植业向非农产业转移。这句话太重要了,我还学政治经济学呢,知识没学到位呀,继续努力吧。但要干什么副业呢?怎样转型呢?

　　秋收了,卖粮难又是个大问题。大小车辆都往粮库送,有赶马车的,有赶牛车的,有赶驴车的,还有拉车的,吴二嫂就是人拉车。粮食丰收,国家的粮库少,卖粮的队伍绵延好几里地,有的就在马车、驴车上过夜了,等着第二天早晨卖粮。

　　范潇典就想,为什么不多建几个粮库?市场经济,为什么不把粮食推向市场?他喜欢这样胡思乱想,他在这胡思乱想中摸索方向。

　　可能我是得胜村起得最早的人,已经习惯了。大春子也懒得管我的,每天早晨我出去转悠完,不耽误上学。今天我特意拿个破网兜,秋天,河蟹上膘了,肥着呢。范潇典来的时候,我已经抓了一网兜河蟹。我是在知青点周围抓的,那儿芦苇茂密,挨着绕阳河。范潇典来是为了看知青点,自从听我说有人企图偷盗院子里的破拖拉机零件,他隔三岔五到知青点查看。他看知青点的时候,捎带脚也看见了我,惊愕的表情,像看一个小怪物。我到处溜达这不奇怪,这次他看我吃力地拎个网兜,问我拿的啥。我瞪着眼睛光看他,不吱声。他也不指望我回答他的问话了,走近仔细看,啊,是河蟹。他说:"臭三,你抓这么多河蟹,能吃了吗?"我说:"不吃,卖。赶镇上的早市。""你不上学了?""今天是星期天。"范潇典歪着头看我:"看不出啊,小小年龄,还挺有经济头脑。能卖出去吗?"我显摆着说:"昨天我抓得比这些多,都卖了。"

范潇典转身进了知青点,找个破袋子,说:"我也抓几个,你等我哈,带我去。"

结果范潇典比我抓得多,毕竟他是大人,他还在稻田里抓了些。我催促他:"快点,一会儿散集了。"范潇典是骑自行车来的,他说:"没事,晚不了,我骑自行车带你去。"我坐上范潇典的自行车,河蟹放在前车筐里。他骑得飞快,告诉我抓紧车子。他跟我说:"今天哥哥卖的钱就不给你了,哥哥要分给那些帮助别人家收割的伙伴。"我说:"哥哥,我把我这份也给你吧,老师说了,要为社会做贡献。"

"那倒不用,卖了钱你拿回家,买课本买书啊。你要好好学习,将来要考大学。别像我似的,读个夜大,还读个半拉磕叽。你要读个正儿八经的大学。"

我说:"我不想考大学,我要接我姥的班,跳大神。我姥说了,跳大神这门艺术不能丢。"我坐在后车座上,背诵了段唱词。

范潇典痛苦地说他无语了。

这个早晨我俩收获颇丰啊,我俩都卖了几块钱。早市的人乌泱乌泱的,声音嘈杂。我的那嘟噜河蟹让个开饭店的买去了,范潇典袋子里的河蟹是几个人零买的。有个买的人说:"现在河蟹照比以前可少多了,不好抓了。"我刚想说我们那儿多,被范潇典拽了下,他冲我挤眼睛。嗯,那我就知道啥意思了,他是怕别人都去得胜村抓螃蟹,给抓没了,哈哈,男人也小心眼。

那个饭店的买主拎着河蟹刚想走,范潇典突然抓住人家的手说:"老板,您明天还要吗?"那人说:"要啊,每天都要,开饭店嘛。"范潇典兴奋啊,说:"您看这样行吧,我明天早晨直接送您饭店得了。"那人说:"行,就这么说定了。"那人告诉了他地址,是在大荒镇。

骑着自行车回去的时候,我坐在后车座上闷闷不乐。范潇典喋喋不休地夸我,说我人小鬼大,机灵聪明,比以前爱说话了。他还问我:"你大姐郝思晴高中上得咋样?"

我说:"不咋样,她总吵着不想念了,说念也考不上大学。"我不耐烦地说,"你别问这问那的了,我明天要上学,卖不了河蟹了。"

"哈哈,就这事啊,好办,你抓了,我替你卖去。"范潇典高兴地说。

我听他那高兴劲,心里还是不痛快,我说:"那你可不能赚我的钱,谁知道你卖的是啥价。"

"哎呀,你这个小人精啊。不过你启发了我的头脑,让我开窍了,谢谢你!"

我为什么卖河蟹?是因为我姥。她总跟我说,想吃桃罐头,想吃饼干,想吃油条,反正想吃各种好吃的。她还不跟我妈说,我就跟我妈说,我姥想吃啥啥了。我妈说:"我看是你想吃啥了,变着法儿地管我要。"我说:"真不是,是你妈想吃。"大春子真就问我姥是想吃罐头了吗,我姥说:"净扯,我都多大岁数了,还能跟小孩似的?"我姥真就跟小孩似的,转脸她就跟我说,想吃桃罐头。没办法,我想上哪儿整钱去呢?想偷大春子的钱,没得手。看见出溜出溜爬的河蟹,我就有招了。那天我卖了河蟹给她买了桃罐头,剩下的钱也给她了,她把钱装进大襟衣服里,说:"姥给你攒着,等你出门子时,姥给你买嫁妆。"我姥想得可够远的了。

接下来的几天早晨,我和范潇典像做贼似的,天蒙蒙亮就跑到苇塘子边上抓河蟹。我把抓的河蟹交给他,由他全权代表送去大荒镇上的饭店。我抓完河蟹回家吃饭,然后上学,跟没事人似的。因为范潇典嘱咐过我的,别瞎说,不然都来抓河蟹,几天就抓没了。所以,连大春子我都没告诉。我把赚来的钱,偷摸放在我姥那儿。别看我姥一阵糊涂,一阵明白,这事她捂得可严实了,谁都没告诉,钱放得隐蔽,一分也丢不了。

坏事还是坏在范潇典那儿。卖河蟹的钱你就先攒着,那还能跑了啊?等到抓不着河蟹了,你再把钱分给大家。他不,先攒了几天,觉得烧得慌了,觉得钱扎手了,就把钱平均分给突击队的伙伴们了。这家伙,一传俩,俩传仨的,全村人都知道了,扶老携幼地都加入抓河蟹的队伍中,几天的工夫,连个河蟹爪子都见不到了。

这样可不要紧,大多数人放下手里的活,投入抓河蟹。见现钱,还不用成本。大伙儿几乎到了急功近利、急赤白脸的程度,有的人为了争一只河蟹大打出手。

村里说啥风凉话的都有了,都是针对范潇典的:"看吧,嘴上没毛,办事不牢。这起的是啥头,瞎胡闹!这野生河蟹抓绝了,咋办?"

范潇典听到了这些闲言碎语,他也苦恼,本想弄救急的钱,不想,引起一场大运动。我还埋怨他呢:"人家自己好好的,就因为你的参与,破坏了我卖河蟹的小计划。"我正仰着脸埋怨他,突然,他像以前似的,揪着我的后脖领子,想把我拎回家,可是我长高了,我的脚已经不离地了。他笑笑说:"看你都长高了,而我们的得胜村,还没什么变化呢。走,去你家。"

我问:"去我家有什么事?"他没回答我,走在前面。我姥爷正坐在院子里喝茶。自从我爸入赘我姥爷家门,我家的茶就没断过,我爸是山东人,有喝茶的习惯,带动了我姥爷喝茶。大春子也喝茶了,但她轻易不喝,一家子都喝茶太费钱了。但大春子喝酒,她累了,晚饭的时候就喝点酒。我姥爷对大春子喝酒的事,不管也不问,他对郝东凯说,大春子当姑娘的时候就喝酒,所以,不能让她戒了,少喝点,解乏,她太累了。

范潇典进了院子，我姥爷示意他坐下，陪自己喝茶。我在院子里玩。范潇典给我姥爷满上茶水，自己也喝了口，说好茶，他在沈阳秋叮叮家喝过，也是茉莉花茶，好闻好喝。"一般人家喝不起，也就是您老人家这个家庭，在得胜村，也就是您家过得好了。真应该由您带领大家致富。您也是老支书了。"我姥爷咳嗽着说："嗨，那都是老皇历了。""那您也是我心中德高望重的老支书，您得帮我啊。"范潇典站起来说。嘿嘿，其实我姥爷在村里当的最大的官就生产队的小队长，但我姥爷事看得明白，无论什么事，起的是积极向上的带头作用。

当然，我姥爷听了"老支书"这个称谓，也很受用，觉得范潇典懂事。他摆手示意范潇典坐下，慢慢说。我姥爷说："你有这份谦虚的心，孩子，我就帮你一把。只要有用得着我的地方，发挥余热啊，我愿意。"

范潇典敞开心扉向我姥爷说出他的思路和想法，我姥爷也推心置腹地帮他分析和定夺。范潇典说他在河蟹这件事上看到了咱农村的商机："您看野生河蟹逐年减少，以后兴许就灭绝了。这几天我往大荒镇上的饭店送河蟹，销路非常好。饭店的老板说了，但凡北京啊，还有远道来的客人，必尝咱盘山的河蟹。咱因地制宜，就地取材，发挥自己的优势，养殖河蟹，这是条可行的路，因为咱这儿本来就有河蟹。咱不能扳着柳树要枣吃，那是不可能的事，再怎么挣钱，也不能做。我想，养殖河蟹是咱得胜村第一个要办的副业，挣钱的副业，咱农民最不怕的就是养殖啊。"

我姥爷用欣赏的眼光看他，爽朗地笑着："好啊，好，年轻，敢想，敢干。但你可想好了，咱祖祖辈辈可没养过河蟹啊，那玩意儿，怕整不明白呀。"

"世上无难事，只要肯登攀。老支书，咱盘山县有农业技术员啊。"

那天范潇典很兴奋，他还说到了粮食收购问题："盘山大米在特殊的土壤、特殊的气候生长，好吃，那是全国有名，可以把咱们的粮食和农副产品也做成产业，何必排长队卖粮？我们的粮食也走市场啊。非得卖给盘山粮库啊？咱卖到北京、上海……要说咱这盘山水稻的种植，还是老支书最拿手啊，看这几年，您的水稻种得远近闻名，到时候，您要传授经验啊。"

我姥爷连连摆手："不敢想,不敢想啊。潇典啊,你有文化,有胆识,也算闯荡了外面的世界,你就放开手脚领着大伙儿往前奔吧。但有一样啊,不能违反政策,不要触犯法律。"我姥爷问范潇典,"你目前最想做的是啥?不能样样想,样样不做,好高骛远。"

范潇典很坚定地说："我看河蟹市场有发展。刚开始肯定有困难,但等别人都做起来咱再做就晚三春了。我就是愁着,去哪里买蟹苗。"我姥爷说："看你这孩子挺聪明的,这回就困顿了。去乡里找领导打听,乡里的领导比你这个村主任消息灵通。有些事啊,你还得找组织,依靠组织。"范潇典跳起来,说现在就去。

我听说赵松又去找林芬芳了,说是他成立的那个文化艺术传媒公司资金周转紧张,到林芬芳那儿拆借点钱,但直接被林芬芳给拒绝了。活该,咋有脸说的? 再说,他离开我和秋叮叮,能成吗? 现在想想,赵松当年是利用了秋叮叮和我。最可气的是,他还劝林芬芳,就是不和他破镜重圆,最起码和他去北京发展,那里机会多得抓不过来。林芬芳回绝他了,反问他："那你咋还向我借钱?"

秋叮叮大学毕业了,被分配到了省里的一个体育部门,不对口,秋叮叮犹豫着不想去。秋叮叮妈妈是同意她到这个部门工作的,总算留在沈阳了,有了份工作。周铁铁也从部队转业了,被安排在沈阳铁西区的红旗面粉厂,就是范潇典工作过的那个面粉厂。

乡里领导对范潇典养殖河蟹的事业,反对的多,支持的少。到目前为止,全乡没有养殖河蟹的,就是在全市,也就刚起头。市里有关部门在胡家村有育蟹苗的,那蟹苗还滞销,没人买,听说白送别人养殖,等秋后卖了河蟹再给蟹苗的钱,就这样,各农户都没人搭理。本来是乡里持反对意见的人说来吓唬和劝诫范潇典的,不承想,倒为范潇典提供了信息,他当天就追到胡家村。农业技术员正在胡家村推销蟹苗,有愿意尝试的,现在报名,希望将胡家村作为试点。可大家不认,任你说破嘴皮子,没人愿意买。

范潇典的到来，燃起了技术员的希望，河蟹养殖试点改到得胜村。技术员当时就跟范潇典叫号："你们村养殖河蟹这么大的事，你能做决定吗？"范潇典当时拍板说："我能！我是得胜村的村主任。我算是做过市场调研吧，无形中调研的，我觉得养河蟹是个大商机。"技术员喜出望外，说："你能决定，我就知道要育多少蟹苗了，明年春天，在得胜村投入养殖。"

养殖河蟹的事已经敲定了，就等着明年开春投入养殖。村里的几块水塘在那儿闲置也是白扔，不如利用起来，也算废物利用。具体如何承包，到具体事上再定。

秋收后，农活忙完，大米卖了，农民彻底闲下来了。有的人开始耍牌打麻将。吴二嫂家老爷们儿干活咳嗽气喘的，打麻将倒挺能耐，一场麻将把那点卖粮钱输光了，消停了，气得吴二嫂号啕大哭。范潇典作为村主任，开了几次大会强调赌博的危害性，但没人听。范潇典太了解农村的情况了，无论是以前，还是改革开放后，农村都是赌博的重灾区。冬天漫长，又没有事做，老娘们儿在炕头玩扑克，男人到赌博点支起桌子玩通宵。

范潇典听技术员说，如果明年得胜村大规模养殖河蟹，他们就要加盖育苗室，不光育蟹苗，还有虾苗，所以，育苗室是不够用的。他在沈阳建筑工地干过，对工地的瓦工略懂一二。工地上多是力气活，村里也有瓦匠、木匠，这在工地都是香饽饽。我姥爷也说过范潇典："孩子啊，你是个好小伙子，也有想法，但你就是太书生气了，镇不住。"其实他不是书生气，而是长大了，又进过城，读过夜大，他是把自己的锋芒有意收敛了。今天不行了，他必须拿出威严，不然，他这个村主任就彻底让人失望了。

天刚亮，村里的大喇叭突然响起。那会儿我刚走出家门，正想去知青点。几乎每天早晨我都去知青点遛一圈，大伙儿也知道了，我看着知青点，也就没有人去搞破坏了。好多人都说，不跟这个熊孩子一般见识，臭三这丫头有点隔路，跟她姥似的，神神道道的。我撒腿往大队部跑……

大喇叭里传出范潇典的声音，他的声音很严肃，很响亮，带着士气。

"紧急通知……紧急通知：我是村主任范潇典，父老乡亲们！从今以后,把你们手里的扑克牌、麻将都放下,再这样玩下去,把你们辛苦种地的钱都输进去了。想挣钱的到大队部来集合,瓦匠、木匠、电工优先,名额有限,进城搞基建。说白了,就是盖房子盖楼。这次我只带十个人。欲来从速,过期不候。我们去挣钱,挣过年的钱。"

我推门进屋,见范潇典脸色涨红,正坐在椅子上喘粗气呢,可能刚才在大喇叭上讲话紧张的。我是第一个到的,上来我就说:"我第一个报名。"

"去去,一边玩去,别捣乱。"范潇典正心里没底的时候,他无法预料,大伙儿是否会来报名。

我赌气地说:"你断了我的财路,现在自己去发财了。"

"你小小年纪跟谁学的? 我怎么是自己去发财? 这不是带领大伙儿去发财吗? 还有,你报名,你不上学了?"范潇典一副看见我就发愁的样子。

我认真地说:"等我放寒假了去呀。现在先报名,一个萝卜一个坑,这个坑给我留着。"

范潇典忍不住笑了:"你去了能干啥? 好好学习得了,将来像你秋叮叮姐似的,上大学。"

"我去了能当会计。"我觉得会计这个活轻快还有钱。

"村里有会计。"范潇典又对我嘿嘿笑,"你这个小人精,别说,还真有经济脑瓜。好好学习吧,将来为咱得胜村做贡献。"

我也嘿嘿笑,笑范潇典,说得跟老师教我们写作文似的。我又想,不对呀,从来没听说范潇典要去城里打工啊。我问他:"你踩好盘子了? 别到时候抓瞎。"

"哈哈,放心吧,小人精。河蟹技术员说的,他们要抓紧盖育苗室。我顺嘴就跟他说,我带领得胜村的能工巧匠,帮他盖房。我跟他打包票来着,我在沈阳工地盖过楼房,给他盖平房那不绰绰有余? 技术员满口答应了。就差老少爷们儿跟我出去打工了。"范潇典说完无趣地摇摇头,他可能认为跟我说也没用。确实,我没听懂。

我姥爷第一个来的,没等人进屋就听到咳嗽声了。郝东凯也大步流星地来了。他说,他要弃医从工,跟着范潇典上工地当工人。范潇典说:"从严格意义上讲,我们不是真正的工人,我们是农民工。"

"管他啥工,挣着钱就是好工。"郝东凯非常认真地说。

范潇典说:"不行,郝大夫,你那卫生所不能关门啊。"

"早晚是要关的,账赊得已经开不下去了。"郝东凯看着我姥爷说,"不是我爸支持我,我早就关门大吉了。"

我姥爷往烟斗里装烟叶,用火柴点着,说:"郝东凯,你是个称职的医生,这么多年行医,锻炼了你,关门可惜了,多难都要撑下去。"

郝东凯胸有成竹地说:"爸,你放心吧,我只是暂时休整。到了工地,同乡们有个头疼脑热的,我照常行医。"

范潇典高兴地说:"谢谢郝大夫支持我的工作,就带你同去。看样子,人不多,有几个算几个。等我们挣了钱,让他们羡慕、后悔去吧。"

吴二嫂颠儿颠儿地来了,蒙个头巾,抄着手,一副活不起的样子。范潇典说:"女的不要。"

吴二嫂赔着笑脸说:"我给你们做饭。"

"不用。"范潇典烦叽叽地说。

我知道,他不是冲吴二嫂,他是冲自己,没有号召力。及时赶来的,除了我家老中青三代人,哈哈,就是吴二嫂了。我姥爷说:"就冲吴二嫂这份热情,主任啊,你就收下吧。到哪儿不得吃饭啊?就让吴二嫂给你们做饭。"

吴二嫂急忙讨好:"小主任,我搬砖、拉车,都行。让我家病老爷们儿在家看孩子。"吴二嫂看了眼我姥爷,"我信着范潇典这孩子了,我就是不挣钱也乐意,不就搭点工夫吗?没事。"

老拐两口子来了,一个劲地说他儿子不懂事,不成熟:"你都是当主任的人了,还这样幼稚。看我当年大喇叭一响,大伙儿呼朋唤友往这儿拥,那阵势,那气派。你先稳稳当当干几年主任,攒点威望,再呼唤大伙儿去干活也不迟。"

范潇典冷笑:"这跟你没关系,你就是老牛拉破车。我不会受你的影响。"

"这咋跟我没关系呢?我也跟你去打工。"老拐信心十足地说。

"不带。"范潇典刚冷地说一句。

"看你这孩子,上阵父子兵嘛。"老拐口气明显讨好。

姥爷说:"带上你爸吧,也没谁了。"

范母始终拉着脸,这时她说话了:"潇典啊,你是主任了,出去遭那罪干啥?你看历来村干部,啥时候有出去遭这罪的?再说,也没出去的。"

老拐说:"是想出去,上哪儿去呀?"

我姥爷说:"话不能那么说呀,我们在农村也没少遭罪。现在赶上好政策了,为啥守着穷日子过到底?"

这次出去搞基建,范潇典带着十个人去的。村里的瓦匠、木匠他是挨户请的,说请好听点,是强制。他本想带着村会计,给大伙儿算个账啥的,以免吃亏。可村会计装病,一病不起、奄奄一息的样子。范潇典懒得跟他置气,缺了你这个臭鸡蛋还做不成槽子糕了?看你以后想跟我出去都别想。范潇典知道会计心眼多,多余的力气不出,他是想让别人蹚路,然后看见有利,他才出击。这是他的一贯伎俩。

十个人,背着行李,拎着包,坐上了范潇典开的拖拉机。这是得胜村第一次集体出门打工。大春子一早起,烙了十多张发面糖饼,这是郝东凯最爱吃的,这次她是让大伙儿都吃,带上,饿了就吃,发面的,不怕凉。范母煮了十多个咸鸭蛋,让吴二嫂带上,她是负责伙食的。我眼巴巴看着,吴二嫂塞给我一个咸鸭蛋。老拐给儿子戴上一把撸的绒线帽子,说他在前面开拖拉机冷。老拐和其他人都坐在车斗里。拖拉机突突地开出村,我和我姥爷牵着手站在大道边,看着拖拉机远去。

这个育苗基地在荒郊野外,所以,招不到人来盖房。范潇典领导的大部队的到来,极大地鼓舞了技术员和育苗基地的领导。吴二嫂成了香饽饽,正缺少个女同志做饭呢。饭做得很简单,因为在荒郊野外,用拖拉机拉上些萝卜、白菜、粉条,拉上几袋子大米、白面,再来半扇猪肉,足够了,也老知足了,每顿饭都有点荤腥。吴二嫂这一天三顿饭紧忙活,虽然累,但她乐在其中,在家没这儿吃得好。她是顿顿精心做,热汤热饭的,大家伙儿也都吃得满意。范潇典带来的这些人,个个顶用。郝东凯去的时候背了一药箱常用药,借劲。刘技术员有一次得了肠胃感冒,连拉带吐,半天就拉胯走不动道了。郝东凯用绝招,给他在穴位上扎干针,几针下去,立马截住了,又给他吃了治拉肚子的药,到下午就好了。我们那儿都叫扎干针,学名叫针灸。刘技术员对我爸说:"你这医术,到县里开个诊所吧,那多挣钱啊。"郝东凯说:"不行,我们村里也没有诊所,乡亲们有个病有个灾的咋办?"

　　工地上可都是重体力活,唯独吴二嫂做饭轻快点,但也挺忙活人的。老拐筛沙子、搬水泥,奔六十岁的人了,有点吃不消。但他心疼儿子,这活算是他们家承包了,他少干了,他儿子就得多干。他真没想到,那个吊儿郎当的儿子,这么能干事。范潇典开始就跟刘技术员说好了,不能工程完了再结账,他们都是农民,没有个来钱道,都是等米下锅,别说一天一结账,咱们十天一结账。刘技术员答应了。大家伙儿卖力气的原因是,见到了现钱。范潇典总是强调三点:一是安全,二是质量,三是速度。这三点都整明白了,走遍天下都不怕。

　　进入冬季,房子还没盖完。天冷,活不得干,老拐腰疼病又犯了。开始他忍着不说,还是吴二嫂发现的,老拐饭量减少啊,干体力活的,全指望着饭量呢。吴二嫂不爱搭理老拐,觉得他赶不上他儿子。她家的水稻插不上,请求他想办法,他爱搭不理地说:"地种不了就租给别人,包产到户了,没人管你那闲事了。"现在关心他,也是看他儿子面儿。吴二嫂半真半假地说:"老拐咋的了?嫌我做饭不好吃啊,咋吃这么点呢?咋的,想不干活了?你不干活你就少挣钱。别像以前似的,不劳而获。"

老拐捂着腰咝哈,告诉吴二嫂:"别那么大声,让范潇典听着,他又该打发我回家了。你说,我这个老领导不在这儿坐镇,能行吗?我就是定海神针,我就是主心骨。"

吴二嫂撇嘴:"真能高抬自己,你在这儿你儿子更不能放开手脚。太把自己当成一盘菜了。快说吧,哪个零件不好使唤?"

"腰、腰疼,"老拐掐着腰说,"可能天冷的劲。"

吴二嫂赶忙扶着老拐:"你快躺我这炕上。"吴二嫂就在伙房里住,每天做饭烧火燧炕,炕格外热乎。

老拐忙躲闪:"你可拉倒吧,老了老了,你让我晚节不保啊。"

"啥好玩意儿啊。你想要活着跟我们回得胜村,现在就得告诉主任。"

"千万别,你要瞅着我来气我走还不行吗?你告诉那小犊子,他正忙得脚打后脑勺,这不给他添堵吗?准打发了我。"老拐哭丧着脸说。

吴二嫂想了会儿,眉开眼笑,说:"你等着啊,我去叫大夫,给你看病。麻溜,上炕歪着。"

老拐实在疼得受不了,他歪在炕上,靠在被垛旁。

中午吃完饭,还没到下午上工的时候,郝东凯和范潇典已经在工地上筛沙子了。现在筛沙子抄沙子活烦琐又累人,老拐主要负责这活,范潇典业余时间就帮老拐干。他从不说关心的话,从小跟他爹就杠上了。郝东凯看在眼里,自然来帮他。其他人范潇典绝对不让伸手,该休息的时候休息,一共这点休息时间。吴二嫂快步拧搭拧搭地走来,喊着:"赤脚医生……赤脚医生!"拉着郝东凯就走。老拐让她背着范潇典,她能明言吗?郝东凯边咧咧歪歪地跟她走,边说:"你干啥?别胡来,这是工地。"

范潇典没理会他们的事,继续筛沙子。他了解吴二嫂这个人,缺心少肺的,逮着啥说啥。这荒郊野外的,也闹不到哪儿去。大不了,偷摸给郝东凯藏的好吃的,背着大伙儿,偷着给郝东凯吃。好吃的也大不过几片猪肉,也是吴二嫂舍不得吃的那份。大夫受人尊敬,连刘技术员都说:"给郝大夫吃点好的,我没意见。咱把他养肥了,大伙儿有个病灾的,不怕,有人给瞧啊。"由此可见,郝东凯即使吃点好吃的,也不为过。

路上吴二嫂把老拐的情况说了。郝东凯随着吴二嫂走,走进了吴二嫂的伙房里间,看老拐在吴二嫂的炕上躺着,大惊小怪:"老队长,你咋躺在吴二嫂炕上啊?"

老拐咧嘴说:"啥她的炕啊,工地的,你别往歪处想。快给我看看腰吧,就在热炕头上烙好受。"

郝东凯撩开老拐的衣服,查看一番,说:"你最好回家养着吧。"老拐说:"那不行,范潇典在这儿呢,我得辅佐他,冷不丁当官,没经验。不管咋的,我是老干部,老革命了。快点给我看看,别让范潇典知道。"郝东凯出去,取来了针灸和拔罐,让吴二嫂给倒点白酒。拔罐就是个罐头瓶子,吴二嫂给郝东凯打下手,郝东凯在老拐腰的一溜拔罐子,腰上留下了几个紫色的印子。老拐说好受多了,下午不耽误筛沙子。

今年冬天育苗室必须盖完,否则影响育苗,也就影响到明年的养殖。天冷,用的沙子需要用火炒热,这就增加了工作难度。其他的工友领了工钱不干了,回家了,准备过年。剩下范潇典领的这伙人,范潇典表示他们要坚持到最后,不能半途而废。答应的事,就要办到底,再说,还挣钱呢。

快过年了,不仅工作难度增加了,而且天气也越来越冷了。老拐有点活动心眼,他的腰还是不舒服,想撤。吴二嫂惦记着家里的孩子,也哼唧着要回家。范潇典到这个时候,第一次开会。开会前,他说:"是共产党员的举手。"老拐举手,还有两个人举手。三个人就可成立党小组,论党龄长,是老拐,那么老拐理所当然是小组长。老拐真是激动,他立马改变了态度,庄严地说:"同志们,有党小组,我作为党小组长,带领大家一定完成盖房的任务。挣钱说事小,也不小,我们舍家撇业为的就是挣钱,但是,同志们,盖房更重要,关系到明年全县的河蟹养殖业。我会坚持到最后。"他下意识地摸了把腰。范潇典看见了,他知道爹的腰病又犯,但没办法,军心不能动摇。

吴二嫂听了,虎扯扯地说:"老队长,刚才不是还说,够本了,回家过年吗?"

老拐说:"此一时,彼一时,现在我的觉悟突然提高了。"

范潇典表面平静,心里却波涛汹涌。如果老拐吵吵回家,他还是有一定的号召力的,到时候自己这个当主任的是无法阻拦的。农民的最大特点是恋家,而且又把春节看得非常重要,离年还大老远呢,就急着回家。老拐表态了,大家也就消停了,安心盖房。范潇典这时才给大伙儿开会,他说:"我在夜大读的是政治经济学,虽然是夜大,那也相当于读大学。小到一个人,大到一个企业,要想立足,要想发展,讲的是诚信。没有诚信,一切都无从谈起。我们要把房子盖起来,我已经算了下工期,误不了回家过年。"

最感动的是刘技术员,他说工期得到保证,也就保证了育苗的进程。刘技术员说,冬天没人愿意出来遭罪,不好招人,多亏了范潇典的这个工程队,解了燃眉之急。范潇典听到"工程队",心里颤抖了下,这个小队伍,可称不上工程队。他心想,是的,我们什么时候有自己的工程队呢?他对刘技术员说:"嗨,我还应该感谢你哪。冬季农闲,我们出来搞点副业,正好你给了这个机会。到时候多给点蟹苗,当然,价格要低啊。"

刘技术员哈哈笑:"好啊,挺贪财,在这儿等着我呢。好,我答应了。"

人的潜力是无穷的,时常能看见。收工后,老拐扶着腰检查质量和安全,自觉万无一失,才放心回去睡觉。

从这儿,范潇典下决心,无论谁都挡不住,他回得胜村就把卫生所承包给郝东凯,不然,这个人民赤脚医生,来自民众,服务民众,就要被别的什么地方抢了,那将是我们得胜村的损失。

临近春节,正是家家户户采购年货的时候,得胜村的村头传来突突响的拖拉机声。我姥爷、大春子、我,最先跑到了村头,我跑得快,第一个到村头的。呼啦,拥到村头好多人,范母、村会计……拖拉机冒着烟,越来越近。村会计阴阳怪气地说:"哼,看着吧,狗屁没挣来,还得丢盔卸甲。"拖拉机终于停下了,正像村会计说的,一拖拉机人个个都是丢盔卸甲的样儿,狼狈不堪。吴二嫂的头发被风吹得乱蓬蓬的,像个喜鹊窝,脸黑得跟抹了锅底灰似的。看他们的样子,不像挣着钱的主儿。范母抹起了眼泪,大春子用手碰碰她,这不回来了吗?范潇典开拖拉机,咯吱停在了村头,他的脸被吹黑了,戴着副硕大的墨镜,跳下拖拉机。

本来我姥爷伸手要握住范潇典的手,可不知道啥时候我大姐从哪个方向蹿出来,蹿到姥爷前面了。她伸出手握住范潇典的手,还蹦跳了两下,欢天喜地,又带着埋怨说:"潇典哥,你可回来了。"这话好像她已经等他多时了。

范潇典笑了,露出一口白牙:"哟,放寒假了,郝思晴?"

郝思晴用普通话细声细语地说:"嗯,明年就高中毕业了。"

范潇典大大咧咧地说:"呀,转眼绿豆芽变成大姑娘了。"郝思晴从小就瘦,瘦得像绿豆芽似的。

郝思晴一脸的羞涩:"谁绿豆芽呀?"

范母隔着好几个人就喊:"我儿啊!"范潇典没有循着他母亲的声音去,而是拉着我姥爷的手说:"老支书,让您惦记了。您看,这不都全须全尾地带回来了?"

吴二嫂接茬说:"我还胖了呢,我做饭,能饿着我吗?"她的几个孩子拉着她的手:"妈,我也想吃好吃的。"吴二嫂爽快地答应:"好,回头咱买。"

只有老拐瘦得脱了相,一瘸三拐地往家走,他似乎连说话的力气都没有了。

都知道范潇典带出去的这几个人挣到钱了,要说最羡慕嫉妒恨的是村会计,他最会算计,这次没算计准。他想大冬天的,上哪儿挣钱去?再说,就凭范潇典这个嘴上还没长全毛的小子,那不净扯吗?他知道,范潇典让他去,就是让他撑腰,算账,免得吃亏。他才不给这小子打小旗呢。按理说,这个主任应该是他当,可这小子,进了几天城,上个啥玩意儿不入流的夜大,会演讲了。你已经进城了,就在城里发展得了呗,非得回来嘚瑟。不料,歪打正着,他还挣到钱了。村会计心里这个后悔呀,别提了。

这是范潇典担任村主任以来的第一个春节。范潇典带领村里骨干出门搞基建,挣到钱了,而且这种农民吃苦耐劳的精神和诚实守信的风格,已经在十里八乡传开了。传来传去就传走样了,说得胜村发大财了,有个年轻有为的村主任。仿佛偶尔出去这一次,得胜村人人都富得流油了。那些请都不跟着去的人,这会儿都登门跟范潇典说,再有搞基建盖房子的事,带他一起去。只有村会计没有来找范潇典,见到面只是象征性地寒暄两句。范潇典认为,最应该来找自己的是村会计,他在憋啥宝呢?范潇典还真怕村会计来找他,这人心眼多。只能这样,范潇典放出话,目前一个人也不加。范潇典心里也没底,下一个工地还不知道在哪儿,过了年,转眼变暖,又该种地了。地是农民的根本,他绝不会为了打工而荒废了种地。

范潇典想年前去趟沈阳。看了秋叮叮给他来的信,他心里又燃起了希望,也就是在这时,他决定去趟沈阳。那是他带着基建队回到得胜村的第一天,刚进家门,吃完饭,范母就从抽屉里拿出一封信,双手捧着,郑重其事的。她先不给儿子,说:"儿子啊,你猜谁给你来的信?"她是自问自答,"我看是沈阳来的信,那指定是秋叮叮了,这姑娘有良心啊,你看给你来信了,说明心里有你。"

范潇典不接话,伸手要信,范母才恋恋不舍地把信给儿子。范潇典躲到自己屋里,打开信,仔细地品读。秋叮叮在信里倾诉了自己目前的苦闷,因为学的是农业知识,却在体育部门工作。"现在的社会变化太快了,有上岗的,有下岗的。满大街各个单位都在搞建设,商场、街道也都在建造和改造中,许多摩天大楼拔地而起。连我们单位也在批地,准备盖家属楼,结婚的有,没结婚单身的没有。就你上次上班的那个工地,已初见规模……其实,人们在奔跑的时候,忘记了农业。农耕是文化,也是我们的根本,不能丢。我说了自己的打算,范潇典你可别笑话我,家里人是不允许我这样做的,我想,有机会我是要到农业部门工作的,学有所用。我非常思念我们的得胜村,思念那里的水稻和河蟹。范潇典你从回去就没给我来过信,听周铁铁说,你当上得胜村的主任了,真替你高兴,你要为乡亲们谋福利啊。"

去沈阳的那天很冷,天空飘着雪花。范潇典正在等客车,他缩着脖,跺着脚。我抱着红色的围脖,这是我姥给我织的,我没舍得戴,听说范潇典去沈阳,不用问,他准是去找秋叮叮,还假装是为了村里的事。是,范潇典是为了找秋叮叮,他想去看看她,也想开阔下自己的眼界。明年,他想在得胜村大有作为。

我捧着围脖,因为围脖是红色的,格外显眼,范潇典离老远就看见了,他对我喊:"臭三,你慢点跑,雪厚,担心滑倒。"

说得正好,我真让那厚雪给绊倒了,我爬起来,继续向范潇典跑。范潇典也不缩脖了,也不跺脚了,反正看不出冷了,他的注意力都在我这儿了。他看见我手里捧的围脖,以为是送给他的,怕他冷。无可厚非呀,他是得胜村的致富带头人,送他个围脖不为过,说明咱们得胜村的人想着他,他要不要那就另当别论了。我跑到他跟前站住,把围脖举给他,又拿回来。范潇典说:"你到底给不给我呀?看我耳朵冻的。是你大姐郝思晴织的吧?"我说不是。范潇典问:"啥不是啊?"我说:"都不是。围脖是我姥织给我的,我送给秋叮叮。"范潇典恍然大悟:"哦,你是让我带给秋叮叮,不是送给我的。你看潇典哥哥也很冷啊,那么偏心眼。"

我嘟嘴,怕他据为己有的样子,说:"你可指定带给秋叮叮啊。"

范潇典接过围脖,认真地说:"臭三,你对秋叮叮的这份情谊,我一准带到,我保证。"

周铁铁从部队转业后,在沈阳铁西区的红旗面粉厂任副厂长,厂子已经不景气了,当年转业的干部,极少进工厂。都说他死心眼,活泛活泛,进机关是不成问题的。可周铁铁本着一个原则:国家安排我去哪里,我就到哪里报到。都传闻周铁铁要和秋叮叮结婚,两家的家长也都赞同,两个人也很要好,像在得胜村那样,有共同的理想,有共同的目标,共同憧憬美好的未来。可是,在谈婚论嫁这块,就差那么一小步,说不上哪里欠缺那么零点一。

秋叮叮的父母着急啊,女儿大了,总这么拖着也不是回事啊,让他们结婚吧,秋叮叮总说赶趟儿,着什么急呀。问周铁铁,他说听秋叮叮的。就这样,他们先订婚了。

沈阳比盘锦还冷,范潇典下了火车,寒风刺骨,瞬间打透了他穿的棉军大衣。范潇典按着地址,到秋叮叮上班的体育部门,正好找到秋叮叮。他到秋叮叮的办公室坐了会儿,见办公设施确实落后,楼也破烂不堪。秋叮叮说:"这都是暂时的,将来办公楼要装修。听说过了年就盖家属楼。"

说者无心,听者有意。范潇典听出了商机,他软磨硬泡,让秋叮叮带他去见她单位的领导,请求让得胜村的施工队承包一部分建楼房的工程。秋叮叮在范潇典的鼓励下,找到单位领导,说明了情况。单位领导听说是个有施工经验的施工队,只是小了点,而且没有施工资质,要求合并到其他施工队,工钱也要比其他施工队便宜些。范潇典满口应承下来:"钱少不要紧,如果看着干得好,再给加工钱,我们农民工不容易。我算是村里的负责人,带领大伙儿出来找个饭辙,请领导赏饭吃。"单位领导看范潇典小小年纪,倒是为大伙儿着想,难得,就答应他,只要开工,就叫他们来。

晚上说好的,到秋叮叮家去吃饭。因为有第一次去秋叮叮家的经历,范潇典这个得胜村的农民无法入秋叮叮父母的法眼,范潇典也就不想找那份不自在。临了,范潇典说还是不麻烦老人了。周铁铁下班就来找范潇典了,见到秋叮叮说:"怎么样?还是按我说的办吧。就去我的宿舍,熟食我都买好了,白酒、啤酒也备齐了,就等着范主任光临了。"秋叮叮是为了隆重,在外面吃饭贵不说,还吃不舒服,其实,说到底,没钱。在家里招待,省钱、热情,还有地方住了——秋叮叮为了给范潇典省点住宿钱,想让他在家里住。是的,范潇典很感动,秋叮叮对他的友谊一如既往,但他不能去家里。他觉得周铁铁的提议太合他心了,欣然前往。

跟周铁铁同宿舍的同志,看他们三个老朋友,就主动出去找宿了,把空间留给他们。一瓶白酒他们仨均分，秋叮叮在喝酒上从不推辞。酒过三巡，话也就多了。范潇典开始诉苦：得胜村的千头万绪都等着他去牵头，这些村干部里数他最年轻，当初选举的时候，他演讲，把大话撂下了，那就要实现。如果言而无信，那还叫男人吗？辜负了得胜村父老乡亲的信任。秋叮叮从农业发展和农业种植养殖知识上讲，如何立足农村广阔天地。周铁铁倒是支持范潇典的做法，以带领村民搞副业创收为主，以种地为辅。秋叮叮坚决反对，说丢什么也不能丢农业。

第一杯酒干了，回忆起在得胜村水磨坊的夜晚，他们看着天上的星星，吃着烤鱼，喝着范潇典从家偷来的白酒。三个好朋友已经泪眼婆娑。三个人抱在一起，久久不愿分开。范潇典说："你俩把我留在了农村，我有时真感到很孤单，可是，城里又不是我的家。"

秋叮叮说："就是啊，难道农村就不要了吗？家园，家园，在广阔的乡村啊，有了乡村，才有乡愁啊。如果我不是碍于世俗，碍于我父母的面子，我真想大学毕业就回得胜村，把我学到的知识，用到建设我们的农村和农业上。"

范潇典听到这儿，极力劝阻："现在你绝对不能这么做。我现在还找不到方向呢，等我找到了方向，你再回农村帮我也不迟。你现在回去当农民，连得胜村的人都会不理解，觉得你没给他们长脸。"

范潇典又调侃周铁铁："周副厂长，你可不要像我，当初我是在这个厂子被开除的，那是我没办法。你不同了，你是干部，大有作为。这个面粉厂，特别贴合咱们农村的生活。每年卖粮难，卖粮便宜，我们可以自己加工啊。是，我现在说得轻巧，做起来难，最大的困难是，没设备，没资金。我这次来沈阳，最高兴的是，谈成了一桩生意。多亏秋叮叮穿针引线，帮助我们得胜村向富裕又迈出了一步。"

秋叮叮忧心忡忡地说："你过了年就带领乡亲们出来上工地，那家里的水稻啥的谁种啊？可不能撂荒啊。听说，有的村子不种地了，出来打工。这不是长久之计，得守住我们的一方水土。"

范潇典踌躇满志、信心百倍地说:"我已经想好了,得胜村的大米你们在的时候也吃过,周铁铁你当兵,走南闯北,走过那么多地方,还是咱得胜村的大米好吃吧?软糯,香喷喷。那里的水质,那里的土壤,必然长出这样独特的水稻,这是老天爷赏饭吃,怎么可能丢呢?绝不会让一个农户种不上地。我会组织协调妥当的。当然,城里的基建同样重要,这是经济来源啊,老百姓一年到头,苦拨苦接的,就等着这份钱呢。就像你们城里人开工资,只要开工,我们就可以按月拿钱了。工程质量就是活广告,能不珍惜吗?"

周铁铁握住范潇典的手:"没想到,你范潇典,以前吊儿郎当的人,如今这么有想法。"

"长大了嘛。"范潇典腼腆地说,"知道为父母分担忧愁了。"

秋叮叮欢喜地笑,她还撇了下嘴说:"出息了,不是打群架的时候了。"

周铁铁倒是一本正经地说:"我理解范潇典,他说的为父母是广义的。"

说到这儿,范潇典流泪了,他抹把泪说:"很难。"他从提包里拿出红围脖,递给秋叮叮说,"这是臭三送给你的围脖,为了给你送这条围脖,在雪里卡了好几个跟头,小脸冻得通红。"

秋叮叮抱着围脖,脸埋在围脖里,既激动又感激地说:"我准备让臭三到省城来读初中。"

"我替臭三、替得胜村的父老乡亲谢谢你,挂心着孩子们的教育。估计臭三要到盘山县城读初中,别忘了,我们心中共同的女神林芬芳,她在县城办了学后班。她以前是老师,目前没了工作,也算自己创业吧。听说这个学后班非常得家长们的欢心,周六周日、放学后,到她学后班的学生非常多,她目前已经聘请了两名老师。"

周铁铁惆怅地说:"看你们都在奋进,只有我,部队的大熔炉塑造了我坚强的意志和不畏困难的品格,反而目前仿佛觉得无用武之地了。厂子

第九章　阡陌之上 | 163

不景气,时好时坏。"

三个年轻人畅谈到凌晨,他们回忆着过去在得胜村那些美好而清纯的时光,展望着得胜村将来会变成什么样。他们在这个夜晚规划了许多蓝本,规划完了,自己都笑了,这不是天方夜谭吗?范潇典忽然想起了什么,问:"你俩有赵松的消息吗?"周铁铁说:"我听说这家伙偷着跑回浙江,在浙江混不下去了,又跑到了北京。现在混得怎么样了?""不知道啊。反正这家伙不地道,那时候挖空心思追林芬芳,追到手了,为了回城,什么都不要了。那天晚上,在月亮地的小树林里,那一对人儿,真是浪漫而美妙啊,就像在画中。还有夜莺的鸣唱,也是这夜莺提醒了我,这不是画,也不是梦,是现实。我仔细看,哎哟,这不是林芬芳吗?二话不说,上去就把他俩捉住了。现在想想,荒唐哈。"

秋叮叮说:"赵松找我了,想和林芬芳言归于好。我说了,那不可能。他不信,说一日夫妻百日恩,林芬芳会眷顾他的。我说未必。然后他就给我背了他写给林芬芳的诗,他说也要背给林芬芳听,他的心里永远装着林芬芳,爱在心里。我说了:'你爱在心里,但你抛弃在行动上。'他还跟我辩解,说人也有马失前蹄的时候。他现在开个什么文化公司,看样子不景气。他回城的时候,什么手续都不要了,当然不会安排工作,自己开文化公司是被逼的,赔得一分钱不剩,把他父母的老本都赔进去了。他说是和林芬芳破镜重圆,其实他是向林芬芳借钱去了,听说林芬芳重干老本行,当老师,开学后班,这才找林芬芳。这些事是他在林芬芳那儿碰了一鼻子灰后,又到我这儿来说的。现在到底是什么情况,我就不知道了,好久不联系了。"

天下没有不散的筵席,送君千里终须一别。临分别的时候,范潇典祝福周铁铁和秋叮叮花好月圆,结婚的时候他来喝喜酒。语言是愉悦的,但掩饰不住那份伤感。秋叮叮大大咧咧地说:"嗨,瞅你跟真事似的。我们就是为了应付父母,整了那么个订婚仪式,离结婚还大老远呢。"秋叮叮笑着看周铁铁,轻松的,仿佛订婚是他俩约定好了的游戏。周铁铁眨下眼睛,像是逗秋叮叮,笑笑,算是达成协议。

第十章　惊蛰闻声

范潇典回到得胜村,已是小年了,家家户户都在包饺子,过小年。范母包好酸菜猪肉馅的饺子,一趟趟跑到大道上接客车,看范潇典回来了没有。大客车终于来了,范潇典拎着帆布提包下了客车。范母乐得合不拢嘴,说:"儿子,快走,回家吃饺子。"说着,伸手接范潇典手里的提包。范潇典没撒手,说:"妈,这包里有郝东凯家的东西,我给他家送去。"范潇典直接去了郝东凯家。

一进屋,外屋热气腾腾的,大春子正在煮饺子。我像闻到腥的猫,从里屋蹿出来,拉住范潇典的手,学着大人说话:"潇典主任,我的围脖你送到了吗?"

"送到了,秋叮叮很高兴,也很感动。她说,你代表的是得胜村的情谊,她很珍惜。"范潇典说着,打开提包,从里面拿出一件红色的衣服。哦,不能说是衣服那么简单,我拿在手里,暖暖的、软软的、蓬松的,带领子、带帽子,是那种铁衣服扣子,不带扣眼,像摁扣那样,摁上就行。大春子端着饺子进里屋,把饺子放在圆桌上,两只湿手在围裙上擦了两下,就要来拿我的红棉袄。我连忙躲开了她的湿手,别给我抓埋汰了。大春子也感觉到了不妥,她把手缩回来,指着我说:"快把那棉袄穿上,给我看看。"我把红棉袄穿在身上,大了点,也对,我正在长个,大点能多穿几年。大春子一个劲地说:"不大,正好。哎哟,这红棉袄咋这么好看呢?我可做不上来,人家这是咋做的呢,这棉袄?"

范潇典哈哈笑:"这不叫棉袄,叫羽绒服。"

我姥吧嗒着大烟袋说:"就是毛缝在衣服里面了。"

"哎,对喽,姥说对了。"范潇典解释说,"这里面絮的是鸭绒,不是棉花。"

"这可老暖和了。"大春子大惊小怪,"你没看那鸡呀鸭呀,冬天一身羽毛,不嫌冷。"

我姥爷坐在椅子上看着我们笑。

郝思晴眼睛看着范潇典说:"等我挣钱了,也要买个羽……羽绒服。"

范潇典这才顾上说:"这件羽绒服是秋叮叮给臭三买的,在太原街大百货买的,好不容易抢到这么一件,那人都排队买,队伍排那么老长。"

然后,我们家里人,这个也问那个也说:秋叮叮毕业了吗?在啥单位上班?啥时候回咱得胜村看看?她变样了吗?是不是长得更好看了?仿佛秋叮叮是我们家飞出去的金凤凰。

大春子顾不上参与这样的热闹,她去外屋煮第二锅饺子。今天我家包的两样馅的饺子:素馅的是韭菜鸡蛋的,荤馅的是芹菜猪肉的。还是郝东凯起的头。郝东凯去趟县里盖房子,看见人家县城边上有扣塑料大棚的,冬天有新鲜蔬菜。郝东凯特意去趟盘山县城,买回了韭菜和芹菜,今年跟着范潇典进城打工挣点钱,所以舍得花了。也怨我姥,她现在时而糊涂,时而明白,大冬天的,她糊了巴涂地说:"过小年了,吃饺子,韭菜馅的。"就为我姥这句糊涂话,我爸就进城买韭菜去了。我爸进城买韭菜后,我姥爷说:"就凭我姑爷这片心,买不回韭菜,无论吃白菜、萝卜还是酸菜馅的饺子,都当吃韭菜馅的了。"

我姥爷说:"咱家园子大,明年咱也扣大棚。咱可以卖点蔬菜,能把买塑料布的钱赚回来就成了。"

我爸不但把韭菜买回来了,还买了芹菜。给我妈心疼得够呛:"这是啥过日子来头啊!冬天吃韭菜,夏天吃酸菜,这不败家子吗!"

哦,忘说了,范潇典还从沈阳给我姥爷买来两瓶老龙口酒,给我姥爷高兴的呀,说:"现在就喝,过小年了,孩子给我买酒了。"范潇典说:"您不但是我尊敬的老领导,还是我们村德高望重的老人。尊老爱幼是咱们的传统,特别在咱农村,这是规矩。"

给我姥爷感动的,直说:"真是好孩子。还得念书啊!书没白念,知书达理。"这时候,范潇典腼腆地笑笑,像个羞涩的大男孩。

韭菜馅和芹菜馅饺子都上桌了。我姥爷已经启开了范潇典拿来的老龙口,招呼范潇典一同吃饺子。范潇典起身要回家,说家里也煮饺子了。我姥爷说:"快坐过来吧,陪我过个小年。我知道你家煮的是酸菜馅的饺子,你妈在接大客车的时候,全村已经都知道了,哈哈。哪有我这韭菜、芹菜馅的饺子好吃啊,这是冬天,能吃到这么新鲜的蔬菜,有口福啊!"

院子里下起了雪,纷纷扬扬的雪花漫天飞舞。我爸背着药箱,带着一身寒气和风雪进屋,他拍打着身上的雪花说,这天可真冷。我爸去给李奶奶看病了,李奶奶还是每天早晨在大道上喊话,这是谁也阻止不了的,最近她生病了,经常陷入昏迷。我爸把她抢救活了,她还埋怨我爸:"郝大夫啊,我没病,我是过阴,看我那边都安排齐整了没有。看你,还没看着,你就把我拉回阳间了。"这扯不扯?"这老太太,可不讲理了,赖我没眼力见儿。都几天不进食了,光喝水,现在能喝粥了。"我爸说完,哈哈大笑。

我爸拉住范潇典:"看你还客气个啥,坐下陪老爷子喝酒。"郝思晴搬个凳子坐到范潇典的身边,我指着郝思晴说:"你又不喝酒,挨着我这边坐。"她呲哒①我:"这小破孩,别瞎管闲事。"我已经不是往知青点跑的那个小孩了,有些事我也明白了。

那是我家过得最快乐的小年,我姥爷畅饮,我爸还是那点酒量,大春子用大碗喝。都没看见我姥吃饺子,她就吃完了,靠在炕头抽大烟袋。从小就听她说,饭后一袋烟,赛过活神仙。范潇典在酒的鼓舞下,畅谈啊!说了在沈阳那几天的收获,说了他对未来的想法,说了过了年后怎样进城打工,怎样种地。范潇典的话比以前多了,他最多的是展望未来,一展望

---

① 呲哒:东北方言,意为"呵斥、教训"。

未来那样美好,就显得吹牛的成分多了些。我姥爷最后给他总结:敢想,才敢干。

会计认为自己吃了大亏,他家在村里是上等的富裕户,可是这个小年,他家连饺子都没包。他憋气,也懊悔。他不是懊悔自己太有心机,而是懊悔自己这回咋没长眼睛。他们这帮傻子都挣到钱了,又买肉又买酒的。范潇典这几天去沈阳,会计在村里散布谣言:"范潇典是拿你们这帮人当劳工,带出去给他挣钱,他只拿出蝇头小利分给大家,其他的都装进了他的钱包。你们还给他卖力,大傻给二傻开门,真是傻到家了。"

这个春节,整个得胜村,只有我穿得最美。那件红色的羽绒服,我是留到大年初一才穿上的,初一走街串巷拜年,走到哪儿,美到哪儿,也夸到哪儿,招惹得几个小姑娘打着扑拉管她们妈妈要羽绒服,不给买就坐地上耍赖。当妈的说:"上哪儿买去呀?那是人家知青秋叮叮送的,要买就得去沈阳,你妈我连盘山县城都没去过几回。"

我拜年回到家,兜里已装满了糖块。我正在炕上数有几颗糖块呢,大春子面带愠怒地说:"快把羽绒服脱了,可别穿了,好几家都找我了。你可别穿着出去嘚瑟了,招惹得人家孩子直哭。"我捂着扣子,说啥也不脱,就穿着。大春子点着我的脑门:"行,你睡觉也穿着啊,别脱。"我含着眼泪嗯着。

范潇典家这个春节过得并不平静,责任在范母,这个家的当家人,她有点窝心,窝秋叮叮的心。她知道范潇典进沈阳城是为了找秋叮叮,她原以为儿子会带回好消息,别的好消息她不管,她就想听儿子处对象的好消息。她是打破砂锅问到底:"你到底和秋叮叮处没处对象?有没有结果?你得明确给我个答复。"范潇典说:"你就别管了,我自己的事,自己来解决。"范母还犟了:"不行,你是我儿子,我能不管吗?你必须给我个答复,我好做下一步打算。你已经老大不小了,该结婚了。话说,你妹妹过了年五一就结婚了,按理说,你这个当哥的应该先结婚,可谁等得起你呀?"

范潇典说:"好吧!人家秋叮叮和周铁铁订婚了,所以我跟她没戏。

你别瞎猜疑了。"

范母欢快地拍下手："有你这话我心里就知道咋做了，咱也早做打算。吴二嫂都跑几趟了，她娘家侄女在省城念技校，长得漂亮，家又殷实。她说这个要不成，她外甥女更美，家里家外一把手，勤快。我就不信了，我儿子堂堂的村主任，会没对象？你可别让那秋叮叮耽误了，她好是好，但咱高攀不起啊。"

家里的气氛沉闷，只能听到范母唠叨。范潇典偶尔说一句："我自己自由恋爱，妈，你就别操心了。"

范母锲而不舍："儿子，你自由恋爱，妈不反对。我观察来着，郝大夫家的大丫头像是对你有意，你不在家的时候，那被里被面的，都是她到咱家帮我洗的。她是看我这个老婆子，还是看你爸那个老倔头？我想破了脑袋，那不还是看上我儿子了？你俩自由也行啊！妈不反对。"

范潇典极不耐烦地撂下话："郝思晴才多大呀，我俩相差五六岁呢，妈你可别出去瞎说呀。再说，我对她也没那心思。"

刚到大年初五，范潇典就开始在大喇叭里广播动员："各家各户，从今天开始，有重大意义了，我们不但要种地，还要进城打工，所以，假期就重要了。过年的气氛还是要有，今天不下地干活，初五要吃破五的饺子，明天啊，初六，可以陆续下地干活了。拿出半天时间，平整你的土地，要是还有冻，先把秸秆烧了，最好拉到家里烧炕。不着急的呢，可以出了十五再平整土地。但出了正月，我们的基建队就要准备进城盖楼了。不过我们一定要把地种好，土地是我们农民的根本，所以，我们要将地里的活往前抢。"

范潇典每次在大喇叭上讲话，语言都是土洋结合，事无巨细，通俗易懂。范潇典知道现在讲这些没用，没人下地干活，在农村，过完十五，出正月，过了二月二龙抬头，那年才算真正过完了。他这个大喇叭广播，是先给村民下点毛毛雨，管不管用的不讲，起到督促作用。

那些玩麻将、打扑克赌博的人，听到范潇典的大喇叭声音，骂骂咧咧，说这小子是想钱想疯了,还没过十五,他就催魂了。村会计又有嗑唠了:"范潇典这家伙是想搞个人崇拜,他的野心相当大了,他是想掌握得胜村的经济命脉。你们愿意把命脉交给他吗?他这是尝到甜头了,还让咱们给他卖命,没门。上次他指定赚得海去了,不信咱找他算账去。"

赌博的人说:"等玩完这把,输了我就找他范潇典算账去。"

村会计看火已经点燃,忙说:"现在不是时候,你们听我的话,我带你们去闹,咋的让他多吃多占的那份也得分给咱们点。"村会计心里有自己的小九九,他眼热啊,他还想找范潇典,这次进城打工带他一个。这次可是去省城啊,那挣的钱会更多啊。范潇典要是不答应,那别怪我不客气了,我非搅和他个天翻地覆。

初五都忌讳到别人家去说事,特别是那些做买卖的人家,都讲究这个。村会计挨到初六,拎了两瓶酒,说是来看老队长,实则是找范潇典,明眼人都看出他的把戏了。范潇典给他沏上茶,热情招待。村会计绕了很大的弯,才绕到主题上。这次范潇典还是带十个人出去,郝东凯、老拐不去,换成范潇典的同学,他是想多带年轻的小伙子。开始是不想带吴二嫂的,女同志在这群男人堆里,还是不得劲。吴二嫂可是尝到甜头了呢,她先下手为强,年前就找范潇典说下了,先哭穷,后说成绩——做饭好吃、麻利。这个范潇典承认,吴二嫂如果愿意干的话,谁也比不上她。范潇典说出了自己的顾虑,吴二嫂听了哈哈大笑:"就你们这些小犊子,在我眼里没啥男女。"她还上纲上线了,"啊,你范潇典也是识文断字的人,你还搞性别歧视。毛主席说了,时代不同了,男女都一样,妇女能顶半边天。"范潇典立马感到惭愧了,满口答应,算吴二嫂一个。

见村会计的态度一百八十度转弯,范潇典心里没底,也心存戒备。他也听到了风言风语,村会计在背后煽风点火。范潇典有这个担心,村会计不是省油的灯,万一在外给他整事,也够呛。范潇典想消消停停地把这个工程干完,让大伙儿再挣点钱。再一个,这次去沈阳打工,他们的这个小队要汇总到其他的施工队,人家也是答应他们只带十个人。所以,无论从哪方面讲村会计这次都去不成,不是范潇典不给面子。范潇典把情况跟村会计说了,非常遗憾这次他不能跟着去。范潇典还鼓励村会计,可以留在村里,村里也很重要,让他带领村里的妇孺老弱把地种好。

村会计立刻怒了:"范潇典啊范潇典,跟我玩轮子!你少利用我,你看我是能被利用的人吗?喊,我告诉你范潇典,我当会计在村里混的时候,你还穿活裆裤呢。跟我在这儿装,你等着!"

范潇典心凉了半截,也庆幸,多亏没答应带他去,不然后患无穷。范潇典心里想,随他去吧,心底无私天地宽。

过了正月十五,机关单位刚上班没几天,乡里的调查组就来了。这可是新鲜事,得胜村从来没来过这么声势浩大的调查组,大家把村委会围得水泄不通。是来调查范潇典的,乡里接到的是匿名检举信,说范潇典把贫苦的农民当成了摇钱树,范潇典赚大头,贫苦的农民连零头都没赚到。谁给他送礼,他就带谁进城打工,严重违反政策,歪曲政策,用政策打掩护,谋个人福利。

调查组负责人说:"有人举报,我们就要来调查。"那几个赌博的人踊跃揭发范潇典,什么挣来的钱不给他们分了,他们不干活也是这个国家的人,还能看着他们挨饿吗?范潇典不公平,中饱私囊。村会计躲在人群后面不说话,看事态发展。范潇典也不说话,不辩解,坐在椅子上,认真听取这些人的揭发。村会计看范潇典这个样子,以为他被震慑住了,任他们揭发。程书记也来了,他纳闷地看着范潇典,心里合计,范潇典不说话,难道他真是理亏吗?年轻啊!他还依稀记得选举那天,这个年轻人的演讲。跟着范潇典去县里盖育苗室的那几个人,调查组找每个人谈话,这几个人都说,没有的事,多亏了范潇典,让他们挣了钱,才过个好年。村会计这时候说话了,那几个人都被范潇典收买了,应该回避。郝东凯和吴二嫂站在范潇典这边,实事求是地把事情原委说得清清楚楚。

别忘了,范潇典在夜大学的是政治经济学。等调查组该找谈话的都找了,众说纷纭,范潇典这才平静地说,查账。盖育苗室的时候,郝东凯兼任会计,吴二嫂虽然不会出纳,但让她起到监督郝东凯的作用,无论发薪水还是其他开销,都有吴二嫂在场。吴二嫂做饭花销都记账,交给郝东凯。范潇典带领大家出去打工,也提交村里一份钱。这些都由村会计记账。其实村会计心里明镜似的,他就是想恶心范潇典,臭范潇典的名声。整个阵势把范母吓坏了,也气坏了,她想到村委会哭闹去,她真怕调查组把她儿子带走。村会计见到她,还吓唬她:"你家范潇典这就戴上手铐要蹲监狱了,你还不去闹,你是不是亲妈呀?"村会计想让范潇典全家都遗臭万年。老拐拦住了范母。老拐心里太有数了,范潇典把自己的那份工钱都交到了村上,用来救济五保户和困难户。老拐为这事和儿子叽叽来着:"咱不拿公家的,咱也不能把自己的血汗钱贴进去啊。"

  老拐知道自己现在在儿子面前说话跟空气似的,但他心疼儿子,还没成家,娶谁家的姑娘,你不得有新房,有聘礼啊?男人嘛,总得风风光光地娶妻生子吧。可这家伙,手里一分钱没有,自己这点老家底,也快让他倒腾光了。查账吧,查才好呢,一个穷光蛋村主任,也砢碜砢碜他,谁家这么大的小伙子不自己攒点?

  最后的查账结果是,范潇典年前出去打工白打,个人手里一分没有,他的开销都是花父母的。年前发给五保户和困难户的每家二十斤白面就是用他的工钱买的,以村上的名义发放的。

  程书记都感到震惊了,没有哪个人能做到。范潇典笑笑说:"这是第一单生意,以后我会按劳取酬,我会有钱的,我们大家都会有钱的,都会过上好日子。"调查组问这封匿名信是谁写的,大范围是得胜村的人,具体是谁,他们也要调查,这是污蔑,要负法律责任。范潇典说:"我恳请调查组,不要再查来查去了,即使是我们得胜村的人写的,有几个农民懂法知法?这个新时代,我们都是头一次经历,难免有磕磕绊绊。看,我们现在就开始准备平整土地了,等到时候,能插秧的插秧,能种玉米的种玉米,壮劳力进城打工。"

  程书记拍着范潇典的肩膀,无限感慨,少年强则中国强。

村会计听范潇典说算了,不要再追究了,他的心咯噔一下,在心里也是暗暗佩服范潇典,认为自己落伍了。他可是号称得胜村的能人,如今这张脸,让人无形的手打得啪啪的,生疼。

正月十五闹花灯,村里请来二人转班子唱戏。听说唱二人转,大家扶老携幼,男男女女都来了。临演出前,范潇典站在台上开了个全村大会。会议很重要,但讲得简单易懂。范潇典说:"壮劳力进城打工,出了正月就出发,后续可能还需要人,谁在村里表现得出色,后续要人的话,优先。在家的老少爷们儿,还有妇女们,特别是妇女,你们就是咱们得胜村能顶半边天的人,家里插秧、种地,你们就是主要劳动力了,决不能让一块田撂荒。我们虽然包产到户了,虽然单干了,但是分田不分家,我们还是互相帮助的大家庭。那村里就由村会计和郝东凯负责。"

刚出了正月,范潇典就带着十个壮劳力出发了,吴二嫂单算一个。

春天说来就来了,春风吹拂着,大地返青。范潇典也乘着春风回到了得胜村。范潇典回来的时候,得胜村的地已经种得差不多了。对种地这一块,他是放心的,因为我给他定期写信,告诉他得胜村的情况。老拐腰疼,地里的活几乎不能胜任了。"胜任"这个词还是村会计说的,他说:"老队长,你就腆好吧,我家地种完,就帮你种,准不让你落后。你这腰啊,"他转圈地看,"已经不能胜任种地工作了。"

我把这些情况都写给了范潇典,我成了他的遥远的通信员。郝东凯主要忙着看病出诊,十里八村,就这么一个卫生所。以前其他村子也有卫生所,改革开放后,各村的医生,有进城开诊所的,有改行做买卖的,反正有这个手艺,很少在农村窝着。

范潇典这次回到村子,是为了养殖河蟹的事,这是得胜村的大事情,是得胜村第一项经济副业,他一定要把这件事落实到位。这件事,去年就酝酿了,但范潇典没大张旗鼓地在村里宣扬。他心里有数,知道很多人是不会认可这件事的,提前说也许会适得其反。他想等到时候再说,效果会更佳。

这是个下午时光,约好了,范潇典站在得胜村的村头,等着刘技术员。范潇典仔细打量着村子,这里连个像样的房子都没有。零星的几棵白杨树、槐树、桃树散落在村子周围。芦苇刚拱出土皮,有芦苇,就有大小不一的水塘,坑洼不平地散在房前屋后。几处农房,有起脊的,有平顶的,但都灰蒙蒙的,就是砖房,也是陈年的,像蒙了一层灰。但树枝上冒出的嫩黄的树叶,给这个小村庄平添了亮色和清新。风吹过,不知道从哪儿送来淡淡的清香。依稀听见绕阳河的流水声,更显得村子寂静。哦,对了,范潇典想起,村里的人,他后续又带出去了十多人,能不静吗?只剩下妇孺老弱了。这怎么就成了被寂静环抱的村庄了呢?像是被世界遗忘了的村庄,连落在树枝上的喜鹊都懒得叫。包产到户,那点水田也收不了多少稻子,留下自己吃的,剩下的也卖不了几个钱。范潇典想起小时候,那时候是穷,可村里多热闹啊,充满了无限生机。

今天却有些不同,枝头的喜鹊叽叽喳喳叫个不停,像是对山歌。原来,村头有情况了。村头的地上放着装蟹苗的槽子,旁边放着一只卖老豆腐用的喇叭,不响,显得格外落寞。还有个破本子,随便地扔在地上,风吹得破本子哗啦响。范潇典和刘技术员正吃力地搬运着蟹苗槽子。范潇典扯着袖子擦着脸上的汗,不住地打量着槽子里的蟹苗,脸上洋溢着笑。那笑充满了自信和向往,哈,一副电影里正面人物的神态。刘技术员则不同了,哭丧个脸,还对着喇叭踢了一脚,嘴里嘟囔着:"瞅着吧,瞎子点灯白费蜡。范潇典,你跟你们村里的人说好了吗?这咋一个人都瞅不见呢?"刘技术员去年冬天还信心百倍的呢,这现在,刚跑了几个村,都被整个烧鸡大窝脖①,蟹苗咋搬去的,咋搬回来,没人养,不认。有那工夫抓几个,比这省事。这么整的话,盖育苗室的钱,这辈子也回不了本,他能不愁吗?

范潇典像没听到,没看见,他看着蟹苗,像看稀世珍宝,估量着,嗯,这些蟹苗,咋也有百十来斤吧。非得把这些蟹苗宝贝都投放到得胜村。现

---

① 烧鸡大窝脖:本义指在做烧鸡前要把鸡脖子窝回去,喻指人受了窝囊气。

174 | 繁花似锦

在村里的壮劳力都出外打工了,村里只剩老弱病残、妇女儿童了。唉,不知他们是否能担此大任。

都说给人一条鱼,不如给人一根钓鱼竿。范潇典想,养殖河蟹就是鱼竿,只是这根鱼竿,怎么说呢,目前有很多不确定性。就怕这鱼竿折了,更对不起大伙儿,雪上加霜啊。真不知道是帮大伙儿,还是害大伙儿。范潇典愣了会儿神,刘技术员跟他说话,他没应声。刘技术员问:"你想啥呢?你还说让我多给你点蟹苗,我可是把你得胜村当养殖试点了,你这个主任说话算数吧?这咋连个人影也看不着啊?"

范潇典不接刘技术员的话茬,他背着手,仰望天空,边思考边说:"唉,刘技术员,长此以往,这野生的河蟹,早晚得抓没。你说你们自己育苗,你除去分给农户养,还要把蟹苗放养到河沟里、水泡子里,就像那溜达鸡,自由散养。"

刘技术员话冲:"散养?那河蟹长大了,不是谁抓着是谁的吗?可别扯了,那就等于打水漂。我的大主任啊,这可不是吹牛呀,实打实的真金白银。咱先别长远打算,先顾眼面前吧!你可真心大,一个人都不来,我还指望你们得胜村养殖河蟹呢。"

范潇典有点油盐不进啊,继续做自己的春秋大梦。他非常认真地说:"自然放养,河蟹长大了,那当然谁愿意捞谁捞,群众富了,盘山也就富了。咱养蟹的目的不光是致富,还要良性循环。"

当啷,刘技术员把卖老豆腐的喇叭扔在了地上。他本想拿起喇叭吆喝村民来领河蟹苗,听了范潇典这不靠谱的说法,心立马凉了半截,大声嚷着说:"范潇典,这蟹苗我可是多给你们育的,你说的,多要。这不能砸我手里,实在没人养,你们村包了,你们村委会自己养,也得给我包了。咱尽管没有合同,但我信任你,这口头应承的,也算合同。你这像做报告的大口气。论生态,我比你懂,我就是学水产的。别跟我说这个,论眼前吧。"

"你摔坏了呀,这是我借东头卖豆腐的喇叭。"范潇典默默捡起地上的喇叭,他又像是感叹又像是嘟囔,"保护资源,造福当代,造福子孙。啥时候得胜村能稻香蟹肥,老百姓富得流油?"

"做梦吧!"刘技术员赌气地拍打着溅在身上的水,溅到了范潇典脸上。

范潇典讥讽地笑笑说:"刘技术员,你单纯学生态的,就不如我学经济的看得远。"刘技术员不服地看他一眼。范潇典说:"你别不领情,我把城里工地的活扔下,来帮你啊。"范潇典坏笑着。刘技术员当然不领情了,你是为了你的得胜村。范潇典对着喇叭吹了两下,意思是我不和你犟了。他对着喇叭喊:"喂喂,村民同志们,注意了,注意了,啊,到村头来了,分蟹苗,养河蟹。"

放下喇叭,范潇典说:"没有村委会的大喇叭好使啊。"

没人来,俩人面面相觑。刘技术员这回捂着肚子笑,笑范潇典像个老干部似的,"注意了"。刘技术员笑得有道理,这么生产队大喇叭式地吆喝,大伙儿能来就算怪了,现在个人顾个人了,谁还听大喇叭吆喝?还说养河蟹,更不能来了。上坟烧报纸糊弄鬼呢?从小就看苇塘子里爬出这玩意儿,也没见谁指着它发财。

范潇典直勾勾看着刘技术员,计上心头:"刘技术员,你喊,就说看二人转。"末了他又搭一句,"这些妇女最爱看二人转。我不能喊,我是村主任,喊了往下谁还听我的?"范潇典就把大喇叭往刘技术员手里塞。

"哈哈,"刘技术员接过喇叭,刮目相看的样子,"行,范潇典你比我年龄小,鬼呀,你挺狡猾啊,呵呵。"

"快点吧,别嘚瑟了。"范潇典一本正经地呲哒刘技术员。

刘技术员拿喇叭吆喝:"大伙儿快来呀,来看二人转啊,来晚了看不着了。"

吆喝声只惊飞了树上的喜鹊,从杨树飞到了槐树上,叽喳叫了一阵子,喜鹊也自觉没趣,又转为冷眼相看。还是没人来,不好使,不上当。

"唱!"范潇典诡异地抹搭一眼刘技术员。

"我?"刘技术员惊讶地指着自己,"我唱……唱二人转?"

范潇典不耐烦:"赶紧的,去年冬天,你在工地不净瞎哼哼二人转了吗? 都听见了,还夸你唱得好。"

"啊? 夸我了吗?"刘技术员骄傲得找不到北了。

"连吴二嫂都夸你好几回了,还想和你一起唱,我怕影响不好,制止了。吴二嫂那二人转唱得多带劲啊,关键是懂艺术。"范潇典接着吹捧刘技术员。

"不是,范潇典啊,我唱得上不了台面呀。"刘技术员有点结巴了,说不上是激动还是心虚。

范潇典急赤白脸地说:"这还是啥大舞台呀? 这是得胜村,田间地头。唱! 唱!"

"你看你,急恼啥呀,我唱还不行吗?"刘技术员把喇叭对嘴上,拿着架,清嗓子,又说,"你来呀,你得给我配门呀。"

范潇典很听话地凑到喇叭跟前。

> 七月到初七呀,天上的牛郎会织女,
> 神仙也有团圆日啊,情意两相依啊……

正是下午放学的时候,也就三点多吧。我在放学的路上就听见唱了,我和几个同学循着歌声向村头跑。跑近了,那是什么二人转班子啊? 两个大男人对着一个卖豆腐的喇叭正唱呢。我们小孩一起喊,骗人,大骗子。

从村里走来一溜小队伍,走在前面的是大春子,手里拎着马扎子,风风火火的,这架势,像要去救火啊。我妈最爱看二人转。后面跟着我姥爷、吴二嫂家病老爷们儿吴二,还有六七个妇女,再后面滴滴答答还有几位老头老太太。李奶奶也来了,拄着拐棍。唉,你说你凑啥热闹啊? 这帮人,招招呼呼地往这儿走,啊,二人转,走啊,看去。

看见李奶奶，范潇典咧嘴，把这么大岁数的人骗来了，罪过呀。离老远大春子就喊："呀，范潇典啊，哪儿来的班子啊？唱得挺浪啊，比你爹那皮影可唱得带劲。可老长时间没听二人转了。"

有几个妇女探头探脑地问："哪儿呢，二人转？刚才还唱呢。"

"不用找了，"刘技术员指着范潇典，"俺俩，转呢。"

这家伙，可惹毛这几个人了，大伙儿七嘴八舌地损开了："范潇典你把城里的活扔下咋还跑这儿来糊弄人呢？那帮人也让你卖了吧？"

范潇典也横："你买呀？"

有几个妇女不依不饶，没看见二人转，憋气："我看你这村主任不想干了，让人给撸了得了，你要是闲得慌，挠墙去。"

刘技术员实在听不下去了："不糊弄你们，你们能出那个屋吗？国家号召发家致富，把心放在发家致富上行不？"

这话又惹着几个年轻的小媳妇了，她们说得和风细雨，柔中带刺。有个小媳妇轻轻地走到刘技术员面前，哼哼轻笑了两声，抽冷子伸手摸了下他的脸："哎哟，你这个技术员老招人稀罕了，哈哈，天真烂漫了不是？那发家致富不得有事干？有事干不得先有钱打底啊？钱打哪儿来？你给呀？"她说着，拿眼睛瞟范潇典，她是说给范潇典听的。范潇典年轻，没结婚，不能深了浅了啥都说，只能拿话敲打他，让他自觉。

刘技术员向后躲着，大声对范潇典说："看见了吧？这就是你说的要养殖河蟹的人。我还把蟹苗往你们村投？可拉倒吧，我拉走行不？"范潇典拦着，不让走。刘技术员玩假招子，他不能走，怎么着也得把蟹苗卖给得胜村，别的村更指望不上。这儿好赖有个村主任认啊，别的村不认啊。他今天就是赖，也要赖上得胜村，赖上范潇典。

吴二歪个膀子，抢话："就是有钱打底，那要是赔了呢？"刘技术员斜他一眼说，就在屋待着保险。吴二还"嗯哪"。范潇典看着，插不上话，他想等他们都说完了再说。瞅这气氛，不定哪句话说差了，大伙儿又得向他开炮。

吴二不知深浅地说:"范潇典,如今你当主任了,咋也得做点贡献吧,啥时候给俺们请场二人转呗。"

"我看你像二人转,你病歪歪的,能看动吗?这会儿你不病了,让吴二嫂出外打工挣钱,一边去!"

大春子也说:"范潇典啊,你说你在城里领着大伙儿盖楼得了呗,你说整这玩意儿干啥?为这还糊弄大伙儿看二人转,那大伙儿能饶你吗?"

我拽了下我妈的衣襟,意思是不让她说了。我妈打我手一下:"这孩子,拽我干啥呀?滚一边去!"

我对大春子说:"你这么大人了,真不懂事。你们都欺负范潇典干啥呀?姥爷!"

我喊姥爷,是让他站出来主持公道。

我姥爷这回是语重心长:"范潇典啊,姥爷是看着你长大的,你当主任也做出了成绩。可是啊,你不能胡来啊,你咋能养这玩意儿呢?赔钱,没人买。"

我接话:"姥爷,那我抓的河蟹不是卖钱了吗?那咱自己养,省得去抓了。"

"孩子话。"我姥爷又转向范潇典,语重心长,"潇典啊,你做啥我是都支持,唯独这个养殖河蟹,还要投入钱,有风险,是异想天开。养成功了,你能卖出去吗?养不成功,那钱真就打水漂了。我知道你答应了刘技术员,那也不能。让他走,走人。你不能像臭三似的,孩子气,你是村主任。"

范潇典脸上有些挂不住了,当着刘技术员的面,当着大家的面,说这个。范潇典心里是有气,但他尊敬我姥爷,在农村是要特别尊敬老人的,这是不成文的乡规。其实他完全没必要向我姥爷解释,但他还是宽慰我姥爷说:"您别担心,这事从去年我就考察妥当了。秋叮叮您还记得吧?她是农业大学毕业的,我也咨询她了,她说了,可行。也许将来,南方养河蟹都要到咱这儿来买蟹苗,能买蟹苗,就能买河蟹。再说,靠山吃山,靠海吃海。咱靠水泡子,靠水稻田,靠芦苇,那咱就地取材,养殖河蟹。刘技术员说了,将来咱稻田里也要养河蟹。"

刘技术员小声埋怨我姥爷:"您这老爷子,可别泼凉水了,您得帮你们年轻的村主任。"

范潇典郑重其事地问刘技术员:"你能保证免费为我们提供河蟹养殖技术?"

刘技术员看着满槽子的蟹苗,咬着牙下狠心说:"我保证。"范潇典对大家说:"你们可都听到了,刘技术员如果不兑现,咱就告他去。"刘技术员说:"不用告,只要你们把这些蟹苗都包养了,一言既出,驷马难追。"

不时传来大伙儿的疑问,啥"辛辛苦苦养大了卖不出去咋整",啥"家趁万贯,活物不算,不保准啊"。刘技术员不惯之,没啥好话:"爱要不要,在家待着,树叶掉下来指定砸不到脑袋。"

范潇典这才面对大家说话。还有几个妇女,交头接耳,家长里短聊个没完,大春子说:"你们可别吵吵了,听范潇典说话,没时间跟他在这儿磨叽。"看起来大春子还挺有号召力的,大伙儿真的不说话了,拔脖听范潇典说。

范潇典严肃地说:"大家听着啊,我没时间在这儿劝说你们,我在城里领着大伙儿干工程呢,要想你家的男人多挣钱,安全地回家,就听我的。每家都有人跟着我在城里施工吧?好了,现在有个致富的好项目,每家都有份儿。想看二人转,咱挣了钱,才能天天看二人转啊。"

我看见范潇典说到这儿,眉头拧成了疙瘩,可能说到二人转,他觉得不妥吗?不知道。

果然,有人喊:"主任,你牵头组织二人转班子,跑江湖,听说老挣钱了。"大伙儿又乱了:"要成立二人转班子啊,算我一个,谁不想挣俩钱?"

我知道范潇典刚才为啥皱眉头了,他不该再提二人转,这不又惹大伙儿乱了,说到底,他当主任还是缺乏经验。这个时候,他在心里自己反省了下。范潇典急忙摆手说:"不是不是,是这样啊,养河蟹。"

这话,范潇典自己说得都没底气。

真是一石激起千层浪啊,大伙儿七嘴八舌,这不净扯吗?那也叫项目?从小就看那玩意儿,哧溜一个哧溜一个的,看谁指着它发财了?

我从小就听我姥给我讲螃蟹的故事,旧社会挨饿的时候,盘山河蟹倒是救过人命。那时候多呀,多到啥程度呢?人跳进苇塘里,水刚没过膝盖,等把河蟹捞上岸,水就没腰了,为什么呢?脑筋急转弯——刚跳进去是踩在螃蟹堆上了,等把螃蟹捞上来,那水可不就没腰了?这里还有个"河蟹搭桥"的传说:唐王李世民东征,途经盘山三岔河口,被汹涌的大河拦住了去路。忽然,河面大雾弥漫,突现一座桥。唐王令兵马渡河,兵马所过之处吱吱作响。大军人马呼呼啦啦过了河,回头再看,是螃蟹搭的桥。你没看吗?螃蟹壳上有马蹄印。老辈子传说到现在,每个盘山人都会讲。可是,现在的河蟹再也没有那样壮观了,也就是到时候抓点吃。

范潇典继续给养河蟹打广告:"今天刘技术员把蟹苗带来了,只要大家按着我说的养河蟹,用不了几年,像过去,那没腰啊,搭桥啊,都能实现。"

刘技术员拿本儿和笔准备记,他想快点把这蟹苗分下去,该干啥干啥去,没时间跟这帮人耗着。他像集市上兜售货物的小商贩,吆喝:"赶紧的啊,就百十来斤,一家十斤,不要的往后退。都想好了,得有地方养,有心养。"

吴二瞅河蟹苗,喜出望外地说:"哎妈呀,这不是扣蟹吗?给我来十斤,回家卤着吃。"

由小蟹苗养成扣蟹是很不容易的过程,吴二要卤着吃,刘技术员只能骂他滚犊子。

范潇典下面的话,让大家到了抢蟹苗的程度。"每家都要养殖河蟹,先不用给钱,记账。这份钱,我出三分之一,剩下的钱,村里垫上。我在这里郑重承诺:如果大家养殖赔钱了,我担着。秋后,你们挣钱了,连本带利还给村里。"

范潇典讲话的时候,刘技术员给大家称秤,分装在蒲草筐里。他想等分完了蟹苗,他还要到每家水塘去,看是否适合养蟹,具体指导,以后还要跟踪养殖。不能大撒把,把这蟹苗糟蹋了。每家十斤蟹苗,这是为了带动大家养蟹的积极性,让大伙儿早点脱贫致富。

听说先不要钱,赔了是他范潇典的,挣了是自己的,大伙儿踊跃要,积极性老高了。吴二说多给他来点,吴二嫂不在家,家里正没菜呢,卤着吃。他是个好吃懒做的主儿,吴二嫂一进城打工他就上小卖店赊酒喝,说他有病,喝酒身上就不疼了。刘技术员说不给,他就嚷嚷:"凭啥不给我呀?看人下菜碟。"

我姥爷说:"给他来十斤吧,我每天去他家监督,少一个都不行。"吴二却往后缩:"那我不要了,我有病啊,干不动活。这两个孩子我强持把火养活。"我姥爷说:"赶紧来十斤,让大春子帮你。让你干活你就有病。"

给每家分完了十斤,还剩一些蟹苗,刘技术员说:"这也不能再让我拉回去了。范潇典你看,再分分吧。"范潇典又做动员,有要的,有不要的,乱哄哄的,最后把剩下的也分了。大春子要得多,她闲不住,勤劳,爱干活。

范潇典还表扬大春子了,号召女人们向大春子学习啊,不怕吃苦。大春子脸上挂着笑。

我帮大春子拎蟹苗,看各式各样的人。我最爱站在人堆里,不说话,看他们的脸:都是眼睛,有大有小;都是脸,有圆有长……那天人们脸上的表情最丰富,变化也快,让我目不暇接。

大伙儿的话范潇典都听见了,他似乎很享受这种乱哄哄的场面,就这么乱着吧,他心里舒坦。他心里默念着,这就是力量,人民的汪洋大海。他抬头仰望天空,远处传来鹤鸣声,由远而近,两只鹤从天空飞过。他何尝不像这鹤,把这得胜村的沟洼、河塘俯瞰了一遍又一遍,流连忘返。他畅想着,把这沟洼、河塘变成稻田、蟹田,这就是老百姓的钱袋子啊。到那时候,把蟹苗放到稻田里,水稻长它也长,水稻给河蟹提供食料,河蟹给稻田提供肥料,都省化肥了。这蟹田大米能不好吃吗?这叫一地双收。咱不能守着金元宝借钱花啊!

这个远景,他是听秋叮叮说的,可以这样种植和养殖。他还问秋叮叮:"有的地方这样种过,还是你见过?"秋叮叮摇头:"都没有,但这是科学养殖和种植啊。"行,先这么愿望着吧,没行动之前,总得敢想吧。范潇典有时也嘲笑自己,这样的宏伟蓝图,那得猴年马月啊,天方夜谭……

吴二拎着蟹苗,吊个膀子,懒洋洋地来回走,脚步慢得,怕踩死蚂蚁,要不就折腰拉胯地站着。刘技术员真烦他:"吴二你来回晃个鸡毛,还不回家张罗水塘去!"吴二懒着声说:"俺媳妇没在家,俺不敢做主。"刘技术员说:"你个大老爷们儿,吐个吐沫是个钉。"吴二说:"俺不敢吐,等俺媳妇回来,问她要不要。"刘技术员来气了:"等你媳妇回来黄花菜都凉了,滚犊子吧!你就装可怜吧,你到小卖店赊账咋不让你媳妇做主呢?"吴二彻底没电了,拎着蟹苗往回走。范潇典嘱咐我姥爷,帮着吴二,别让蟹苗白瞎了。

范潇典看着,听着,扑哧笑了,他的理想就靠这帮人实现了。谁也别小瞧谁,说不定哪片云彩下雨呢。

我拽了拽范潇典的衣襟,他回头看,我仰脸看他,他对我竖大拇指。我指着天上,有丹顶鹤飞过。

耳畔仿佛响起儿歌:

> 大雁排成队,
> 后头跟个小妹妹。
> 雁哥哥,慢点飞,
> 雁妹妹,快点追,
> 大家团结紧,
> 谁也不掉队。
> 大雁飞,大雁飞,
> 风吹雨打都不怕,
> 一心向着春天飞。

大雁飞，大雁飞……

　　按理说，这样的场景缺不了老拐，他不当村干部了，也爱管闲事。他在忙另一件事——皮影戏。这是祖传的艺术，不能丢啊。他重新捡起来，编写整理唱词，带领几个徒弟，经常出外演出。周六、周日，还有几个小学生跟着学，他都是义务教。外出表演，有时收费，有时是义务表演。

　　还有一个人缺席是正常的，这种场合他是不愿意参加的。那就是郝东凯，现在卫生所承包给他了，他自己说了算了，药品进得非常齐全，定期进城进药。林芬芳对县城各个地方都熟悉，哪里的药真，她也最了解。郝东凯进城就和林芬芳联系进货。得胜村方圆几里的村庄，都归郝东凯管。不是他要管，而是别人托付他管，有出去打工的，家里有老人和孩子留守，就特意到郝东凯的卫生所讲，家里如果有个病灾的，要他去给看看。郝东凯现在接生也是出了名的，不管下雨刮风，还是黑灯半夜，他都出诊。为这，我姥爷拿出自己的老底儿，给郝东凯买了辆永久自行车。听说，上午就出诊了。

　　这是得胜村养殖河蟹的序幕。

　　这年，得胜村的人第一次忙得脚打后脑勺，而且他们都是留守的妇孺老弱，从开春，插秧，种地，养殖河蟹。刘技术员真是说到做到，骑个自行车，几乎每天到得胜村查看，指导养殖河蟹。我姥爷成了刘技术员的跟班，大门口只要传来自行车铃铛声，不是刘技术员，就是郝东凯。我姥爷颠儿颠儿地走到大门口，无论迎接到谁，他都笑逐颜开。我姥爷跟着刘技术员走家串户，也成技术员了。眼瞅着河蟹茁壮成长，真是喜人。美中不足的是，吴二的河蟹没长大就让他卤着喝酒了，能吃了一半，看不住啊。后来，我和他家孩子结成同盟，让他家孩子监视吴二，卤了河蟹拒绝吃，甚至把它倒掉。这招管用，吴二再也没偷着吃河蟹。

　　刘技术员不来的时候，我姥爷是技术员，他现在到哪儿都背着个袋儿了，里面放着本儿和笔，记录着每家河蟹的长势，有生病的，如何治疗的。

为了这个,我姥爷又逼着郝东凯学着给河蟹看病。我爸哭笑不得,说:"爸,您女婿不是万能的。我是给人看病的小大夫,还是赤脚医生,那河蟹,爸,我没涉猎呀。"

我姥爷不管:"叫你看就得看,你是我姑爷子,你是我们得胜村培养的医生。那有啥难的?那年你不还给咱家牛看好病了吗?你给牛喂的啥药?好了。你还给老李太太家猪接生,她家那猪啥难产?你说的难产,我还头回听说,猪还难产。你说她家猪娇气不娇气?这一样,都是生灵,往下,扩大范围,向水产进军,蟹呀,虾呀,这病,你都得会看。"

我爸这点好,只要我姥爷提出要求,他排除万难也要办。他找刘技术员要这方面的书,他每天晚上吃完饭,又多了一本书看。家里地里的活,大春子从来不用郝东凯伸手,她总是说:"俺家郝东凯是做大学问的,是医生。他一天,够累得慌了。"

我还是按时给范潇典写信,汇报村里的事,以我家水塘里河蟹的长势为蓝本,给范潇典讲述得胜村河蟹的生长速度。

范母也在养殖河蟹,她家就她自己侍弄,老拐忙他的皮影戏,说是要申报啥非遗文化。不太清楚,也没听说过。范潇典的妹妹小珍已经出嫁了,这丫头心气高,不是吃公家饭的不嫁,这不,嫁进城里去了。这家里家外就范母一个人忙活。

我大姐郝思晴总往范潇典家跑,帮范母干这干那的,自己家的活啥也不干。我知道她啥意思,她是看上范潇典了。在我心里,范潇典应该和秋叮叮一伙,跟她郝思晴没啥关系。我愿意范潇典和秋叮叮好,那样我就能看见秋叮叮了。有一次我拦住了郝思晴,对她说羞羞,挡住路,不让她通过。郝思晴没考上大学,赋闲在家。大春子是不舍得让她如花似玉的大姑娘下地干农活的,郝思晴每天穿戴整齐,好像上学似的,在西屋看书学习,说要考技术学校,这样的学校分数低,比较好考。我说她装相,是为了逃避帮大春子养殖河蟹。

范母到处显摆:"哎呀,俺家郝思晴,哈哈,这样说不妥哈,那郝思晴啊,长得漂亮,勤快,还疼人,不知我这老骨头能有那福气吗?真好,这闺女。"

大春子告诫郝思晴:"你少往老范家跑啊,有闲话了。"郝思晴赌气进了西屋,不和大春子犟嘴,连饭也不出屋吃了。我姥爷说:"大春子,你呀,多余,范潇典又不在家,那有啥闲话?不就是老拐媳妇到处夸赞咱家郝思晴吗?就让她夸呗,又不用花钱买。"

郝东凯跟大春子商量几次了,说让我去盘山县城上学。林芬芳也说过几次了,她在盘山县开了个办学机构,又增加个寄宿班,像咱得胜村,想让孩子进城念书的,可以在她那里寄宿,她提供吃住,经管孩子们学习写作业呀,每个学期给她交管理费,孩子上正规学校,放学就回到她那儿,休息日在她的补习班免费补习。已经有别的村的孩子去了,她只招收十个这样的孩子,多了她也经管不过来。那儿的教学质量高,将来能考个名牌大学。是的,我们的小学每个班已经没有几个学生了,还传言,小学要黄了,到时候都归到镇上的一个小学。老师有门路的都调走了,学生也是,但凡城里有亲戚或者供得起寄宿学校的,就进城念书了。大春子考虑了会儿说:"行倒是行,也感谢林老师,到她那儿我倒是放心。等臭三小学毕业再去吧。"

七月份的时候正是大热天,范潇典领着秋叮叮回到了得胜村,正是周六、周日,她还请了两天假。

我接的大客车,正看见范潇典和秋叮叮从客车上走下来。我上去就抓住了秋叮叮的手,喊了声"叮叮姐姐"。秋叮叮惊呼:"哎哟,臭三啊,都长这么高了!想我没?这次跟我去沈阳上学吧。"

我低头小声说:"不去,你又没结婚,那就没家,我去谁家啊?"

秋叮叮"哎哟"一声:"这小嘴,跟谁学的?以前你可是不说废话的。"

我跟着去了范潇典家。范母看见秋叮叮,嘴上热情,表情冷淡。她总认为是秋叮叮耽误了她儿子的婚事。这秋叮叮,不管你跟谁,赶紧结婚,也好让我儿子死心。她不,就这么耗着。秋叮叮一口茶还没喝呢,范母就说:"秋叮叮啊,你也三十好几了吧,你们沈阳姑娘都时兴不结婚吗?这么留着干啥呀?"

我噘嘴说:"你家范潇典也三十好几了呢。"

范潇典哈哈笑:"臭三就这样,抽冷子给你来一句。"

"嗨,你这丫崽子啥时间跟着来的?赶紧回家,喊你姐去,我有话跟她说。"

"我两个姐呢,谁知道喊哪个?"我伸下舌头,故意气她。

说着,真不禁叨咕,郝思晴来了。她从不大声说话,也不大声笑,顶多抿下嘴。

范潇典看见郝思晴来了,并不惊讶,范母,或者我,早就写信告诉他,他在不在,郝思晴表现得都一样。范潇典用调侃的口气说:"郝思晴,你咋还在家晃荡呢?"

"那咋办?我没考上大学。"

范母接话可快了:"一个女孩子家,考那大学有啥用?看那些上大学的三十大几不结婚,像秋叮叮,有啥好的?"她笑而亲切地又对郝思晴说,"姑娘,你一时不来,婶可想你了。"

秋叮叮一碗茶没喝完,对范潇典说:"咱们去各家看看河蟹长势吧。"

我拉着秋叮叮的手说:"走,去我家的水塘看。"

郝思晴白我一眼,意思是我傻,向着外人,不向着自己的姐。

秋叮叮临出门的时候对郝思晴说:"沈阳有很多技术学校,还有卫校,初中文化都能考进去,你可以试试。"

范潇典比郝思晴当真:"这个好。郝思晴,你考卫校,毕了业也能帮你爸,将来也当医生。"

"卫校出来就是个护士。"郝思晴说。

"护士更好,实践出真知。"范潇典这样说着,和秋叮叮走出了房门,我跟在他们后面。

秋叮叮看了全村的养殖规模,夸范潇典敢干,有眼光。她胸有成竹地

第十章 惊蛰闻声 | 187

说:"这个养殖规模不大,等秋天蟹肥的时候,八月十五,各单位都要发点月饼啥的,那就换成河蟹呗。到时候,我先跟我们单位工会联系,跟他们说,是为了帮助农民打开销路,是我插队的农村,问题不大。然后市场再需要点,光盘山县里的饭店,就能给你包一半。"他俩说话,我跟在后面,蹦蹦跳跳。

范潇典和秋叮叮走在乡村的毛道上,走在稻田的土埂上。水稻茂盛翠绿,蜻蜓在稻田里飞舞。秋叮叮看着稻田,充满了希望,她说,等明年春天,她来告诉大家,一田两用,种水稻,还在水稻田里养殖河蟹,这样,水稻也不用施肥了,河蟹生活在稻田里,粪便就是最肥的肥料,那河蟹呢,长在稻田里,相当于野生。这样种植出的水稻,卖价要高出上化肥的水稻许多。

我拍手叫好,给他俩吓了一跳。范潇典说他没想那么复杂,目前挺好,他领着村里的壮劳力在城里打工,村里的老少、妇女种地、养殖,也就知足了。

秋叮叮看着远方,有些伤感地说:"最终都要回归的,我们的希望,在田野上,在广阔的天地里。这儿才是家啊,这儿才是家园。"秋叮叮给范潇典讲她学的农业知识,她说她还精通果树嫁接、果树培育、园林设计。她说,她真想辞职,到得胜村来,建设家园。范潇典连忙止住她:"你又来了,绝对不能辞职,得胜村庙小,盛不下你。我们还往城里进呢,你还往回走,你是不是糊涂?"关于这个问题,秋叮叮岔过去,她是看范潇典生气了。

秋叮叮这次来,给养殖户们带来了很大帮助,她教大家如何预防病害,如何喂养,水温最好掌握在多少度。她还给大家透露了稻田里养殖河蟹的事。对于这事大家摇头,别扯了,水稻还种不明白呢,你再往水田里加点活物,那不更糟糕了?范母最反对:"别听这丫头的,会点知识就不知道天高地厚了,她是想拿咱当试验品。别听她的。"范母生气秋叮叮。郝思晴看范潇典对她的态度,眼泪汪汪地对范母说:"以后我不来了。"

今年是真顺利啊,得胜村第一次养殖河蟹,秋天的时候,确切地说,八月十五,稻香蟹肥。这一年,风调雨顺。

秋高气爽,河蟹那个肥实啊,个头大的能有四五两,小的也有二三两。销路也不愁,开始是往盘山县的饭馆送,后来是饭馆的人早晨来上货,还有小贩开着农用三轮车来上货。还雇车往沈阳城送了一车,是秋叮叮联系的。周铁铁也给联系了销路,是往市场送。

范潇典领着大伙儿在城里建设高楼的事,也是形势一片大好。等到下雪的时候,他们就收工回村了,大获全胜,工钱一分不差。这个世界简直太美好了!范潇典这个时候才敢确定,从此,得胜村将走在富裕、富强的大道上,他要带领得胜村走在全县最富裕的前沿,他不敢说在全省,但在全县最富裕还是敢打包票的。村里人养殖河蟹挣到钱了,大家纷纷把蟹苗钱交上。范潇典把欠刘技术员的蟹苗钱给还上。刘技术员对范潇典说:"看见了吧,致富要有能干事的带头人。明年你们要扩大养殖规模,乘胜追击,你听我的,明年我还给你们义务出技术。"

说到这儿,还是忘掉了一个人,是的,不该把这个人忘了,连范潇典都把他忘了,可能喜悦来得太突然、太容易了。这个人就是村会计。那天分蟹苗的时候,他根本没在村里,不知道是有意躲出去了,还是真的有事出去了,反正是连他媳妇也不在家,他家的孩子都进盘山县城上学了。他家里是锁门的,过后范潇典想起来了,因为蟹苗分完了,往家走的时候,范潇典经过他家大门,呼啦想起来了,村会计呢?咋没见他?还说让他多负责村里的事,他咋没露面?这么大动静的事。范潇典往他家院里望,看屋门锁着,大门用棍顶着,范潇典心想,这是出门了,走得不近乎——在农村,一般也就把大门关上,屋门是不上锁的。范潇典心里也觉得忽略了,应该给村会计留十斤蟹苗,忘了,彻底忘了,光想着怎么把蟹苗分下去了。范潇典想,村会计从来不吃亏,他要是看别人家养殖河蟹了,来找自己,那就从自己家里分给他几斤。最后剩了不少,没人要,他就全都拿回家让自己妈养了。范母说,这都是要给钱的,不是白要。刘技术员称下秤说十二斤,没事,不都是秋后给钱吗?所以,村会计若来找就把这十二斤给他,范

第十章 惊蛰闻声 | 189

母正不愿意要呢。可村会计并没找他，种完水稻，村里就没见他影子，想必也是自己进城找事做去了。

这不到了秋天，看大家的河蟹都卖钱了，这又是村会计万万没想到的，这横行霸道的玩意儿也能出钱。村会计的红眼病又犯了，他直接找到范潇典，质问范潇典分河蟹的时候为啥不通知他家。

范潇典是觉得理亏了点，但又说不出亏在哪里。"一年到头了，你现在说啥也晚了，河蟹都上人们的餐桌了。只能等到明年，你再养殖了。"范潇典就跟村会计讲明年的打算，得胜村养殖河蟹要扩大规模，也要形成规模。

这回村会计不是匿名告状了，他是明着来，说得胜村发家致富，只把他一个人边缘化，这是范潇典对他的打击报复，强烈要求换掉这样的村主任，换个大公无私的人。镇上的程书记听了，确实是这么回事，上次村会计举报范潇典，虽然风波已经平息，但他范潇典也不该这样明目张胆地整人啊，这是什么作风嘛。本来程书记是要表扬得胜村，表扬范潇典的，这样看来，范潇典还是存在一定问题的。程书记叫来了范潇典，批评了他。范潇典觉得心里别扭，但还是虚心地接受了。范潇典本来已经被县里评选为带头致富先进个人，也给拿下了。有的村主任还远不如范潇典呢，都纷纷登台，戴着大红花，范潇典只有坐在台下看的份儿。

第二年，不用范潇典动员，全村人斗志昂扬，抢着养殖河蟹，刘技术员的蟹苗被抢个空。别看今年扩大了规模，但是，范潇典反而感到轻松多了，心不累，大伙儿都知道要做什么。他带领着施工队继续到城里搞基建。城里的楼房如雨后春笋，范潇典认为，这是个遍地黄金的大好时光。

范潇典带领得胜村的施工队，在沈阳楼盘工地施工，施工地点不固定，哪里有活去哪里干。范潇典表面看不是那种咋咋呼呼的人，但他心里有数。他自己联系了些工程，主要是他这个施工队伍，技术人员很少，更不要说什么建筑工程师了，充其量就是瓦匠、电工。范潇典带出的是这样粗犷的队伍，他要经常为下一个工程而奔波。一天不劳动，这些人在沈阳城的吃喝嚼用,从哪儿出?不比在农村。所以,他在沈阳,不光自己跑工程,还发动所有认识的人,求人家给联系工程。周铁铁和秋叮叮就更不用说了,他俩为他效力那是跑不了的,然后他俩再发动身边的亲戚朋友,这关系网大饼越摊越大,往往是,这个工程还没干完,下一个已经在等着了。

要不咋说,朋友是用来麻烦的,越麻烦,接触得越多,感情也就越深厚。这样范潇典跟周铁铁和秋叮叮接触得也就多了起来,偶尔在一起小聚。周铁铁当上了企业一把手,深觉身上担子的重量,有困惑或者说苦恼,找范潇典商讨。范潇典在周铁铁和秋叮叮面前总是戏称自己是农民工,无法跟他们俩相提并论。范潇典也发些牢骚,羡慕嫉妒他俩:"农民不容易,地里种出的粮食,在变成钱的时候,无法和付出的汗水成正比。而纵观全国,乃至全世界,哪里离开粮食能运转?农民面朝黄土背朝天辛苦一大年,收入寥寥无几。所以,我们得胜村养殖河蟹,果然,养河蟹的收入要比种水稻高。大伙儿尝到了甜头,今年得胜村河蟹养殖扩大了规模。盼望着再来一个丰收的秋天,我们得胜村就将彻底翻身了。"

周铁铁说:"我们三个中,范潇典,你是最有前途的一个。不是你个人有前途,而是你脚踏一片辽河三角洲的大湿地,为何不在湿地上做文章,要跑到沈阳来遭罪?还调侃自己是农民工,为啥你不做自己的主人?"

"你说得轻巧,目前,那不得哪样来钱快干哪样啊?我不像你,月月有地方开工资,我们农民,只能自己向垄沟要粮食吃。进城也是想和你们一样,有月薪。可笑的是,这次做的这个工程,说半年结一次账。这也不足为奇,现在的承包商都这么干,他们的款先投入项目周转。反正也跑不了,有账不怕算,没事。"

周铁铁和秋叮叮都抢着说:"盘锦大米真好吃,下乡这几年,就是盘锦大米没吃够。那大米饭,晶莹剔透,黏糯香甜。你看这盐碱地,唉,它就出产上乘大米。"

忽然,秋叮叮惊讶地看着周铁铁,给周铁铁看毛了,以为哪里不妥,衣服?脸?秋叮叮像发现了新大陆似的,她说:"周铁铁,你不觉得你们厂的粮食加工单一吗?"

周铁铁若有所思:"是单一啊,我在寻找新项目。"

"你为啥不和得胜村联手,加工得胜村的大米?你要学会打造啊,大米多了去了,你要有自己的大米品牌。"秋叮叮用鼓励的目光看着周铁铁。

"大学生!"范潇典竖起大拇指,"不愧为大学生!周铁铁,咱们还得多念书啊,看见没?秋叮叮这脑瓜,高瞻远瞩。咱们今年秋天就这么干,得胜村的稻谷由我们村里统一收购,然后再卖给你们厂子,亲兄弟明算账嘛。我有个小建议,卖给你们厂子是卖给你们,等你们加工包装完毕,走向市场,利益还要分成,我们只占一小部分,具体分百分之几,你们说了算,分多了感谢,分少了不嫌少。我们村上收购的稻谷,指定是要高出粮库的收购价格,到时候,你要有个心理准备。具体如何,到时候咱们坐在一起再商量。"

周铁铁认真地说:"那当然,我回厂子也要和班子成员商量,这是共赢的好事,估计没问题。"

高兴啊,他们在一起还能谈理想,谈担当。现在秋叮叮真是打心眼里欣赏范潇典,她举杯,说敬他一杯酒,祝他心想事成。

范潇典故意为难她,说不喝,这酒喝得没意思,等着喝他俩的喜酒。

这句玩笑话不要紧,秋叮叮潸然泪下,问她怎么了,她不说话。周铁铁握住秋叮叮的手,安慰她。周铁铁小声说:"秋叮叮,我在这里给你赔礼道歉,当着范潇典的面,足以看出我的诚心了吧。就在我们要结婚的时候,秋叮叮突然说还没准备好,再等等,我来气了,一提到结婚就推三阻四的。我知道秋叮叮和你去了得胜村,但我不明真相,以为是别的,其实你们是实地考察河蟹长势,考察盘山县有多少个饭店,能消耗多少河蟹。我在不明真相的情况下,粗暴地说秋叮叮不结婚,就是为了等你,都去得胜村认家了,还跟我订婚。这样伤了秋叮叮的心,一提到结婚的事,她就伤心地哭。秋叮叮太善良了,她总是在考虑别人。这么说吧,范潇典,你不结婚,我们也别想结婚,你就是我们通往结婚路上的绊脚石。反正秋叮叮父母都急得火上房了,总是批评我:'连个女人也感动不了,你这是在耗着我闺女。'"说到这儿,周铁铁委屈地看着秋叮叮说,"哼,还不知道谁在耗着呢。"

秋叮叮带着哭腔说:"周铁铁,你又来了,总在怀疑我。这样我们怎么结婚啊?"

"哈哈,"范潇典笑着回答周铁铁,"关我什么事啊?就是上次,秋叮叮,你也看见了,去我家的郝思晴,我们谈对象了,真的,我妈妈很喜欢她,你看见了。"

范潇典都不知道怎么就说出这样的混账话,居然把自己择得这么干净。秋叮叮不哭了,她默默地端起一杯啤酒,一饮而尽。

范潇典的心空了,那个最隐秘的地方,空了,是时候放下了。空了,反而沉重了。但他确定,这一刻,他要前行了,不然,谁都在原地痛苦。总得有人走出这一步,他认为秋叮叮在等他,或者在等他迈出这一步。他不想让秋叮叮为难。他还记得秋叮叮在得胜村当知青的时候,知青中她年龄最小,她天真得你都不忍心对她说句谎话。说实在的,范潇典必须在心里承认,他已经爱她到没有办法,甚至手足无措。罢手吧,他和秋叮叮相差十万八千里。

郝思晴是有心人,上次看见范潇典和秋叮叮,心里涌出无限的感慨,所以,她发奋学习,真考上了沈阳的一所卫校。她真是尽力了,大学她是指定考不上的,能考上沈阳的卫校,已经是爱情的力量了。她知道,这也是范潇典所希望的。

现在,郝思晴正在沈阳的那个卫校读书。这件事范潇典也知道,有一次大春子让范潇典给郝思晴带点东西,范潇典谎称他先不回沈阳,要去南方考察养殖河蟹的经验。他是不想看到郝思晴,怕人家产生误会,继而产生对他的幻想。燃起人家女孩对你的希望,然后你再悄没声地撤,不地道。

范潇典今天赶到学校,去看郝思晴,正好是周末的下午,晚上他请郝思晴吃的饭。那也没往什么所谓的爱情方面扯,只是询问下学习情况、生活情况,说些客气话,让她有啥困难就去找他,别客气,都搁一个村住着,末了,提出希望和要求,也是学习方面的。范潇典想好了,即使和郝思晴有要结婚的想法,也不用他操心,严格按着乡规来,父母之命,媒妁之言,让父母托个媒人,到郝思晴家提亲就是了。两家大人没意见,这事基本也就定下了。范潇典准备下次回村的时候,就把这事办了。

  暑假的时候,媒人就上我家去说媒。那天下雨,在农村,下雨天,正好啊,喝酒。谁知道他们都是怎么想的,大春子最起码应该说说,孩子太小啊,还在上学啊,我们全家再考虑考虑之类的话吧,没有。我姥爷只是问媒人:"范潇典同意这事?"因为,媒人来说媒,范潇典还在沈阳呢。郝思晴放假在家,她听到这话,面带红晕躲到西屋去了。媒人说:"范潇典都到学校看你家郝思晴多少次了,又请吃饭又下馆子的,手都拉了。那能拉手,背后再有啥我可不知道了,现在的年轻人,可不像咱们那会儿啊。"媒人都像八哥,范潇典一共就看郝思晴一次,请吃饭和下馆子不是一回事吗?还拉手,那一半是吓唬家长呢,意思是赶紧把这事定下来。

  听这么说,那我姥爷心里就有数了,他不管拉不拉手的事,他管范潇典是不是同意的事,是不是真心的事。他看看坐在身边的我爸,两人交换了眼神。大春子不说啥,就是看着我姥,喊了声:"妈,你看呢?"我姥糊了巴涂地说:"心明眼亮好姻缘。"我姥爷对媒人说:"今儿是个喝酒的日子,你辛苦了,留下喝两盅酒吧。"这是我姥爷试探他范潇典家的诚意呢。媒人一点就透:"得了,我这就叫老拐来请您喝喜酒去。"这我姥爷也是按程序走了,那媒人得到男方家回话,然后两家父母再相会吧。他今天把两件事一块办了,还赖到天上去了,竟然说是喝酒的好日子。

  媒人走了能有一个小时,老拐两口子和媒人来到我家。老拐手里拎着礼物,放下礼物,说家里都备好酒菜了,请老爷子和我爸妈去他家喝酒。到这儿,这桩婚事算是定下了。

  我心里有些失落,为秋叮叮。我跑到知青点,蹲在拖拉机上,哭了半天,回家时,衣服都湿了。我姥在家,他们都去喝酒了。我姥看我眼睛红红的,她说:"我的臭三眼窝真浅,哭了。"

今年的雨比去年多,绕阳河的水涨上了岸。还好,第二天雨停了,河水又回到了原来的水位线。

那天喝酒,郝家和范家做出了重大决定:这个暑假,范潇典和郝思晴完婚。在农村就这样,姑娘到十八九岁,家里就开始张罗婆家,要不,一直是父母心头的心思。我妈结婚时人是我姥爷看定的,到我大姐这儿,又是我姥爷拿主意。我姥爷端起酒盅,说同意这个暑假结婚:"范潇典是我看着长大的,这孩子我信得过。"郝东凯也说同意,但是……还没等我爸说完"但是",范母抢着说:"不用但是,你们有文化的人最爱说'但是',我也最怕这个'但是'。看见我家西屋了吧?早就给儿子装修立整了,再简单收拾下就得,随后我就让媒人把聘礼送到你府上,一样礼仪咱都不落下。我和他爸这么多年攒了点钱,直接给存折。我就这么一个儿子,郝思晴又是我最喜欢的姑娘,这不给她花给谁花呢?"我姥爷点头赞许。

郝东凯说:"我的'但是'不是聘礼的事。这不郝思晴在沈阳卫校念书吗?结了婚也要让孩子把学读完,不管咋的,也要读到毕业。我闺女为了考这个学,没少下功夫,读书要紧。"

范母拍着手笑:"啊,就这事啊?我又不是老糊涂,我儿媳妇读大学,我光荣啊!"老拐敬我姥爷酒,对我爸说:"我也是党和国家培养这么多年的村干部,思想比群众那是先进,就是你不说,郝思晴的学业我也支持她读完,学费不用你操心了。"

结婚那天下雨,整个得胜村热闹得像过年。老拐在盘山县城订的饭店,又雇了客车,来回拉了好几拨人。这在得胜村还是头一份,在盘山县城大饭店举行结婚典礼,待客。结婚典礼上郝思晴穿的白色婚纱,这在得胜村也是头一份。老拐花起钱来有底气,去年河蟹和大米都卖钱了,范潇典在城里也挣到一份钱。范潇典事先跟老拐说:"上县城结婚我不反对,但不能收老百姓的礼金。"范母说:"礼尚往来,到时候他们家有喜事咱也得随礼。"范潇典说："那也不行,不收礼金。"郝思晴就这样风风光光地出嫁了,一辆黑色轿车停在我家的大门口,车头上挂着大红花,这是接郝思晴的花车,是老拐雇的轿车。这轿车接亲,在得胜村也是头一份。

范潇典结婚,没有告诉秋叮叮这些当年的知青,他是回到了沈阳才正式告诉秋叮叮和周铁铁,他已经结婚了。在结婚的第二天,他和郝思晴一起回沈阳工地了。那儿扔了一大摊子事,他不放心。他是抽空回村结的婚。他从沈阳回村结婚的头天晚上,约秋叮叮吃饭,约在他第一次进沈阳城读夜大住的那个招待所,也就是在农大边上的招待所,听说快要拆迁了。还是那个房间,买的酒菜跟那天的也一模一样。秋叮叮还挖苦他："你说你多抠门啊,那时你没钱,我买的酒菜,我也没钱啊,一个穷学生,给你安排这破招待所,我是觉得亏待你了,可我当时就这条件啊。现在你不同了,好歹你也是村主任啊,也带个基建队呢,你请我吃饭,就上这破地儿,买这破菜。"

说是说,还挺怀旧的。秋叮叮坐下,两个人像是复制时光,吃饱了喝足了,就像当年一样,在招待所将就一晚。早上,太阳出来,晃得两人睁开眼睛,两张床,各人睡各人的,井水不犯河水,相安无事。秋叮叮还挖苦他："像你这样的男人,绝版了。"

范潇典苦笑了下,不反驳她,拿出首饰盒,打开,一条白金项链呈现在秋叮叮面前。那时候,白金项链刚时兴,漂亮且贵重。范潇典大大咧咧地说："转过身去,我给你戴上。别多心,也别摘下来,这是你应该得到的。你不是说我抠门吗? 这次大方一回。这些年在沈阳读夜大,还有生活上,都是靠你帮助,还是那句话,这是你应该得到的。没舍得给你买克数大的,太贵。好,好看,上班去吧。"

秋叮叮拿出小镜子,臭美地照照："呀,好看! 这还差不多,算你有良心。走了,上班去了。"

秋叮叮上班,范潇典回得胜村结婚。他们是这样,以这样的形式分开的,然后,各奔东西。生活、情感,也分离了。

等范潇典携新婚妻子郝思晴回到沈阳,范潇典请秋叮叮和周铁铁吃饭时才正式宣布,他和郝思晴结婚了。当时秋叮叮就站起来了,怒叱范潇典:"郝思晴还是个孩子,你胡来!"

郝思晴也站起来:"不,我已经上大学了,我已经是成年人了。"

据我大姐后来说,他们结婚,根本没同床,她第二天去沈阳,说是赶时髦,度蜜月,其实是怕范母看出破绽。这样也好,郝思晴还住学校宿舍,范潇典住工地。郝思晴说,她也不大懂夫妻是怎么回事,年龄小,就这么稀里糊涂的。等毕业了,他们才有夫妻之实。那时候,秋叮叮和周铁铁也早已经结婚。郝思晴过后想,与其说范潇典正人君子,不如说,他在等秋叮叮结婚,给自己一个心理安慰。

第十一章　归来仍少年

就范潇典结婚的那个夏天,我说过总下雨,到了临近秋天,这雨下得更密集了。后来更可怕,演变成发大水,水稻淹了,养殖的河蟹淹了。家家都扩大了养殖规模。我家承包了大道西边的那个大坑,就是我小时候在那儿玩的大坑,也是小灰兔子被压死的地方,那里的水溢了出来,一晚上,河蟹跑得无影无踪。

城里的工程没干完都撤回了,承包商携款逃跑了,据说逃出国了。层层承包的,都不知道找谁说理去,更不知道管谁要工钱去。说白了,还是市场经验不足,只看眼前利益,忽略了风险。最惨的是村会计,去年他出去打工,远远地落在了村里人的后面。这回他有记性了,不能单打独斗了,便留在村里,勤勤恳恳养殖河蟹,侍弄稻田,他还养了鱼,这下血本无归。

等大水退去,除了淤泥,空空如也。带头闹事的还是村会计,他认为是被范潇典算计了。怎么会呢?范潇典再能耐,他也管不了天上的事啊。那老天爷想下雨,他也没辙。村会计带领几个养蟹户,拥到范潇典家,要他偿还血本。范潇典料到会有这样的闹剧。发大水,他首先想到的是河蟹,可是水来势凶猛。回村时,郝思晴说要跟他回来,范潇典用命令的口气说,没有他发话,不准回得胜村,在这儿好好念书。幸亏郝思晴没回来,否则看到这个架势还不得吓坏了?还不得以为她的丈夫真的是个大骗子?这把范母吓得够呛,打哆嗦。范潇典说:"到村委会去说。"范潇典走在前面,后面的人恨不得打他。

忽然我想,哦,范潇典是我姐夫了。他也没留给我管他叫姐夫的时候啊。结婚的第二天他就匆匆离开村子了,今天回来,也是一个人,不像结婚的人。

我姥爷正坐在村委会,似乎在等着这帮人。我爸也骑着自行车,背着药箱进来了。范潇典见到郝东凯,喊了声"爸"。唉?我挺奇怪,我爸成他爸了,那我管他爸叫啥呢?我还在排辈呢,人群炸锅了,嚷嚷着让范潇典赔钱,是范潇典让他们养殖的。有许多妇女干脆坐在地上,拍着大腿数落,受的多大累,吃了多少苦,从那么点养,眼瞅着能卖钱了,一场大水都冲跑了,"范潇典你可得赔我呀,这日子没法过了"。

"范潇典你要是男人你就给个说法。你不是说挣了是大伙儿的,赔了是你的吗?"

范潇典说:"我是说过,那是去年说的,那会儿不是刚养殖河蟹吗?为了引导大伙儿认上这个道啊。"

郝东凯劝说大家:"你们先回去,让范潇典合计合计,想想办法。"有人冲着郝东凯去了:"你说没用,你是他老丈人,你们是一家人,你当然向着他了。"

范潇典看不给说法,这些人是不会离去的,他沉吟了会儿,下定决心说:"这样,大家的本钱我来赔,但不能一次性地给,我没那么多钱,我一点一点、一户一户赔大家。"

按下葫芦浮起瓢,河蟹被淹的事还没解决,吴二嫂哭天抢地跟跄着奔来,也不看场景,也不看人员,她闭眼睛就是个哭诉啊:"范潇典啊,你得给我工钱!我舍家撇业跟你出去打工大半年,一分钱没挣着,家里的孩子学习也荒废了,没人经管,逃课成家常便饭。咋整啊?你得给我做主啊!"

大春子粗着嗓音说:"你咋那么不讲理呢?是你哭着喊着要跟着去打工的,你是尝到甜头了,非得要去啊,当初人员名单里可没你啊。"

不管咋的,吴二嫂又不讲理了:"我就要我的工钱,说啥也白搭。"

范潇典脸色煞白,他两只手撑着桌子说:"今年蟹苗的本钱我来出,我说话算数。吴二嫂,城里的工钱,不光你的。这个我还在追查,我会向有关部门反映我们农民工的情况,我会给个说法。同时,我向沈阳公安局报案了。不管是否属于公安局管,反正,公安局已经记录下了。这件事,我指定负责到底。"

吴二嫂看范潇典态度好,心胸宽阔,又对她和颜悦色的,她就蹬鼻子上脸了:"那蟹苗的钱啥时候给?我可是借的高利贷,得有个准时间吧!"她恨不能一下子把钱弄到手,就像范潇典家开银行似的,回后屋就能拿。其他人鸦雀无声,静听吴二嫂这个快嘴二货这样挤对范潇典,然后,他们坐收渔利。

范潇典沉吟片刻,声音小,但听着斩钉截铁:"十天之内。"

人群议论声嗡嗡响,有怀疑,有窃喜,有叹息。

范母蹦高骂:"你们这帮翻脸不认人的东西,落井下石啊!范潇典,你个小瘪犊子,沾不上你啥光,净跟你吃挂落了!你瞎放炮,你搁啥还?你别想从我这儿拿一分钱!"范母开哭,"我和你爸也没钱,给你娶媳妇,供你媳妇上学……"骂谁?谁都骂了。农村妇女,一位土里刨食的母亲,这是多少钱啊,反正挺多,她没概念。她就觉得这辈子都还不上了,已经到了生无可恋的程度。

范母一顿数落。

郝东凯挤出人群,大春子跟在身后问:"他爸,你去哪儿啊?"

郝东凯头也不回地说:"我进城。"骑上自行车就没影了。

我姥爷走到人群前面,他挺长时间不在大家面前说话了,他知道自己已经老了,以后的日子有年轻人呢,显不着他说话了,但今天,我姥爷必须说了:"我们家的不用赔。挣钱的时候你们咋不吱声呢?去年谁家收入都不错吧?咱们应该共渡难关,不能对准一个人攻击。范潇典这孩子为咱们做得够多了,号召你们养殖河蟹没错吧?那天灾有啥办法?进城打工没错吧?谁知道承包商卷款逃跑啊?谁听过这事啊?多新鲜啊!范潇典,他是人,不是神仙,没长前后眼。"

大伙儿听了我姥爷的话,有的低下了头,有的还是小声嘟囔,有的默默地自行散去。最后,剩下范潇典一个人站在空场里,风吹乱了他的头发。

郝东凯进城不奇怪,卫生所没药了,他要进城进药。但他这次进城除了进药,可能还有其他收获,无法确定,没人追问,也没人言说。他进城的第二天,林芬芳来了,这是她离开得胜村后第一次回来。她来了,谁家也没去,直接去了老拐家。她不是坐客车来的,而是出租车,只拉着她一个人。这谱儿就大了,穿戴洋气,头发没变,很规整地披在肩上,头帘还是卷发。她到老拐家拿的是大礼,不是送给老拐的,是送给范潇典的。

当林芬芳走进老拐家大院时,老拐蒙住了,一时想不起,又忽然想起。那曾经火红而纯真的年代又浮现眼前,他觉得眼睛潮湿了,忙上前与林芬芳握手,先说:"欢迎啊,热烈欢迎,咱这儿可艰苦啊,你们可要有思想准备。"老拐说着当年知青刚来时他说过的话,这话说了当年也说了当下,亦真亦假,林芬芳愣了。范母也紧忙迎出来说:"这是哪阵香风把你吹来了?"

范潇典带风夹雨地进院了,光顾着喊了:"妈,您看咱家还有多少钱?"

范母回俩字:"没钱。"

"大主任,啥时候学的跟钱杠上了?小瞧你了不是!"林芬芳站在院子里接话。范潇典猛然抬头,看见了林芬芳,伸出手,跟她握手。

然后,林芬芳说:"我这次来是找范潇典有事商量。"林芬芳对老拐说,"老队长,今儿我可在您家吃饭了。"老拐说:"那对呀,我是你们的大队长啊,来了就得在我这儿吃饭。"

林芬芳和范潇典走进里屋,范母给她沏上茶,到外屋做饭去。老拐给范母使眼色,意思是,这俩人商量啥事呢?范母摇头,意思是不知道。老拐干脆说,做饭,多炒几个菜。

今天林芬芳来,还真就解决范潇典的大问题了,解燃眉之急啊。林芬芳先问范潇典:"你真想承担村民的蟹苗本钱?"

"是。我不是被大伙儿逼迫的,我是打心眼里想分担大伙儿的忧愁。因为,我是带头人,我是他们的主心骨,遇到困难,我范潇典要冲在前面。"

"有你范潇典这话,我就敢把钱交给你。"林芬芳说着,拿出五万元的存折,交给范潇典。

看着存折上的数字,范潇典坚决不收。林芬芳说:"我不是送给你的,是借给你,等有钱了,你要还我的。我这是救急,以后带领得胜村走上富裕之路,那要靠你的智慧。"老拐在门口都听到了,他进屋说:"儿子,收下吧,先渡过难关,你看你都瘦成啥样了。你答应村里人了,承担本钱,承诺了就得办啊,带头人,我儿子。给林老师打欠条,我是担保人。"范潇典收下了林芬芳的五万元存折,也给林芬芳打了欠条。范潇典难为情和亏欠的表情,林芬芳看着也别扭,她劝解说:"范潇典你也甭拿这五万元当回事,怎么着我也没地方投资,也不知道投资啥项目,只会教书。这钱啊,放你那儿跟放我这儿一样。"听到这话,范潇典立刻坐直了,瞪大了眼睛,似乎想起了什么新玩意儿,他惊呼:"哎,林老师,你就算投资我们得胜村河蟹养殖呗,不过你放心,不可能年年发水。你就算投资得胜村的项目,这个我还没想好,现在也不成熟。我是这么想的,我们得胜村要有自己的企业,村里也要有收入,那才是老百姓的坚强后盾。就像今年遇到这事,村里就可以承担,挺直腰板对老百姓说,父老乡亲,别怕,村里为你做主。而不是我个人,我毕竟是渺小的,离开集体,离开组织,就像水花离开了大海。林老师你愿意入股吗?如果你愿意,那你就是得胜村企业或者公司第一个入股的。当然,你不愿意入股也没关系,两年之内,我范潇典用个人的收入还你。关于办企业或者啥公司的事,我还要和周铁铁、秋叮叮商量,他们比我懂。"

"我愿意。"林芬芳都没考虑,就干脆地回答范潇典,"我尽管不是做生意的人,但我也是盘山县第一个办学后班的人,是一点点发展成教育机构的,都是自己摸索经验,也是生活压力所迫。回盘山后没了工作,我骑自行车卖过冰棍,在学校边卖过早点,就这样,又跟教育扯上边了。钱,只有流通才能活跃社会。我入股,你慢慢办你的企业,我坐等分红。我也懂点。"

我总想去老拐家看林芬芳,我姥爷拦着我说:"等人家吃完中午饭再去,这样冒冒失失去,不合适。待会儿啊,姥爷领你去。"我和姥爷下午两点去的老拐家,林芬芳见到我,问我的学习情况,问我学英语了吗。我都没听说过啥叫英语。林芬芳说:"这不行,咱们农村的教学还是赶不上城市的。"她又问我下学期去她那儿上学吗。我看我姥爷,我姥爷光抽烟,不说话。过了会儿我姥爷说:"那多给林老师添麻烦啊。"林芬芳说:"不麻烦,有好多像郝宇萌这样的农村孩子在我那儿寄宿上学。"姥爷说那就去,进城念书。

我姥爷接着说:"臭三去你那儿念书,你可要多费心了。哎,我说林老师啊,臭三这孩子从小就和你们近乎,这也是一种缘分啊,大名还是你给起的呢。"

说得林芬芳眼圈红了,林芬芳说:"您就放心吧,臭三的学习就包在我身上了。我们都喜欢臭三,秋叮叮还说要接臭三去沈阳上学呢,她没抢过我。沈阳远,盘山县近,臭三还小,想家了,随时都能回来。"

"对,还是去你那儿上学,臭三就承蒙林老师照顾了。"我姥爷办事可精明了呢,说话滴水不漏,还让听的人心里得劲。

林芬芳是下午三点多回盘山县城的,她还跟我拉钩,下学期去她那儿上学。我答应了林老师,我问:"那要花很多钱吧?"林芬芳说:"林老师不要你的钱。"末了,林芬芳说,"你姥爷都答应了。"

姥爷答应的事一准是好事,我拉着林芬芳的手,憧憬地说:"林老师,我要进城念书了。"

这五万块钱,提高了范潇典在得胜村群众心目中的威信和信任度,特别像我姥爷那么大年纪的人,说活了一辈子,几经社会变迁,没见过像范潇典这样的人,为了群众利益,甘愿吃亏、吃苦,泰山压顶不弯腰啊,在老百姓面前,不抱怨,不气馁,只有勇往直前。范潇典从这个时候,真正成了得胜村的明星,他以后的事业是否成功不重要了,百姓已经完全理解,他是一心为民,大公无私。范潇典把这五万元钱,让村会计按着各家购买蟹苗的斤数赔偿。村会计拿出账本,逐一核对。到这儿,村会计也彻底佩服范潇典了。他原以为范潇典会动用村上的钱,但范潇典没用村里的一草一木,完全是自掏腰包。村会计佩服他的胆量和魄力。赔偿到这儿,有的村民都哭了,心疼范潇典啊,他往下用啥还人家林芬芳呢?等还完了,估计这辈子也过去了,太可怜了。

我说过,林芬芳这次来得胜村办了两件大事:一是给范潇典带来了救命救急的五万元钱;二是再开学我去盘山县上学了,住在林芬芳的寄宿班,跟其他学生没什么两样,每天起床吃完早餐,背着书包上学,放学回到林芬芳的寄宿班。那里也相当于家,几个孩子一起吃住、写作业,分男、女班。有管理员专门经管我们起居、上学、写作业。林芬芳定期检查我们的生活、学习,开家长会时,她代表家长出席。

我在县城念书挺好的,见识了外面的世界,而村里我最惦记的人是我姥和李奶奶。至今我还怀念我的小灰兔子,那是我的玩伴,那是我童年的记忆。现在那个大坑,变成了我家的鱼塘。

放寒假的时候,得胜村着实热闹了一番。郝思晴看见范潇典不敢认了,他与结婚的时候判若两人,又黑又瘦。能不上火吗?他有心思不跟别人说,自己扛着。蟹苗的事赔偿了,可拖欠工程款的事遥遥无期。他往城里跑了多次,都是无果而归。

农民工,不知道从什么时候冒出这样一个词,范潇典对这个称呼有点莫名地反感。他范潇典学过经济学,尽管是夜大,但如今也是农民工。吴二嫂说得没错,她进城打工了,孩子疏于管教,逃课、打架斗殴,荒废了。范潇典陷入深深的思索中。他不进城讨薪的时候,就在村里转悠,全村土地他用脚丈量遍了。小时候他也都跑遍了,但只是跑,没往心里去。这回,他在心里规划着这片土地。他一直走到靠黑山的那片荒地,还有林芬芳和赵松夜晚约会拥抱的那片小林子,都在他心里有着花园似的前景。可是,农民没钱啊,有的只是土地、河流。土地啊,农民的命根子。没钱,如何发展呢?又如何发挥土地的潜能呢?范潇典本来想,等进城打几年工,有钱了,再建设家园。可眼前,连基本的生活费都搭进去了,他惭愧,还是缺乏市场经验。国家都在招商引资,那得胜村就不能招商引资吗?能啊,借力打力,合作双赢。这些课本知识范潇典都知道,运用到实践当中,有些力不从心。前段时间也有人找到他,要在得胜村建厂,把土地租赁给他们三十年,他们要建大型化工厂,村里的人都能变成工人,村里也会有可观的收入。这是村会计介绍来的,是他媳妇的娘家亲戚。全村都沸腾了,再也不用进城吃苦了,在自己家门口就能把钱挣了。开发商还说:"你没啥顾虑的,这是闭眼睛挣钱的事。我不是买你的土地,是租赁,到期,土地还是你们的,这是一本万利的买卖。"

范潇典也有所心动,正在困难时期。但他莫名地忧郁,开村委会也研究过这事,各种不同的声音,无法统一。范潇典当着这几个人的面,给秋叮叮打了个电话,是用村委会的座机。接通电话,范潇典把情况跟秋叮叮一说,秋叮叮坚决反对,她说:"这是眼前利益,殃及子孙万代。你没看见污染的土地、污染的河流,那你还没听说过吗?造成污染,那是要用几辈子的时间偿还的。得胜村是未被污染的绿色土地,将来这片土地上结出的丰硕成果,依然是依托生态、依托绿色,说具体点,依托得胜大米、得胜河蟹、得胜的绕阳河啊。我们的村子,不能变成世界工厂。你别急,知道你遇到了瓶颈,我听说了。这几天,我就和周铁铁去得胜村,我们到时候再议。"

电话是免提,在场所有人都听到了。有人说:"别听秋叮叮的,小时候就神经兮兮的。"村会计说:"她秋叮叮上的是农业大学,学的是农业,学的不是环保,她懂个啥?"有人接会计的话说:"对呀,秋叮叮是大学生,上的是农业大学,当然懂了,学农业的才懂得环境污染的危害。"我姥爷闷声说:"还是辞了吧,咱们不能让他们糟蹋咱的天、咱的地。"其实我姥爷何尝不愿意化工厂落户得胜村?那样,范潇典能快点把钱还上,范潇典可是他的外孙女婿啊,他能不向着范潇典吗?可是,不行啊,这是我们祖祖辈辈赖以生存的土地啊。投资商当场承诺,让范潇典当厂长,拿年薪。范潇典拒绝诱惑,那我姥爷指定支持他。

郝思晴看范潇典瘦成那样,埋怨大春子:"妈,你咋不给范潇典做点好吃的呀?你咋那么狠心啊?"大春子说:"净扯,他那是费心费脑子累的,跟好吃的没关系。"我姥爷发话了:"从今儿,大春子,做好吃的,郝思晴也放假了,都家来吃饭。"

那个"都",当然包括范潇典。

突然一天,下着小雪,村里开进一辆黑色轿车。开车的是周铁铁,坐副驾驶座的是秋叮叮,坐在后座的是赵松。从车里走下周铁铁,看是周铁铁开车,范潇典说:"行啊,你啥时候学会的开车呢?"

周铁铁气宇轩昂地说:"我啥不会开呀?我是特种兵出身。"

"飞机你会开吗?"我蔫不登地说。

赵松看见我,欣喜地说:"这臭三还那样啊,要么不说话,一说就能气得人半死。长这么高了,来,看我给你买啥了。"他送我一个漂亮的双肩书包。看在书包的份儿上,我就不找他啥碴儿了。他送我的《唐诗宋词》,直到现在,我走到哪儿带到哪儿。我还是噎了他两句:"你还敢回来?胆挺肥呀。"他们几个面面相觑,继而哈哈大笑。赵松哭笑不得:"这孩子咋还这样啊?"

秋叮叮说:"该,赖谁呀?都是你自己作的。"

赵松说:"我说我不来吧,非得拽我来。"

秋叮叮半真半假地说:"便宜你,你得为得胜村做贡献。"

正好吴二嫂路过——不能说路过,她爱凑热闹,这里停个轿车,她指定往这儿蹽,比孩子们都好奇。她看见赵松,像看见贼似的:"你咋来了?你进得胜村不怕打折你腿吗?这回我让你有来无回。"她开喊,"快来人啊,赵松来了,抓流氓啊,抓坏蛋啊!"

赵松噌钻进车里,他也喊:"走,周铁铁,开车走!"

周铁铁咋能听赵松的?任他喊,没人搭理他。这次他们来是有正事要商谈。周铁铁还调侃范潇典:"挣年薪的厂长都不干了,尿性啊。"范潇典苦笑着说:"你可别逗苦恼人笑了。"

范母准备饭,招待曾经的得胜村人,现在是远方的客人,也是贵人。这是老拐指示的。

他们四个人,以非正式会议的方式,做出了得胜村的五年规划。范潇典先把他的想法给三位叙述,就像做述职报告一样。他要成立得胜村农业产品合作经营公司,得胜村有大米、河蟹;靠黑山那边有大片的荒地,有的地方是光长毛毛草的盐碱地,可以栽种果树,变成带农舍的果园,带动乡村旅游。范潇典提出的这两个项目切实可行,都得到了响应。提到水稻和河蟹,周铁铁说:"我从当面粉厂厂长那天就想盘锦的大米,何不把盘锦大米作为重头戏呢?把得胜村作为大米示范基地,做优质无公害大米。现在厂里已经改革重组,需要扩大经营项目,我向集团提出基本想法,不但把大米纳入项目,连河蟹一并做大做强。盘锦大湿地,有着得天独厚的土壤条件,得胜村又是我们的第二故乡,对这片土地我们已经倾注了深厚的情感,真是爱得深沉啊。"

赵松对乡村旅游这块特别感兴趣,他做文化传媒,也有见解。他这几年在经济大潮中磕磕绊绊,差点被潮水淹没,几经挣扎,终于游出海岸线。他浪漫过,卑微过,逃避过,热爱过,想让自己与众不同。他真想从北京的立交桥上跳下去,以此证明自己的刚毅和决然,可是他还是努力地行走在太阳底下,行走在酸甜苦辣的人间。一路走来,他认为唯一对不起的是林芬芳。他想补救,他想从头来过,他想求林芬芳原谅他,他想当着她的面大声地说"对不起"。可林芬芳的心门已经向他关闭。他这次来,原本是找林芬芳的,辗转找到她,她绝望而伤痛地说:"上次我已经告诉你了,你再来扰乱我的生活,我就报警。你又来了,请问,你有脸吗?"赵松真诚地祈求:"我上次是做生意失败向你借钱;这次我是有钱了,来帮助和弥补,请给我个机会。"

当然林芬芳不会给他这个机会。

现在踏上得胜村的土地,美好的情景再现,好吧,那就让他把一腔的热情再洒在这片土地上。瞬间,他的思路如绕阳河的水,源远流长。无论是乡村游,还是农家乐,要有历史感,要有文化内涵。得胜村有明代长城,小时候,我净爬上爬下玩打仗。有唐王征东的得胜碑,庆幸的是得胜碑虽然倒了,但毁坏程度不大,倒伏在草棵里,修补一下,竖起来就行。从小听奶奶讲革命故事,得胜村在抗战时期建立的党支部,在哪个方位哪个地方,后又转移到谁家了,成员都有谁,支部书记是谁,有多少人出去参加革命,奔赴战场,这些都是有待发掘的。范潇典提到了他家祖传的皮影戏,问算不算文化元素。赵松说:"这是民间的宝贵艺术,不但传承,还要发扬光大。包括臭三姥姥的跳大神,也许将来失去了跳大神的神秘感,但这是不能丢弃的民间瑰宝。这些都捡着,不定啥时候就能大放异彩。"

果树培育,园林设计,总之,农作物和养殖业,技术上都归秋叮叮,她有不会的,就问她的老师或同学。用业余时间能把事办了,周六、周日,她就回得胜村。

他们把得胜村又走了一遍。到了知青点,看到那辆锈迹斑斑的拖拉机,赵松扶着拖拉机泪流满面。村上早就想把知青点扒了,用作宅基地或其他用途,都嫌费劲,劳民伤财的,也就是没倒出空扒呢,暂且留着。赵松请求范潇典:"千万别扒,知青文化难道不是文化吗?从现在起,收集关于知青的资料,将来这都是宝贵资料,会给得胜村的旅游开发带来大效益的。水磨坊、水电站都不能拆,风景到处都有,但有历史感的风景不多。这些都是有年代感、历史感的东西,扒了,想起有用了再搭建,新,但那是赝品,假的。"

范母做了丰盛的晚宴,老拐拿出珍藏的白酒,招待远方的客人。说客人就见外了,是咱得胜村的亲人。但谁都没喝酒,他们晚上还要加班,连夜撰写可行性报告,在得胜村成立得胜湿地蟹稻共生示范基地,成立得胜

208 | 繁花似锦

生态乡村大观园基地。这两份报告周铁铁要拿回沈阳的公司,召开相关人员参加会议,争取通过,并实施。范潇典也要向乡里、县里做汇报。

到了后半夜,终于写完两份报告,他们四个人先通过报告。周铁铁说,他饿了。赵松说,他想喝酒了。秋叮叮扑哧笑了,也说想喝点。老拐和范母在东屋候着呢,知道他们会来这手——当年范潇典偷他爹的酒上水磨坊那儿喝去,都有点酒量。饭菜都在大锅里焐着呢,不凉。

范母在西屋,给他们放上炕桌,端上酒菜,炕热乎的,你就吃吧,要多美有多美。范母嘱咐范潇典:"睡觉的时候你到东屋来,让他们小两口在西屋住。"周铁铁说:"婶,我们在水磨坊的时候就在一起,好不容易聚会,不困。"他们真是酒喝干再斟满,直畅谈到凌晨三四点,才东倒西歪地睡了会儿。郝思晴住娘家,知道他们研究大事,不妨碍他们。

大清早,我姥爷就领着我到老拐家敲门去了。老拐说,小点声,才睡着不大会儿。我姥爷说:"那你就转达吧,我家臭三啊,请他们中午到我家吃饭,臭三跟他们有感情啊,可别瞎了孩子的心。"

老拐感动啊,说:"放心,一准去。这孩子,有情有义啊。"

他们本来上午就要回沈阳的,范潇典也是打算上午先去乡里汇报。可是听了老拐说我要请他们吃饭,得,别让臭三失望,留下,等中午吃完饭再回。

离老远就能闻到我家的香味,村会计从我家大门口走过,还往里张望。我问他:"你看啥?"他说:"我愿意看啥看啥。"我说:"你别往我家看。"他说:"看了咋的吧!"

大鹅炖土豆、小鸡炖蘑菇,这都是大春子的拿手好菜。不用去买,鹅、鸡都是自己饲养的。我家人多,摆了两桌。吃饭前,我姥爷拿出赵松给我的《唐诗宋词》,还有赵松写在笔记本上的诗,跟赵松和秋叮叮说:"你看,臭三留到现在,这本《唐诗宋词》都背诵下来了。多亏了你们俩的启蒙啊,这孩子之前连学都不上,现在学习名列前茅啊。"

郝思晴见到秋叮叮和周铁铁,第一句就说:"你俩总算结婚了。"

赵松饶有兴致地问："哦,还有啥说头吗?"

"要不俺家范潇典都不知道咋生活了。"郝思晴嘴角带着一丝笑意说。"那还能咋的呀?"赵松故意问。"浮想联翩呗。"郝思晴抿着嘴说。"行了思晴,"范潇典拥着郝思晴的肩说,"他套你话呢,你还上当。"

就差一上午,又让村会计捷足先登了。化工厂没落成,对他打击很大。化工厂如果落成了,他得到的回扣就能把今年的损失弥补回来,也许还能得到更多,让他享用半辈子。可是,范潇典他当不了这个致富带头人,胆小。这不,明睁眼漏的挣钱道让范潇典给他堵死了。他认为有范潇典,别人甭想发财,他要搬掉这个绊脚石。他到乡里,明面儿找程书记说明情况。程书记也觉得,化工厂若能落成是好事,各乡镇都比着赛呢,看谁能把经济搞上去,看谁能招商引资,富甲一方。村会计说:"范潇典之所以撵走化工厂,跟污染没关系。啥污染啊,想要发展经济,那怎么着也得损失点吧,再说,人家不一定污染呢。他范潇典是让他的亲朋好友来占这个便宜,他在村里搞团伙,拉帮结派。今天,他们这帮人又到郝东凯家吃吃喝喝了,啥关系啊? 都是亲戚关系、朋友关系。"

程书记听村会计这一说,也不是没道理。下午,范潇典来找程书记汇报工作。还没等范潇典开口说话,程书记把他批评一番。范潇典听完程书记的批评,然后才把报告拿出来,口头做了汇报。程书记说:"听了有些太遥远。"他说,"从你当村主任,总有告状的。"范潇典反驳他说:"不就是村会计吗?""你自私自利。"程书记厉声说,"我看你是心胸狭窄。这样吧,你的群众基础还是薄弱,民不举官不纠,你们村的村主任,重新选举。"

范潇典从乡里回来后,有些沮丧。他也自我反省,是没给村里带来多大起色,可能太顾全大局了,总想让大家共同致富。老话说得好,贪多嚼不烂。可是,他还是不想落下一个困难户。我姥爷看出来了,这趟去乡里并不顺利,问清了原委,原来是要重新选举村主任。我姥爷问范潇典的想法,有多大决心。范潇典向我姥爷敞开了心扉,一股脑把自己的雄心壮志都倾诉给我姥爷了,就是他当不上村主任,也要带领全村人走上致富的道路,何况他现在还有周铁铁他们帮助。只是,他要不当村主任,他们的稻蟹基地和生态园,推行会更困难。

我姥爷说:"孩子别怕,你不单单是我的外孙女婿,你还是得胜村难得的带头人。你这么年轻,路长着呢,千万别泄气,无论干啥,凭的就是一口气,姥爷帮你。"

这次选举村主任,在范潇典和村会计中产生。村会计在得胜村也积攒了些人脉,上次选举他就不服气,啥时候冒出来选举前演讲了?那谁能演讲过范潇典啊?年轻,生帮子,生死不怕,又进省城读过夜大,谁知道那夜大是什么鬼玩意儿?果然奏效,他选上村主任了。这次村会计特意向程书记提出申请,为了体现公平公正,绝对不能整啥玩意儿演讲。别小瞧了村会计,他也有灵活的头脑,不动声色就把事办了,表面看谦虚谨慎。

全村的人都到了。这次选举大家的心态跟上次是截然不同的,已经尝到了改革开放的甜头,同时,随着下海的波涛,也呛了几口水,深知钱的重要,面对眼前利益和长远利益,很多人是选择眼前利益。走到这儿,人心已经发生了翻天覆地的变化,很难从一个人的表情看出他的内心世界了。

最后的选举结果是,范潇典和村会计平票。我姥爷从人堆里站起来说:"唉,人老了,糊涂了,不服老是不行啊,我的票还没投呢。"我姥爷举着手里的纸,"行了,我也别递过去了,我投范潇典。"我姥爷坐下了,咳嗽了两声。我坐在姥爷的身边,给他捶两下背,他看了我一眼,还向我挤下眼睛。我就叫不准了,我姥爷没投票吗?那刚才我往选举箱里放的是谁的票呢?我低头想,翻着眼睛想。

我姥爷轻轻拍下我的头说:"把心思用到学习上,开学进城上学又该跟不上了,英语咋样了?"他的声音不大,但都能听到。他这么带头说话,大家又都恢复了放松状态,特别是妇女们,家长里短、房前屋后地唠开了。

哎呀,我姥爷真烦人,哪壶不开提哪壶,我就英语跟不上,谁提英语我跟谁急。我就哭咧咧地申辩:"哎呀,别提英语,烦死了。英语不好赖我吗？我都没学过，你还总提这事。"

奇怪的是，我姥爷那么大岁数了，一点不让份，跟我互掐，像个老小孩。大春子也参战了，这次她破天荒地向着我，说我姥爷是老糊涂了。我姥爷不乐意了，说大春子不孝顺。郝东凯迈过几个凳子，扶住我姥爷，嘴里喊着："爸，爸，有我孝顺您哪。"他对大伙儿挤挤眼睛，指着自己的脑袋，意思是，老爷子八成真糊涂了。

台上扯着嗓子喊："大家静静，现在宣布，范潇典任得胜村村主任。"这时候有女人拉着孩子起身走了，也有找针的，刚才还纳鞋底，这会儿针咋从线上跑了呢？真怪，可就这一根纳鞋底的针啊。各种声音。台上喊："哎，先别走啊。多少票？多少人？"这时候，没人去盯对了。农村就这样，乱的时候也是它，静的时候也是它。

村会计清醒过来了，他站起来说："这票算吗？"

郝东凯扶着我姥爷走到门口了，突然我姥爷洪亮地回答："咋不算？我是得胜村的村民，我是范潇典的姥爷。咋不算？咋不算？……"

郝东凯向他们摆摆手，啥意思，不知道。

后来我想想，哈哈，我姥爷心眼真多。

新上任的范潇典，再也不相信来日方长，今天能办的绝不推到明天，雷厉风行。趁着他还是村主任，赶紧落实那两个报告，让得胜村的老百姓早日走上共同致富的道路。他认为，这两件事情的落实，对老百姓有百利而无一害，他们劳动有目标，致富有方向。要带头人干什么吃的？就是让你领导着大伙儿朝着正确的方向奋进。不是每个人都长着经营、经商的脑袋，让他们付出辛勤的劳动不难，就怕劳动的结果化为泡影。范潇典主动跑到沈阳，找周铁铁，询问在得胜村建稻蟹基地的事。他还一同参加了关于此事的会议，更明确和准确地介绍得胜村得天独厚的生产、生活优势，农作物经济开发前景。

第十二章　稻蟹飞花

功夫不负有心人,范潇典的愿望终于实现了。转过年来,备耕,插秧。他和周铁铁已经做过预算,全村多少亩地,全村多少口人,每亩地收多少稻谷,稻田里收多少河蟹,水塘里又能收多少河蟹、鱼、虾,按着市场最低价,得胜村老百姓人均一年收入多少,周铁铁他们厂高出市场价收购,又收入多少。所以,范潇典开春不打算带领村民出门打工了,他不想做农民工,要做土地的主人。当然,有愿意出门打工的,村里也不阻挠。

荒滩荒地,依然实行承包,有意愿承包的农户,必须按村里的规划栽种果树,否则不予承包。这些园林秋叮叮已经设计好了,哪个园林栽种红富士苹果,哪片种植郁金香葡萄,哪片栽种樱桃和蜜桃。事先范潇典已经给大家算账了,水稻啊,河蟹啊,是当年得利,而栽种果树,那要等几年,但一旦成熟,收益是可观的。

那些个荒滩荒地搁那儿多少年了,碱嘎巴儿地,连草都不长,还能长红富士?可拉倒吧,别遭那罪了。种水稻、养河蟹保准,反正秋天他们包收,钱也不少挣,省心。

开动员大会,没几家要承包。大春子举手,她要承包荒地,听范潇典的,让种啥种啥。郝东凯阻止她:"你不年轻了,我也帮不上你,再说地里的活我也不会,爸岁数大了,别指望爸给你干活。"大春子说:"你就当好你的医生得了,我大春子土生土长的农村人,就爱跟土地打交道,别的也不会。放心吧,他爸,我雇人。"

范潇典给我妈竖大拇指,夸我妈思想先进,有市场意识。老拐举手承包:"少承包点,承包半个园林。"老拐没办法,看没人响应,他是为了支持儿子。范潇典说:"要承包就得承包一个园林,有统一规划。"那就是说别看你承包,种啥咋种,是村里说了算,说不好听点,你当家不主事。

老拐冲儿子瞪眼睛:"你想累死你爸呀?我这是支持你工作。"

范潇典说:"你包不包?不包进行下一个。"

老拐说包,他想栽葡萄,那玩意儿快。范潇典说:"这都由不得你。"

村会计闷不作声,范潇典特意点他的名字:"你承包吧,前景我不说你也知道,你是聪明人。"确实,村会计不但聪明还能干,就是嫉妒心强。村会计语出惊人,他说他要把自己的地承包出去,谁包?他要举家出去打工,那个化工厂要他去当会计,妻子也进厂当工人。范潇典当即决定:"你的地村里种了,一年给多少租金,会后议,并把承包协议签了。"

总算把这些荒地承包出去了。到这时候,范潇典还有点像在做梦。嗨,爱咋咋的,是梦就要落到实处,才能变成现实。

刚开春,最指望不上的人——赵松来得胜村了。连范潇典都不理解,他到得胜村一不帮着种地,二不帮着养河蟹,他拿个录像机,到处录像。这在得胜村还是个新鲜玩意儿,大伙儿都来瞅新鲜,谁来凑热闹,他录谁。农民育苗、插秧、栽树……凡是得胜村农民的日常生活和劳动场景,他都录。他说:"这是宝贝资料,这叫影像记录,说不定,还能用这在国外获大奖呢,那你们得胜村可就出大名了,那大米、河蟹还不得销往国外去呀?外国人竖大拇哥,得胜大米就是好,就是好!"

赵松把知青点重新修缮了,他还住在知青点的房子里。有时,他坐在院子里的拖拉机上。他真得感谢我,要不这拖拉机早就让人拆零件卖废铁了。

蟹苗还是刘技术员提供的,在得胜村实行稻蟹共生,在稻田里养河蟹,这稻米秋天上市后要比普通大米贵几倍。刘技术员和秋叮叮共同指导蟹农养殖,刘技术员说:"今年你们还买我的蟹苗,我无偿地提供技术。但是,我们非常忙,现在不光你们得胜村养殖河蟹,已经普遍了。所以,往下我没时间到你们得胜村了。"那意思是,明年你们再买我的蟹苗,我不能无偿提供技术了。以后,河蟹养殖、病虫害防治,都是秋叮叮的。还有果树那一大摊子事,好在范潇典学啥都快,种植、养殖,知识从书本来,现学现卖。他每天在地里忙活,脸色黝黑,变成了地道的农民。我调侃他:"你这肤色叫小麦色,外国最流行。你知道人家外国人以啥为美? 皮肤晒成的小麦色。那是在海边,在沙滩上晒成的,经常度假,那才是有钱人。"

大春子夸我:"咱家臭三这在城里上学是见识广啊。"

五月是最繁忙的插秧季节。大清早,村委会的大喇叭就广播,今天放水泡大田,大伙儿将各家的水田看好。各家仿佛听到了统一口令,男人们、女人们,拿铁锹、拿箟子,向自家责任田大步流星地走去。大伙儿起早贪黑,有拉着"虾爬车"在地里耙地的,还有用骡马拉着耙地板子在水里耙地的。

到插秧的时候,男人们挑秧苗,把秧苗有序而整齐地抛撒到稻田里,一朵朵水花飞溅在阳光下;女人们都是插秧能手,像变戏法似的,分棵、插秧,一棵棵水稻秧苗,在她们灵巧的手里,变成了成排成行的水稻。

一道道歌声,一串串笑声,从水稻田里,飞向遥远的空中,那儿正有丹顶鹤飞过。

这些都被录进了赵松的镜头,他看见哪个小媳妇俊,还特意给她个镜头:"那个俊媳妇,来,冲这儿笑,把头巾往上拽拽,露出你漂亮的脸蛋儿。拿着秧苗,挥舞……"

遇到面儿矮的,赵松就得挨骂:"滚一边去,臭不要脸的,别照我!"每天他身上又是泥又是水的,不是下地插秧留下的,是让小媳妇们用泥巴甩的,甩不准的,甩他脸上也是常事。他不恼不火,只要这些插秧的媳妇让他录像就行,谁生气了,他还厚着脸皮哄。

范潇典雇的几台插秧机还没到,五月下旬,插秧机也忙,等忙完了别村的插秧,才排到得胜村。那这个时候也不能闲着,人工先给小片的稻田插秧。今年范潇典实行互助插秧,先个人自行合伙,然后范潇典再调整,把那些合不上伙的人家安排到他们中间,力争每块稻田都插上秧。

这不行啊！范潇典看赵松这架势,在心里嘀咕,这赵松是个花心大萝卜,别是老毛病又犯了。关键,赵松还是个资深老光棍呢。他见到范潇典,那个兴奋啊:"哎呀,你说咱得胜村的女人咋就那么具有质朴的美呢？哎哟,那是天然的美,化妆是化不出来的,真是'清水出芙蓉,天然去雕饰'。"

范潇典听了这话,心里悲凉到了极点:"得了,赵松,你赶紧走吧,你再在村里整出点啥花边新闻,我这个村主任又得重新选。"他劝赵松,"你回北京吧,你这录像跟我们插秧、养殖河蟹不挨边,你录不录,我们都得干活,你帮不上忙。"

"你这目光短浅了不是？"赵松开导上范潇典了,"到时候你就知道我有用了,我给你的大米打广告。现在不是酒香不怕巷子深的年代了,你得广而告之。营销做得不好,产量再高都等于零,滞销,无法变成钱。我是让你的大米,不但在本省有销路,而且打开全国的市场。我为啥敢打这包票？为啥敢说这大话？为啥敢给你的大米、河蟹打广告？产品过硬,我心里有数。我是做传媒的,说了你也不明白。"

范潇典又被他说蒙了:"那行,主要你注意影响,我这么说你明白了吧？"

几台插秧机进了得胜村,大地上又是另一番繁忙的景象。

刘技术员临撤的时候说:"范潇典啊范潇典,你是真抠门啊,我这个不花钱的技术员白用了几年,我要撤了,好嘛,又来了个不花钱的农业科学家。行,你们村要是不过成大地主,老天不容啊！"

范潇典说:"你还真没良心,当年你那蟹苗卖不出去,不都是我们村包了？"

刘技术员不领情:"喊,我白给你扛活呢。"他拍着范潇典的肩,"范主任,我会给你提供优质蟹苗的。"

"哈哈,我不会进别人的蟹苗,相信你。"范潇典和刘技术员握手。范潇典怎么会得罪刘技术员呢？他说是不管了，打点不过来的时候，也就是秋叮叮来得不及时的时候，那还得请刘技术员。

在经济大潮中，范潇典有时把他的锋芒收敛，特别是当村主任，想得要多，顾虑得也多。但在很多事上他还是锋芒毕露，言必信，行必果。要叫别人一两年才能落实，到他这儿是从不拖泥带水，一贯雷厉风行。

像红旗沈粮发展有限公司投资得胜村，在沈阳已经敲定了。稻蟹这块是合资；农家乐、村旅游这块是村民自己的事业，村民自己入股，秋叮叮他们无偿提供设计和技术。得胜村的播种插秧都结束了，还没举行个落成仪式。程书记几次提到，举行个仪式，正规化，也热闹下。现在，村里的男女老少都在果园、葡萄园里忙碌。这是一年四季都忙碌的活，开春有的果树开始栽种了。村里有片试验田和果园，秋叮叮说，她上大学时，一直梦想有个属于自己的农业试验基地。秋叮叮每周五晚准时回到得胜村，住在知青点。范潇典邀请秋叮叮住在他家里，秋叮叮拒绝了，不是那么回事。她坚持住知青点。赵松已经把知青点收拾得非常干净，很适合人居住。范母也不同意秋叮叮住到家里来，时间长了，难免有闲话。

秋叮叮正在试验基地种植韵锦水稻1号，也叫"海水大米"，但不是在海水里种植的。这是她和沈阳农业大学共同研究的课题，已经很成熟了，今年若在得胜村试验基地种植成功，明年就大面积推广。盘山这个地方，九河下梢，退海之地，退还滩涂上覆盖着厚厚的淤积物，经过长时间腐化，在土壤里形成了丰富的微量元素，为水稻的生长提供了营养。盘山是辽河和渤海汇集的地方，就是辽河入海的地方。所说的海水大米，不是纯粹的海水种植，而是海水和河水汇集的水，比海水要淡，比河水要咸一点。再加上盘山的气候，还有地处北纬40度这一举世公认的黄金农产品带，禀赋优异，盘山大米好吃是出了名的。

简单说一下盘山水稻的前世今生吧，先往近处说。1928年，为发展家乡农业，张学良将军在盘锦的大洼创办了营田公司，开发种植水稻7.66万亩，而且翻地用拖拉机，抽水用柴油机，使这里成为当时国内面积最大、生产技术最先进的水稻灌区。

往返于沈阳和得胜村的秋叮叮病倒了，发烧，躺在知青点。她在试验基地淋雨了，她是想把那块试验田做完。

郝东凯今天破天荒地帮着大春子在承包的园林里除草栽树，给大春子心疼的，她让郝东凯歇着喝水，陪她说话就行。郝东凯真坐到凳子上喝茶去了，他太累了。外村出外打工的人，大多是夫妻俩一块出去，把年迈的老人和年幼的孩子留在村里。他们临出门第一件事就是到郝东凯的卫生所，把过去的药费结了，重新立本账，以便父母孩子在这儿看病赊账，最关键的是，把父母交给郝东凯照顾。于是给郝东凯又养成个习惯，无论到哪个村，兜里都装个小本子，上面记的是各村老人的名字、病情、常用药。他要到哪个村出诊，要背很多药，顺道把那些需要照顾的老人也看了，留下备用药品。有时他也来气。有时年轻人来，说把老人孩子托付给他，他气呼呼地说："我又不是你爹，托付给我干啥？看不过来。"话是这么说，到时候还是要去看的。还有接生，他都宣传多少回了，临产了要去医院，在村里太危险。有的人家就不在乎："没事，有你呢。你都接这么多年的生了，经验都比医院的医生多，医术比医院的医生高。"说白了，不想住院，不想花钱。还是没钱啊。

郝东凯正喝茶，看着阳光洒在大春子身上，脸庞上的汗水在阳光下闪亮。一只蝴蝶落在草叶上，土地散发着潮气。

范潇典跑来说："爸，快去看看秋叮叮，发烧了。"

大春子哼了声说："这城里人就是娇气，干点活要工钱，就整那么个试验田，还累病了。"

"妈，看您说的，园林规划，栽种什么品种的苹果啊，葡萄啊，不都是秋叮叮操心吗？"

"行了，快去吧，别磨叽了。她可是咱村的大宝贝。"大春子说他俩。

知青点显得很冷清，赵松回北京了，公司接了个演出活动。他还把摄像的事交给了秋叮叮。

从知青返城后,郝东凯这还是第一次来,多少往事涌上心头。人在变,时代在变,唯一不变的是那份真情。他给秋叮叮量体温,发烧,秋叮叮是疲劳过度。范潇典说,还焦虑过度呢。郝东凯给她开了退烧药、感冒药,说:"吃了就没事了,加强营养,回头叫你妈给炖鸡汤。"

"叫我哪个妈呀,啊,爸?"范潇典对着郝东凯咧下嘴,卖个"萌"。

郝东凯哼了声,没搭理他。他看范潇典又倒水又喂药的,心里犯合计了,随即推翻自己的想法,狭隘。他走到门口,摆手。范潇典追到院里,郝东凯说:"你是结婚的人了,注意保持距离。你是村主任,注意影响。"

"爸,您提醒得对,但您放心,我们是纯洁的革命友谊。"他嘴上坚决,但行动不做主。送走了郝东凯,范潇典急忙进屋,坐到炕边说:"等着,我回家,让我妈给你炖鸡汤。"

"让你哪个妈?"秋叮叮也傻傻地问。

"放心吧,让我妈,不是我丈母娘。"

这话能宽慰秋叮叮的心,也许吧,如果是范母炖的鸡汤,秋叮叮会吃得心安理得一些。范潇典刚要起身走,秋叮叮突然抱住了范潇典,嘤嘤地哭泣。

范潇典心里咯噔一下,仿佛郝东凯就在看着他呢,他不禁往窗户看了眼。范潇典拍着秋叮叮的肩,把她扶住,看她的眼睛。他还不能立刻把她推开,那样她脸上就挂不住了。是真哭了,有眼泪呀。因为秋叮叮的性格他也拿捏不住,有时候她像个小孩,说是哭,没眼泪,那是假哭。要不她在得胜村咋能和我臭三玩到一起?不是这样的性格,有谁会无利也起早,一心帮得胜村,帮范潇典?范潇典看她真掉眼泪,惊呼:"你真哭了!我知道,是周铁铁欺负你了,他现在当的官越来越大,指定在外面拈花惹草了!"

秋叮叮抹搭他一眼:"都啥年代了,还拈花惹草。那叫外遇。"

"哎呀我的妈呀,你啥时能长大成年啊?说你家老爷们儿呢,不是说别人,还外遇。"

秋叮叮低垂着眼帘说："也没啥，周铁铁现在就是不怎么爱搭理我，总出差。"范潇典忙说："怨我，给你俩造成分居了。"范潇典认真分析，"你吧，周六、周日往得胜村跑，周铁铁呢，正常时间出差，你俩牛郎织女一般啊，不奇怪，没啥外遇，分开了，见不到面的缘故。外遇？听着还挺时髦的。"

秋叮叮小声说："我哭还有一个原因，试验基地的韵锦水稻1号，我们还是放弃吧，已经试验不下去了。缺少资金，我自己的工资是有限的。再说，就是试验成功了，新品种的推广也是困难的。不过，我和农大的教授研究过了，韵锦水稻1号如果成功了，从质量、产量上，都将是对得胜村大米的一个提高，而且将来可以参加世博会评奖。可能我错了，不该好高骛远。可是，我们不打造自己的大米品牌，是走不出辽宁省的，更别想上全国人民的餐桌了。先搁浅吧，把我们眼前的大米和园林经营好，先让百姓的腰包鼓起来。"

屋里陷入沉寂。范潇典何尝不想顾全眼前？他想说，好吧，放弃。可是，范潇典深知，这件事如果暂且放弃，等有条件再接着试验，即便成功，也像陈年的稻种，即使发芽，也逊色。而且，科学试验也是当时的激情和迫切要求，失去了当时的热情，再想从头来，从心理上会愈加望而生畏。他范潇典就是与众不同的带头人，他想做事业。"下定决心，不怕牺牲，排除万难，去争取胜利。"毛主席的话始终激励他勇往直前。盘锦大米是品牌，不光得胜村在做，别人也在做，那么，谁抢占了先机，谁抢占了科学，谁就抢占了市场，谁就能站到最后。他范潇典现在是穷光蛋，身上背着五万元的债，不，还有工程款没着落。周铁铁他们公司是投资了得胜村大米，但没说投资搞科学试验。范潇典劝说秋叮叮，也像是给自己宽心："搞经济是摸着石头过河，大米的科学试验同样是摸索着往前走。没人规定必须什么时候完成，也没人逼迫必须完成。试验基地不是有稻蟹两种？秋天稻蟹丰收了，你的试验经费也就有着落了。去年的大水，让农民们都吓破胆了。今年做了多少宣传，才让大伙儿养上河蟹，稻蟹两种大伙儿都不爱参与,就是在稻田里养殖河蟹,认为河蟹碍事,耽误水稻生长。要是稻田里没有螃蟹,追肥打药,那随便,水稻产量还高。稻田里养殖河蟹就不行了,不能给水稻打农药啊,减产。出现这种情况,唉,就得引导啊,太累了,好在有希望的苗头了。"

秋叮叮笑了:"我应该向你学习,乐观,向上。其实我以前比你乐观,现在倒领悟愁滋味了。"

"你以前小,知青里,你最小了。"

"所以赵松总利用我,"秋叮叮哈哈笑着说,"我就拉上臭三。"她像突然想起了啥,大惊小怪的,"呀,范潇典,你录像了吗?我不是让你录吗?我录了几天,实在是无聊极了。我反正没时间,赵松交给我,我交给你了。"

"也许赵松是对的,得亏你提醒我了,早忘了。"范潇典说,"我回家拿录像机,到我丈母娘的园林录去。虽然还在规整中,但也算是得胜村的模范园林了。"

秋叮叮这一提醒,范潇典对录像这事还真上心了。秋叮叮教了他半天,他总算学会了。

到了大春子的园林,范潇典没敢言语,直接偷录。大春子头上蒙个暗红色的头巾,说颠倒了,是先戴个带帽遮的帽子,外面蒙个头巾,不是特别熟悉的人,真认不出是她。她正蹲在果树下薅草。还有两个妇女正侍弄苹果树,往树下浇水,这是她雇的人。园子里溜达着几只小土鸡,刨食吃。又跑过几只小白鹅,出出草叶吃。大春子小声嘟囔:"留点草也行,让鸡呀鹅呀找食吃。"她抬眼看见范潇典正在录她,摆手,"干啥呢?吃饱撑的呀?那么多正事你不干,跑这儿来瞎照啥!你咋跟赵松似的,没正事呢?"

范潇典忙解释:"妈,我没照您,我照那些可爱的小鹅呀,小鸡呀。"

"那也别照,该不长个了。"大春子直起腰,摆手让范潇典赶紧走。她回身嘟囔:"还可爱的,跟谁学的?"

晚上的时候,范潇典去看秋叮叮,给她送饭,是范母做的,手擀面,鸡蛋卤。他今天在大春子园林看见那么多溜达鸡,真想逮一只给秋叮叮炖了吃,话到嘴边噎回去了,还是怕大春子起疑心。大春子无论啥时期,那鸡鸭鹅的从没断流,有下蛋的,有炖着吃的。那困难时期,她家这些荤腥也不断流。家里的鸡鹅不舍得吃,她骑着马,跑到黑山上打猎。说是打猎,也就逮只野兔子野鸡,冬天,收拾立整了,挂在仓房里,等着遇到啥事吃。那郝东凯在溜光水滑的时候,不就是被她拴住胃了吗？现在山上的野物少了,也不让打猎了。大春子扩大了养鸡养鹅的数量,到了夏天,我姥爷赶十多只鹅去放,在水磨坊那儿放,那儿草肥水润。范母在养鸡养鹅上就逊色多了,没等长大,就瘟鸡了,蔫巴几日,死了。后来范母干脆不养这活禽了,现在农村大集货可全了,她想吃就去集市上买。这时候,秋叮叮病了,范潇典多想抓只溜达鸡炖了,可是,叫妈是叫妈,毕竟是丈母娘,况且她还警告过范潇典,离秋叮叮远点,这姑娘是好,可有时缺心少肺呀。是的,秋叮叮可不会注意啥所谓的影响,她信奉,心底无私天地宽。

　　秋叮叮捧着面条碗吃得香,吸溜着说:"我好了,不发烧了,你可别这么惯着我了。"

　　那大碗面条都吃了,吃得满头大汗,她满足地说,全好了。

　　范潇典看她这样,暗笑,小孩性格,不装假。

　　秋叮叮嚷着要看他今天录的像。范潇典随身带来录像机了,他俩看着,笑着。特别是大春子熊范潇典那段话,都给秋叮叮乐岔气了。她看着那些溜达鸡,还有那群小白鹅,瞅着,真有意思哈。他俩看着,笑得嘎嘎的。突然,秋叮叮不笑了,盯着范潇典看,看得那个执着,那个仔细。给范潇典看毛了,说:"你可别这么看着我,吓人。"

　　秋叮叮神秘而又兴奋地说:"我有个好点子。最多三年,这些苹果树、桃树、山楂树,都能齐刷刷结果子了,也形成规模了,每个园林有每个园林的特色,春天赏花,秋天采果。那你说,游人来了,游了半天,饿了咋办？"

　　"哎,你别说,这是个问题。"范潇典指着秋叮叮说。

　　"那些鸡呀,鹅呀,炖啊！咱们接着办农家饭庄,就用咱们村里的溜达鸡、大白鹅、河蟹、大米、白菜、萝卜，都是咱们自己养殖和种植的。"秋叮叮越说越兴奋。

"金点子！"范潇典挥舞着手，"这个农家饭庄还真没地方呢，放在村委会，腾出一间房。"

"看你，还是学经济的呢，那一间房就能招待远方的客人吗？太憋屈了。"秋叮叮穿上鞋，冲到院子里，在院子里转个圈，"你看，这知青之家嘛，怎么样？"

"太好了！"范潇典赞成，他感叹道，"要不是臭三啊，知青点就是不扒，也早让大伙儿拆巴零散了。盖猪圈缺砖来扒几块，搭鸡架缺木棱子来扒房顶，几次就扒完。没看西大庙吗？生生地扒没了。"

秋叮叮也唏嘘："当时看着不起眼，其实那都是文物啊，等用到的时候，没了。"

范潇典眼里突然放光，无限憧憬地说："我想好了，也是你提醒了我。知青点开饭店，咱也不装修，打扫干净就行。墙上糊的报纸也是文物了，都是那个年代的报纸，有历史感，有特色啊。"

秋叮叮哈哈大笑："咱俩咋像奔向共产主义了啊，试验基地还等米下锅呢，又空想上农家饭庄了。"

"我们是共产主义接班人嘛。"

说着，他俩在院子里，登上那台破拖拉机，唱着："我们是共产主义接班人，继承革命先辈的光荣传统，爱祖国，爱人民……"

我姐郝思晴放暑假回来，已经能帮着爸爸给病人输液打针了，但她说不想去爸爸的卫生所，她要留在县医院当护士。现在实习呢，过几天再回医院实习。郝东凯也愿意她留在县医院，回到他的卫生所有啥出息呢？

大春子说："我看回来对，好好过日子。你是结婚的人了，你看你和范潇典哪像过日子的人家啊，这样可不行！"郝思晴不服母亲的说法："那夫妻非得每天黏在一起？古人云：'两情若是久长时，又岂在朝朝暮暮。'"她认为当前她和范潇典是最佳状态，她如果想范潇典了，放假就回来看看

第十二章 稻蟹飞花 | 223

他,两个人在一起谈学习,谈得胜村的新发展,也谈他的烦恼。目前他最大的烦恼是包工头欠的工程款。是他领着大伙儿出去搞基建的,一大年,最后一分钱没拿到。特别是吴二嫂,就指着这工钱供孩子上学、给男人治病呢。他都不好意思见吴二嫂了。

郝思晴这次回来,范潇典也是格外高兴,两个人在一起有说有笑的,郝思晴还给范潇典买了件蓝色的T恤衫。范母看着喜上心头。可是,到了晚上,郝思晴喜欢回娘家住。上次是家里来了知青,她回娘家,也是给知青腾地方。这次不同了,西屋范潇典一个人住。大春子看出这个毛病,就说大女儿:"你是结婚的人了,不能总住在娘家。"郝思晴还开玩笑说:"咋的,妈,嫌我在家吃闲饭了?"大春子说:"你就冤枉你妈的心吧。你总住娘家,你婆婆会不愿意的。"

大春子也有耳闻,都传说,范潇典在知青点和秋叮叮唱歌呢。还有人看见俩人收拾知青点,说收拾干净了开饭店,"我看啊,是两个人在知青点另起炉灶吧"。这话听着就有意思了,另起炉灶,那是搬家另过的意思。大春子不想细分析,理亏在自己家姑娘身上,都结婚的人了,还在外面上学,婆家二话不说。如果郝思晴在村里过日子,这些谣言不攻自破。吃过晚饭,大春子说郝思晴:"今晚家里不留你,去你婆婆家。"

晚上郝思晴没有去婆婆家,大春子在西屋,陪着郝思晴说了些话。到这大春子才知道,范潇典对郝思晴说,等她毕业了,再住在一起。俩人即使住在一起,也是相安无事。这让大春子喜忧参半。

郝思晴回县医院实习去,范潇典和她一起走的,他是进省城再去打听工程款的事。表面看,两个人也很恩爱的。

这次进省城,范潇典还有一件重要的事:找周铁铁谈秋粮收购的事。现在庄稼在地里疯长,转眼就到立秋,要收割了,到那时候再谈就显得仓促了。收回的稻子亟待出售,你这儿还没谈好,如何收购?最主要的还是钱的问题。范潇典是想,只要村里把稻谷收齐了,他们就一并打钱。按周铁铁的意思,村里先收购稻谷,或者先把钱垫上,或者先赊着大伙儿的,等到他们加工完大米卖了再给钱。范潇典开始口头答应着,但没那么坚决。现在他觉得不妥,你周铁铁让我代收稻子,行,我不跟你要代收费用,但你要把钱放我这里啊,我收购一份,给稻农一份粮钱,一律不赊账。

到了沈阳,范潇典马不停蹄,直奔周铁铁公司。周铁铁正在开会,范潇典等了会儿。这公司设在中街的办事处,看着装潢的档次和气派,他们公司拿出现金收购粮食是没问题的。范潇典还参观了他们的粮食展厅,也算开了眼界。这包装,不就是个粮食吗?大米、小米、白面和各种豆类,拿袋子装着不就得了?还包装得这么精致。也就一斤两斤的小米,塑料袋真空包装,再配上有特色花纹的纸壳包装。白面五斤装的、十斤装的,那图案也都非常漂亮。范潇典在这个面粉厂工作过,那时候是白布口袋,或者编织袋子,五十斤装,是不好看,但实惠呀。看起来,现代人由实惠转向精致美好了。展厅有大米,但不是盘锦大米。范潇典心想,今年秋天,这展厅里就该有盘锦大米了。看完了周铁铁公司的农产品展厅,范潇典深感自己意识落后了,已经是井底之蛙了。如果当年自己不到沈阳闯荡,不读夜大,连现在的思想也不会有。

看到范潇典,周铁铁高兴得使劲握范潇典的手,他对范潇典除了曾经的相识情,还有一份感激,这份感激是终生的,无法忘怀。不是范潇典相助,他是不能参军的。得胜村只有一个参军名额,范潇典身体、政审哪样都不比他周铁铁差,就算硬找毛病,谁也不能说大队长的儿子不能参军啊。他当时找到范潇典的时候是不抱希望的,他也知道范潇典仗义正直,但关乎个人命运,范潇典有权利为自己争取,其实他都不用争取,他只要按着正常流程办手续就行。可是,他让步了,让给比他年龄大,原本没有希望的知青。恩情啊!而范潇典这次看见周铁铁的时候,觉得周铁铁变化太大了。他无法看见周铁铁的内心世界,他直观,周铁铁精神了,意气风发,穿着笔挺的西装、锃亮的皮鞋,还扎着淡蓝色的领带,气派,有威慑力,用当前夸赞人的话说,大老板。

"刚才的会议很重要,是深圳来沈阳考察的商家。咱们东北地大物博,遍地的大豆高粱。他们说,从小就听着《松花江上》长大,想着等长大了,有能力了,一定要到遍地大豆高粱的大东北看看。他们也是做农产品生意的,还做出口。所以,我要穿得正式而帅气,无论做什么,第一眼很重要啊。"周铁铁这样跟范潇典说着,哈哈大笑。范潇典看着自己穿了几年的灰色夹克,真感到无地自容。范潇典暗暗下决心,致富,我不能拖时代的后腿,对!是得胜村绝不拖时代的后腿!

嗨,差点让周铁铁的西装转移了方向,书归正传。他坐在周铁铁宽敞的办公室里,左看右看。

周铁铁笑着说:"咋样,刘姥姥进大观园了吧。时代在变化,我们也在变化,可以用'日新月异'来形容吧。这都是给来谈生意的人准备的,到这儿一看,你不是皮包公司,最起码,人家跟你合作心里踏实。"

"行了,你别夸了,落到实处。"范潇典坐直了身子说,"我这次来是跟你商量,不,不是商量,是通知。说话就秋天了,村上给你公司收购稻子,不能赊账啊。再说,老百姓都赊账赊怕了。你们公司把收购稻子的钱汇到村委会,然后我才能收购。"

周铁铁点点头,不知道是同意还是不同意。然后他思量着说:"我们收购其他地方的粮食基本都是先赊账的,你信不过公司,还信不过我吗?"

范潇典寸步不让,说:"我谁都相信,可是有的事打击了我的信任。比如欠农民工的工钱,我到现在还没要来一分钱,连承包的包工头都跑了。别让我逮着,非得揍扁他不可。不说那么远,这件事别扯到你身上,你是公司的负责人,我不是跟你个人说话,我是跟公司的负责人提出要求。"

周铁铁宽慰地笑笑:"你这是让人家坑怕了,但你不能把市场都看扁了。我得跟公司商量商量啊。"

范潇典轻蔑地说:"你行啊,周铁铁,生意做大了,不知道哪儿是你的大本营了,没有得胜村就没有你今天。"范潇典不好意思说"没有我范潇典就没有你今天",那不跟小孩似的翻小肠吗?像周铁铁这种人,在生意场的大浪潮中都做油滑了,你得时刻敲打他,要不他忘本。

都是聪明人,周铁铁笑笑,还是点点头。他站起来,握住范潇典的手说:"范潇典,我就佩服你这点——为乡亲们,我要向你学习。我同意了,到时候,我把款打到村委会。按什么价收购你定,既让老百姓赚到钱,也让我们公司有赚头。我相信你,我向公司保证,会把这件事办得圆满公正。"范潇典很激动,也很感激。

范潇典一副万事俱备,只欠东风的样子,他搂着周铁铁的肩膀:"走啊,请我吃沈阳的烧烤。"

"你上这儿来解馋了。"周铁铁故意虎着脸说。

"那咋整?"范潇典笑。

周铁铁说:"我给秋叮叮打个电话,晚上一起吃烧烤,我俩也挺长时间没见面了。"

"像话吗?夫妻可以这么长时间不见面吗?最近秋叮叮可是挺伤心啊,准是你的原因。"范潇典故意兴师问罪。

周铁铁开玩笑说:"哈,笑话,她已经是你们得胜村的人了,你俩整天腻歪在一起,你还问我!如果她让单位开除了,别说你们得胜村不负责啊。"

沈阳的烧烤一条街,从这头看不到那头。人也是乌泱乌泱的,天热,有的桌子摆放到了店家的外面,这些馋嘴的吃货,撸串,喝着沈阳大绿棒子啤酒。这种啤酒便宜,大众,搁冰柜里冰镇上,喝起来拔拔凉。那吃得,真是冰火两重天。

意外的,赵松也来沈阳了。他还是不死心,想请秋叮叮和他一起找林芬芳,向她忏悔,求她原谅。

他们三个碰杯,干了杯冰啤酒,齐声说:"不可能。"

"怎么不可能啊?她没嫁,我没娶,我认为她在等我。"赵松对爱情执着起来是可怕的。

赵松看三个人光看着他不说话,以为同意了他的想法,他说:"那得需要你们的帮助。在得胜村的时候,我就可想加入你们三个的组织了,可是怎么着也挤不进去。今天好了,接纳我了,我们都是朋友了。是哥们儿,明天一定陪我去盘山县,找林芬芳去。我要重新向她表白。"

"你得了吧,在得胜村,你没少利用我,拿个破诗集。"秋叮叮揭发他。

"没有我那些诗,你有决心上大学吗?是我鼓励了你,成全了你,不是吗?"赵松在秋叮叮面前表功,他是想让秋叮叮陪同他去,林芬芳最起码会给个见面的机会。

"你还想利用我。那时候我年龄小,不懂事,我和臭三没少为你挡枪。你说你那时候咋那么多心眼呢?你把心眼用到生产劳动上,保准你年年当劳模。"秋叮叮这下逮着赵松了,可劲数落。

赵松可怜巴巴地求秋叮叮,这些年他别说结婚了,连对象都没谈,在他眼里,谁都没林芬芳漂亮,谁都没林芬芳善良。这辈子,他还是非林芬芳不娶。赵松说得诚恳:"哥儿几个,帮我。今天这烧烤我请了,想吃啥点啥。"

"你请啊,太好了,不用花俺家钱了。"秋叮叮招呼服务员,"再来二十串羊肉串,烤鸡头,烤猪心管,烤鸡脆骨……"

"得得,你烤那么多能吃完吗?斗地主,打土豪呢?"赵松激情满怀地说,"我也是真服了东北烧烤了,就没有不能烤的。哎,你别说,我就忘不了这烧烤,哈哈。"

赵松接着喝了一杯啤酒,给自己呛得直咳嗽。他这人本来就不能喝酒,还总想打入队伍内部。他是为了表现,让哥儿几个跟他去盘山县,重温旧梦。他想起了什么,对秋叮叮说:"看你,怎么就知道吃了?以前那个文静的小姑娘哪儿去了?我交给你的那个任务,帮我录像,录得咋样了?"

秋叮叮不看赵松,只顾吃羊肉串,喝啤酒。

范潇典说:"我给你录着呢。我想,不管咋说,你是走南闯北的人,见识多,说的虽然我不理解,但指定是有道理、有用的。"

赵松调侃:"还得是主任啊。"

"有啥用啊?振兴农业,还是靠科学。"秋叮叮说。

周铁铁郑重其事地说:"不,赵松是对的。我这次去深圳发现,无论什么,产品过硬是另说,人家那广告打得,艺术,抢眼。只有你我知道得胜村,全世界知道吗? 就是这个道理。"

"这领导就是高瞻远瞩。"范潇典说话有讥讽周铁铁的意思,"还全世界,沈阳知道我就知足了。"

自从发大水把河蟹冲跑了,范潇典特别关注天气预报。吃烧烤的时候,他听烧烤店里收音机传来天气预报,盘山有雨,他说,今晚就回得胜村,有雨啊。

赵松说:"你还能阻止下雨啊?"范潇典说:"下雨对庄稼有好处,雨露滋润禾苗壮嘛,但得适当预防啊,咱不养着河蟹呢吗?"

盘山县也在变化,过去的供销商场门前冷落,倒是几个大学生合伙创办的百货大厦红红火火。所有的商品,都像不要钱,可以近距离摸呀看呀,服装可以自己挑选,服务员只站在边上介绍。秋叮叮陪着赵松来到盘山县,在百货大厦给林芬芳挑选服装。在这儿买的衣服大小不合适还可以来换,所以,赵松决定在林芬芳生活的盘山县买。他觉得林芬芳喜欢穿翻领的服装,时代是在变化,人的衣着也在变化,但一个人的审美,在某一点上是固定不变的,无论时光如何飞逝。他给林芬芳选了条小翻领的连衣裙,束个腰带,米色的,裙摆到膝盖下,长袖的,简单大方。

从给林芬芳选衣服上,秋叮叮觉得这事有希望。赵松心里是多么了解林芬芳啊,他心中装着她,念着她。当初他是抛弃她跑了,可当时为了回城,做出各种愚蠢、奇葩事的大有人在,不光他呀。

我那天下午放学后正往林芬芳的寄宿班走,秋叮叮也不知道从哪儿冒出来的,先小声地喊我:"臭三。"这声音太熟悉了,我回头,看见了秋叮叮。最先映入我眼帘的,是她手里拎着的两个鞋盒子。我心花怒放,秋叮叮从沈阳来看我,给我买鞋了。我向她跑去,她喊:"你慢点,别卡了。"

我直接扑进了她怀里,搂着她说:"你想我了吧。你给我买啥了? 买新鞋了?"

我奔她手里的鞋盒子使劲。秋叮叮笑呵呵又神神秘秘地说："是,新鞋,咱俩一人一双,情侣鞋。"

我还不清楚啥叫情侣鞋,头回听说这词。我想让她解释下,但我的心思还是在鞋盒子上,亟待看里面是什么样的鞋。

"这回是有个人想你。"秋叮叮那眼神,神秘兮兮的。想我也用不着神秘兮兮的啊。

"谁呀?"我随意地问,心思还在鞋上,"那鞋你到底给不给了?还不拿出来看!"

"你猜。谁爱给咱俩打溜须?"这回秋叮叮眯缝着眼笑出声了。

"你都多大岁数了,咋还这样着头不着尾的?"我说话不耽误我想,这人是谁呢?呼啦想起来了,这个名字在我嘴里转了几圈,这个名字既陌生又熟悉。用小孩的话说,这个人既好又坏。我拍手,憋了半天说:"赵松。"

我俩击掌,耶。

盯着鞋盒子,我没底气地说:"少收买我,我不吃这套。"

秋叮叮把我拉到街边一个椅子上坐下,打开鞋盒子,她指着鞋说:"臭三同志,你先别把话说那么满,请上眼。"

这是一大一小两双黑色单皮鞋,款式一样的。我俩就地把新鞋穿上了。我想啊,这就是传说中的情侣鞋?我看秋叮叮一眼,哼,还是得胜村那儿的四六不着调的秋叮叮,跟我没啥区别。如果说我隔路,很大程度跟秋叮叮有关系,我总跟她在一起,潜移默化。秋叮叮冲我咧嘴笑,她说情侣鞋那是逗我开心呢,看她笑得诡秘,我就知道,我又有利用价值了。我干脆地问:"说吧,有啥事需要咱俩联手的?"说完我又后悔了,秋叮叮指定又玩小时候的各种把戏。我说:"叮叮姐你不是小孩了,你都结婚了。"

秋叮叮说:"跟那没关系,我结婚没生孩子,不算。"

这是我第一次穿皮鞋,真漂亮。我看着脚上的鞋,没心思听她说话。秋叮叮拉我一把说:"喂喂,集中注意力。跟我说说林芬芳生活的轨迹,也就是她每天习惯经过哪里。"

听这话茬儿,是奔林芬芳来的,来者不善,善者不来呀。我举手声明,我不做叛徒。秋叮叮轻松而愉快地说:"咱俩吧,就是回演一下小时候的戏,站在树下,等林芬芳来,把笔记本送给她,就这么简单哦。"

我随口说:"哦,那咱们就站在那棵树下。"我指着对面路边的树,林芬芳老师每天都从那儿经过。呀,她快回来了,每天这个时候,她到一个成人补习班讲课,这个点快回来了。

秋叮叮拉着我,跑到对面那棵树下,我们把已经装上旧鞋的鞋盒子放在隐蔽的地方。她手里拿着一本诗集,看那上面印着"赵松著"。我鄙视地说:"不是以前那个破笔记本了吗?故技重演,有用吗?"

秋叮叮像讨好我:"进步了,这个出版的诗集更有说服力。"她拍着诗集,"林芬芳是文化人,她喜欢有文化的人,在她身边,划拉划拉几个所谓的文化人,包括你爸,有出版过诗集的吗?"

我摇头。

"那你说,赵松是文化人还是大老粗?"秋叮叮又来给我挖坑。

"文化人。"我答,这不,又跳进她挖的坑里了。

"那不就得了?"秋叮叮把诗集递给我,"拿着,林芬芳来了,你就送给她,不用说话。或者,你想说什么都行,她问啥你说啥。"

我接过诗集,瞬间羡慕不已,如果我能出本这样的诗集,也不枉赵松教我一回诗。我真不想给林芬芳了,想据为己有。我正瞎合计呢,林芬芳婷婷地走来了,还是那亭亭玉立的身材,还是那傲慢的神态。这一刻,我恍如回到了那个年代的得胜村,眼前是轰动了整个得胜村的林芬芳。我在这儿上学这么长时间,怎么就没发现林芬芳过去的样子?仿佛从来到盘山县上学的那天,我就与过去的得胜村一别各不相干了。今天林芬芳是弯弯的头帘,她穿的是翻领的卡其色风衣,每一个风衣扣都扣得整齐,宽腰带,系着蝴蝶结。我捧着诗集,跑到林芬芳面前。我是从树下跑出来的,林芬芳有点惊讶。没等她问我什么,我就把诗集举到她面前,轻轻放在她手里,呼出一口长气说:"林老师,诗集。"

林芬芳拿在手里,看着封皮,她应该看见了那个她既熟悉而又陌生的名字,我看见了她的眼睛瞬间闪光,随即,黯淡。她严肃地问:"谁给你的?"

"我只负责送达。"我回答得很酷。

林芬芳说我:"你咋还是小时候那德行啊!"

秋叮叮从树下快步走来:"是我让她送来的。似曾相识吧?那年的手写笔记本,变成了铅字的出版诗集。我不说,你也知道谁有这本事,你也看了那诗集上的名字。"秋叮叮从裤兜里掏出一个纸条。传纸条,都啥年代了还传纸条。我真是服了秋叮叮,她有时候比我还小呢。就这套把戏,我绝不代演。纸条是赵松写的,约林芬芳在盘山县最豪华的饭店吃饭。

纸条上是这样写的:"亲爱的芬芳,趁着夏天蝉鸣悠扬,蹚过那条泛着涟漪的河,趁青春还有雨季,我在岸边的百合花(百合饭店)旁等你。"

唉,林芬芳就吃这套,她爱浪漫,爱回忆往昔。

秋叮叮说:"不是所有的忏悔都这样风花雪月。"

我仰着头,看着别处说:"林老师,你的刘海儿真好看。"

秋叮叮向另一边抬着下巴,意思是,林老师,你请吧。

晚霞徐徐地在天边晕染,一丝风掠过树梢,吹到我的脸上。我看见林芬芳沉吟着,嘴角略上挑,说不上是轻蔑的笑还是讥讽的笑,我这时候倒是想听她说,走,臭三,回家,咱哪儿也不去。但她说:"去吧,你俩陪着我,我不想单独见这个人。"

秋叮叮搂着我的肩,向前走去。我说:"叮叮姐,咱那鞋还在树那儿呢。"秋叮叮说:"没事,我藏一边了,没人拿。"我看见,林芬芳像一路寻找着什么跟在后面。

我们走进百合饭店,我和秋叮叮站在门口,让林芬芳先进包间。我看见赵松穿着海军衫,中间隔着圆桌,可能是隔得远吧,他俩都没说话。我站到林芬芳的前面,看她一眼,她的眼里闪着泪花。我心想,哼,真是不堪一击。

赵松说了句平淡的话,但语音深情款款:"芬芳,我来了。"

林芬芳含着泪,用手指狠狠地指着他,说不出话。

窗外下雨了,雨声时远时近,雨拍打着窗户。我又退回去,和秋叮叮一同站边上。

赵松哭了,他虔诚地说:"芬芳,让我补偿你吧,让我在你身边赎罪。我谁都不爱,只爱你。当时,我只想回城,找到工作,安顿下来,就来接你。可是,我太不走运了,我找不到工作,我连我自己都找不到了,我像个丢了灵魂的流浪者,在城市的街道里飘荡,无处安顿。"

这个哭诉,可能起作用了。林芬芳一手拿诗集,一手指着赵松,但一句话也说不出来。按理说,这时候林芬芳应该把诗集扔在赵松脸上,管他在城市飘荡不飘荡的,最起码他在城市飘荡,而林芬芳在痛苦中飘荡。我心想,她咋不扔呢?我的主要注意力在满桌的饭菜上,是我都没见过的,炒出来的菜放在漂亮的盘子里,盘子边上还摆放着用水果和萝卜雕刻的花,是那样精致。我给秋叮叮递个眼色,秋叮叮心领神会,可能她也巴不得这样。秋叮叮高声说:"臭三,你饿吗?嗯,我饿了。"还没等我回答,她替我回答了。

好香啊!满桌的美味佳肴向我扑面而来。我被美味诱惑着,不自觉地坐在了桌子边,秋叮叮坐在我的对面。我俩拿着筷子,对望一秒,然后埋头开吃。

具体他俩说啥了,有一句没一句的,我已经不走心了,好像赵松朗诵了他写的诗。

这个晚上一直下着雨。后半夜,邻村有个生孩子的。郝东凯知道这家,早告诉他家了,预产期快到了,去县城医院住院。现在县城医院条件好,郝东凯的那套接生技术已经落后,再说,郝东凯已经声明,不接生了。那家说,家里困难,离县城远,去的那天生了还好,不生呢,又要住上几天,费用太大。赶个下雨的晚上,他家人骑着自行车来找了,说人已经折腾

第十二章 稻蟹飞花

了,去医院怕是不赶趟儿。

郝东凯说是不接生了,看来人找他了,再看到那人焦急万分的表情,一句埋怨话也说不出。郝东凯像是接到了命令,背上药箱,骑上自行车跟着那家男人向村外奔去。大春子在后面跟着喊:"下雨,路滑啊,小心点,早回!"

咋也等不回郝东凯了。我姥爷也着急了,他穿上衣服,说是去找郝东凯。大春子拦住了我姥爷,她拿着手电筒,穿上雨衣,叫上范潇典,沿路寻找郝东凯。原来,郝东凯接生倒是挺顺利,母子平安,但回来的路上,雨下大了,他骑着自行车,摔进了沟里,昏迷不醒。

范潇典背着郝东凯,到了得胜村,开着拖拉机,直接送进县医院。

在饭店吃完饭后,秋叮叮说找招待所住下。林芬芳说她那儿有地方,不必花那份钱。她接纳秋叮叮,相当于向赵松发出和好的信号。第二天,林芬芳就去医院看郝东凯了。赵松和秋叮叮也来到医院。进到病房,赵松看见林芬芳了,但他没先跟林芬芳说话,而是和范潇典说:"我刚才给医院又加了些住院押金。"范潇典心里是高兴的,老丈人住院了,他这个当姑爷子的怎么也得拿住院费吧,来的时候匆忙,带的钱刚够住院的,后期治疗,他没钱了。这还是老拐的箱底。这好啊,车到山前必有路,拿钱的来了,得了,照单全收。范潇典握住赵松的手,很官方地说:"谢谢!"

林芬芳看见赵松来了,说还有事,先走了。但能看出,她的眼神是柔和的、欣慰的。

对赵松的出现,大春子是打心眼里高兴——有钱治疗了。她也知道,范潇典能有钱吗?逞能,他光赔付村民的河蟹钱,就背了五万元的债。岂止五万,还有工程款,他又发大话,他范潇典负责。赵松实实在在多交了住院费,郝东凯腿治疗得好,就恢复得快。大春子最大的愿望很简单——只要郝东凯永远好。赵松给钱治疗郝东凯的腿,那他就是好人。就这么简单。

范潇典此刻的想法也相对简单,治疗郝东凯的腿是他义不容辞的责任,但一分钱难倒英雄汉,目前所有的语言和赞美都抵不过赵松雪中送炭。范潇典想,以后报答吧。我们要强大,得胜村要强大。

立秋一过,一缕缕秋阳照耀着大地,一阵阵秋风吹拂着水稻,一望无际的稻田,由碧波荡漾的水稻变成泛着金色的稻浪。一田两用,水稻和河蟹都呈现丰收的态势。今年风调雨顺,自然五谷丰登,大地慷慨地奉献它的丰饶与富足。范潇典每天都查看水稻和河蟹。大春子在大坑里还养殖了鲤鱼、胖头鱼。吴二嫂跟范潇典开玩笑:"嗨,小主任哪,整天转悠啥呀,就等着丰收呢。唉,美中不足啊,咱那工钱啊,不能白瞎了血汗钱啊。"

上次在沈阳吃烧烤,范潇典恍惚看见那个包工头了,在灯影处,站着喝酒。范潇典刚想起身看个究竟,被赵松拉了一把,赵松以为范潇典要离开,嫌他磨叽,不爱听他说非得去找林芬芳的事。范潇典被拉着跌坐在椅子上,回头的瞬间,等他再找,不见人影了,他认为自己看花眼了。吴二嫂今天尽管是笑着说的,但也刺激他的神经,他心想,是我把大伙儿的血汗钱弄丢了,是我决策失误,就应该按月按天付钱。范潇典想到这儿,愈加觉得对不起老少爷们儿。范潇典暗暗下决心,等过了秋,水稻都收利索了,我再进城找这个包工头,挖地三尺也要把他找出来。

郝东凯的腿逐渐恢复,他坚持要出院,回家疗养,他自己是医生,可以治疗自己。大春子是希望他把腿彻底看好,她坚信我姥爷说的话:"磨刀不误砍柴工,等你看好了腿,才能更好地为人民服务啊。"这是我姥爷的原话,我姥爷是老党员,他说出的话,当然有高度啊。我姥爷没来县城看望郝东凯,家里怎么能离开他呢?地里的水稻离不开,水塘里的鱼蟹离不开,我姥更离不开。只要是大春子不在家,我姥爷就是家里的顶梁柱。郝东凯在这个家里可以忽略不计,但得胜村乃至周围几个村,都眼巴巴指望着他,特别是那些离家出外打工的人,听说他住院了,首先想到的是:哎呀,那可咋整啊?我老妈老爸有个病灾的咋看啊?郝东凯也是惦记着这些人,所以,他闹着要出院。我妈劝人的话比我姥爷经典,她说:"你是医生不假,自己的刀削不了自己的把儿呀,你要是落下后遗症,一条腿长,一条腿短,咋骑自行车啊?咋给人家看病去呀?"

这话起作用了,医生没废话,让你出院的时候自然通知你。这下郝东凯没脾气了。他主要是看范潇典来回跑太辛苦了:村里的种植业和养殖业正是紧把紧的时候,不能掉以轻心;医院里躺着的是老丈人,也不能不管不顾。他是心疼自己的姑爷,别看他不说,不像我姥爷似的总在指导、帮助范潇典,有什么化解不开的事,范潇典也愿意和我姥爷商量。郝东凯很少和范潇典说话,更别说商量事了,他是打心眼里喜欢这个年轻人。大女儿嫁给范潇典,他不发表意见,主要还是觉得范潇典比女儿大那么几岁,但是我姥爷同意,他也就不说啥了。范潇典有思想,有追求,有理想,是能干大事的人,是领着全村人致富的人,郝东凯心里是称赞和佩服的,认为他比自己有出息,自己就是个赤脚医生。

让郝东凯真正安心养病的是,郝思晴到他的卫生所替他值班。对于正规卫校毕业的郝思晴来说,头疼脑热、打针吃药的活还是能胜任的。她只是排斥回到农村像我爸似的当赤脚医生。不光她有这样的想法,她的同学,最次也是在县城医院工作。

第十三章　静待，大地追梦

秋渐浓,大地色彩斑斓,像油画。得胜村也在这巨幅的"油画"当中,稻田由黄绿相间,渐渐变得金黄。该开镰了。

赵松是和秋叮叮一起回到得胜村的,他要继续拍摄关于得胜村的纪录片。赵松这次回来的心情,用他自己的话说,如北归的大雁,是向着春天飞翔。尽管现在是秋天,可他的心里永远装着明媚的春天。他沿着来的路,重新寻到了爱情,那属于他的爱情,是初恋,也是最后的爱情归宿。秋叮叮说他:"别高兴得太早了,林芬芳没表态要和你言归于好。"赵松嘲笑她:"你哪儿懂得爱情啊,你仅仅是结婚了而已。我能感觉得到,她的眼神,她的气息,都在暗示着我。"

> 这个秋天啊,
> 只有得胜村的大地是慷慨和丰盈的,
> 金色的水稻是从碧波荡漾的青春中走来,
> 一路上与河蟹相濡以沫,共同走向丰收。
> 我要认养你的水稻,
> 与大地水乳交融、如胶似漆,
> 不再为一粒大米愁出眼泪,
> 也不再担心农药和化肥。
> 我真的要认养你的水稻,
> 在我的心湖荡漾开第一朵稻花,

>你看见的每一丝涟漪,
>都是我含泪的微笑。
>我何时能认养你的水稻?
>因为我羡慕,羡慕你的阳光和露珠,
>我要用青春浇灌,
>换回留在你身边的水波荡漾,
>我想认养你的水稻。

这是赵松写给得胜村水稻的诗,他边拍摄,边吟咏。他拍水稻和稻田里的螃蟹,他拍秋叮叮的试验田、韵锦水稻1号,他拍大春子的果园和果园里的鸡鸭鹅狗,他拍我姥爷坐在水塘边抽旱烟和若有所思的样子,他拍得胜碑和西大庙边上的碎砖、碗片,他拍残垣断壁、明长城,他拍知青点屋里墙上糊的报纸……当他拍绕阳河的时候,他蹲在河边号啕大哭,多少往事涌上心头,绕阳河上的水磨和水电站,那青葱的岁月啊,像这绕阳河的水,从他的心田流过。

郝东凯出院了,一时半会儿还不能骑自行车,他出院后第一件事,就是坐进他的卫生所。听说他出院了,看病的人多了起来。郝思晴看到这个情景,感叹父亲真是百姓心中的医生啊,父亲离不开这些乡亲,这里的乡亲更加离不开父亲。

八月十五到了,正是河蟹囊喷①上市的时候。得胜村的河蟹在盘山县是出了名的,县城饭店都派人开着摩托车到村里买河蟹。今年得胜村河蟹大丰收,不光稻田里养殖河蟹,所有的水泡、河沟见缝插针般地都养殖了河蟹。加上有秋叮叮这样科班出身的农业技术员,还有本地有实践经验的刘技术员。无论种植还是养殖,范潇典讲科学,讲技术,有这两样保驾护航,更是如虎添翼、锦上添花了。所以,范潇典注重留住人

---

① 囊喷:东北方言,意为"(果品、蔬菜、鱼虾)大量集中涌现"。

才、保护人才。

光凭县城的饭店是无法消化掉得胜村那么多河蟹的。范潇典派出几名有文化的年轻人,到沈阳周边几个城市去跑业务,销售河蟹,给这些业务员提成。赵松这回派上用场了,他带着他的纪录片回北京了,用影像,用图片,打广告。但他的传媒公司也要生存,不能白给得胜村打广告。涉及费用的事,范潇典不推诿,他要做长期合作伙伴,合作就是力量。目前他们得胜村没有资金,但有水稻和河蟹。他们得胜村和周铁铁的红旗沈粮发展有限公司是合作关系,范潇典给赵松支着儿,去找周铁铁谈,由周铁铁他们公司出广告费,这是双赢关系。

赵松竖大拇指:"范潇典啊,你当村主任屈才了,你应该经商。走吧,跟我去北京经商,打拼。"范潇典也得意,谁都爱听赞美的话,他说出的话更高调:"我现在做的是事业,比经商要高出几个档次,是经营和守护双重责任,我很自豪。得胜村的老少爷们儿跟着我奔小康,你说我的事业不比经商伟大吗?这叫平凡中见伟大。"

赵松很严肃地说:"其实你也是在经商,但你不是为了自己小家,是为大家。"

范潇典倒不好意思了:"你别夸我,我可不禁夸呀,哈哈。"

说走就出发,赵松带着他的纪录片,直奔沈阳找周铁铁。赵松见到周铁铁,把范潇典的话原原本本地跟周铁铁说了,他加了句:"这事如果你们公司不出资,我只能让我的纪录片沉睡了。"周铁铁是已经见识过外面世界的人,深知现在不是酒香不怕巷子深的时代了,你不吆喝,没人知道你葫芦里卖的是什么药。时间就是生命,时间就是金钱,经公司研究,公司广告业务由赵松的文化传媒公司代理,不但打河蟹的广告,连得胜村的大米和民俗一同推出去,这样红滩绿苇的湿地村庄才出产这样优质的大米和河蟹。研究完,立马签合同。时间紧,紧接着,大米上市了。

派出去业务员果然奏效,订单来了不少。但运输又成了大问题。河蟹讲究的是鲜活,死河蟹是不能吃的,这样就要求运输要快。范潇典跑到县城,找运输车,总算雇到车了,但运输费太高,运到沈阳剩不下利润了。范潇典又跑到客运站,随客车走,这样运费低。这只能解燃眉之急,长期买卖,要有自己的运输。这事以后再和周铁铁商量吧。

十月一过后,收割水稻。几台收割机在大地上并驾齐驱,这是范潇典提前雇的收割机。稻农不用再排队卖粮食了,把打下的稻谷直接送到村委会,当场点钱。

割水稻的时候,村会计也回村了,他家的田被村里用作试验田了,田里的水稻长势喜人。他回来的时候水稻还没收割,金灿灿地长在地里。他慢慢地走进自家的田里,抚摸那饱满的稻穗,一股暖流油然而生。风吹过稻田,掀起层层稻浪,风吹进了他的眼睛里,吹出了眼泪。如今这田是自己的,但水稻是村里的,和村里签的是几年合同。唉,现在干看着人家丰收挣钱了,没有自己的份儿啊。他真的很后悔。范潇典从地头走过,正看见村会计在地里傻站着。范潇典一眼就能看出他的心思,便站在地头,等着他说话。村会计也看见范潇典了,他掩饰地擦干眼泪,对范潇典说:"我还是村里的会计,村里收稻谷,我来记账发钱,还信得过我吧?"

范潇典说:"信得过,我来就是找你办这事。"

村会计说:"放心,我一定办好。"他又望着自家田里的水稻,脸迎着风说,"我在城里混得很苦啊,想回来种地。"

范潇典很快说:"没事,得胜村是咱的家啊,你有地怕啥?这地是你的呀,想种就种。"

村会计困惑而又激动地看着范潇典,不知道下面该说什么。

范潇典说:"那合同的事啊,秋后我和村里商量下,提前解除不就完事了吗?让我们得胜村每一个农民都不掉队。"

村会计没说话,他掏出烟,点着,眯缝着眼睛抽了口,咳嗽了几声,眼泪溢出了眼眶。他眨巴着眼睛说:"这烟还挺呛人呢。"

范潇典拉着他的手说:"回来吧,你脑瓜活,会算账,咱一起致富。"

"那是,我回来。城里是好,可不是咱的家呀。"村会计哽咽着说。

一车车稻谷拉进了沈阳的工厂加工。收购稻谷的时候,周铁铁跟车来到了得胜村。他看着一袋袋稻谷装上车,看着奔出村的车辆,看着抓在手里的饱满的稻谷,对范潇典说:"我们何必这样麻烦呢,还要把稻谷拉到沈阳加工?我们何不在本地建个加工厂?稻谷就地加工该多好啊。"范潇典说:"英雄所见略同啊。那样,我们的农民更不用出远门打工了。"范潇典握住周铁铁的手,表示感谢。但他没有说感谢的话,而是说:"当年,我就是在这儿送你去参军的。那时候我就想,我的做法是正确的,你周铁铁是个有作为的人物,到部队的大熔炉一定会锻炼成钢,是建设社会主义的有用人才。唯独没想到,你还能回到得胜村,为得胜村的百姓做贡献。"

"哈哈,"周铁铁爽朗地笑,"谢谢村主任夸奖。我做得还不够,继续努力。"

周铁铁又告诉范潇典一个好消息:"公司业务部门已经把得胜村大米,啊,往广义了说,把盘锦大米销往北京、上海。但是,也不能太乐观,市场上大米品种很多,静待市场发展吧。"

范潇典兴奋地说:"我也告诉你个好消息,你老婆,我亲爱的朋友秋叮叮试验成功了,韵锦水稻1号成功了!明年就可以大面积种植了,大米质量提高,产量增加三成。"

周铁铁也是信心百倍:"好,这就是我们的大米品牌。你只要种出来,我就能销出去。"

今年得胜村的稻谷在全县是顶尖的,卖出了全县最高的价格。农民们笑逐颜开,他们兜里揣着卖稻谷和河蟹的钱,进城买衣服,买电视,买冰箱。

冬天如约而至,得胜村的冬季也是繁忙的。范潇典召集村民,修缮房屋,平整土地,打造民俗村旅游业,还号召各家各户拿出老物件和老照片,交到村委会,给予一定的补偿,村里建村党史馆。村里过去闲置的房屋,修缮成能住人的民俗屋,明年村旅游开展起来,游客来了有地方住。那样就要有特色饭庄,招标,让会做农家饭的人承包特色饭庄。招标会是在村委会开的,很热闹,乱哄哄的。真要真金白银地承包,真没几个人敢试活的,主要是胆子小,怕赔钱。好容易攒点卖稻谷卖河蟹的钱,兜还不算鼓,不舍得花。吴二嫂说她给村里的工程队做过饭,还见识了城里的大饭店,没吃过大餐,但看过,也听说过农家乐。吴二嫂说要承包农家乐饭庄,可吴二嫂家男人急眼了,捶胸顿足啊:"你是有俩钱烧的呀!赔了咋整?你天天在家做饭,也没看见你挣钱。你会做个饭就能挣钱了?你要是真承包,我就死给你看,要不,我跟你离婚。"

大伙儿哈哈大笑。

吴二嫂不乐意了,她指着自己的男人,绷着脸说:"这两样,你选哪样我都热烈欢迎,乐不得的。你最好快点的,快别拽拉人了。"

范潇典分析了下,吴二嫂承包行,她还会说话,是,有时候净说瞎话、废话、不着边际的话,但饭店总不能让闷葫芦开吧。再就是,她胆大,敢干。范潇典还有个小私心:吴二嫂家比较困难,没人干重体力活,开饭店繁忙但不繁重,只要勤快就行。

这个农家乐饭庄最应该由大春子承包,大春子做得一手好菜,当年也是她做的美味滋润了郝东凯的胃,才算留住了他的心。她还会做野味,现在是不让打猎了,但那所谓的野味,无非就是野兔子、野鸡、野鸭啥的,那有何难啊?这些都可以养殖啊。秋叮叮早给他们普及养殖方面的知识了。咱们得胜村有秋叮叮这位农业科学家,想养殖啥就养殖啥,只要肯出力。在吴二嫂家男人吵吵把火的时候,大春子举手说:"我来承包农家乐。"这时候,大家真就静下心来听了,都认为大春子行,她家能交得起承包费,她又是得胜村最出名的勤劳人,村里谁家办喜宴,都请大春子掌勺,真应了那句话,勤劳善良。大家拥护,有小媳妇喊:"大春嫂子,我给你打工去啊。"

范潇典站起来,摆摆手,示意大家静静。他认真地对大春子说:"妈,您别凑热闹了,果园够您忙活了,别太累了。"

大春子据理力争："不是,你妈我啥时候喊过累呀?我怕闲着,不怕累。"

我姥爷对大春子说："嗨呀,你呀,咋当长辈的?别给孩子添麻烦了。"

我姥爷看问题看得老清楚了。他知道,范潇典怕落嫌疑,好事都可着自己家人来。我姥爷心里赞叹,潇典啊,是个好带头人。

最后,吴二嫂脱颖而出,承包成功了。主要是没人跟她竞争。大春子想竞争,热切的小火苗刚蹿腾了几下,就被范潇典熄灭了。

可是,难题又来了。吴二嫂说,她现在交不上承包费,先欠着,等一年头上交承包费。几个村干部当场合计了下,同意了。

老拐现在心静如水,他说了,有儿子打拼,他也该享福了。说是享福,其实他正忙得不亦乐乎,教孩子们学皮影戏。他还和县城里的文化部门联系,为皮影戏申报非物质文化遗产。我姥说了："你那皮影戏是文化遗产,那我这跳大神就不是吗?你看这跳大神的唱词,不比你那皮影戏唱词有文化吗?连我这跳大神一块申报啥遗产。"老拐寻思也是哈,一只羊也是赶,两只羊也是放,整理资料,一块申报。

跳大神的唱词是我整理的,有些我是会唱的,还有很多,我姥没教我。后来我长成大姑娘了,我姥教我就不学了。有些跳大神的唱词,我姥唱,我记录。

村委会安装了个新鲜玩意儿——得胜村第一台台式电脑。这也是得胜村进入互联网与外部世界联系的第一步。村里的人,谁想用,谁想学,都可以去用去学。但毕竟是金贵的电脑,钥匙在村会计那里,谁想用电脑,村会计给开门,当然,村会计要看护着点,怕弄坏了。这台电脑是林芬芳买的,不是送给某个人,而是送给得胜村。

这是我在得胜村看见的第二个稀罕玩意儿,第一个稀罕玩意儿是赵松的录像机。

三九天,什么也不得干了。大伙儿说,一年到头了,给大伙儿放几天假吧。范潇典想,也是啊,是驴还得打个滚呢。但有一样啊,可以玩麻将、玩扑克,但不能耍钱赌博。可以理解,在农村,就这点娱乐活动,人之常情,不能一刀切绝。范潇典趁这个空闲又进沈阳了,他心里有工程款的事,这些年就没放下。只要得闲,他就进沈阳找那个包工头。希望很渺茫,但他也要找,给乡亲们一个交代,也算是弥补自己的过错。

这次范潇典到沈阳,谁也没惊动,他想地毯式地找。他先找个便宜点的宾馆住下。他想起了上次在烧烤一条街,恍惚看见了那个包工头。但那是夏天,烧烤一条街上人多。现在是冬天,烧烤没有夏天火爆,人也相对少,一般都在屋里烧烤了。他先到施工的地方找,这里高楼林立,工地已经不见了,都是居民区。他第一天晚上去了烧烤一条街,从这头走到那头。天很冷,风吹过,从屋里飘来烤肉的香味。范潇典忍不住进屋,吃了顿烧烤,当吃饭了。嗯,屋里人还是很多,看起来,烧烤很吸引人。

真是实在没地方再找了,大海捞针啊。反正也没地方找,他第二天晚上又去那家烧烤店了,坐下来,要了个烤鸡架、十个羊肉串,今天是周末,人比昨天还多。人多,上菜慢,他吃的时间也长,他也不着急,回宾馆也没什么意思。中间他去了趟卫生间。去卫生间要路过一个走廊,正路过烧烤店的后厨,只见几个烧烤师傅在炭火前忙活。他从卫生间回来,又下意识往后厨看了眼,猛然间,他惊住了——包工头!但这个人低着头,无法看清他的脸。范潇典冲着那个烧烤师傅喊了嗓子:"怎么烤得这么慢啊?我都等半天了。"那个烧烤师傅抬头看他,说话冲:"找服务员去。"

范潇典脱口而出:"我就找你。"

与此同时,烧烤师傅也认出了范潇典,扔下手里的羊肉串,转身从后厨门跑出去。范潇典冲进后厨,紧追出去。冬夜,路上人少,这个包工头往哪儿跑范潇典都能看见。范潇典在后面紧追不舍。快被追上的时候,包工头突然转身,他手里握着匕首,对着范潇典刺来。范潇典让他一招,大声呵斥:"我不是跟你打架的!你只要把欠的工钱还给我们,我俩从此井水不犯河水!"

包工头说:"我没钱!要钱没有,要命一条!让我走,不然我要你命!"包工头向范潇典又挥舞了几下匕首,继续逃跑。

这回范潇典怒了,好不容易找到你,还能让你跑了?!别忘了,范潇典会两下武把式,他三拳两脚就把包工头打趴下。这家伙不是扛揍,而是逃避还钱,逃跑了,那几万元钱也跟着逃,不然要还钱,几万元啊!只要范潇典松手,他爬起来就拼命跑。范潇典干脆打得他爬不起来。

警察来了,范潇典都忽略了,继续挥拳。他俩一同被带到了派出所。半夜三更的,周铁铁跑到了派出所,想把人领出去。警察说:"你以为这是你家呢,想来就来,想走就走?打人犯法,拘留!"周铁铁说:"他也是受害者。"警察说:"我没看见他受害,我就看见他挥拳打人了,警察到了还打呢,我给拉开的。打红眼了都。"周铁铁说:"他不是为自己。"警察撑他:"为谁也不能打人。"周铁铁火了:"你知道吗?这家伙欠农民工工资,你咋不逮他啊?"警察说:"嗨,你俩真是好朋友,一个德行,火暴脾气。啥脾气也不好使,一码归一码。"

周铁铁独自一人回到家里。秋叮叮听了这事,说那得给得胜村信啊,人失踪了,村里人不得急坏了?周铁铁顾虑地说:"那咋跟乡亲们说呢?人在派出所,毕竟不是什么好事啊,范潇典是村主任。"秋叮叮不这样认为:"范潇典做事一向稳扎稳打,这件事是他心里的一个梗,因为村里有人认为,村里人的打工钱是被他私吞了。这件事他只跟我发过牢骚,还嘱咐我不要向外说,不是啥好听的事。他这是找到包工头,把村里人的血汗钱要回来,还自己一个清白。就像你说的,他是为了大家伙儿。"周铁铁叹着气说:"唉,竹篮打水一场空啊。包工头是抓着了,但没钱。警察审问了,上面的包工头欠他的款,他只得到一小部分,也都填补到日常开销里了,总之,没钱。"秋叮叮说:"不管有钱没钱,范潇典都要抓住他,还自己清白。"

得到消息的得胜村人,听说范潇典在派出所里,不能回家,立刻就毛了。他们不明真相,以为进了派出所不知道犯了多大罪,也不知道在派出所里要待上多久,那可咋办啊?眼瞅着要过年了,那过年也不能回来了,春天播种的时候也不能回来了,得胜村咋办?我们要种什么品种的水稻?要养殖多少河蟹?果园的果树还没结果子,是不是要继续侍弄?要结了果子,卖给谁去?卖不了烂在树上,岂不是一年又白忙活了?不行,不行,咱们要救范潇典啊。最担惊受怕的要数吴二嫂了,她承包了农家乐,已经说好,等过了年,开春就开张。这是范潇典说的,怎么开张,怎么置办锅碗瓢盆桌椅板凳,这可都得范潇典撑腰啊。她说:"要是范潇典不回来,我也就不承包了。"这话让范母听见了,她骂吴二嫂乌鸦嘴:"谁不回来了?咋就不回来了?呸!呸!你才不回来了呢!你这没良心的娘们儿!你这个乌鸦嘴!你这个扫帚星!"吴二嫂说:"你别骂我了,我也是好心。有能耐,谁抓你儿子,你跟谁拼命去呀!"

范母哭啊:"我进省城,我救我儿子去,你们都在这儿瞅热闹吧。"

村会计拉住范母劝说道:"你别听吴二嫂咧咧,跟她一样干啥?咱得想个办法救啊。你一个人去,势单力薄啊。"

还是村会计有主意,他把红布撕成条,用红布做个横幅。他媳妇骂他败家。他说,豁出去一块红布,值啊。横幅上用毛笔写着"范潇典是好人是农民的致富带头人"。中间他想搁个逗号,觉得这个逗号碍眼,还是一气呵成,突出主题。

村委会门口围了很多人,吴二嫂手里拿着那个横幅。村会计在人堆里跟大伙儿说着什么。村会计说:"这可是大伙儿自愿去的,路费啥的可都不管,去省城,挺远的,你们可要想好了。"吴二嫂说:"放心吧,我们是自愿的。快过年了,就当进城逛逛,买点年货。"还有的女的说:"我正想去省城呢,今年咱卖稻谷挣到钱了,去省城买两件衣服,穿新衣过大年。"还有的说:"我也去,我长这么大岁数,还没去过省城呢。"村会计又嘱咐了几句,什么"见好就收,不做违法的事,目的是把范潇典领回来"。吴二嫂信誓旦旦地说:"你就赌好吧,指定把范潇典领出来。我就不信了,他们分辨不出好人坏人。"

客车来了,大伙儿呼呼啦啦上车。我姥爷看见了,在后面喊:"你们都回来,不能胡来呀。"在我姥爷的后面跟着老拐,他边追边说:"您这么大岁数了,别费那份心了。"我姥爷说:"他们这是胡来,闹事啊。"

看着大伙儿都上了客车,客车已经开走了,老拐说:"闹事也是没办法的办法,也撑不回来了,车都开走了。"我姥爷说:"好啊,老拐,这事你知道,你应该阻止,你过去好歹也是村干部嘛。"老拐打马虎眼:"跟我可没关系,是村会计的主意。当然了,我是愿意他们进了省城能把范潇典领回来。看起来,您不愿意了,他可是您外孙女婿啊,这真是差一点白瞪眼啊。"我姥爷说:"你别说废话了,赶紧给周铁铁打电话,把情况跟他说说吧,把这帮闹事的阻止了。"老拐答应着,说这就给周铁铁打电话。他又补充说:"您别上火,没事,村会计去了,他能掌握火候。"

我姥爷说:"这是蒸馒头了掌握火候?你们这帮人啊。"

派出所门前聚集了一群人,打着横幅:"范潇典是好人是农民的致富带头人。"

等周铁铁赶到的时候,他看到了鲜艳的横幅,听到了各种声音,说的是范潇典的各种功绩。周铁铁没有立刻阻止,他想警察不听他的解释,那总该听群众的解释吧。警察对范潇典说:"我们相信你是好人,就像横幅上说的,但是,这样的聚会是不合适的,定什么性都有可能。该放你的时候,我们也不会故意延期。这也是给你敲响警钟,已经是群众的致富带头人了,更要遵纪守法。"

范潇典说:"警察同志,你说的道理我都懂。这样吧,你让我和乡亲们见个面,他们看见我就放心了,我让他们回去。"警察同意了。

范潇典从派出所走到院子,对大伙儿说:"你们看我这不是好好的吗?都回去吧。赶紧把横幅收起来,丢人啊!你们想让我早点出去,就赶紧散了。"

吴二嫂说:"我们都听你的。我们现在不回去,去办年货,这么大的沈阳,大伙儿不知道去哪儿办年货啊。这不,今年咱卖稻谷,卖河蟹,有钱了嘛。"

范潇典说:"你们可千万别走丢了。还有,捂住了钱包,别丢了。"

周铁铁从墙角走出来:"行了,你安心在里面待着吧,我带乡亲们逛商城去,一个都丢不了。"

第二年的七月一日,范潇典还没有如愿入党。他一直在写入党申请书,也许是打人被拘留的事,使他或多或少受到了影响。范潇典不气馁,他会继续努力。

范潇典从派出所回来后,程书记批评了他:"得胜村的成绩可谓是万众瞩目,你非得往平静的湖水中投一颗石子。"

我姥爷可不这样认为,他是阻止大伙儿去派出所拉什么横幅,但他认为,范潇典有朝气和骨气,虽然没找回工钱,但找回了农民的尊严,农民不是改革经济大潮中随波逐流的石子,而是枝繁叶茂的参天大树。最主要的是,从包工头那里证实,范潇典从没背后拿过一分黑心钱,他是全心全意为人民服务的公仆。那些误会他的人也放下包袱,投入建设家乡的洪流。在经济浪潮中,理想信念怎么能够缺席呢?范潇典是普通人,他没有更加宏伟的理想,但他是得胜村年轻人看得见、学得着的榜样,所以他坚信,榜样不是树立的,而是自己做出来的。

从北京传来了好消息——赵松的纪录片《得胜村的诗和远方》获奖了。随着纪录片的播映,得胜村的大米、河蟹名扬四海。特别是蟹田大米和蟹田河蟹,无公害,深受城里人欢迎。蟹田大米,就是蟹、稻混养,整个生长期,不使用除草剂,不使用杀虫剂,不使用灭菌剂,总之,不使用任何化肥农药,水稻为河蟹的生长提供了丰富的天然饵料和良好的栖息环境,河蟹的排泄物又是水稻生长的最好肥料,蟹、稻相辅相成,生态平衡。到了秋天,真是稻香蟹肥。

蟹田大米经周铁铁公司加工、包装,档次立刻提高,进入各大城市的超市。

赵松的纪录片获奖后,赵松又回到了得胜村。他说他的诗《我要认养你的水稻》也走进了纪录片,得胜村的皮影戏、得胜碑都在纪录片里。那天,在金黄的稻田里,赵松给周铁铁和秋叮叮摆拍了个文艺范儿,周铁铁拉手风琴,秋叮叮跳舞。赵松和范潇典一同走进了纪录片,他们在丰收的稻田里和秋叮叮一起舞蹈。这是纪录片的结尾。赵松说,纪录片远没有结尾,他还要继续记录得胜村,记录走进新时代的得胜村。

今天正好,周铁铁也在得胜村。他来是商量在得胜村建大米加工厂的事,这样从地里收割来的稻子,就不用千里迢迢运到沈阳加工了,村里人进厂打工也不用出村了。建大米加工厂,说起来容易,办起来很烦琐,需要办很多手续。这不,在建厂用地上又有啥说法了。每当遇到困难,范潇典总是这样宽慰自己的心:好事多磨吧。

赵松看他俩都在,就卖弄自己的诗,朗诵、吹嘘,说如果没有这首诗,是否能获奖,还真不好说。

范潇典这才对赵松的诗刮目相看,以前他认为赵松的诗故弄玄虚、无病呻吟。今儿,他放低身段,认真阅读这首《我要认养你的水稻》。他对诗里"认养"这个词感兴趣,"认养"触动了他的心,不,是撞击,把他的心撞击得生疼。何不让城里人在得胜村有一块属于自己的稻田?这样种出的水稻他们吃了不是更加放心吗?实际上不是真把稻田给他们,那也是土地法不允许的。他们可以认养一块稻田,我们给种植,他们只需要交管理费用即可,等到了秋天,赊等着丰收。打下水稻,磨成大米,可以全部运走,也可以拿走一部分,剩下的存在得胜村,需要的时候,给他们邮寄。范潇典第一次高度评价赵松,有诗人的眼光。

这把赵松得意的,终于承认他是诗人了:"我的诗这么重要,诗真是有灵魂的,这就是文学的力量。老祖宗咋说了?'书中自有黄金屋,书中自有颜如玉。'这真是颠扑不破的真理。"从这儿,赵松张罗着,给得胜村办个农家书屋,培养得胜村年轻人读书的兴趣。读好书,读有意义的书。农家书屋里不光要有文学书籍,还要有农业技术和互联网方面的书籍。赵松跑有关文联、图书馆,呼吁爱心人士捐书,这样收集上来一部分书,他自己又购进一部分书。农家书屋在得胜村建设成功。赵松的愿望是,无论社会如何变迁,在金色阳光的照耀下,永远飘荡着书香和孩子们朗朗的读书声。

第十四章　人间辛苦是三农

范潇典和郝思晴有两个孩子,儿子叫范博成,女儿叫范博雅。如今儿子在辽宁大学读硕士研究生,女儿在沈阳鲁迅美术学院读大学。儿子、女儿都上了大学,也算是圆了范潇典年轻时的梦。周铁铁和秋叮叮的女儿周秋也在辽宁大学上大学,范博成是周秋的学兄。范博雅的小道消息说,范博成和周秋正谈恋爱,就等着周秋大学毕业结婚呢。这件事范母有所耳闻,但不了解实情。范博成从到沈阳上大学,就把秋叮叮家当成自己家了,放假时间,在秋叮叮家的时间要比在得胜村多,秋叮叮夫妇也把范博成当成自己的孩子。而周秋从来没去过老范家,多方面原因吧。

时间的长河奔流不息,范潇典他们这代人,为心中的理想和信仰而奋斗,潮起潮落,无怨无悔。他们已经霜染双鬓,不再年轻。岁月积累财富的同时,也带走了青春,岁月唯一不能带走的是才华和从内心绽放的壮丽。历史就是这样,老一辈、新一辈,源远流长。老一辈未实现的目标,新一辈默然地接过,有时是有准备的,多数时候是无准备的,加入得义无反顾和迅猛,有时还让父辈们措手不及和难以理解。如果说新一辈有什么区别于老一辈的,那就是新一辈少了豪言壮语,更加洒脱。

这是一个夏天的傍晚,白天的炎热在傍晚的微风中渐渐散去。在范潇典家的院子里,范母正忙着往院子里的吃饭桌子上端菜。院子边上的鸡冠花、笤帚梅花、指甲花开得正艳丽,西面院子角上的桃树结满了桃,青色的,正在长个。院子里还种了小葱、小白菜、小生菜,绿莹莹的,翠绿欲滴。老拐正拿个水管子,给院子里的这些蔬菜呀花呀浇水。范母颠儿颠儿的,又端上一个大汤碗,里面是小鸡炖蘑菇。她看了眼老拐,焦急地说:"你咋还有心思浇水呀?那菜地不浇也旱不死。你费那工夫有啥用?早市有的是这破青菜。"

"净扯,这能跟早市那菜一样吗?咱这是绿色菜,孩子们都讲究吃这个,城里人更讲究吃绿色菜。你没看赵松,临回北京,指定从咱院子里拎一兜子菜。"老拐絮絮叨叨地说。

范母不耐烦:"谁家的生菜也不是黄色的。得了,我不跟你磨牙了,你赶紧去喊孩子们,这都几点了?天快黑了,吃晚饭了。"

老拐继续浇地,不紧不慢地说:"着啥急?范潇典不是领着孩子们看地里的水稻去了吗?好不容易放暑假了,好不容易回来的,转悠转悠。"

西边的太阳正慢慢晕染开来,渐渐融入大地。绕阳河在余晖中静静地流淌,远处的水磨在光影中若隐若现。范潇典正走在河边上,走在他身边的是他的儿子范博成和他的女儿范博雅,还有周秋。两个姑娘手拉着手,嬉笑声随着绕阳河传得很远。晚风习习,四个人看着、指点着、谈论着。

院子里的饭桌上摆满饭菜。老拐洗干净了手,和范母坐在饭桌边等着范潇典他们回来吃饭。范母一个劲地嘟囔老拐:"让你去找,你偏浇你的菜地,这都快黑天了。"

正说着,范潇典和儿子博成、女儿博雅兴致勃勃地走进院子。博成和博雅见到桌子上的饭菜,坐下就吃。博雅说:"奶奶做的饭就是好吃,我都吃够食堂的饭了。"博成也大口吃着说:"走到天边,无论吃到什么地方的米饭,都不如咱家乡的大米饭好吃。"

轻柔的晚风,吹散了白天的热气,清爽的空气中飘着甜丝丝的青菜和花朵气息。范家老少三代其乐融融地吃着晚饭,笑声不断。范潇典对儿子说:"博成啊,硕士毕业了,有啥打算啊?"

博成哈哈大笑着说:"爸爸,如果我现在打算就晚三春了,我们在没毕业的时候已经打算好了,我留在沈阳工作,去一家外企。"他小声说,"薪水高。"

"好啊,"范潇典赞许,"你能进大城市,又圆了我另一个梦。想当年,我就想留在沈阳,干出一番事业,到最后看,还是文化低啊。我儿子有出息。"

老拐喝着酒说:"要我说呀,啥也不顶工作。"

博成回答:"爷爷,我是工作啊。"

"我说的工作是在国家单位工作。"

博成不解。范潇典说:"你爷爷那个意思,当公务员。嗨,你爷爷就这样,他认为啥都不如在县里,哪怕在乡里呀,当干部。老脑筋了,没办法。"

范母也说:"我觉得那样挺好,在乡里、县里工作,多威风啊。"

范潇典纠正着说:"妈,您说得不正确,怎么能是威风呢?那是近距离为老百姓做事。"

博成微微摇头:"我可不想像我爸似的,窝在这个小村庄里。"

老拐说:"不许瞧不起你爸爸,他可是咱村的致富带头人啊,我自豪!哈哈。"

"哎哟,爸,您可从来没这么表扬过我呀。"范潇典受宠若惊的样子。

博成赶忙申辩:"不是,我只是想在外面闯荡闯荡。"

"对对,年轻人嘛,应该有闯荡的精气神。"范潇典赞许地说。

"我哥留沈阳另有原因——他没出息,他处对象了啊。"博雅快人快语。

"你别瞎说。"博成给博雅使眼色,意思是不让她说。

范母笑着说:"我这孙女啊,哪儿都好,就是说话不加考虑,拿过来就说,也不知道随谁。博雅呀,这是人生大事,可不能瞎说。多大点个孩子,还处对象?"

"哼哼,随谁,随你呗。"老拐笑话范母。

博雅放下筷子,瞪着眼睛说:"我没瞎说,他把对象都领来了。"

这回,全家人都愣住了,齐刷刷看着博成,一会儿,又齐刷刷看着博雅,意思是,在哪儿呢?你说得有鼻子有眼睛的。

博雅索性说到底了:"我们三个一起从沈阳回来的,她没敢上咱家来,也是我哥先不让她来。她去我姥爷郝东凯家了。"她停顿了下,"她是周秋。行了,你们也不用纳闷了,我全说了。"

话音落了,饭桌上陷入沉静,没有人吃饭、喝水。

片刻,范母说话了:"周秋?哦,就是秋叮叮家的闺女吧?那可不行,当初你爸就是让秋叮叮给耽误得不轻……"

老拐打断范母的话:"光说孩子们说话没把门的,你有把门的?吃饭。"

博成说他吃完了,出去走走,说着,人走到了院子的大门口。范母话没说完,又小步紧倒腾,追上博成:"大孙子啊,你处对象奶奶不拦着,那大学里好姑娘多了去了,为啥非得找她秋叮叮的闺女啊?你是不知道啊,你爸为秋叮叮,老晚才结婚,和你妈妈结婚,那也是为了秋叮叮。孩子,听话,跟她断了,她要是像她妈妈似的,咱可耽误不起啊。"

博成礼貌地应承着,含糊其词,但也掩饰不住难过。博成说:"我去同学家,您在家慢慢说吧。"范母还是冲着范博成的背影喊:"你征求你妈的意见了吗?她准不同意。"范母看孩子走远了,家里人也没搭话的,自己小声说,"哼,她要是同意,那她就是棒槌。"

是啊,郝思晴这人就这点好,关于范潇典的事,她一概不过问。她要管的是,范潇典是她的丈夫、孩子的父亲,其他的,随他去吧。就是这两个孩子,她只管生,都是婆婆公公给带大的。也是工作缘故吧,她在县医院当护士,每天繁忙,再加上离得胜村又远,下了班,她就在宿舍将就了。范母说,都是让范潇典给惯的,总认为她年龄小,由着她的性子来,咋样工作得劲咋样来,家里的琐事,还有父母呢。那是照比她的年龄小,都当孩子妈妈了,孩子都上大学了,还年龄小啊?从结婚那天就养成这个习惯了,结婚的时候,郝思晴还在卫校读书,家里的大事小情自然都不用她烦心,范潇典说得最多的一句话就是,好好读书。郝思晴也真对得起他,这些年除了学习、进修,就是工作,从护士,一步步,扎扎实实地走到护士长的岗位。

范潇典认为,郝思晴从小就没干过活。大春子自己勤劳,她从来不舍得让她的女儿们下稻田插秧啊,收割啊,很大程度上,还是嫌她们干活不中用,还不如自己劳动省心。不管咋说,郝思晴从小就没做过重活,跟他结婚了,更要比在娘家时还要好才对。说来说去,郝思晴年龄小嘛。他也觉得对不起郝思晴,不是因为爱情跟郝思晴结婚,真是为了秋叮叮——他们三个,总要有个人走出这一步嘛,权衡利弊,只有他自己走出这一步最合适。当初,他和郝思晴结婚,大有一了百了的劲头。他觉得亏欠郝思晴的,好在郝思晴单纯,一根筋,问她"看上我哪儿了",她半开玩笑地说:"我听我姥爷的。"

今天晚上的饭,就缺郝思晴,她知道孩子们都回来了,电话上她说上晚班回不去:"不是有你和妈嘛,我又干不了啥,回家就是赡等着吃。"和范潇典处对象的时候,在范家的勤快都是装出来的,结婚了,可下放松了,装是真累呀。

医院基本是三班倒,她在县医院工作,离家远,回家的次数少。如今是护士长了,工作更加忙了。她回来一趟,也很少在家,不是在郝东凯的卫生所,就是在村里的婶子大娘家。尽管她是护士,但多年来在县医院工作,医学方面经验丰富,护士是直接接触病人的,也顶半个医生的医学知识了,但无论如何,护士是没有处方权的。农村嘛,本来就缺医少药,管她是医生还是护士,反正她是在县医院上班的,管打针吃药,得胜村没人把她当护士看,就当医生看。只要她一进村,就围上了婶子大娘的,还有一些小媳妇。有问失眠的,有问胃疼的,有问糖尿病和高血压的,有问儿科的,有问妇科的,有问头疼肚子疼的,总之是各种问,不知道的,以为这是全科大夫来了。郝思晴耐心地解答。大伙儿都说:"郝思晴啊,等你退休了,哪儿也别去,去你爸的卫生所,帮他看病。"郝东凯看在眼里,喜在心上。他也承认,郝思晴的医术已经超过他了,毕竟在大医院,临床经验丰富。关键是郝思晴不论看病打针，都是按着正规程序走。

要不范母咋说呢，说范博成和周秋处对象，她要是同意那就是棒槌。范母说这话，是怕郝思晴同意，这个儿媳妇向来不管家里的事，孩子问她，她能顺嘴说："你自己愿意就行。"范母望着大门外，天逐渐黑了，她真是盼望着郝思晴能现在回来，她好一五一十地把利害关系跟郝思晴这个当妈的讲明白，让郝思晴有个心理准备。望了半天，哪儿有郝思晴的影子啊？她生气地说："这得心多大，不回家，孩子一学期就回来这么几天。"

夜色浓郁，夜莺在鸣啾，在树丛中飞行。范博成不知不觉走到了大春子家，也就是他姥姥家。他的脚步停在大门口，踌躇不前，他笑话自己，这是怎么了吗？跟自己家有啥两样？咋还不好意思进了呢？就因为周秋在这儿？小心眼。范博成正合计呢，听有人喊他："博成，你鬼鬼祟祟，在那儿干什么呢？"是周秋，这鬼丫头，啥时候站到院子里了？

"嘘，小点声。"范博成小声说，又指指屋里。

周秋扮个鬼脸，走到博成跟前。博成说："这么黑，你咋看出是我的？"周秋喊了声说："我属狗的，会闻味。"

哈哈，范博成憋不住，大声地笑。屋里传来大春子的声音："哎，谁呀？"

"啊，是博成哥哥，我和博成哥哥出去遛遛了。"周秋对着屋里喊着。

博成拉着周秋的手，向外面跑去。他们走在乡间的小路上，稻田模糊在夜色中，微风迎面吹来，吹拂着周秋的秀发。她蹦跳着走在小路的前面，即兴朗诵着："明月别枝惊鹊，清风半夜鸣蝉。稻花香里说丰年，听取蛙声一片。"

博成接道："七八个星天外，两三点雨山前。旧时茅店社林边，路转溪桥忽见。"

周秋高兴地和博成说着小时候背诵唐诗宋词的情景，她说都是妈妈教育她的，妈妈喜欢诗，是因为赵松叔叔的缘故，倒不是妈妈喜欢赵松叔叔，而是赵松叔叔喜欢朗诵诗，会写诗，母亲跟他接触多了，自然也就喜欢念诗,特别是古诗词。"在上小学之前,我会背诵的诗词都是母亲大人教的。"她又问博成,"你小时候也是妈妈教的吗?"博成说:"不是。我妈妈是护士,工作非常忙。我爸爸总是忙村里的事情,无暇顾及我和妹妹。我们从小是跟着爷爷奶奶长大的。"范博成还跟周秋说了今晚他家吃饭时的情景,谈到了爷爷奶奶对他毕业后去向的建议,他笑爷爷:"自己在得胜村待了一辈子,当年还把我爸爸从沈阳拽回来,现在还想让我也考公务员,说什么能在县里、乡里当个干部也挺好。哈哈,都啥年代了,思想还这么保守。"

周秋听到这儿,拉了下他的手,郑重地问他:"对了,你说到这儿了,我还想问你,你硕士毕业了,真想回盘山县工作啊?"

范博成故意说:"是啊,我是想回到家乡来。"周秋很快说:"我家就我这么一个女儿,我是要留在沈阳的,我不会到这儿来工作。我也不同意你来。"范博成看周秋这样忧心忡忡的,不忍心骗她,把实话跟她说了,已经在沈阳找到工作的地方了,公司已发给他入职通知了。

"太好了!"周秋拍手欢呼。

这个夜晚,在得胜村的乡间小路上,在得胜村的水稻田边,在蝉声和蛙声的混合唱中,博成跟周秋畅谈了很多:他爸爸范潇典下一步的梦想,想让城里人也在得胜村有一块稻田,取名叫"认养稻田"。"我爸爸总是说他的思维和知识已经落在了时代后面,羡慕我们这些大学生。"博成说得多,周秋听得也津津有味。博成唯一没说,他奶奶让他不要和她交往,看家里人的表情,也是不怎么同意他俩交往。

周秋只是傻乎乎地听。她觉得得胜村哪儿都新鲜,农家饭也好吃。又听到一个新鲜词"认养稻田",更加新鲜了,这城里人不用来种地,秋天就能吃上自己家里放心的稻米。周秋美美地说,到时候,她也要认养一块自己的稻田,过把地主的瘾。当然了,这可不是件容易的事,让认养的城里人,在千里之外看见自己家田里水稻的长势,那是要通过互联网的,谈何容易?

第十四章 人间辛苦是三农

博成说:"你不是学互联网的吗?"周秋说:"我是学互联网的,才知道难啊。不只是技术和科技的进步,还需要社会进步。"

在得胜村的田埂上,在星月照耀的稻田边,博成和周秋畅想着未来,并谈论着他们的父辈在得胜村的逸事,也继续着父辈的梦想。周秋倒没问范博成为什么不请她去他们家,她也不想去,因为来的时候秋叮叮嘱咐她了,到了得胜村别冒冒失失的,稳当点,要有礼貌,"别去范博成家,他们不熟悉你"。就这样,一个没请,一个不想去,也就没引起啥误会,相安无事。

第二天一大早,郝思晴回得胜村了,刚进村,就被她妈大春子拦住了,说:"先别回家了,去卫生所,你爸出诊了,有看病拿药的,我知道拿哪个呀?"范母早就预防大春子这手了,她也早就在村口等郝思晴,有重要的事和儿媳妇说。虽说范博成是她一手带大的,可毕竟郝思晴是当妈的,关键时候,还得当妈的说了算。范母抢先拉住了儿媳妇的手,很气愤地对大春子说:"你是咋当娘的?不让人有闲空啊?郝思晴刚下班,就不能回家啊?我家才是她的家,你整明白了。走,回家,还没完了。"

郝思晴看了大春子一眼,那意思是,我得去婆家了。她跟着婆婆往家走。刚进家门,范母就按着儿媳妇坐在椅子上,先给她倒了杯水。郝思晴连忙推让,心里也发虚啊,这家里的事都交给婆婆操劳了,理应伺候婆婆的。郝思晴说:"妈,您坐下,您喝水,怎么能让您给我端水呀?"范母不耐烦地说:"我是有事要和你说,你一定呀坚决反对。"郝思晴心不在焉地问:"啥事啊,妈,这么严肃?哎,博成和博雅呢?回来就跑出去疯。"范母说:"博成可不是疯玩去了,他是去找周秋了。"

"哦,"郝思晴想起来了,"秋叮叮的女儿,一定要请她到咱家吃饭啊。"

范母苦笑:"你傻不傻呀!你姥爷那么有心思的人,你爸也沉稳,你咋就随你妈大春子啊?我告诉你吧,你儿子博成和周秋处对象呢。你可别同意啊。"

郝思晴突然想起，秋叮叮曾经是她的情敌呀。婆婆想得也对，我儿子那么优秀，何必在这个圈子里转啊？儿子还年轻，多方考虑、多方选择也没什么不好的。她就安慰婆婆说："您别着急，等博成回来我说他，我指定不同意。"

门开了，是博雅回来了，她接话说："妈，您说不着了，我哥和周秋提前回沈阳了。"

以前地里打出的稻谷能卖出个好价钱，各家各户就觉得很满足了。可是，随着社会发展，人们对美好生活的向往日益提高，越发觉得卖的那点稻谷，已经无法满足日常开销了。号召大伙儿栽种的果树，也不能立竿见影，咋也得长几年。人们盼着果树长大结果子。这样，稻谷能卖上一份钱，果园再有进账，这小日子过得也挺美。但事与愿违，生活往往出其不意，违背人的意愿前行。

终于盼到果树结果子的时候了，这年的秋天，连空气中都飘着苹果的香甜。得胜村当年的坑洼盐碱地终于硕果累累。红彤彤的苹果挂满了枝头，煞是好看，但好看不能当饭吃啊，好看不能当钱花呀。

什么事都不能两全其美。也是那一年，秋叮叮的韵锦水稻1号试验成功。试验为了啥？那是为了大面积推广，让农民增收。韵锦水稻1号抗病害，抗干旱，增产增收。范潇典开大会，号召大家种韵锦水稻1号，种子赠送。保守的人家，还是种原来的水稻。

每次只要范潇典号召，我姥爷准保响应，可这次我姥爷思忖了，在动员大会上，他没有带头发言。大伙儿都看我姥爷的反应，这回咋没动静？我姥爷吧嗒吧嗒抽着旱烟，眼睛看着别处。有人问："这回咋的了？老爷子，您说话呀。"我姥爷说："我老了，跟不上形势了。"

范潇典没指望我姥爷，在他眼里，我姥爷真的是老了，所以，他忽略了我姥爷的存在。他先表态和宣布，他家的地都种韵锦水稻1号。会计思想也是活跃的，他的地拿回来了，他要种韵锦水稻1号，把以前的损失夺回来。村里有三分之一的人家种韵锦水稻1号。范潇典是希望大家都种这新品种的,但他不能勉强大家,经济社会了,人各有志。他也是怕的,那年号召大家养殖河蟹,一场大水冲跑了河蟹,让他背了几年的饥荒,很难翻过身来。这几年,有人在县城买上楼房了,他还是住在得胜村老爹老妈的平房里,郝思晴至今还住在医院家属宿舍里。范潇典再也经不起赔偿了。那次拖欠工程款的事,也让他费尽心机,耗费了心血,为此还进了派出所。虽说不是他欠的,但是,他算是承包工程的头儿,是他带出去的农民工,他有责任啊。想想都打怵,可能也是年龄大了,以前那是天不怕地不怕呀。推广韵锦水稻1号是他目前最大的心愿,在他当村主任期间,能把韵锦水稻1号推广开,也不枉费秋叮叮的半生心血。都是为了乡亲们能过上好日子,他想,既然走上了带头人的岗位,就要尽职尽责。他时常想起我姥爷对他说过的话:雁过留声,人过留名。

这一年,范潇典还有个重要心愿要实现——建设属于得胜村的稻米加工厂。这件事周铁铁和他张罗了几年,到现在还没落到实处。他时常跑乡里、县里,跑手续,批地皮。他和周铁铁商量建稻米加工厂的事,想建在得胜村里。但真要实施的时候,地皮又出问题了,因为是耕地,不能随便建厂。这事就这么暂时搁下了,但这个梦想他一直放在心里。周铁铁安慰他说,慢慢来,等韵锦水稻1号推广种植了,再建也不晚。

有时,人是斗不过天的,种韵锦水稻1号这年夏天,烈日当头,空气中滚动的热流,划个火柴就能着。整个夏天干旱无雨。正赶上范潇典跑加工厂的事,对村里干旱的事疏于应对。等他反过磨来,秧苗已经快干死了。能救多少是多少吧,他到县里借来很多水泵,但不光他们的干旱,都是这种情况,水泵是有限的,不够用,几个村轮番用。绕阳河已经干涸了,那就向远处的辽河要水。范潇典带领村里的精壮劳力,引辽河水到绕阳湾,再浇灌得胜村的稻田。这时范潇典恍然大悟,在经济大潮中,人们忘记了兴修水利,觉得看不见既得利益,也许风调雨顺呢,哪儿有那么多干旱洪涝?偶尔,百年不遇的,哪儿就让咱们遇到了?不光得胜村疏于兴修水利,其他的村也是抱着这样的侥幸心理。"水利是农业的命脉。"过去兴修水利是集体一起修,现如今都是个体了,想把大伙儿集中起来修水利,难度可想而知。现修也不赶趟儿了,尽可能引水吧,救活一块田赚一块田。同样引水浇灌,韵锦水稻1号本身是抗旱的,但这点浇灌,杯水车薪啊。秋后,种韵锦水稻1号的绝产,种以往普通水稻的减产。

我姥爷家又是全村最丰收的那家:水稻没有往年实成,但也说得过去,吃还是可以的,只是达不到上乘;苹果园里的苹果结得也丰硕,离老远就能看见红彤彤的一片。我姥爷早有准备,今年的大米不好卖。往年是周铁铁公司来收稻谷,今年没动静。我姥爷认为,这是明摆着的事,周铁铁公司收的是一等的稻谷,加工后出口日本,今年不可能收得胜村的稻谷。还没等范潇典发话,我姥爷就跟大春子说:"只要有收购稻谷的,咱家的立马就卖。"大春子说:"那指定比周铁铁收购的价格低呀。"我姥爷说:"低也卖。记住,周铁铁不会来收购了。"大春子说:"那不应该,他可是当着全村人的面说的,我们只要种出优质大米,有多少,他收多少,不让大伙儿有后顾之忧,可劲种。他那大话都说出了,说不来收,就不收了?讲不讲信誉了?"我姥爷倒是赞扬周铁铁的做法,他是为公司负责任,公司的利益高于一切。人家是说了,但没给你们立字据;人家说的是优质稻谷,没说要瘪稻谷。

大春子回忆着:"对,那天我听来着,他是说优质稻谷。行,爸,你放心吧,听你的,只要来收稻谷的,咱家的稻谷准卖。"

十月一的时候,正是苹果采摘旺季。这时候,得胜村的人都忙着卖苹果。有进园子自己摘的,有着急直接要成箱的。水稻还在地里成实着,沐浴着秋日的灿烂阳光。秋日的阳光再灿烂也白搭了,夏天的长势没借上劲。只能说,收点算点吧。

今年苹果价格也格外地低,他们说是赶大小年,多半原因是其他村里种苹果的也多了。

吴二嫂几个老娘们儿联合起来,苹果给不到价不卖,也来联合大春子加盟。大春子如实告诉她们："我爹说了，苹果是副业，卖一分是一分，腾出时间收稻子。"大春子明确地告诉她们，"我家跟你们比不起，我家没干活的，就我和我爹是劳力，谁都指不上。不是有意得罪大伙儿，有收苹果的，我家的苹果就卖。"

　　到村里来的人和乡村游的人少，吴二嫂的农家饭庄也就萧条，加之吴二嫂经营不善，吃饭的人少，她进的货就少，偶尔来个吃饭的，要啥没啥，久而久之，更没人来吃饭了。她到现在连厨师都雇不起了。范潇典对这个农家饭庄也很头疼，他也自责，是自己的错误决定，让吴二嫂承包。他是不想让她承包了，但是没到期呢。他也透过吴二嫂的话，让她提前让出来，她说没到期。她也是幻想着，到时候会好起来，大赚一笔。吴二嫂这人又爱占小便宜，你村里越着急的事，她越抻着，看着给她个说法，她再放手。范潇典想，先这样吧，把村里正事办立整了，再解决这件事。

　　关于卖苹果的事，大春子话说在明处，事做在明处，吴二嫂她们也就无话可说了。她们只是盼望着，大春子卖赔了，后面的都卖个高价，让大春子后悔也来不及。

　　整个十月一假期，到大春子家果园买苹果的城里人很多，也就能把本钱收回来了。要是细算起来，大春子搭上的功夫，还赔钱呢。就不算那么细致了，自己的力气，不值钱。

　　果园里的苹果都摘光了，剩下几筐小的、不光滑的，大春子留着冬天自己家人吃。

　　范潇典在各家的果园里喊，劝大伙儿能卖的赶紧卖，今年苹果不值钱，卖了总比烂在树上强。吴二嫂几家就说再等等，卖了赔钱，还卖它干啥？还不如喂猪呢。看吴二嫂这人啊，好事她没号召力，这赖事上，一说一个准。有几家，就听她说。

　　十月一假期一过，城里来乡村游玩的人就少了，买苹果的更少了，几乎没有了。这时候你再想卖，没人了。这马上要轰轰烈烈割水稻了，还顾得上苹果吗？你不顾苹果，天一上冻，那苹果真就得喂猪了。

范潇典拖着疲惫的身子回到家,他刚从沈阳回来,已经是吃晚饭的时候了。范母看儿子回来了,赶忙把饭菜端上桌子。看儿子那脸色,准是到沈阳没有讨到真经。

今天上午,范潇典就出现在周铁铁的办公室了,他是坐早上四点的火车进省城的。没啥寒暄,开门见山。周铁铁说:"我知道你会来找我的,我也料到了你找我的目的。明确告诉你吧,今年得胜村的稻谷我不能收购,你应该明白的。我如果收购的话,都不用你来找我。"

范潇典的表情近乎乞求,气话,但用温和的口气说:"可你在全村人面前拍着胸脯说,有多少收多少,你可不能落井下石啊。"

周铁铁同样用低沉的嗓音说:"我承认说过,可是,我是说优质稻谷。你和我都是商人,谁都不会做亏本的买卖。你会说,让我收购了,可以低点价格卖出去。我告诉你,不能,经商要有信誉。我们的品牌大米,价格只能升不能降,也就是质量只能提升不能下降。"

话说到这份儿上了,关于收购稻谷的事,范潇典不想再说了,说了也是没用的。作为一个农民,他想给自己一点尊严。范潇典回敬周铁铁:"我不是商人,我是农民。哼,往往被你们这些商人欺骗。有收购稻谷的,但价格太低,村里人不卖,就认为你会去,高价收购。"

周铁铁很认真地说:"农民,勤劳的象征,但他们骨子里总有那么点小狡黠,桎梏了他们发展的脚步。"

范潇典严肃地说:"你不能一概而论。农民,在中国社会发展中,已经做出了很大的牺牲和贡献。没有农民奉献他们的粮食,谈发展,那是空想。"

"我检讨。"周铁铁诚恳地说,"我说的只是极个别现象。"

范潇典问周铁铁:"那建稻米加工厂的事还要继续吗?"周铁铁说:"那当然要建了。"范潇典说:"我以为这个你也要反悔呢。"周铁铁说:"你呀,真的还要历练。建稻米加工厂的事,我们也是积极的,问题不是出在你那里吗?建厂土地有争议嘛。我说点私下的话啊,当时我就劝你,以你个人的名义入股,咱们也可以重新选址,你非得以村集体名义。看你啊,从改革开放到现在,还是个一穷二白,你忙活了一溜十三遭①,得到啥了?头发都白了。"

"你头发也白了。"范潇典哈哈笑着说,"好了,我不跟你说了,回去还要收苹果。我是真不想管他们,可是总不能看着苹果烂在树上。真就像你说的,有几个真存在那么点小狡黠。像吴二嫂,吃亏了,哭天抢地;机会来了,又想突然卖个好价钱,一夜暴富。周总,周大经理,你要有卖苹果的路子,帮忙啊。好了,我回村去了。"

坐在桌子边的范潇典,看着桌子上的饭菜,胃里难受,但不觉得饿。他回想着上午在沈阳和周铁铁的对话,是觉得挺愧对儿子的,同时也觉得愧对村民。看别的村,啥来钱快干啥,就是不建化工厂,也早就建了水泥厂、砖厂,建各种厂子。就他前怕狼后怕虎的,啥污染不污染的,先让农民的钱包鼓起来,是真格的。光指着农业,太单一了。看,今年就没指望上。还种了新品种,自己家就不用说了,其他家减产,他是有责任的。他还敢说赔偿吗?不赔偿,这笔账咋说?算到农民头上吗?科学技术是生产力,农业也依靠科学技术进步不断前行,可是天灾我们是无法预防的。即使能预防,又能奈何呢?人在大自然面前是何其渺小啊。想想周铁铁说得也有些道理,他今天去求人家收购稻谷,底气就不足,因为,有以次充好、破坏市场规律的嫌疑。他有点力不从心的感觉,不禁叹口气。

老拐看出了儿子的心事,说着宽心话:"没事,种庄稼嘛,哪儿有年年丰收的?别啥事都往自己身上揽。歉收,咱家是第一份,别人家也说不出啥。吃饭,咱爷俩喝两杯。"

外面的风嗷嗷叫着,拍打着窗户,明明屋里开着灯,随着风的号叫声,瞬间黯淡了。老拐已经倒了两杯酒,端到儿子面前一杯。范潇典说:"爸,我不喝,胃不得劲。"范母说:"就是跟这帮人使心累的,当年就不该把你

---

① 一溜十三遭:东北方言,意为"到底,最后"。

繁花似锦

从沈阳拽回来,就怨你爸。"范潇典端起饭碗又放下,说:"听这风,要上冻似的。村里还有苹果在树上挂着呢。"范母说:"你可别管,上午吴二嫂还满街咧咧呢:'我就不信村里不管,就让苹果在树上烂了。'大伙儿说:'你赶紧雇人摘苹果呀,天要上冻了。'她说:'啥,雇人?那我还得搭上雇人的钱。村里要是不管,我就去告他,是村里让栽的苹果树吧,瞎指挥。'你听听,她就差指你的名了,她就是占便宜习惯了,就等你找人给她家摘苹果。对这种没良心的人,少搭理为好。"

范潇典放下碗,跳下炕:"不行,我得通知,明天给摘苹果。"

"那你吃完饭再去呀。"范母着急地喊。

范潇典已经走出门,说回来再吃。

听到外面刮风了,我姥爷走到院子里,看夜空。风吹了他个趔趄,他忙扶住墙。村委会大喇叭传来范潇典的声音:"村民同志们请注意,我是村主任范潇典。天气突变,明天啊,明天,家里已经摘完苹果的,不要外出,不要外出。有啥拿啥,编织袋子、纸壳箱子,都行,明早五点,到村委会集合,帮助未来得及摘苹果的人家摘苹果,力争明天突击完事,腾出时间,收割水稻。"

今年为啥说,腾出时间,收割水稻呢?往年是收割机大面积收割,今年水稻不成实,有的倒伏,要用最原始的收割方法——镰刀收割。

我姥爷在院子里,一直听完,才走进屋。大春子在屋里也听到了。我姥爷指挥着大春子,那架势,像是现在就去摘苹果。我姥爷步履已经蹒跚,但他闲不住,不服老。他说:"你听到主任说了吧,赶紧准备东西。咱家的那么多编织袋子呢?都找出来。"大春子撇嘴:"啥主任啊,他就是您外孙女婿。您不用忙,明天去摘。真是该这帮人的,自己家不经管,到时候劳烦别人。"

我姥爷反对大春子这牢骚:"那咋叫劳烦啊?是相互帮助。范潇典号召了,你这当妈的,要积极带头。"

第二天早晨,最先到的是我姥爷。范潇典拉住我姥爷的手,激动地说:"姥爷,您老这么大岁数了还来,谢谢姥爷。"我姥爷哈哈笑着说:"我来是看着你们干活,心里也得劲。"范潇典说:"好啊,我给您搬个椅子,您就坐在苹果园里,啥都顶了。"

老拐、范母都来了,再加上村委会的人,又来了五六个,加起来有十多人了,够用。吴二嫂最后来的,离老远就喊:"范主任啊,先给我家摘呀。"范母说:"你昨天不是还说,等卖高价吗?"吴二嫂耷拉下眼皮说:"这都啥时候了,"她指指天,"冷得要下雪了,等不起了。有人帮着摘,我傻呀?"

大春子懒得理她,带头走在前面说:"走吧,跟她废啥话?就去她家园子摘。"

吴二嫂小跑着跟在大春子后面,讨好地说:"大春子你命真好,你看啊,你家老爷们儿好,还有……"

大春子心里真的暖流涌动。今天吴二嫂算是说到大春子心里去了,虽然是吴二嫂看着给她家摘苹果,讨好大春子说的瞎话。大春子细合计,也对,她大春子真是命好,她姊妹一个,是孤单了点,但爹娘都那样暖心。特别是爹,无论啥时都是她的主心骨,是这个家的主心骨。她是这个家受累最多的那个,但她得到的也最多呀,爹娘、丈夫、儿女。想到这儿,就像焕发了青春,她第一个走进吴二嫂的苹果园子,看着满树的苹果,算是丰收。她指挥着大伙儿:"大苹果,像这么大的,"她举着手里的苹果,"放在纸壳箱里;像这些小的,放编织袋里。"大春子晃着手里的苹果,那认真劲头,俨然这是她家的苹果园。

吴二嫂在旁边嗑毛嗑①,嗑得娴熟而飞快。大春子拿个烂苹果扔到她脚下:"嗑、嗑,就知道嗑,你也不怕风大闪了舌头。"吴二嫂使劲地把毛嗑吐在地上,拿起筐摘苹果去了。吴二嫂是被大春子呲哒习惯了,从年轻到现在,大春子一直是全村过日子的榜样,而吴二嫂是拉后腿的那个,如果不是大春子总这么呲哒她,她的日子比现在还要糟糕。她也懂得勤劳

---

① 毛嗑:东北方言,即葵花子。

致富,可她总是幻想得多,做得少。

秋风扫落叶,不但吹落了苹果树叶,也把苹果吹落了。大伙儿忙碌着,在吴二嫂的苹果园里摘苹果,大部分是女人,在农村叫妇女的多,再亲切点,管结过婚的叫老娘们儿。她们裹着鲜艳的头巾,穿着颜色各异的衣服,脸色绯红,大概是被秋风过度吹拂的缘故,她们或矮小或高挑,但都是那样健硕,滚圆的屁股,丰硕的胸脯。她们是妻子,是母亲,是力量,吃苦耐劳。在农村,到处都有这样的柔美而又坚毅的力量,并远远超出了妇女能顶半边天的范畴。她们并未来得及细细品味半边天的真正意义,却把这意义表现得淋漓尽致。

在这群妇女旁边,也有男人——我姥爷。我姥爷啊,他守护女人,扶持女人,时常站在女人堆里,或者,关心女人,欣赏女人,赞美女人,愿她们活得精彩而享福。他自己家里,算上我有五个女人——我姥、大春子、我大姐、我二姐、我。我从记事起,从没见他跟我姥吵过架,他宽容而又容忍,一个女人长期无所事事地卧在炕上,在他眼里却开出了花朵,他觉得我姥是弘扬传统风俗的前行者。大春子在任何人眼里都是粗俗蛮干的代名词,而在我姥爷的心里,他唯一的女儿,是劳动人民的最杰出的代表,他恨不能给大春子发个劳动光荣的证书。由他做主给大春子找的丈夫是得胜村最俊朗最文气的郝东凯,让多少姑娘羡慕不已。他的长外孙女,是由他拍板定亲,范潇典可也是一个时代的农村发展进程中的带头人。现在我姥爷,他眯缝着眼睛,风很大,但他的心更大,他看着果园里的每一个女人,包括吴二嫂,最让人头疼的女人,在他的眼里都像鲜花一样绽放。

很快,吴二嫂果园的苹果摘完了。早晨没去村委会集合的人,他们一开始是在观望,但看见这火热的劳动场景,也纷纷自动加入。到了傍晚,得胜村所有的苹果都采摘完毕。大春子告诉大伙儿,放在家里凉快的地方,还能放上一阵子。接下来,问题又来了,吴二嫂看着编织袋里和纸壳箱里的苹果,嘟囔:"不烂在树上,烂在筐里呗。"

范潇典此刻,比任何时候都焦头烂额。他联系联合收割机收割水稻,现在收割机在别的村里收割。他给周铁铁、秋叮叮、赵松分别打电话,让他们想办法,把得胜村的苹果和歉收的稻谷销售出去。他给赵松打电话是无用的,即使北京有收苹果的,运到北京,运费也顶上苹果钱了,但他还是打了。

周铁铁说他在深圳洽谈会上,忙,顾不得,后又加了句:"你那几个苹果和瘪大米,那都不是事,干脆,村主任别干了,到我这儿来吧。"

范潇典没等他说完,挂断电话,心里想,我要想那样,当年何必从沈阳回来?范潇典也不知道怎么回事,拨打了范博成的电话。范博成喊了声"爸爸",范潇典没立马答声,说了句:"哦,我咋拨到你那儿去了?"范博成知道他爸有事,就说:"爸有啥事?您说吧。"范潇典就轻描淡写地把村里的情况说了,一件是他吴二婶家的苹果卖不出去了,还有几家;再就是新品种大米几乎绝产,传统的大米也是歉收。

范潇典开始还口气轻松,但说到最后,显得沉重了。

博成在电话这边说:"爸,您别着急啊,您都是经过大风大浪的人了,等我想想办法。我大学同学,很多人都有自己的公司,也许他们正需要苹果,不知道去哪里买呢。"

给儿子打完电话,范潇典的心情也没好到哪儿去,儿子说的话他听到了,以为就是安慰他。

这是星期六,得胜村的街道上停着两辆大货车,吴二嫂她们肩扛车拉地往大货车这儿走,是卖苹果。整个得胜村像赶集,喧嚣。过秤的、记账的、吆喝喊斤两的、吆喝喊付钱的。真让吴二嫂说着了,她最后摘的苹果,卖个好价钱。这下可让吴二嫂逮着炫耀的资本了,她手里掐着卖苹果的钱,逮谁跟谁摇晃着钱喊:"看见了吧,我说着了吧,别着急,指定能卖个好价钱。大春子家的苹果卖早了吧,赔了,哭都找不到调。"

看见大春子和范博成迎面走来,吴二嫂倒热情,离老远就喊:"哎哟,大侄子回来了,你早就把咱得胜村忘了吧,还知道回来?在省城有出息了,不回来也对,在大城市多好啊。婶儿也是见过世面的人,在沈阳打工,啊不是,是工作啊,是工作好几年呢。"她又对大春子说,"看你苹果卖早了吧,你听我的就对了,看,我卖了双倍的钱。"

大春子心里有很多话撑她,想想懒得理她,跟她论理,能气你个好歹,不值当的。

范博成微笑着说:"姊儿,有钱了,快给我叔买点好酒。"

吴二嫂不知道,这次到得胜村收购苹果的,是范博成同学的果汁厂。吴二嫂就以为她点儿正,苹果便宜的时候她挺住愣是没卖,刚摘下苹果,这不,就来收购苹果的了,还是高价。这人走运,谁都挡不住。

范博成接到他爸爸的电话,觉得事态有点严重,因为爸爸轻易不给他打电话,何况还是关系到村里老百姓经济利益的事,那爸爸一定是遇到困难,实在没办法了。是的,范潇典给儿子打电话,并不是请求支援,他认为范博成还没有这个能力帮他解决问题,儿子充其量也就是上个班,在工作上不用他这个做父亲的费心。他也知道儿子工作上兢兢业业,能够独当一面。

父亲的焦虑范博成能领会,父亲不用说出口,这些年他也看出了父亲的辛劳和疲惫。可能是家庭的熏陶吧,他认为男人不但要为家庭,也要为社会肩挑重担。他是考大学考出了得胜村,但得胜村永远是他的根,魂牵梦绕。他也深深懂得在农村父辈的辛劳,他愿意尽自己最大的努力,为家乡人做点事情。他接到父亲的电话后,立刻给同学打了电话,同学的果汁厂正需要苹果,只要苹果优质,没问题。俩人在电话里敲定具体哪天去得胜村收购,只要符合他们厂的标准,大量收购。

这是个信息资源的时代,谁掌握了信息资源,谁就是经济大潮中的赢家。

在收苹果的车旁,村会计正在帮着记账。得胜村人家的苹果都收购完了,村会计家的苹果也是这次卖的,但见到范博成,村会计也是愁眉不展。他主动跟范博成打招呼,他是听收购苹果的经理说,跟范博成是同学,这次收购苹果本来是不用这个经理亲自来的,但范博成邀请经理,说就当到自己的家乡采风了,到得胜村领略下乡村的风光,调研下当下农村的发展,更重要的是,借着这次来,考察下得胜村的苹果,将来做个长期合作伙伴。范博成是跟着同学一块来的,但他没在收购苹果的地方停留,他直接回家了。他是得胜村考出去的大学生,第一次为家乡做点事,算是办点好事。苹果有大小、优良等级,收购的价钱也难免不一样,他在跟前影响双方买卖。再说,他也不想让别人知道,是他把村里的苹果推销出去的。同学打电话,说任务已经完成了,准备回去了,范博成才来到了收购苹果的车旁,请同学和司机去他家吃过饭再回。

村会计见到范博成,夸博成沉稳智慧。在得胜村的父老乡亲中,只有村会计能说出这样既文雅又切中要害的语言。他又不着边际,飘着说:"卖这点苹果算啥呀,就咧开嘴笑了,见识短了不是?比起地里的水稻,那是扔了西瓜捡芝麻,无法弥补。"

博成从村会计的话语中闻到了火药味,那意思是向他公开挑衅:你少拿这点小恩小惠蒙蔽我的双眼,我要讨回水稻的损失。范博成不知道咋回答他,只是礼貌地敷衍:"会计叔,我们都先回去吃饭了。"然后,他和同学、几个司机离开了村会计。

大春子早就帮着老拐家做好了饭菜,就等着范博成和他同学回家来吃饭了。收完苹果已经下午两点了,这时候他们才吃饭。很丰盛,有盘锦特色河蟹,自家稻田里养的,那都是用盆盛的,就是上屉蒸,啥作料不用放,吃到嘴里就是一个鲜;小鸡炖榛蘑,鸡是大春子家苹果园里养的溜达鸡,榛蘑是在黑山上采的;胖头鱼炖大豆腐,胖头鱼是我姥爷西面那个大坑养的鱼;排骨炖豆角。这些硬菜,都是大盆、大汤碗地上。剩下就是毛菜和农家饭了,大葱、生菜、鸡蛋酱、烀棒米、烀倭瓜、蒸大米饭。丰盛得,客人都不知道吃哪个好了。

家里热闹,外屋地锅台里还冒着热气。外面是大春子和范母对儿女们的讨论声,还有来帮忙做饭的村里嫂子们的窃窃私语声和窃笑声。里屋声音盖过了外屋。司机们闷头吃饭,吃得满嘴流油。村委会的几个人也都围在桌边,我姥爷坐在正位上,当然,开始坐的时候,谁坐在那个位置,是要谦让一番的。无酒不成席,尊贵的客人来了,要呈上美酒的,是用当地的大米酿的大米王酒。范博成的同学说,真羡慕司机,可以不用喝酒就吃美食。每个人的祝酒词洋溢在酒桌的上空,感谢的、祝福的、希望的……温暖备至。范潇典招呼客人吃,说:"这些都是自家地里产的,放心吃,大口吃。来,喝酒,走一个,酒也是粮食酒,用自家地里产的大米酿的。"

此刻,博成听着父亲说的这些话,感慨颇多。自家地里产的,这话多么自豪而底气十足。土地是农民的根本,保住了农民的土地,就保住了富足和希望。他暗暗为像父亲这样的乡村带头人鼓掌,是他们顶住舆论压力和金钱诱惑,让该长庄稼的土地长庄稼,而不是长水泥、长砖头。让我们留住乡愁,也得有的留啊,重温土地,也得有土地让我们重温啊。范博成尊重家里意见考了公务员,如今单位正在选派下乡干部,来之前他在犹豫,现在,他已经有了想法。

范潇典拍着儿子的肩膀说:"看到这些年轻人,我得承认啊,老了,思想已经跟不上节拍了啊。"

得胜村的苹果卖了,水稻收成不如往年,但打下的稻谷也都卖了。对农民来说,一年,算是万事大吉了。对范潇典来说,算是松口气啊。但是那几户种新品种水稻的,今年照比别家损失严重,这事总搁在他心里,压得他喘不过气来,总觉得亏欠大伙儿的。

这一天总算来了,范潇典接到镇书记的电话,立刻赶到镇里。镇书记开门见山,直接说:"也不瞒你,这件事你们村会计反映得对,是你号召大家伙儿种植新品种的,我也知道,是赶上年头不济,可是,谁叫这么寸呢,偏偏是你号召种新品种这年。"

范潇典不太明白镇书记的意思,是想撤了他这个村主任呢,还是让他赔偿种植新品种的户?镇书记又说:"你也别急着表态,我知道,你心里又想着赔偿的事,让你赔偿你也赔偿不起,你有这个责任感就行。再说,这也不是你一个人的责任。这么多年,得胜村在你的带领下,确实取得了一定的成绩,但离社会主义新农村的要求还有着一定的距离。我们共同努力吧。另外,还有件高兴的事,你们得胜村也选派了驻村第一书记,这几天就到位了。你做好接待准备工作,当然了,驻村第一书记是到村里为人民服务的,那我们也要适当地有个安排啊。"

"这您放心,书记。"范潇典说。听到这个消息,他心里即刻轻松了许多,都说树挪死,人挪活,是这么个道理。得胜村该输入新鲜血液了,他是真盼望着有人给得胜村带来生机。他对镇书记说:"书记,盼望驻村第一书记早点到位,我早想跟您请示了,我年龄大了,文化水平也跟不上时代了。就说前几天得胜村卖苹果的事吧,看着丰收的苹果卖不出去,真是一筹莫展啊。这不,几个年轻人,相互通个电话,查询下同学们的资源,苹果神奇地出售了,还高出当地的价格。长江后浪推前浪啊。"范潇典没好意思说是自己的儿子办的这事,怕有炫耀和其他嫌疑,他只说是年轻人。他接着说:"书记,我的意思是,我想退了,重新选人吧。"

镇书记哈哈大笑:"咋的,要撂挑子了?你提得也对,自然规律嘛。不要急嘛,等驻村第一书记到了再说。即使不担任主任了,也要积极协助村里开展工作。"

范潇典保证说:"这样的觉悟还是有的,请书记放心就是了。"

村会计看范潇典去了趟镇里,也没被咋的呀。那就走群众路线,不信我村会计点儿那么背。他们种水稻发财的时候,我在城里打工,我就认为我没听范潇典的,所以没交好运,行,这把听你的,种新品种,赔个底儿朝天。这个事不能这么算了,必须讨个说法。他找吴二嫂那几家种新品种的,还有几家歉收的,找范潇典赔损失。吴二嫂一听有赔偿,也不分青红皂白,找他去。其他家也同意,反正有牵头的,就跟着大帮哄呗,万一捡到便宜呢,不去谁管你呀?还有看热闹的,呼呼啦啦来了一堆人,聚集在村委会门前。

范潇典站在村委会门前,听着大伙儿你一言我一语,向他诉苦,让他给个说法。村会计说范潇典是报复他，故意下套让他种新品种，还是记恨当年化工厂的事，是他把范潇典给告了，"但那都过去多少年了，你现在挖坑等着呢"。范潇典说，他家也种的新品种，他找谁去诉苦？都是为了增收，出发点都是好的。吴二嫂说："你家种咱不管，你是村主任，你能耐，想咋种咋种。"这个说赔我们损失，那个说给个说法，乱哄哄的，半拉街都能听见。

老拐和范母闻讯赶来。看见范潇典耷拉个脑袋，范母就着急了，喊着："你们要干啥呀这是？"范潇典看着母亲风中飘荡的白发，感叹岁月的无情，他好像是无数次看见母亲喊着出现在人群中，都是为了他。那时候她还是满头的青丝，他还觉得母亲给他丢了脸，这样有失文明地咋咋呼呼。而今天，母亲的头发咋白得这样彻底？哦，他自己的头发也白了，何况母亲呢？父亲真的是老拐了，他已经挂拐棍了，还险些摔倒。还有人说："你呀，范潇典，你自己想想吧，落后了你，这两年咱们村就没往前挪步。"这话对范潇典的打击有点大，他是不服输的人，更不服老，越不服，听到这话，越扎心。范潇典看着看着，眼睛模糊了，耳朵听到的就俩字：说法。后来他眼前看到的不是人群，是金星，无数个金星，闪烁着，汇集成片，那不是金星，是成片金色的稻田。他觉得倒在了稻田里，是那样温暖、舒适。

等范潇典醒来的时候，他已经躺在了郝东凯的卫生所了。他可能是急火攻心，晕倒了。他感到羞耻，老父亲老母亲还没晕倒，他先晕倒了，真是丢人现眼。他看着手上挂的吊瓶，没有喊爸，而是调侃郝东凯："郝大夫，您这眼神还行吗？给我扎成马蜂窝才扎上的吧？哈哈。"

郝东凯同样调侃他："借你吉言，不给你扎成马蜂窝，你能醒吗？哈哈。你堂堂的村主任，还学会晕倒了。你的老母亲要给你儿子博成打电话，我阻止了，孩子们接到电话还不毛了啊？没必要。我给你号脉了，无大碍啊，死不了。"

范潇典赞许地说："哎呀，郝大夫啊，还是您明智啊，做得对，别给孩子

第十四章　人间辛苦是三农

添麻烦。您说我吧,不光是让村会计这帮人闹哄的,当时我脑袋都爆炸了,完了,老了,没魄力了。您说那以前,不比这困难大吗?那我当机立断。这您是知道的吧。"

"在我面前你还敢说老,我可是你老丈人,哈哈。"郝东凯叹口气说,"好汉不提当年勇啊。"

范潇典无限感慨:"我呀跟镇书记请示了,想在村主任这个位置上退下来,说完了吧,我这心不知咋回事,空落落的。老了,虚荣心倒强了。"

"要不咋说,旧的不去新的不来,人也一样。"郝东凯说,"你别往心里去啊,我是说人的思想啊。一个道理,到时候,就得清空。我这个人吧,打针行,说这些理论啊,还得是你,你是干部嘛。话说,成绩不能自己磨灭呀,你为得胜村做出了贡献,往后,不管谁当得胜村的书记、村主任,都是在你的基础上发扬光大的。这点,谁也磨灭不了。"

范潇典勉强笑了笑:"谢谢您,有您这话,我心里还挺得劲的。我这叫啥干部啊?但我敢说,像《钢铁是怎样炼成的》里面说的,咋说的了?这本书当年我还是在周铁铁那儿看到的,我背不全,您帮我背。"

郝东凯说:"如果论年代,我俩应该属于战友啊。这本书对我们那代人影响挺大呀。'人最宝贵的是生命,生命属于人只有一次。人的一生应该这样度过:当他回首往事的时候,不会因为虚度年华而悔恨,也不会因为碌碌无为而羞愧。这样,在临死的时候,他就能够说:我的整个生命和全部精力,都已经献给世界上最壮丽的事业——为人类的解放而斗争。'"

背完这段既熟悉又陌生的话,两人哈哈大笑。看上去,范潇典果然释怀了许多,他的笑容像极了当初少年时。

今天镇书记来得胜村,镇里昨天就通知了,范潇典还合计来着,啥事啊,这么正式?村委会的人都到齐了,等着镇书记大驾光临。往常可不是这样,突然袭击。我姥爷没事的时候就坐在大道边上,就是我小时候待的地方,大坑边。在那儿能看见村委会,虽然我姥爷不是村委会成员了,但他还是保持高度的觉悟,听说镇里来人,他指定是要到场的,但他坐在村委会欠妥,那他就远远坐着,观察着村委会的情况。

镇书记的车来了,从车上下来一行人,其中有个人范潇典眼熟,他确实眼熟,因为他没反应过来,这个眼熟的人是范博成。等范博成管他叫爸的时候,他才确信,啊,这是他的儿子博成。

坐在路边的我姥爷,恍恍惚惚地也看见了范博成,他揉揉眼睛,以为自己是老眼昏花了,再看,还是范博成。他这才向着村委会走去,他倒要看个究竟。

镇书记走在前面,往村委会屋里走。走进会议室,大家坐下。这时候,范潇典以为儿子博成从沈阳回来,先到镇里,不定有啥事,正赶上镇书记来,就跟车回村了呗。指定是这么回事,那也就别问了。愿意在村委会坐会儿也好,跟着学学镇里、村里事务管理。范潇典也就没搭理儿子,净跟镇书记说话了,介绍村里秋后的情况。镇书记关心地说:"听说你住院了。"范潇典迅速看了儿子一眼,掩饰说:"哪儿呀,上村里卫生所打了几针,没事。"

"哈哈,首先认可你为得胜村的繁荣发展做出的贡献。"镇书记又为范潇典扳回了面子,"来来,咱们书归正传。"

镇书记介绍完范博成的学历、工作简历、选派单位,然后郑重宣布:"从今天起,范博成就是得胜村驻村第一书记了,大家鼓掌。"

博成谦逊地向在座的叔叔辈的村委会成员打招呼。

到这儿,范潇典疑疑惑惑地问镇书记:"这是您上次说的驻村第一书记?"

镇书记说:"对,这次报到,博成不让我事先告诉你的,怕你反对。但我想你是不会反对的,有能力有担当的年轻人,为家乡奔小康做贡献,你怎么会反对呢?"

现在范潇典听清楚了,也明白怎么回事了,他指着博成,忍住怒火,温中带怒地说:"我怎么就不反对?我为什么不反对?这小子也太目中无

'爹'了,你跟谁商量了这么做?你有本事,你有文凭,你有知识,你有文化,是我这个老子供你念的大学。你报考哪个大学自己做主,大学毕业你到哪个单位工作自己做主,行,这些我都忍了,可是这件事,你的保密工作做到家了。你应该到保密局工作才对呀。"

镇书记咳嗽了声,意思是我还在场呢,注意你的态度。

范潇典忍住咆哮,是,他不能失态,他要镇静,镇静。

博成看出父亲有怨气了,他心里庆幸,幸亏没提前告诉他,不然这事还真有点麻烦。

我姥爷已经来到了村委会,他没有贸然进屋,只是站在门口,门是敞开的。关于博成到得胜村任驻村第一书记,他认为是好事,对年轻人也是个锻炼。可是,这孩子毕竟十年寒窗苦读书,考进了大学,才有了今天的风光。博成在省城大机关工作,也是他的骄傲啊。上次博成回来帮着乡亲们卖苹果,他心里对这孩子就赞许有加,觉得这孩子懂得担当。更让他欣慰的是,博成在大学期间就入了党。唉,放弃了省城那么让人羡慕的工作,实在是可惜了呀。他知道范潇典此刻的心情,还不定气愤到啥程度了,守着外人又不好说,有一百个疑问,也不知道从哪儿问起。我姥爷心里也合计,博成这个书记,与以往的称呼还是有区别的,驻村?这个驻村应该有说法的。先别着急。我姥爷咳嗽声,走进屋里。镇书记忙迎上前,握住了我姥爷的手,亲切关怀,嘘寒问暖。我姥爷不急不缓地说:"谢谢对我孩子的信任。"镇书记说:"谢谢您啊,是您培养得好啊。"我姥爷说:"隔着辈呢,没我啥功劳。是党培养的接班人,博成这孩子在大学就入党了。"镇书记说:"哈哈,这我们都掌握啊,是个好苗子。"

镇书记对我姥爷解释,也是对范潇典说:"驻村第一书记,是上级选派到村里工作的,原来的工作单位不动,在村里工作两年到三年,再回原单位。是帮助我们来了。"

在场的人都鼓掌,包括我姥爷和范潇典。范潇典还是没露出笑模样,也许他觉得以后工作或多或少有些绊脚。还没等他开始绊脚呢,镇书记又宣布了一件事:镇里同意范潇典同志辞去村主任职务。范潇典的一条腿好像软了下,他踉跄着向后退了步。这回,他对着博成咆哮了:"你给我滚犊子,滚回你沈阳去!"

博成抬眼看了他父亲一眼,很谦虚、很礼貌地回击:"爸,你说话注意点,我现在是得胜村驻村第一书记啊。镇书记还在这儿呢。"

"我说两句啊。"范潇典郑重地说,"我可不是发牢骚,咱们镇书记在这儿呢。就算是为我自己邀功吧,我想,我应该为自己邀这个功。从改革开放我就担任村主任,从青丝到白发。我一心为得胜村着想,希望咱农民过上像城里人的好日子,拉近与城市的距离。可以说我做到了,但也没做到。没做到,是没做得更好。就是现在选派的驻村第一书记博成,他以后有成绩,也是在我们努力的基础上作为的,是在我们得胜村奋斗农民的肩膀上腾飞的。说具体点吧,建稻米加工厂,认养稻田,乡村游,等等,这些有的刚起步,举步维艰,有的在想象中。我得承认,有些是由于我经营思想狭隘而止步不前,在这里我自我批评,但我非常努力了。今天组织选派来了驻村第一书记,我表态,积极支持工作。咱有梦想,咱怕啥呀?有梦咱就追。"范潇典叹口气,更像是憧憬,"博成是我儿子,我佩服他的胆识和魄力。我也愿意他留在城市,不想让他像我似的受苦。但既然你来了,小子,你就要有担当,有作为,全心全意为人民服务,兢兢业业做人民的公仆。"

镇书记给范潇典鼓掌,他说:"从来没听到范潇典说这么深刻的话,很欣慰,薪火相传。"

博成泪目了,他握住了父亲的手。这是他长大成人后,第一次以握手的方式握住父亲的手,是两个男人的握手。他觉得父亲的手粗糙而有力量,这就是一双农民的手。

范潇典又说下道话了:"我告诉你小子,别以为农村的工作是多么好干的,你呀,就初生牛犊不怕虎吧。你等着瞧吧,看你咋整。"

屋里其他人都看着博成,看咋收场。博成心领神会啊,给爹个台阶下,向他示弱一把得了呗。博成夸张地用手扶着额头,痛苦地说:"我太难了。"

范潇典嘴角上挑,轻蔑地笑了,你小子知道难就行,免得轻狂。

第十五章　要得一梨水足，望年丰

范博成以这样的方式回到得胜村，完全出乎范潇典的意料。

无论岁月如何变迁，绕阳河一直在岁月里流淌。博成走在得胜村的街道和乡间小路上，一时间，屋顶的炊烟、树梢的喜鹊、墙头的花猫、门口的自行车，都撒上了一层他的目光，他在得胜村长大，所有的情感和往昔都向他扑来。走出得胜村这么多年，还是第一次把得胜村的每一寸土地都撒上他亲切而温暖的目光。他当年也是，甚至恨不得飞出得胜村，逃离得胜村，可根，他的根在得胜村，牵引出他和得胜村千丝万缕的相依。他迅速地融入这个村子。他不住在家里，住在村委会的一间房里，这样，工作方便，村民找他也借劲。他到得胜村任驻村第一书记，开了全体村民会，在村委会的小礼堂。他向村民阐述了自己的思想，以及国家对农村的美好愿景和政策，鼓励村民学知识、增才干、勤种植、精养殖，将来过上比城里人还要好的生活，让城里人羡慕我们得胜村的空气、农田、景色。他说这些，村民不反对，但也没太大触动，觉得遥远得好像天边的云，摸不着。村会计第一个带头鼓掌，他喊："大侄子，博成，我支持你。"

村会计告范潇典不是一回两回了，但他对博成特别赞成，博成到得胜村任驻村第一书记，他双手赞成。得胜村该输入新鲜血液了。得胜村是比以前生活改善了，但守旧、停滞不前，就是后退。

会开到最后，博成说了一句最实在的话："不管谁，只要有困难，就可以找我，我就住在村委会，手机 24 小时开机。"

这句话刚落，掌声响起。这话说到得胜村老百姓心坎里去了。而往下的日子,博成却为琐事跑断了腿。村民无论什么时间来敲门,都没啥顾忌,因为博成一个人住,而且,那次大会上博成也说了:"我是为人民服务的,别客气,欢迎父老乡亲来麻烦。"半夜也有人来敲门,有人生病了,有孕妇要生产了,这些应该找郝东凯大夫啊,他们说大半夜的,不好意思麻烦郝大夫。病人无论啥情况,都得惊动郝东凯大夫,只不过现在由博成亲自惊动郝大夫了。即使往县医院送,也得郝东凯大夫跟着,博成懂啊,路上有医生护理,那就是为生命争取了时间。最让人哭笑不得的是,有个人半夜敲门,对博成说:"寻思了一整天了,真是不好意思麻烦你,又考虑了大半夜,必须麻烦你,别人还是办不了这事。"他家地里出了一千多斤大萝卜还有几百斤土豆,说啥也卖不出去了,这萝卜也没地儿储存啊。说了半天,现在想开了,就这半夜想开的,让博成书记给想办法卖出去。末了还说:"亏了你一个人住哈,你不是说有困难找你吗?"

博成真是困成狗了,但他还是满口应承下来:"叔啊,你先回去吧,这事我记下了啊。"这位叔哪儿放心啊?恨不能现在就让博成书记联系帮他卖萝卜,他临出门还说:"可不能耽误了啊,大侄子。"

这会儿博成由书记又变成大侄子了,他是全村叔叔大爷的大侄子。

范博成保证:"我会办的。"

等这位村民叔出门后,范博成睡意全无,他望着窗外的夜色,也恨不能现在就打电话。

天蒙蒙亮,范博成开始打电话,给县城的同学、朋友,对方均表示无能为力,都说:"卖萝卜、土豆啊,我又不是二道贩子,没地儿卖。"末了,还忘不了奚落他:"你这书记当得太具体了吧。"

得,他这个驻村第一书记成了二道贩子。不放弃,博成继续打电话。有个朋友说他有点门路,但希望不大。博成想,有一分希望,付出百分之百的努力嘛。县城的朋友说,他们单位食堂每年都要进一批萝卜土豆白菜啥的,博成当即说:"我现在进城找你,帮我介绍食堂的负责人,这好赖就跟你没关系了。"

到了县城,范博成和单位食堂负责人见面,人家说有固定的送菜的。范博成端正态度——所谓端正态度,就是近乎乞求——他非常诚恳地介绍这位农民的辛劳和疾苦,为这丰收的萝卜土豆所困扰的苦闷心情。食堂负责人被范博成的诚意所感动,当天雇车到得胜村收萝卜土豆。这位农民也就顺利地把价值千元的萝卜土豆卖出去了。从昨晚到今天此时,将近一天的时间,得胜村的书记范博成把困扰农民的萝卜土豆成功地卖出去了。这个消息不胫而走,范博成,年轻的书记,大能耐呀。

范博成反而觉得脸上发烧,他觉得在食堂负责人面前述说这些不容易,尽管是说农民种地的不容易,但同时也像说他这个书记的难处,真像个卖惨的人。千元钱的萝卜土豆,搭上他一宿一天的时间,对他这个所谓到农村大有作为的书记来说,成正比吗?他在问自己。

这件事传开,是好事也是坏事:好事是,树立了在老百姓心中的口碑,真是为百姓的好书记,把百姓的事放心上;坏事是,求他的人多了,在农村,这些农作物太多了,都想卖点钱。这些事,让他焦头烂额。有的说他家白菜要卖,有的说他家有鸭子和鹅要卖,卖完了,好进城打工。这些,范博成都照办了,而且是言而有信,他就是头拱地好吧,搭上人情,搭上路费运费,也要把老乡的土特产卖出去。其实,他真不爱干这种事情。虽然烦琐,他也是有收获的,他体会到了百姓的疾苦,体会到了百姓的需求。

他总结出,现在农村生活是比以前好多了,但总体来说,大而不强。父亲号召村民种植优质新品种水稻有错吗?没错,市场需要高品质的大米,有些公司,因为当地没有这种高品质的大米,要到远处收购。但农民需要在农业专家的指导下种植,才能获得丰收。市场不缺粮食,是缺少不打农药的粮食,可现在的农作物,很少有不打农药能长得顺溜的。目前农村种植和打开市场的需求,是农业专家组加互联网营销。农业也需要科技创新,更需要农村青年进行互联网培训。

在范博成刚来的时候,吴二嫂就扬言:"范博成他在咱村就待两年,别指望他能咋的,他也就是糊弄糊弄两年拉倒了。他说的事啊,有的你还真别照办。整错了,他拍拍腿上的土走人了,咱找谁哭去呀?"

村会计说吴二嫂:"你是翻脸不认人啊,你家那苹果,不是范书记,你能卖出去?累死你。"

吴二嫂强调说:"我不是说这孩子不好,是个好孩子,我这不是觉得他可惜吗?窝在村里有啥出息啊?我是这个意思,替孩子惋惜。"

村会计不屑与她说的样子:"这叫做大事业。"

吴二嫂也不想和他费口舌了,没用。她看见范博成走来了,快步迎上去,喊:"范书记,我家那个山楂呀……"

也许是时代的变迁和进步,也许是岁月的洗礼和升华,一棵树、一片瓦、一块田、一条河,在时间的流逝中,赋予了得胜村深意和情怀。范博成走在田间地头,走在得胜村的古迹遗址,得胜村变了,这是靠的父辈人的努力和奋斗。他查看了每一片稻田,用手机记下来。明年还是要大力推广新品种水稻,就是秋叮叮试验成功的。他准备到沈阳农科院,请教专家,进一步求证,如何种植得更加好,确保丰收。

万事开头难,认养稻田这件事被重新提到村委会的议案上。范博成阐述了自己的想法,并形成调研论文,提出了实施方案:"先把农民的一部分土地流转过来,由村委会承包村民的土地,集体耕种,农民只要愿意,从春天到秋天,都在自己的稻田里劳动,相当于上班了。给足村民实惠,流转土地给村委会,挣了一份承包费,再到地里插秧、收割,平时管理,又挣了一份工钱,可按天算,也可按月算,而且,村民会精心耕耘土地,因为土地最终还是他的。村委会流转的这部分土地,打造的是认养稻田,前期可能认养的少,有待打开局面。认养少也不怕,这样的优质稻米,沈阳的一些公司要到黑龙江五常或者到更远的南方去订购,只要我们的稻米足够优质,销路由村委会包了。再说,我们还有保底的红旗沈粮发展有限公司。认养稻田不光带来经济收入,也是一道景观,更活跃了得胜村的人气。"村委会成员一致通过。范潇典也应邀参加了这次会议。范潇典临开会前想好,如果这小子提出的实施方案不行,他是不会客气的,会一针见血地指出,给他来个下马威。别以为自己能帮着卖个仨瓜俩枣的,尾巴就翘到天上去,你以为当个村干部那么容易呢,且得历练呢。

而会开到现在,范潇典觉得自己真应该提高了,博成已经成长了。

范博成做的关于认养稻田的可行性报告,人手一份,有理有据。他是真下功夫,每天晚上在村委会,对着电脑,写的都是这些方案啊。

会上有人提出:"我们是不是应该建几个村办厂子啊?我看有的村,振兴农村,上来先建几个厂子,村里经济立马上去了。"范博成说:"我们村是要建厂子,要建稻米加工厂。这个厂子是由红旗沈粮发展有限公司投资的,但是不能占用得胜村的耕种土地和宅基地,耕地是用来种粮食的。镇上有个倒闭的稻米厂,准备买来,成立我们村的稻米加工厂。现在正与红旗沈粮发展有限公司商量此事。我也想到这一方面了,村里剩余劳动力的问题,我们村的人到厂子上班很近,骑电动车,也就二十分钟以内。是啊,现在社会进步得快,但再先进也不能先进到消灭农村、消灭农民和农业。作为农民,只有粮食掌握在自己手里,心里才踏实。要让中国人的饭碗,装上更多辽宁的粮食,装上更多我们得胜村的大米,我们的湿地大米。"

有人鼓掌,范潇典想鼓掌,又觉得不妥,他的两只手抬起来,又放下了。他的眼睛却不为他做主,竟有些湿润。

得胜村第一年认养稻田,全部种植蟹田大米,不上化肥,不打农药,稻田里养殖河蟹。打造自己的品牌——韵锦蟹田大米。

雪花纷纷扬扬,那晶莹的雪花飘落在果园,飘落在屋檐,飘落在得胜碑上,得胜村银装素裹,瞬间让人寻到了乡愁的滋味,家国情怀油然而生。

屋外雪花飞舞,屋里人声鼎沸,村委会的小礼堂里正在开全体村民大会。范博成向大家宣布了认养稻田的规划,划分出哪片地,多少亩,都是谁家的地,征求大伙儿意见,已经划分进认养稻田的地,是否愿意流转。范博成向这几户人家描绘了美好蓝图,绝不是画饼充饥,开春实施。博成又强调,流转土地后,可以在自己的稻田里上班,相当于挣工资。其中有吴二嫂家的地。吴二嫂种地二五眼,家里老爷们儿又是个病秧子,这种形式的流转,吴二嫂做梦都想,不操心,能挣钱。前些年她跟着范潇典出去打工,也是图省心,只管干活就行。梦就在眼前了,她说啥也得抓住啊。她第一个举手,说她同意。其他几家也同意,表示愿意在自己的地里劳动挣钱。这件事很顺利,剩下成败那就是范博成的事了。

下一件事,分歧很大,众说纷纭。范博成办事雷厉风行,他是想,一只羊也是赶,两只羊也是放,等开春了,一块办。所有的果园统一种植、统一规划、统一销售。当然,园子还是你的园子。如果不同意,非得要自己种植,那么收获的果,村里不负责销售。范博成从给他们卖苹果,了解了其中的难处,什么都零散,卖果的想多卖钱,买果的挑三拣四,各方面都很难。范博成想,无论什么,形成气候,有规模,有质量,就会有固定买家。也就是说,在得胜村这块土地上,农作物,做产业,不做零售业。

大伙儿开始乱哄哄地说了:"这招啊,老主任也使用过了,不好使,一个苹果卖不出去,最后还是我们自己顾自己了,想种啥种啥。"

更有人说:"啥都统一,这不又集体了吗?这集体了,现在能好使吗?可别扯了。"

有人也替博成说话,反驳道:"这集体跟那集体不一样,我愿意这样的集体,你以为村委会愿意管你们啊。"

大伙儿一合计,每年卖果是难,那就听统一的。又有人提出了尖锐的问题:"范书记,你是选派来的书记,你铺下这个烂摊子,两年到期你回原单位了,万一走下坡路咋整啊?"

范潇典冷不丁冒出两句:"他能走哪儿去?他走再远,得胜村也是他老家,俗话说,砸折了骨头连着筋。"

范博成激动地说:"我爸这回说了句……"

因为激动,范博成说话的语速放慢了点,话说得有点小停顿。

吴二嫂爱抢话,她哈哈笑着说:"这回说了句人话。"

"我是说,我爸说了句公道话。吴二婶,你咋那么能抢话呢?"博成想把话拉回来,反倒惹得大伙儿哈哈笑。博成也忍不住笑了。

范潇典没法说别人,他绷着脸说:"博成,你严肃点,你是开大会呢,还是开联欢会呢?这会让你开成啥玩意儿了?咋说还是年轻啊,没有会议经验。"

范博成笑着说:"别说,您说对了,联欢会,咱们得胜村,从今年开始,到春节的时候,每年都开上一场得胜村春节晚会。演员就是咱们得胜村村民,辛苦一大年了,过年了热闹热闹。每家至少出一个节目,多出不限,不出不行,还要评出优秀节目。"吴二嫂鼓掌,吴二嫂二人转唱得好。老拐也鼓掌,他演皮影戏。大伙儿都鼓掌,这小礼堂多长时间不演节目了。

笑声刚过,范博成又宣布了一项决定,这气势,他是想趁猫冬的时候把事情都敲定了,过了年,多快好省地建设社会主义新农村啊。坐在角落里的范潇典,真是为他捏把汗,说不关心儿子那是假话,既然他当上了得胜村的第一书记,就得对得起这个称谓,对得起组织对他的信任。这开个会,有一件事,群众拥护,见好就收啊,一连宣布三件事,你以为件件群众都给你面子?想得美。再说,只听得认养稻田这件事村委会班子通过了,第二件统一果园的事是自作主张,那他即将宣布的第三件事,八成也是自作主张。嘴上没毛,办事不牢,缺乏经验啊,缺乏锻炼啊,你自作主张,有个风吹草动,连条退路都没有。这个小犊子,真是初生牛犊不怕虎。没吃亏呢,吃亏了你就知道马王爷三只眼。

范潇典正在心里狠狠地合计博成的幼稚呢,博成宣布第三件事了,这也是最困扰村里的一件事。养鸡养鸭在农村成本比较低,也是当初范潇典号召开展的养殖业。当时不是有果园了吗?最早是大春子在果园里养了几只鸡,养了几只鸭鹅,在早市,在集上,都挺好卖。范潇典就鼓励大家都在果园里养一些,鸡还可以吃果园里的虫子,一举两得。主要是,果树不成熟,等果树成熟了,果又难销售,卖不上价钱,这样,果园里的鸡鸭鹅能填平果树的亏损。有些人也学大春子,养了几只,除去卖的,过年过节

第十五章　要得一梨水足,望年丰 | 285

还能小鸡炖蘑菇,改善生活。

懂经营、会算计的村会计,哪儿能放过这个商机呢?他在绕阳河边上,建起了养鸭场和养鸡场。陆续也有几家,在自己家的果园里、池塘水边建养鸭场、养鸡场。家数多了,鸡粪、鸭粪随意堆放,刮风的日子,难免臭气熏天,也污染了河流水塘。范潇典早想关闭这些鸡场鸭场,但这也是农民的来钱之道啊,始终没想出两全其美的办法。也就先这么郎当着了,走一步算一步吧。

而范博成宣布的这第三件事,正是关闭得胜村所有养鸡场和养鸭场。保护河流,建设新农村,我们要的是青山绿水。现在经济发展,更不能,也决不能用破坏环境来换取。

第一个跳起来的是村会计,他大喊大叫:"谁敢关我的鸡场鸭场,我到镇上告他去!你咋跟你爹范潇典一个样子呢?当年你爹就不让化工厂建在得胜村,如果建成了,我们早就富得流油了,还用得着你这个嘴上没毛办事不牢的家伙来带头啊?"

博成不卑不亢:"我当着父老乡亲的面说,你无论上哪儿告,这些造成污染的鸭场鸡场都必须关停,反正,我们已经找不到一块净土来温暖乡愁了。"

村会计说:"你别文绉绉的,没用!"

没有鸡场鸭场的人家赞同,有鸡场鸭场的人家站在村会计一边,一会儿示威,一会儿要赔偿。范博成依然严肃地说:"无条件关停,因为你们大多是非法占地,无证经营,没追究你们的责任已经很宽容了。村委会帮你们把鸡鸭销售出去,十天之内关停,没商量。如果拒不同意,销售鸡鸭和扒鸡棚鸭棚,都由你们自己负责,产生的费用自己拿。这件事,就这么定了。今天,我一共说了三件事。会后,由村委会负责签订土地流转合同,由村委会负责关停鸡场鸭场。"

博成话锋一转,诚恳而激昂地说:"父老乡亲们,请相信我,农村的发展,要立足土地,保护土地。两年时间,让你们不再羡慕城里人,在我们希望的田野上,就能过上精神富足、物质富裕的新农村生活,有钱有闲,青山绿水,我会还给大家一个美丽富饶的新得胜村。人们对美好生活的向往,就是我们共产党人的奋斗目标。"

范潇典走出了会场,他不忍心再听了,怎么着也是自己的儿子,他觉得儿子太难了,要把这些都完成,那得克服多大的困难。

散会后,博成给村委会几个成员下达任务。针对村会计,会后博成亲自找他谈话。为啥不提前跟他打招呼？因为他不同意,还要搞得整个村子满城风雨。反正也是不同意,那还不如来个痛快的。这样,会上其他家已经同意关闭,村会计他孤掌难鸣,还要给他身上加担子,由他负责关停鸡场鸭场的事。村会计难过归难过,作为村委会成员,他表示要勇挑重担。剩下的就好说了,签订土地流转合同。范博成想在这个冬天把这些工作都做完,为实际实施打基础。每一个细节都想到,都做到。他安排完村委会的工作,拎上箱子,穿上帅气时尚的衣服,出差了。他给自己定下一个规矩:出差费用自己承担。

第一站当然是沈阳了,最主要的是到周铁铁他们公司洽谈办稻米加工厂的事。尽管周铁铁也是公司负责人,但那么大的公司,不是他一个人说了算;还有一个原因,他和范潇典曾办过这件事,种种原因,没成。所以,范潇典就不想插手了,放开手,让年轻人去办吧。

办加工厂的事,算是得胜村的招商引资项目,由红旗沈粮有限公司投资兴办。范博成以得胜村第一书记的身份与公司洽谈这件事,公司其他领导听了范博成的创意和构想,看了完整规范、内容翔实、计划周密的报告材料,当即签署了合作协议。大家认为有这样大公无私、年轻有为的书记,中国乡村一定会振兴。

周铁铁说要随公司领导一起到得胜村考察,也是和乡亲们见个面,拉拉家常,得胜村是他的第二故乡。

这位公司领导爽朗地笑着说,这次对得胜村的投资,也算红旗沈粮有限公司为振兴乡村做贡献了。

博成热情地说:"欢迎领导大驾光临得胜村,到那儿给您来铁锅焖大米饭,我们的蟹田大米;给您来小鸡炖蘑菇,我们果园里的溜达鸡;给您烀大河蟹,稻田里养的河蟹。"

这位公司领导哈哈笑着说:"好,就冲着这特色好吃的,我也去考察呀。哦,你这个小伙子,还会打亲情牌。"

第二站是北京,范博成去找赵松。他从沈阳坐火车直接到了北京,很顺利地找到了赵松。范博成喜欢借力打力,有现成的资源,为啥要绕远浪费时间呢?他来的时候,又详细地了解了赵松的情况。在北京这几年他的传媒公司做得挺好。周铁铁事先给赵松通了电话,说了范博成要找他的事。赵松非常热情,说:"早就该来,来了别走了,跟我干吧。"

北京的名胜古迹给了范博成很大的启迪,无论是首都还是乡村,文化是第一要素。钢筋水泥不是文化,工厂烟囱不是文化,再多的经济数字堆积也不是文化底蕴。要从文化中寻找初心,从文化中寻找复兴。每个村庄都有自己的特色,都有古老的故事和传说,都有自己古朴的魅力。这些地域文化与市场相结合,相当于稻米、村庄与市场紧紧相连,为农民的美好生活插上飞翔的翅膀。由此博成想到了得胜村,他是心潮澎湃、浮想联翩。得胜村有得胜碑和明长城,这里流传着古老的民间故事。他想起了小时候和小伙伴经常到得胜碑去玩,在得胜碑下寻找金马驹,尽管至今也没寻找到,可这个金马驹始终在小伙伴们的心里,永远地寻找下去。特别在雨雪天气,仰望得胜碑,仿佛能听见远古战场战马的嘶鸣声。在时空的更迭交错中,得胜碑透出一股亘古的威严,又像传说中神灵的福祉,护佑着这片土地。李奶奶总是这样说:"得胜碑那是老祖宗给我们留下的福啊,可要好好保护啊。"

在赵松的办公室,赵松为博成沏上一杯茶说:"别着急,在这儿多玩儿几天。"博成说:"真想在北京长住,但不可以啊。再说,我的梦想在乡村,真想把我们的乡村建设成山清水秀人人向往的地方。"范博成还是想请赵松继续给得胜村打广告,请他为得胜村规划乡村旅游项目,由他把得胜村的韵锦蟹田大米打进北京市场,走进北京的大超市。赵松说:"每年春季,北京密云有全国大型农产品展销会,早做准备,申请一个展台,每个展台还有块电子滚动屏幕,把得胜村蟹稻互养的情景都展现在屏幕上。这些我的纪录片上都有,剪辑下,先用到明年春天的展销会上。展销的效果好的话,在展销会上就能接到订单,我可以组织这些订单客户到得胜村实地考察,那将是对得胜村最大的宣传。"范博成心里赞叹,赵松果然是做传媒的,信息超前,人在北京,也是眼界开阔。他这次真是没白来。范博成很兴奋,说感谢赵总。赵松说:"得胜村是我的第二故乡。"范博成说:"从开春筹备播种、插秧开始,我也要给得胜村拍照、录像,留下资料,在第二年的春季农产品展销会上用,那将是更新颖、更科学的枝繁叶茂的乡村景象。"

这次和赵松会面,范博成和赵松敲定,得胜村的韵锦蟹田大米参加展销会。展台和滚动屏幕由赵松的传媒公司负责,展品大米由得胜村负责。范博成说,等回村后,把两种包装的韵锦蟹田大米快递运往北京。范博成真想在北京多待几天,领略大北京的经济、文化氛围,他在心里默念,我爱北京天安门。赵松也一再挽留他,想带他再去几个著名的地方,见几个同行。范博成婉言谢绝了,他总是那样阳光灿烂,他畅想着说:"当把得胜村建成青山绿水就是金山银山的时候,我再好好逛逛北京城,和我们得胜村的伙伴们一起来。"

最后一站,范博成来到了杭州。在杭州郊区的一个镇上,他参观了园林式的养鸭场,蔬菜、果树、鱼塘,生物链,各自分开,又相辅相成。范博成看了这个生态园林,心里有些空落落的。这个园林规模太大了,在占地面积上,得胜村已经无法企及。他从小在得胜村长大,各家都喜欢养鸭,腌咸鸭蛋。我们可以办养鸭场,依托自己的优势,依托自己的特长,满足喜欢养鸭的村民养鸭致富的愿望,在科学生态上下功夫,请沈阳农科院的老师来指导。

光秃秃的苹果树,在春风的吹拂下已经泛青,枝丫也柔软了许多,努力向着阳光伸展。绕阳河畔的绿头野鸭多了起来,绿头野鸭们浮在水面,抖动着沾水的羽毛,搅动得河水在阳光下波光闪闪。在这初春的阳光里,红旗沈粮有限公司得胜村稻米加工厂开业了。开业当天,周铁铁和秋叮叮都到了,还有红旗沈粮有限公司其他人员。

我如今已是电视台的记者,也从沈阳赶回得胜村,为这来之不易的加工厂拍摄录像,作为乡村建设的资料保存。我用自己的工资买了一个小的录像机,赠送给得胜村村委会,方便他们把田野大地上的美丽景色都录下来,这是来自原野大自然的景象。我准备利用晚上的时间,在村委会小礼堂里讲课,给愿意学摄影、录像的人授课。只要想学,不论男女老少,都可以来听课。

年轻人来听课的多,年轻人爱幻想,都梦想着能当自己村的导演,或者当纪录片里的主角。上课的时候,我和年轻人们探讨交流,新时代了,每人都要掌握许多常识性的技术,比如说,录像、摄影、剪辑,再比如,电脑、手机。最后,我挑选了两个年轻人,学得比较快、悟性高的,负责录像和拍照,特别是认养稻田从开始侍弄,到插秧,到秋天收割,再到进入稻米加工厂。负责拍摄、录像的人属于志愿者,当然,不能耽误个人的生活和劳动。不怕辛苦的人,方可胜任这项工作。两个年轻人说,没问题,保证完成任务。

秋叮叮没有急着回沈阳。见到秋叮叮我感到格外亲切,我一会儿管她叫老姐,一会儿管她叫老姨。不管叫老姨还是老姐,她都欣然答应。我陪着她,挨家果园检查,查看果树的长势、优劣,该剪枝的、该嫁接的,都告诉大伙儿。

范博成跟秋叮叮介绍,已经在做乡村旅游,指望着这些果园带动乡村旅游业。秋叮叮说:"既然这样,果子何不全一些?我在得胜村这么多年了,据我考察,得胜村适合种草莓,再把草莓这项加上。现在草莓经过培育,临近春节时就能上市,还能成为老百姓过年的佳品。顾客还可以进大棚亲手采摘草莓。力争不同的季节有不同的水果,带动四季发展。"

稻米加工厂的落成,消化了得胜村的剩余劳动力,要想打工,不出镇,就能挣工资。村会计负责招工、培训。公司已经派来了技术员,先进行岗前培训。

关于养鸭场的事,范博成和村委会的成员们进行了经验交流式的汇报。养鸭场要办,但不是零散的,是集中,成为村办养鸭场。也办成园林式的、生态循环式的,成为村里的一个旅游景点。养鸭场这块目前先做两个项目——鸭子和鸭蛋,鸭子是整鸭出售,鸭蛋腌制成咸鸭蛋。这个技术,咱不用学,村里的婶子大娘都会腌制。养鸭场的建成,又解决了村里四五十岁妇女打工难的问题,甚至年龄更大的,只要愿意工作,舍得出力劳动,不出村,都能挣上和城里人相仿的薪水。

村会计当场拍手叫好:"给你爸刷下去就算对了,思维老化,已经跟不上趟儿了。别看把我的鸭场整黄了,我现在一点怨言也没了。博成书记啊,你是大公无私地为咱村里人着想啊,聪明,有想法,还有力度。"村会计又提出个新想法,"村里那个农家饭庄,现在是吴二嫂承包,也是半死不活的,外地来人到她那儿吃饭,不是缺油就是少葱,也是不景气,没有多少人吃饭。我想,等咱村旅游业兴开了,农家饭庄必须得跟上啊,像吴二嫂这种经营状态,恐怕难以胜任。"

范博成说:"这是我想要做的另一个村企业。我们把农家饭庄当成企业来经营,才能把饭庄做红火。过去那饭店不都是国营的吗?现在我们的饭庄是集体的,也是我们的村办企业。只是吴二嫂的工作不好做呀,她能同意把农家饭庄经营权让出来吗?村会计,我看这事,你去最合适,吴二嫂在某些事上,还是挺听你的。"村会计也没推辞:"那行,我试试。"

村会计接受了任务,心里也是没底。他就在吴二嫂家门口瞎溜达,不经意地,像是路过。正好,吴二嫂走出院子,村会计热情地迎上去,笑呵呵的。还没等村会计说话,吴二嫂瞥他一眼说:"笑啥笑?喝傻老婆尿了?"村会计讨好地呵呵笑着说,没有啊。吴二嫂喊了声,继续往前走。村会计紧跟两步,拉她衣服到路边:"来,我跟你说点事。"

第十五章 要得一梨水足,望年丰 | 291

吴二嫂夸张地说："啥事啊，拉拉扯扯的？"村会计说："这不是表示跟你亲近吗？有件事要和你商量，也需要你做出决定。村里啊要收回农家饭庄，变成村集体企业，将来分红，这多好啊。"吴二嫂有点蒙，一时没反应过来，眨巴了两下眼睛说："不对了，我这儿还没到期呢。村会计，你这个狡猾的狐狸，又要啥花花肠子？我不答应，饭庄还是我的，我整赔了，跟你们没关系。"

其实吴二嫂在心里迅速地扒拉了算盘，这农家饭庄让她整得半死不活的，她都没钱上货了，她正想盘出去，可谁来接呀？自己村的人，想来想去，也就是大春子了。可如今，大家都报名去镇上的稻米加工厂上班了。想在村里上班的，去认养稻田上班，去鸭场上班，不用操那份心，就能挣一份工资。她也想挣不用费心思的钱，可是现在骑虎难下。刚好做做样子，刁难他，至少让他请我吃顿饭。吴二嫂斜着眼睛，一副爱搭不理的样子，说："你也太不正式了，就在这儿，街边上，跟我说这么重要的事，我不信，拉倒，我得去饭庄做生意了，可红火了。"她说完，昂着头，一拧一拧地快步往前走去。村会计忙跑两步，追上吴二嫂。村会计是多么精明的人啊，已经听出了吴二嫂的弦外之音。村会计解释说："这不是见到你了吗，能不说两句吗？走走，上你那饭庄去，今天我请客，看你还叫谁，都由你做主，但不能超过五人啊，多了我可请不起。"

一桌菜都是大春子掂对的，大春子亲自上灶。大春子的厨艺从年轻时在村里就是出了名的，郝东凯能和她结婚，一半原因是她拴住了郝东凯的胃。

红烧鲤鱼、小鸡炖土豆、猪肉炖粉条、大骨头血肠炖酸菜、辣炒蛏子、卤青虾、干豆腐卷小葱小鱼酱，外加几个毛菜，非常丰盛的一桌菜。吴二嫂叫了几个平时要好的嫂子啊、婶子啊，平时收苹果、收水稻她们没少帮她忙，反正村会计请客，八辈子也抓不着他一回，这回宰他一次。她把这几个姐妹叫来，也算是还个人情。大春子是必须请的，平日里帮忙多不说，能喝酒，还喝白酒，指定能把村会计喝倒。更重要的是，她烧得一手好菜。大春子边炒菜边大声说:"真是奇怪,是你开饭庄,还是我开饭庄?你家饭庄大厨呢?"

大厨早辞退了,没人吃饭,大厨工钱都开不出,平日里吴二嫂自己对付。吴二嫂伸下舌头说:"大厨回家了,我既是大厨也是老板。"大春子笑话她:"你行了,身兼数职,发大财呀。"吴二嫂可不想白顶个发财的名,她赌气说:"发啥财呀,大厨的工钱都拿不起,不辞咋整?"大春子大声地叹气:"你呀,遭这罪干啥?村委会要收回去,给他们得了。你愿意在饭庄干,就来打工呗。"

事先村会计已经求过大春子了,让吴二嫂放手农家饭庄,然后村委会重打鼓另开张,村办企业,到年底,全部村民都有分红。"这是范博成说的,我没有那么远、那么高的志向。"村会计求大春子给溜溜缝,敲敲边鼓。

吴二嫂问大春子:"那你到饭庄来打工吗?哎,你来当大厨啊,要不白瞎你这拿手好菜了。你来,我就来。"大春子说:"我不想到饭庄打工,我想去认养稻田打工,那多好,在自家地里劳动,还能挣钱,上哪儿找这好事去?咱不用进城就能打工,听说,到年底还能分红。"吴二嫂听大春子的,这么多年在得胜村,大春子勤劳、善良、爱帮人,是有口皆碑的。不用大春子多说,吴二嫂已经同意了,她是想为难一下村会计,也是贪个小便宜,让好姐妹们聚聚。饭庄这个烂摊子,正好,她借坡下驴。

大家围坐在桌边,其乐融融,饭桌上根本没提饭庄由村委会经营这件事,只是以村会计为中心,吴二嫂打趣他,调侃他。而村会计今天的心情格外舒畅,贴着吴二嫂的心说话,时不时地自我调侃。几个女人随声附和,不断爆发出开心的笑声。大春子望着满桌的菜感慨啊:"你就说过去,我想露一手厨艺,哪儿有这肉菜呀?我们的生活水平不断提高啊。"

这是一个忙碌而又美丽的春天,各家果园里的果树已经开花,桃花、梨花、杏花、苹果花,在春风中飘香。原野上,绕阳河畔,一片片稻田在春风吹拂下渐绿,欣欣向荣。一座座农家屋住进了游玩赏春的城里人。这些城里的游客,可以到农家饭庄吃饭,也可以自己生火做饭。东屋是床,西屋是火炕。院子里种植着各种蔬菜,像春天,院子里的菠菜、小白菜、小葱、生菜绿莹莹、水灵灵的,都能吃了。黄瓜架上开着黄色的花,黄瓜刚打纽,夏天来就能吃了。豆角架上开着一串串紫色的花,还没见结豆角。院子里东面一棵桃树,西面一棵杏树,两树相对,满树的花竞相开放,院子的上空,飘着淡淡的花香。游客仿佛回归自然,回归乡愁,有一种回到自己故乡的感觉。"陌上花开蝴蝶飞,江山犹是昔人非。"

在乡间的小路上走着一行人,是范博成的几个研究生同学,他们带着各自的朋友或老师到乡村踏青、考察。他们想在技术上、科学上帮助乡村振兴。博成走在旁边,介绍着得胜村每一片田地。他们走到那片认养稻田,现在已经有三户认养人家了,不着急,认养人家会越来越多,也许将来,想认养已经没有这么多稻田了呢。博成非常乐观,他对得胜村的前景充满了希望。未来文明社会的根本体现,在表现财富方面,不是你靠投机倒把得来了多少财富,而是靠劳动创造了多少财富。如今互联网兴起,助力供给和需求精准对接,有些商品一步到位,精准到达消费者手中,真正"消灭"了中间商。所以不久的将来,新兴行业将崛起,当然文化知识者排在首位,所以农民也应该是有文化的,懂技术、懂管理、有魄力的。

他们走到得胜碑附近,望去,得胜碑矗立在空旷的原野上,环抱在树木和芦苇中,更显得历史厚重和悠久。西大庙紧挨着得胜碑,虽然只剩残垣断壁,但依然可寻千年前的根基和绵绵香火。明长城也掩映在树木和野草中,仿佛等待了千年,也寻觅了千年,等待辉映一个新时代的到来。

苹果园里的花开得正热闹,树下跑着几只鸡,一幅田园风光。

走进村委会的党建馆,也是村史馆,每一件展品都记录着一段历史。

范博成激动而又兴奋,怎么能失去这千载难逢的机会?必须利用好这次机会。范博成介绍得胜村的蟹田大米、河蟹、认养稻田、苹果园和园林鸭场。他像是演讲,也像是联合奋进。他说:"我们何不联合起来?你们来找大城市的精英们,也可以利用互联网联合国外的大学生和社会精英。我们可以以一个名义联合起来,把我们农村的优质产品,或原生态,或深加工,利用网络,宣传出去,远销出去,帮助村民给他们的农产品创造更高利润。通过互联网,让更多的人了解乡村,向往乡村,更欢迎有志到乡村创业的大学生和企业家,他们的到来会为乡村注入活力,带动乡村致富,助推乡村振兴。名字我已经想好了,叫'湿地蟹稻'联合会。各位看怎么样?"

有人带头鼓掌了,大家齐声说,就叫"湿地蟹稻"联合会。

博成兴奋得双目熠熠生辉,好像这个联合会已经成立并起到了作用,他说:"如果这个'湿地蟹稻'联合会成立了,影响极大,带动的不只是得胜村,还有周围其他的村子,因为每个村都有自己的主打农产品,都有自己的农家特色,比如一些杂粮,小米、黑米、小渣子、绿豆、红小豆、饭豆等等啊,都可以纳入'湿地蟹稻'联合会里面宣传销售,这就是个农家大观园。随着社会发展,科技进步,互联网时代的到来,'湿地蟹稻'联合会里的农产品都能精准地找到有需求的消费者和经销者。尤其是随着区块链的发展,距离不再是问题,地球真的就成了地球村,每一个农产品创造的价值都能服务到农民身上,让农民付出的劳动创造最大价值,并且以最快的速度变现。"

岁月无痕,我英俊的父亲身材不再挺拔了,他的鬓角已经斑白。他每天还给农民拿药看病,他说他永远都是农民的赤脚医生,是农村这片广阔的天地培养了他这个医生,他要为这片土地上的农民服好务。郝东凯的卫生所和县里、省里的医疗机构联上了网,也可以远程问诊。如果他要出差啊,进城办事啊,可以通过智能手机,观看到卫生所里的情况。得胜村的人,或者是外村的人,进入卫生所,在摆放药品的架子上,都能自己拿自己所需要的药,村委会有卫生所的钥匙。郝东凯人在外地,在手机上就能问诊,告诉看病的人应该拿哪个药。尽管能这样,郝东凯也舍不得离开卫生所,事一办完,立马回村,可以用"归心似箭"来形容他的心情。村里人有钱了,在农闲时各家搭伴外出旅游。特别是像郝东凯这个年龄的人,年轻的时候净艰苦奋斗了,现在条件好了,孩子们都鼓励他们出去旅旅游、观观光,该享受生活了。可郝东凯哪儿也不去,他也纳闷,越老越离不开村了,真没出息,说白了,离不开他的卫生所。郝东凯被省里评为"最美乡村医生",偶尔受邀做报告。他做报告,从不说自己的丰功伟绩,简直是做科普,普及农村医疗课,深受乡村医生和乡亲们的欢迎。报告一做完,能晚上回来,他绝不等到明天早晨。现在农村实行了新农合,很大程度上解决了农民看病难看病贵的难题。

现在,乡村又出现了新现象,原先在一线城市漂着的年轻人,很多回归乡村了,他们中有的在外已经结婚生子,是带着妻子孩子回到家乡的。这些年轻人,大多是大学一毕业就在城市里漂着,有的是漂了几年或者十几年。他们离开家乡的时候,恨不能从故乡连根拔起,挤进高楼大厦林立的一线二线城市。他们在城里像天上飘的云那样,看着飘逸自由,实则有着找不到根基的惶惑。如今,他们想重回故乡。得胜村也有一些这样的大学生,有的毕业后留在大城市工作,还有的在大城市工作了几年又回到得胜村。对这些回来的大学生,范博成非常重视,专门成立了大学生返乡创业小组,定期在一起开会研究农村新发展。这些大学生思想灵活超前,把外面的先进思想带进了村里,落实到了土地上。农村也需要创新,需要科学。范博成有针对性地分期分批地组织这些年轻人,到农科院培训机构培训,学习种植和养殖技术。

如今得胜村村委会的每间办公室里,摆放着各种台式电脑和笔记本电脑,随着技术的不断升级,这里的电脑也不断更新。连这些回乡的大学生都说,这里的电脑够先进的。摆放在醒目位置的是一台老式电脑,永远不淘汰,永远不更换,这是林芬芳买来赠送给得胜村的第一台电脑。以此激励后来人,无论你走多远,无论你社会地位有多高,都不要忘了乡愁,不要忘了家乡,要用你的智慧或者财富,帮助贫困落后的故乡人。

博成在得胜村担任第一书记快两年了,他走的是一条农业、乡村旅游业并进的路子。认养稻田步入正轨,每年的认养稻田供不应求。城里人通过网络宣传知道了得胜村的认养稻田,品尝到了得胜村的大米,觉得这件事挺有趣,又能吃到放心的绿色大米,不用多说,纷纷加入了认养稻田队伍。养鸭场第二年也见成效了,养鸭场是园林式的,生态循环。虽然这里不比江南,但我们这儿有苇塘。通过科学的喂养和管理,相当于散养。主要是得胜村腌制的咸鸭蛋很出名,咸淡适中,鸭蛋黄流油,供不应求。

时光荏苒,春华秋实。现在得胜村的村主任是返乡创业的大学生,在博成的带动和影响下,更多的年轻人以各种方式加入建设家乡的行列。时代在前进,新时代呼唤新理念。村里的老一辈和新一辈在一起研究,向业内资深管理者学习。他们和周铁铁引进的投资人一起,确定了"互联网+农业"的新定位,在沈阳成立了互联网营销中心,开启了得胜村米业、河蟹和果业与互联网业融合发展的新航程。

得胜村的优质大米、新鲜河蟹和绿色水果,以电子商务为突破口,依托互联网,优化村企业,利用互联网增速与外界的沟通。人的思维要跟得上互联网思维,利用互联网的大数据思维、平台思维,服务社会各界需求不同的客户。目前得胜村人要的是信息和速度。以前犯愁,河蟹上市了,怎么能让客户及时吃上新鲜河蟹?现在好了,网上订单雪片般飘来。通过物流,几个小时就能运往全国各地。大米也一样,因为得胜村有了自己的稻米加工厂,大米品种更加多了,能够满足不同的消费需求,还都能在网上展出。线下,得胜村农产品参加全国权威性的博览会,打出品牌,在博览会上与客户直接签订单。

村里的年轻人通过抖音、微信等,录制小视频,把春天播种、夏天碧波稻浪、秋天稻香蟹肥的景象传遍了全国,有的还传到了国外。然后,全国各地的游客慕名前来观光旅游,品尝美食。若是暑假来到得胜村,孩子们还可以自己上手,表演皮影戏。老拐自创了适合孩子们表演的皮影戏,像什么《哪吒闹海》《孙悟空三打白骨精》《猴子捞月亮》……

村里的果树枝繁叶茂,招蜂引蝶,秋天更是果实累累,秋叮叮当初帮着规划的园林已成规模。有到得胜村拍摄美景的,有来乡村旅游的,还有来拍婚纱照的。乡村旅游业的兴起,带动果园里的苹果、水蜜桃、山楂、葡萄,随着游客,随着网络,销往村外,销路畅通。果汁厂的订单更是源源不断。得胜村的带头人,在社会实践中,悟到了地域文化对于乡村发展和乡村旅游的重要性。发展乡村旅游,坚持走人文历史文化和自然资源相结合的发展道路。村委会重修了唐王李世民征东时首仗大捷立下的千年古迹得胜碑,这是得胜村的标志性景观;还建成了建筑面积约200平方米的村史馆,100余件生动感人的展品,展示了几十年来得胜村在新中国建设和改革开放各个时期所走过的历程。

得胜村的果园一望无际,这几片果园,春季赏花,秋季摘果。每年春秋两季,得胜村都会举办特色赏花节和果实采摘节,引得游客纷至沓来。得胜村倡导的乡村旅游,是以文化为主题、以民风民俗为铺陈的特色旅游。把得胜村的皮影戏、得胜碑唐王征东的古老传说、明长城遗址、知青点……这些说古论今的历史遗迹,都融进采摘节里,让人们在领略乡村风光的同时,也见识和了解了历史文化。

挖掘整理得胜村的这些地域文化元素,由范潇典牵头,皮影戏文化传承方面,老拐也交给范潇典。这些地域文化都是这样一代一代传承下来的。得胜村的历史都在范潇典心里装着,无论你提到哪一段,他都如数家珍。他当过村主任,还是皮影戏的传承人,只要有到得胜村参观学习的个人和团体,都由范潇典来担任讲解员。现在,他已经成了远近闻名的讲解员。

岁月从没饶过任何人,两鬓斑白的范潇典站在稻田地头,遥望着远方。这片土地是他曾经奋斗过的地方,他敢自豪地说,美丽而富饶。无论以前、现在,还是未来,都要谨记,青山绿水就是金山银山。

在历史大潮中得胜村走进了新时代,早已实现了互联网加生产基地加农产品销售加乡村游一体化。而对范潇典来说,他永远不会停下前进的脚步。自己村里富了,范潇典又申请加入脱贫攻坚的队伍,县里派他到嘎达村精准扶贫,帮助嘎达村的困难户脱贫致富。他常说:"别看我年龄大了,我不服老。风雨同舟、砥砺前行嘛,依然能为全面夺取脱贫攻坚战的胜利贡献自己的力量。"

博成和博雅是不同意父亲范潇典再劳累了,觉得他该享享清福了。郝思晴倒是愿意范潇典干些革命工作,现在得胜村已经走上了乡村振兴的快车道,已然不需要他这个老年人再付出辛苦,更不需要他操心村里的事情。得胜村的管理、经济发展都井井有条,范潇典已经插不上手了。可他闲不住,他时常感觉自己是个无用的人,为此郁郁寡欢。郝思晴能不了解他吗?让他承担点工作,对他的精神和身体都有益处。所以,郝思晴支持他去当扶贫干部。县里也非常同意,还对他寄予了很大的希望,真是盼望他能把其他村带动起来,走共同富裕之路。对于扶贫攻坚这项任务,范潇典对自己是充满信心的,他说起大道理来还是头头是道的。他说:"我到别的村扶贫攻坚,这是不忘初心、牢记使命的体现。"

我跟着范潇典去了几次他扶贫的嘎达村。这个村子不适合种植水稻,也就不适合养殖河蟹。所以,范潇典在得胜村的那套致富经验,很难在这个村传授。范潇典给他帮扶的贫困户引进了特种猪养殖,但是,第一年起色不大,主要还是观念没转变,大钱挣不来,小钱不想挣。我采访了几个贫困户,其实他们的贫困,主要是意识和思想上的贫困,再就是懒惰。范潇典也跟我说,要想转变这些贫困户的思想挺难的,单纯的说教太枯燥,他们根本不听,你说的那些大道理他们都懂,给他们开会,他们都懒得参加。得想个什么办法,既能提起他们的兴趣,又能起到积极作用。

这个问题难不住我,我是在电视台工作的,跟群众艺术馆、群众艺术团体接触得比较多。宣传啊,宣传是播种机,宣传是宣言书。村里老百姓都爱看啥?看戏,咱这儿一般喜欢看小戏,看二人转、听歌曲啥的,小品、小戏特别受欢迎。我这么一说不要紧,任务落在我身上了。范潇典眉开眼笑:"好啊,有你的臭三,那你就写个小品、小戏,老百姓喜闻乐见的、接地气的,根据你采访到的扶贫情况写。"

我信心百倍,相信有筋骨、有温度的文艺作品的影响力。赵松一首写认养水稻的诗,开拓了范潇典的视野,博成干成了得胜村认养稻田的事业。通过互联网宣传,每块认养稻田都有城里人认养,老百姓收获颇丰。有的稻农愿意把自己家的土地流转整合给村里,由村里统一科学地种植。这些流转土地给村里的稻农,大家还可以到自己家的稻田里播种、侍弄、收割,相当于按时按点到稻田里上班。这样有两份收入:一份是土地租金,一份是上班的工钱。认养稻田的人,能全程从网上看到蟹田水稻长势,情景喜人,绿色的稻田里爬着螃蟹。得胜村经营稻作理念是:绿色生态。

我回到沈阳,夜以继日地写了个小戏。我知道范潇典着急,哪儿敢怠慢?我联系了县里的一个群众艺术团体,他们经常送戏下乡。我跟他们领导说了我的意图,把我写的小戏拿给他们看,他们欣然接受,说能演,脱贫攻坚,人人有责。他们把其他节目,也往扶贫这方面倾斜了。我的小戏是这样的:

追梦路上

人物:大　民——扶贫干部,男,45 岁。
　　　　貂大嫂——嘎达村村民,女,50 岁。

地点:村委会。

时间:现在。

〔大民手提公文包上,边走边唱,走进村委会。

大　民　(唱)富民凯歌春风吹,
　　　　　　　经济发展战鼓擂,
　　　　　　　农村人精神又抖擞,
　　　　　　　快马扬鞭那就要腾飞。

　　　　(白)我是到乡村扶贫的扶贫干部大民。脱贫攻坚刻不容缓,农民光靠种地已经无法满足对美好生活的向往。我现

在去嘎达村貂大嫂家看看,上次给她抓的良种猪看她养得咋样了,真希望她早日脱贫啊。(往公文包里收拾文件)

〔貂大嫂边上场边撒摸。

貂大嫂 （唱）俺在农村窝了好多年,
　　　　　　进城打工腿发颤,
　　　　　　人家脱贫我拖后腿,
　　　　　　风吹日晒干啥都不挣钱。

（白）唉,让我咋办？我也有难处啊,这天上咋不掉馅饼呢？
〔画外音〕你就是好吃懒做。

貂大嫂 才不是呢,人家弱不禁风赛貂蝉。听说来新扶贫干部了,让他给我家重新扶贫。(对观众)都扶好几回了,有点不好意思。我化化装,别让熟人认出来。(把脖子上的围巾蒙头上,戴上口罩,低着头,走到大民的桌子边,哼哼唧唧地哭)

大　民 这位大嫂,您别哭,有困难跟我讲。

貂大嫂 （偷眼看大民,大惊,捂着半拉脸对观众）这不还是大民吗？（继续低头,赖叽地说）家里没米没柴,已经揭不开锅了。

大　民 哎,不对呀,听着声音熟悉呀。(低头对着貂大嫂的脸转圈看)

貂大嫂 （摘掉口罩,蛮横）别看了,跟驴拉磨似的,是我。不是来新扶贫干部了吗？咋还是你呀？

大　民 新人明天到。但你死了这条心吧,你家我扶到底了,直到你脱贫。

貂大嫂 （一副死猪不怕开水烫的样子）这可是你说的,不是我赖上你了,你扶吧。

大　民 貂大嫂子,我正想去你家呢。我上次给你家抓的五只小猪养得咋样了？

貂大嫂 哎呀妈呀,你可别叫我大嫂子,多土啊,还貂大嫂子,亏你还

第十五章　要得一犁水足,望年丰　| 301

是城里人。

大　民　我觉得这么叫着亲切、接地气,我努力拉近与村民的距离。

貂大嫂　你知道我的艺名叫啥不?(渴望地看着)赛貂蝉。

大　民　(在地上转一圈,痛心疾首地一跺脚)咱别说这些没用的行不?走,一起去你们嘎达村,看你养的那扶贫猪咋样了。

貂大嫂　先别提猪的事,你听我把话说完。你咋那么不虚心呢?还扶贫干部呢,还拉近距离呢。你这是严重地歧视劳动人民。

大　民　(无奈)说吧。

貂大嫂　(眉飞色舞)我年轻的时候是唱二人转的,老出名了,登过大舞台,你以前指定听我唱过戏,艺名赛貂蝉嘛。

大　民　(坐立不安,应付)没有。

貂大嫂　咋能没有呢?

　　　　(唱)哥你不记得妹我也不怪你,
　　　　　　那时候我多水灵,老招风了,啊。
　　　　　　哪像现在,霜打的鲜花,缺枝少叶,
　　　　　　任凭那风吹雨打,没人疼啊,啊啊……
　　　　　　有心我美容重整旗鼓,只叹那青春一去难追回转啊。
　　　　(白)再说兜比脸干净,镚子儿没有,咋美容?

大　民　(着急)我真要去嘎达村了。

貂大嫂　你别看我现在造得猪不吃狗不啃的,那我年轻的时候长得,带劲。我处的那第一个对象,跟你一样。

大　民　(大惊失色)跟我?

貂大嫂　也是城里人。那时候我要是跟他结了婚,那我自然就是城里人了,还用得着现在跟你磨叽?

大　民　是怪可惜的。那咋黄了呢?

貂大嫂　黄,责任在我,你用脚指头想都能知道,那时候我多高傲啊!我是谁呀?赛貂蝉啊!他那么把子给我唱情歌,我愣是没回心转意。

(唱)我在这儿等着你回来,

等着你回来看那桃花开。

大　民　那时候有这歌吗?

貂大嫂　(急赤白脸)那你就别管了。(深情)那桃花开了一茬又一茬,他就在那桃树下坚定不移地等我,愣是没把我等回来。

大　民　(竖大拇指)有个性。

貂大嫂　有啥个性啊,我现在都老后悔了。

大　民　那后啥悔?咱不是赛貂蝉嘛,不得好好挑挑啊。

貂大嫂　还挑啥呀,人家现在在城里住楼房,坐轿车。通过这件事我也总结出一个颠扑不破的真理:这找对象就像买瓢,挑来挑去,好瓢都让人家挑走了,最后给俺剩个漏瓢。

大　民　貂大嫂子,我找到你无法脱贫的病根了,你还是那个老毛病,就像当年找对象似的,挑肥拣瘦,这山望着那山高。你看吧,让你搞养殖,你说家趁万贯,带毛的不算,活物爱死;让你种植,你说果树长得慢,不得济。(痛心疾首)我呀,扶贫了这么多户,就没再见像你这么费事的。走,赶紧走,我要看你养的五只猪咋样了。嘎达村还有几家我也要走访。

貂大嫂　(急眼)我那五只小猪你就别惦记了。

大　民　我不是惦记猪,是惦记你。

貂大嫂　(暧昧的白眼,嘿嘿笑)别瞎惦记啊。

大　民　(尴尬)啊,不是,我是连人带猪都惦记。(锲而不舍)猪咋样了?

貂大嫂　(吞吞吐吐)我那五只小猪,是这样合理、科学安排的。我说了啊,(清嗓子)大民同志,你要有充分的心理准备。

(唱)五只小猪真水灵,嗷嗷待哺食不够啊,

我瞅着五只小猪心喜欢,卖掉哪只都心酸,

小猪见我也恋恋不舍,嗷嗷叫着好似说拜拜再见。

权衡利弊根据实际,我家这条件只适合养一只。

一只我卖了,买个金镏子啊,实现我多年婚戒梦想。

二一只我卖了,买肉买鱼又买鸡啊,好吃好喝全当奔小康过把瘾。

三一只我卖了,给老爷们儿买药治病看疗效啊,高干病房只够住一宿。

四一只我卖了更值得,给我儿买个新智能手机,赶牛车也用高德导航行。

只只小猪我都花在刀刃上,谁再说我败家老娘们儿我跟谁急。

剩下一只养在猪圈里,可怜我穷没钱进饲料,

可惜了,我那小猪一日三餐吃不起啊,

骨瘦如柴奄奄一息。

(白)(拍手)咋办？(眼巴巴看着大民)

大　民　(用手擦下汗,甩一下手)我这一眼睛没照顾到,你就起高调了。剩下那只没有饲料,你喂剩菜剩饭也行啊,别饿着它呀。

貂大嫂　(懒洋洋)那不得给它端吗？

大　民　我真应该批评你了,你可真懒。它要能自己做自己吃,那不是猪了,是猪八戒。再说,你卖,我不反对,喂大了再卖呀。

貂大嫂　废话,人家瞅着小猪怪好的,也买回家养着,你还喂大了？费事不？你啥脑瓜呀？

大　民　是,我脑瓜没有你脑瓜好使。这回你省心了呗,家里啥活物都没有了呗。

貂大嫂　你说啥话呢？家里还有个病老爷们儿和我宝贝儿子呢。

大　民　啊,对,那俩活物。呸,不对。你家我大哥没有劳动能力,那

304　｜　繁花似锦

你儿子也十七八了,可打工,可务农啊。

貂大嫂 常言道,娇养儿子富养女。

大　民 常言啥时候这样道过呀?那是你听错了,是穷养儿子。也就是说,让男孩子在艰苦的环境中得到锻炼,将来才能成大器。你可好,都不舍得让男孩子干农活,那怎么行啊?

貂大嫂 我就这么一个孩子,能不娇惯吗?我寻思吧,孩子还小,咱考不上大学,最起码上个啥技术学校啊,学个一技之长啥的,将来别像我似的,抓瞎。

大　民 想法是对的,但你要以身作则,给孩子做个好榜样,才能影响孩子爱学习爱钻研爱劳动嘛。

貂大嫂 你说得对,但你说得对有啥用啊?你能帮着找这样的技术学校吗?

大　民 你就放心吧,我回城就联系,指定能让你儿子到技术学校学技术。

貂大嫂 谢谢大民干部。

大　民 你只要付出辛勤的劳动脱贫致富,我们还要谢谢你呢。你看你们嘎达村,有承包水田致富的,有种植葡萄园致富的,有养河蟹致富的,那你就不羡慕吗?

貂大嫂 我咋不羡慕呢?(咬牙切齿)我羡慕嫉妒恨。

大　民 (痛苦地摇头)无语啊。

貂大嫂 我是恨我自己,恨自己咋对生活失去了希望。

大　民 (唱)叫一声大嫂放宽心,你把眼光往远处展。
　　　　富民政策大放光彩,新农村建设节节攀升。
　　　　往下咱不用外出打工跑断腿,家门口红滩绿苇就是金山银山把钱赚。

貂大嫂 叫你这么一说,我心有点活泛气了。

〔大民手机铃响,大民接电话。

[画外音] **大民妻子**　哎,大民,今天是我生日,你晚上回来吧,跟爸妈在一起吃顿饭。

大　民　呀,村里事多,我回不去啊,跟爸妈解释下。等忙过这阵子我给你补上。好了媳妇,我这儿有事,先挂了。

貂大嫂　看你,为了我们连家都顾不得回,你说你图啥。

大　民　图你能过上幸福的生活。只要你勤快,好日子在后头呢。

貂大嫂　我不关心别的,我就关心我儿子真能上技术学校不。

大　民　一准能,因为我知道市里有这么个技术学校,招收咱们农村的孩子还免学费。我保证,今年九月份开学,你儿子就能入学。

〔貂大嫂紧紧握住大民的手使劲摇,激动得说不出话。

大　民　(对观众)看见没?谁都有软肋,以前没找准。我这就对症下药了。

　　　　　(唱)等你儿子上了技术学校,
　　　　　　　学经营学管理还学手艺,
　　　　　　　练就了本领也把家乡来回报,
　　　　　　　人见人爱都夸他是走进新时代的好青年。

　　　　　(白)你这当妈的脸上也有光啊。

貂大嫂　(唱)听闻此言我心惭愧,
　　　　　　　大民你我非亲非故,却对我付出一片真情,
　　　　　　　一心一意帮我脱贫致富。
　　　　　　　而我好吃懒做拈轻怕重,总想一夜暴富占尽小便宜,
　　　　　　　辜负你一片苦心瞎道白跑。
　　　　　　　今天我向你把决心来表,
　　　　　　　为了我儿子有出息跟着你往前奔,
　　　　　　　做一个家里家外一把好手的有用之人,妇女能顶半边天。

大　　民　　貂大嫂子,我早已经和你们村委会申请过了,你是重点扶贫对象,你先到村里的锦珠水稻基地上班,抓空打扫村里的卫生。你这就是挣两份工资了。我也了解到了,你家我大哥,干点打扫卫生的活还是行的,他可以帮你打扫村里卫生。

貂大嫂　　(擦眼泪)你想得可真周到,这回我指定干好。我觍着脸再向你申请,还能给我五只扶贫小猪吗? 我先从小了养,有经验了,再扩大规模。

大　　民　　能,我还做你的担保。

貂大嫂　　人有脸树有皮,这回我决不给脱贫攻坚拉后腿。

大　　民　　貂大嫂子,哦,不,貂、貂……赛貂蝉,你那艺术细胞要发扬光大,嘎达村不是成立个文艺队吗? 业余时间你去那儿教唱二人转。二人转咋了? 这也是民间艺术嘛。

貂大嫂　　(激动)这么说,我真是个有用的人了,我保证完成任务。我想明白了,这人啊,活就活他个丰富多彩。

大　　民　　貂大嫂子,这回你说对了,咱们缺的就是自信。只要坚定信心,你我拧成一股绳,有党的好政策,还愁过不上美满富裕的好生活吗?

　　　　　　(唱)农村建设创新篇,
　　　　　　　　致富路上送火炭。
　　　　　　　　希望田野再创业,
　　　　　　　　绿色农家唱新歌。

貂大嫂　　哈哈,我这信心老足了,我的心啊老敞亮了。(竖大拇指)大民你真是咱老百姓的好干部。快走吧,咱们一起回嘎达村,我要致富把活干。

〔大民、貂大嫂俩人迈着轻快的步子往外走。

大　　民
貂大嫂　　(同唱)恋不够那家乡美苇海碧连天,

第十五章　要得一梨水足,望年丰　|　307

道不尽那党的情似辽河水悠悠长。

脱贫攻坚任重道远,只要你我情不变,定叫旧貌换新颜。

青山绿水同追梦,伟大复兴争当先,幸福的故事代代传。

让我惊讶的是,小戏《追梦路上》的成功演出给范潇典的扶贫工作带来了意想不到的效果,寓教于乐,在笑声中见真情、见真理。这场演出不光有小戏、小品,还有评剧和歌曲,都是老百姓喜闻乐见的节目。最主要的是,演出现场嘎达村来的人特别多,也特别全。平常召集嘎达村人开个会,求爷爷告奶奶的,稀稀拉拉来不了几个人,根本开不起来。

趁着这个人齐全的机会,演出前,范潇典先站在台上,拿着麦克风,做了动员报告。他说:"父老乡亲们,只要人心齐,没有攻克不了的难关,坚决打赢脱贫攻坚战。咱农民咋了?一样自主创业,一样品牌强国。咱的品牌是啥?大米、高粱、玉米和一切农副产品。咱有粮食啊,咱有土地呀。咱有土地是多么令人自豪和骄傲的事啊!我们的幸福在希望的田野上。我还是强调,只要勤劳,好日子会来的。我带头,大伙儿一定能走上富裕的道路。"

范潇典还亲自上场,表演了得胜村皮影戏。秋叮叮和周铁铁都来给他捧场,范潇典拉弦带唱,脚下打板,时不时还敲下锣,伴奏这块一人齐活。秋叮叮和周铁铁手拿皮影表演,也和范潇典对唱。

范潇典还编排了现代皮影戏,把网上扶贫的顺口溜也编进了皮影戏,编成了皮影戏唱词。范潇典唱着皮影戏:

真是贫困户,大家来帮助。
想当贫困户,很难有出路。
争当贫困户,永远不会富。

抢当贫困户,吓跑儿媳妇。

以上说的心里话,句句心里放,

你和我齐上阵,摘掉穷帽,奔小康、奔幸福……

这台文艺演出,异彩纷呈。周铁铁有备而来,带来了当年的手风琴。这些年,他一直珍藏着这部手风琴。他已经很久没碰手风琴了,为了配合范潇典的这台文艺演出,他重新温习手风琴。下个节目,是他的手风琴独奏。当拿起手风琴,为台下的农民演奏时,他心里格外激动。忽然,他意识到,他的心里原来隐藏着浓浓的农民情结,无论何时何地,历久弥新。为手风琴伴舞的是几个年轻的姑娘,舞姿婀娜。

秋叮叮望着伴舞的姑娘们,仿佛看见了青春的自己,啊,谁的青春不风华啊?

这场皮影戏真是感动了嘎达村的人,大伙儿纷纷议论:"你看看人家,都是成功人士,还来给咱们表演节目,一分报酬不要,图啥?还不是为了感动咱们,要咱们齐心协力?咱们再不行动起来,真拉后腿了。"

这次送戏下乡非常成功。节目最后是台上台下互动,齐声高唱《五星红旗迎风飘扬》,这首歌男女老少都会唱,嘹亮的歌声飘荡在村子的上空。

有一年盛夏,我休假回到得胜村,别出心裁地不想在家里住,要住到知青点。我的任何奇怪的想法,对于我母亲来说都不足为奇,她总结,也许是散养我导致的结果。她每次提起我的稀奇古怪,都叹口气。不知道那叹气是欣慰还是忧伤。哈,忧伤就不必了吧,我从没见母亲忧伤过。

那辆破拖拉机还在院子里,它和我默默相对。晚上我躺在那张大炕上,听着绕阳河的水浇灌着稻田,仿佛听见水磨嗡嗡地转。我在这细细丝丝的声音里进入梦乡。

从梦里,从百花深处,从我的心田,飘来跳大神的歌声,焦灼、寂寥、空旷……绕着山,荡气回肠……大概是黑山,漫山遍野开满了粉红色的达拉香花①。我仿佛看见了我,腰穿七彩的神裙,头戴四季花冠,左手擎神鼓,右手握鼓槌,在辽阔的草地上,在无垠的花海里,在浩瀚的天地间,舞蹈翩跹……

林芬芳跟赵松去北京了,他们早已有了女儿。林芬芳在四十几岁上冒着生命危险为赵松生的女儿,属于高龄产妇了。赵松感动、幸福得热泪盈眶,他做梦都没想到,他会和林芬芳有个宝贝女儿。他有孩子了,他当父亲了!这是他生命最大的意义,他感到前所未有的幸福,仿佛所有的花朵都为他盛开。他继续为女儿写诗,为爱人写诗。到这会儿,他才真正体验到浪漫的事,他和林芬芳一样,从年轻就追求浪漫。有时,爱情是慢的,慢过了时间,慢过了岁月,在岁月的长河里伸展出枝蔓,无限蔓延。

赵松说他看过一本英国小说,里面有句话,让他记忆犹新,他朗读给林芬芳听:"我回来,寻你,爱你,娶你。"林芬芳依然陶醉其中,陶醉在赵松为她朗诵自己的诗里,陶醉在赵松为她朗读别人的诗里。林芬芳一生都爱浪漫、追求浪漫,这跟时间、年龄、岁月没有关系。她爱的浪漫越来越美,越来越浓。

我站在绕阳河畔,极目远眺,心潮起伏。我还有故乡,我还有乡愁。绕阳河流过水磨,流过水电站,流过流金的岁月,浇灌着万顷稻田,滋润着一片红滩绿苇的大湿地。绕阳河源远流长,碧波荡漾,从我的心田流过,从我的梦中流过。

我正在写一部长篇小说。刚开始的时候,这部小说的构架和故事,我只和秋叮叮讲。秋叮叮听得津津有味,有时听得泪花闪烁。她鼓励我一定要写出来,她答应帮我收集素材。我说要从我六岁见到她的时候开始写,写人的命运,写得胜村的前世今生,写得胜村的发展历史。我没有华丽的辞藻,只是对得胜村的素描。

有时写作遇到瓶颈,我就给秋叮叮打电话,或者我们俩坐在沈阳中街

---

① 达拉香花:东北方言,指映山红。

的咖啡厅里,聊上一会儿,她总能给我找到一个点,我在这个点里找到原来的路,路的尽头是无限的思念。我有时候后悔,早点写就好了,趁着年轻,思维还敏捷。现在才想起来写,似乎有些迟了。秋叮叮鼓励我:"早些时候你也许没有触动和灵感。当作家,什么时候都不晚,只要你想写。"我定期向秋叮叮汇报我这部长篇小说的写作进度,告诉秋叮叮我写到哪个阶段、哪个情节了,同时也是督促自己、激励自己,创作完成这部长篇小说。有时秋叮叮打电话,会迫不及待地问我写到哪儿了,写作感觉如何。她会告诉我,又有哪些素材,约个时间,需要当面和我交流。我知道秋叮叮又想我了,我何尝不是呢?我俩像花朵和绿叶,相互衬托,相互交融,缺少了谁,都觉得逊色。年龄越大,秋叮叮倒越娇气得像个少女,在我面前不加掩饰,想哭就哭,想笑就笑。哈哈,我们俩呀。

绕阳河,辽河水系重要的河流之一,这里是辽河入海口,辽河绵延两千多里,从盘锦辽河口流入渤海。每当秋染田园,绕阳河两岸五彩缤纷。远眺大地,那一畦畦一片片,沧海桑田,条块分明色彩斑斓的芦荡、红海滩、稻田、蟹池像璀璨的油画,一直铺染到天际,浩渺辽阔。

看到这儿,想到这儿,忽然诗意油然而生,这是我生平写的第一首诗:

> 梦回绕阳河,听风过河的声音。
> 河水湍急着,紧贴着村边流过。
> 还有遥远的水磨吱嘎落在水上头。

> 一片金黄的稻浪,
> 一片红彤彤的苹果园,
> 一片绿莹莹的芦荡水塘,
> 一片农舍炊烟袅袅。
> 五色得胜村如诗如画,
> 就这样一层一块地不紧不慢地延伸着,

延伸出铺天盖地的一幅流动的水墨画来。

如果我想写诗,
一定推开你的房门,得胜村的人家,刚好是你开门。
坐坐你的热炕,
喝喝你的大米酒。
好的,用大碗喝酒,
促膝并肩,怎舍得睡眠?
畅想至天亮,
晨曦,轻轻推开窗,丝丝晨风从绕阳河吹来,
仿佛飘来稻花香。

  多年以后,我再回到得胜村,依然爱看,这时候的看当然区别于小时候的。看着搭在墙头上迎风飘摆的玉米叶和缀满果实的枣树枝条,我会豁然文思泉涌。诗和远方离我们多远啊?一墙之隔,触手可及。墙外就是开阔的玉米地、稻田和飘香的苹果园,甩穗的玉米和羞红的苹果载着我的目光,书写着希望田野上的诗句。
  大地,大地啊,飘散着泥土的芳香。